雪割草

横溝正史

角川文庫
22628

目次

登場人物一覧

緒方有爲子《おがたういこ》　主人公。宮坂雄司との婚約を突然解消され、続けて、自分の出生の秘密を知らされる。

緒方順造《おがたじゆんぞう》　上諏訪《かみすわ》の実力者。有爲子の育ての親。婚約解消の衝撃で倒れ、還《かえ》らぬ人となる。

木實《このみ》　有爲子の友人。孤児の境遇で苦労して育ち、芯《しん》が強い。

山崎先生《やまざきせんせい》　小学校教師。有爲子・木實の恩師で周囲から敬愛されている。

宮坂雄司《みやさかゆうじ》　上諏訪の旅館鶴屋の跡取り息子。有爲子に執着している。

うた屋《や》　上諏訪の呉服屋。雄司の意向を受けて仲介役を務める。

恩田勝五郎《おんだかつごろう》　緒方順造に恩顧を受けた人間。有爲子の世話をしつつ、陥れることを画策する。

賀川仁吾《かがわじんご》　日本画家。五味楓香の弟子で将来を嘱望されている。

五味楓香《ごみふうこう》　日本画家の大家。楓香塾を主宰し、後進の育成に努めている。

五味梨江《ごみりえ》　楓香の妻。「楓香塾の淀君《よどぎみ》」と称されている。

五味美奈子《ごみみなこ》　楓香・梨江の娘。明朗で活発な性格。

五味與一《ごみよいち》　楓香・梨江の息子。中学一年生。

蓮見邦彦《はすみくにひこ》　五味美奈子の交際相手。メリヤス輸出業者の父を持つ。

観月堂《かんげつどう》　五味家に出入りしている書画商。五味楓香から疎んじられている。

葛野京子《くずのきょうこ》　銀座《ぎんざ》の婦人洋服店ミネルバのマダム。

嫁ぐ日近く

（一）

時節柄、なるべく質素にという双方の申し合せだったが、ひとり娘の一生に一度のことと思えばついじっとしてはいられない。旦那《だんな》様がいらしては却《かえ》って邪魔だから、どうぞお二階へと、手伝いの女たちに幾度いわれても、すぐまたのこのこおりて来ては、余計なことにも口を出したくなる順造《じゅんぞう》だった。

そして、そのあとでは、

「いけない、いけない。よそで派手な婚礼を見ると腹が立つくせに、わが娘《こ》のこととなるとつい余計なものの一つも持たせてやりたくなる。やっぱり自覚が足りないというのかな」

と、胡麻《ごま》塩《しお》の頭をたたいて微笑《わら》っている。

信濃《しなの》路《じ》の春は遅く、三月半ばをすぎても梅の蕾《つぼみ》もまだ固かったが、上諏訪《かみすわ》の、この緒《お》方《がた》順造《じゅんぞう》の家だけは、三日あとに迫った娘の婚礼で何やかやと賑《にぎ》やかに取り乱していた。

「全くよ、こんなに拵《こしら》えていただいて、あたし申し訳ないような気がするわ。この間の岡村の婚礼なんか、お婿さんは国防服、お嫁さんはもんぺ姿で、それでいてとても立派だったって、あんなに感心していらしたくせに」

染直しの晴着を友達の木實《このみ》に手伝ってもらいながら、有爲子《ういこ》は半ば非難するように微笑している。

「そういえばそうだが、しかし先方のことも考えてやらねばならんからな。鶴屋といえばこの土地でも指折りの旅館だし、なんしろ派手な商売だから、まさかもんぺ一つというわけにもいくまい。まあ、いいさ。別にこれといって新調したわけじゃなし、みんな亡くなったお母さんのお譲りなんだから」

八畳の座敷いっぱいに、春の陽《ひ》をすって、派手ななかにもどこか古風な色彩《いろ》を沈ませている衣裳《いしよう》のひとつひとつに古い記憶をたどっているうちに、どうかすると順造の老《おい》の目には、うっすらと不覚の涙が滲《にじ》んで来る。それをまた紛らせるように、

「木實さん、それ、お召しかい」

「ええ、昔のものはやはり結構でございますわね。いまどき、こんなしっかりしたものはございませんわ。こうして撫《な》でて見ましても手触りからして違いますもの」

「ふむ、そしてこちらは米琉《よねりゆう》だね。今時こんな地味なものを着るものはないが、お咲《さき》はこれが一番好きだった。そしてまた、よく似合いもしたものだ」

「そうでございましたね。お二階にございます奥さまのお写真も、たしかこれをお召し

でございますが、ほんに、これをお召しになりますと、すらりとしたお背《せい》が、いっそうお高くお見えになったのが今でもまだ眼に残っているようでございますわ」

「あれももう暫《しばら》く生きていてくれたら、今夜のことを見ることも出来たんだが」

と、二言目には三年まえにみまかった妻の話になるのを、誰もおかしいと思うものはなく、却ってほろりとさせられる。

緒方さんご夫婦は、いくつになっても若夫婦みたいだといわれたくらい仲がよく、夫婦しっかり抱きあって、お互いのぬくもりで生きていたような父と母とのことを思うと、有爲子はいつも心が熱くなる。

多血質で、激情家で、若い頃には博奕《ばくち》もうったという順造が、現在のように灰汁《あく》ぬけのした人柄になったのも、みんなお咲さんの感化だと人はいう。

嫁ぐ日をまえにひかえて、今更のようにそんなことを温かく心のなかで味《あじわ》いながら、有爲子がせっせとお針の手を動かしているところへ、玄関のひらく音がして、間もなく、取次ぎに出た女中の藤《ふじ》が浮かぬ顔を出した。

「旦那様、うた屋さんがお見えになりました。御縁談のことで、何か折り入ってお話がございますそうで」

（二）

「うた屋さん、何しに来たんだろう」

「何って婚礼のことにきまってるじゃないの。あの人が仲介だってこと知らないの」

「それは知ってるけど、何んだか妙にうかぬ顔をしていたじゃないか。いつもあんなにお世辞のいい人がさ、今日は眼附きからして変っていたわよ」

「そういえば妙におどおどしていたわね」

　緒方順造はべつに資産としてはないが、世話好きで、町会の面倒から人の世話などもよく見るし、曲ったことが大嫌いで、人と衝突もする代りに、一肌ぬぐとなると己が産を散じてもいとわぬという風だから、何かあると、頼まなくとも大勢押しかけて来て働く。今度はことに一人娘の婚礼というので、日頃世話になっている女房や娘が、八畳の座敷から次ぎの六畳まで、いっぱいになるほど詰めかけていたが、いま有爲子の案内で順造と一緒に二階へあがっていった仲介人の尋常《ただ》ならぬ顔色を見ると、一同なんとなく顔を見合せた。

「何かあったにちがいないわよ。あの人の空々しいお世辞大嫌いだけど、今日みたいにああとぼんとされていちゃ、やっぱり気にかかる。いつものうた屋さんのようじゃないもの」

うた屋さんというのは、町の花柳界などへ呉服物をかついで歩く京染屋で、こんどの縁談も、持ちまえの口弁でまとめあげたのだということを、みんなよく知っている。

「そうね。難しいことでも出来たのかも知れないね、鶴屋の旦那といえば、評判の因業な人だから。木實さん、あんたどう思う」

「さあ」

木實は首をかしげただけで、お饒舌《しゃべり》のなかへ入ろうともせず、せっせと針を動かしている。有爲子と小学校時代、同じ組だったというが、縮れっ毛の、小さく萎《しな》びた姿かたちが、四十女のように油が抜けて、かさかさとして、風雪に苛《いじ》めつけられた雑草のように惨めだ。両親を知らぬ孤児で、五年生の時、この町の芸者屋へ売られて来て、ひどい虐待をうけていたのを、受け持ちの山崎《やまざき》先生と有爲子の母のお咲にすくわれ、それ以来、町の共同女中みたいに、ことがあると手伝いに歩く娘である。

「わたし、本当をいうと今度のこと、あまり賛成じゃないのよ」

木實がはかばかしい返事をしないので、お登女《とめ》という女房がまた話しだした。

「雄司《ゆうじ》さんという若旦那はともかく、鶴屋の親旦那のことをよくいう人はひとりもないものね。有爲子さんはあんなおとなしい人だし、お嫁にいったら苦労するにきまってるんだもの。奥さんが生きていらしたら、きっとこの縁談は反対なすったにちがいないわ」

「馬鹿ね、お登女さんは。そんなケチをつけるようなこと、いうもんじゃないわ」

「ケチをつけるわけじゃないけど、だって憎いじゃないか。鶴屋さんはあれでこちらの旦那には、昔ひとかたならぬ世話になってんのよ。それがああして身代が出来ると、横柄な顔をして、町会でも旦那を邪魔にして、ずいぶんいろんなことをすんのさ。それでいて、今度雄司さんが有爲子さんを見染めて、生きるの死ぬのという騒ぎを起すと、そんな事ケロリと忘れて、うた屋さんに頼みこんで、平あやまりにあやまって来たってんでしょう。大体こちらの旦那は人が好《よ》すぎるのさ。懐中《ふところ》へとびこまれると、怨《うら》みなんかすぐ忘れておしまいになるんだから」

「叱《し》っ、有爲子さんに聞《きこ》えるよ」

有爲子は階段の途中でこの話を聞いていた。そして降りようか降りまいかと、すっかり自分の立場に困っていたが、その時、ふと玄関に立った人影を見ると、

「あら、山崎先生」

と、とび立つような声で、階段をかけおりて来た。

（三）

「あら、山崎先生、いらっしゃいまし」

と、とび立つように迎えに出た有爲子の顔は、雨にぬれた花粉が日にあたってすうっと乾いていくように、晴々と微笑して、黒い瞳がきらきらと潤《うるお》いをおびてかがやいている。

嫁ぐ日をまえにひかえた処女《おとめ》の心は、雲母板のように敏感になっているのだ。いま仲

介人のなんとなく腑《ふ》に落ちかねるものごしに、はっと不安をおぼえていたところへ、計らずもお登女の蔭口《かげぐち》を耳にして、なんだかいやあな気がしていた有爲子は、山崎の顔を見ると、それが救いの神のように思われた。

「やあ、有爲子さん、たいへんだね。皆さん、御苦労さま」

「先生、いらっしゃいまし」

「先生、いらっしゃいまし」

　十年以上もこの町の小学校に奉職している山崎は、町の人とはたいてい顔馴染《かおなじ》みだったし、現にここにいる娘の大半は教え子だった。年齢《とし》は三十二、三だろうが、まだ独身で、湖水のそばに下宿している。素朴で、快活で、飾り気のない性質だから、誰からも敬愛されたが、とりわけ順造とは碁のよい相手で年齢を越えた親愛を感じあっている仲だった。

「先生、どうぞ、こちらへ」

「有難う。有爲子さん、お客さんかい」

「ええ、うた屋さんが来ているんです」

「ああ、そう」

手伝いの女が片附けてくれたあとへ、どっかとあがりこむと、煙草に火をつける。

「木實、なかなか精が出るね」

「先生、いらっしゃいまし」

木實は顔もあげないで、耳の附け根がいじらしいほど紅《あか》くなっている。

「先生、木實さんが手伝ってくれるので、ほんとうに助かりますのよ」

「ふむ、木實もお針だけは一人前だからね。これもお母さんの丹精のおかげです」

「さあ、お茶をひとつどうぞ」

「有難う。時に、うた屋君はもう長くいるの」

「いいえ、いまいらしたばかりですけど」

「そう」

山崎はほかのことでも考えているように、ぼんやり煙草の煙をはきながら、ときどきまっくろに煤《すす》けた天井を見上げている。

「先生」

「なあに」

「ううん」

有爲子はそのまま、黙りこくって、側にあった生前亡母《はは》が好んで着たという米琉の袂《たもと》をいじくっている。

山崎先生はその横顔をあわれなものにみた。

さっきうた屋さんに途《みち》であってきいた話、――それをこの娘はまだ知らない。そして、この娘がその話を知るときは、町中がそれを知っている時なのだ。

山崎は熱いものでも嚥《の》み下すような思いで、じっと有爲子の横顔を見つめていたが、ふと、物問いたげな木實の視線をうしろに感じると、あわてて眼をそらして、

「ああ、たいへんなおこしらえだね」

と、笑いながら、煙草の灰をたたき落したが——と、その時だった。

突然、二階のほうでどすんばたんという、物凄《ものすご》い音が聞こえた。

天井からぶら下がっている電灯《あかり》がユサユサと大きくゆれて、

「だ、旦那、旦那、あっ、誰か来てえ」

と、いううた屋さんの悲鳴とともに、順造の吼《ほ》えるような怒声がきこえる。

山崎はそれを聞くと、吸殻を投げすてて、すっくと立ちあがると早、どどどどと階段を踏み鳴らして二階へかけ上がっていた。

（四）

「離せ、離せ、離せ、殺してやる、殺してやる、殺してやる」

順造のたけり狂う声が表まで筒抜けだった。

「だ、旦那、ま、まあ、待って下さい。そそ、そんな短気な。ああ危い、誰か来てえ」

「離せ、離せ、離さぬとぶった斬るぞ」

どすんばたんと、天井を踏みぬくような音がして、細《こま》かい埃《ほこり》がパラパラと晴着のうえに落ちて来る。

手伝いの女たちは、みんなはんぶん腰をうかして、天井を見ながら呼吸《いき》をのんでいる。

表にははや五、六人の人だかりがしていた。

山崎のあとにつづいて二階へ駈《か》けあがった有爲子は、一瞥《ひとめ》その場の様子をみると、眼《め》暈《くらめ》くような気がした。うまれてから二十二年、彼女はまだ、こんな恐ろしい父の形相を見たことがなかった。

順造はドキドキとするような抜き身をひっ下げて立っていた。井上真改《いのうえしんかい》の銘刀で、日頃から自慢の逸物《いつぶつ》である。

片肌はほとんどぬげそうになり顔は真赤《まっか》に充血し、血管は山脈のように怒張している。かっと瞠《みひら》いた眼が、西洋皿のようにぎらぎらと底気味わるい光をたたえていた。

その昔、諏訪明神の祭礼で、わたり者の博奕《ばくち》打ちを相手に、血の雨をふらしたという、若き日の面影が、忽然《こつぜん》としてそこに蘇《よみがえ》って来たのだ。

「あ、先生、お嬢さん、よいところへ来て下すった。とめて下さい、旦那をとめて下さい」

うた屋さんは畳のうえに尻餅《しりもち》ついて、必死となって抜き身をさげた順造の右腕にすがりついている。

いつも綺麗《きれい》になでつけた髪が、くしゃくしゃに乱れ、羽織の紐《ひも》はとび、黒前垂れもはんぶんちぎれて、畳のうえに投げ出した両足のたしなみのいい白足袋ばかり、いやに白いのがなんだか滑稽《こっけい》だった。

「緒方さん、どうなすったのです。あなたらしくもない。これはいったい、なんという醜態ですか」

「せ、先生」

順造はずるずると二、三歩、うた屋さんをひきずりながら、

「放っといて下さい。この順造は気が狂った。留めだてせずとそこを退《ど》いて下され」

「何をいってるんです。馬鹿な、まあいいから、刀をおさめなさい。あなたの憤慨なさるのも無理はないが、ここで滅多なことをするとかえって有爲子さんの恥辱になるばかりですよ」

「有爲子の恥辱？」

順造はひくい、気味悪い声で笑うと、

「有爲子になんの名誉があろう。先生、可哀そうに有爲子はもうすたり者になってしもうたわ」

「いいです、いいです。万事私にまかせておいて下さい」

「駄目だ。駄目だ。駄目だ」

順造は駄々っ児のように足踏みしながら、

「いくら先生でも、まかせられる事とまかされない事とある。先生、お願いだ、そこを退いて下され。鶴屋の奴を——鶴屋親子を斬って捨て、俺《おれ》はその場で死ぬ覚悟だ。ええい、おのれ、そこを離さぬか」

縋《すが》りつくうた屋さんを、片足あげて蹴《け》った拍子に、手が廻《まわ》ったのか、うた屋さんはわっと悲鳴をあげてひっくり返った。かすり傷だったが小指の先から血が噴き出している。

順造はその方へは眼もくれず、山崎先生をつきのけはねのけ階段の上まで来たが、其《その》鼻先へ、ぺたんと坐《すわ》った者がある。木實だった。

「旦那様」

順造の顔を見ながら、木實はおどおどとした、しかし妙に落ち着いた声で呼びかける。

(五)

「木實か、危い、邪魔せずとそこ退け」

「いいえ、退きませぬ、旦那様」

「ええ、退かぬと容赦せぬ。ぶった斬るぞ」

激情のために思慮を失った順造は、真実、斬りかねまじき形相だった。しかし木實は依然として、ぺたんと腰をおとしたまま、

「はい、斬って下さい。斬られてもここは退きませぬ。このまま旦那様を外へ出しては、お亡くなりあそばした奥様にすみませぬ」

「なに」

「旦那様、うしろを御覧下さいまし、あそこに奥様が見ていらっしゃいます」

順造は冷水を浴びせられたように棒立ちになった。

床わきの長押《なげし》の上から、最愛の妻が、うれいを含んだ微笑をたたえて見下ろしている。

「旦那様、奥様がこれを御覧あそばしたら、どうお思いでございましょう。どういう理由がおありか存じませぬが、旦那様のこの態《さま》を嬉《うれ》しいとお思いあそばすでしょうか。いいえ、いいえ、奥様はきっと泣いていらっしゃいます。はい、泣いていらっしゃいますとも。そしてこのまま旦那様をお出しすればきっとわたくしをお怨みあそばすでしょう。奥様はお亡くなりあそばす時このわたくしに仰有《おっしゃ》った。木實や、旦那と有爲子のことは、くれぐれも頼んだよと、そうわたくしに仰有った。数ならぬわたくしを、それほどまでに思って下さいました奥様に対しても、わたくしはここを退くことは出来ませぬ。さあ、旦那様、行くならそのまえにわたくしをお斬り下さい。斬られて、死んで、わたくしは奥様のところへお詫《わ》びに参ります」

　発育盛りの少女時代を、ひどい虐待と酷使のなかに暮らした木實の体は、二十をすぎても十三、四の子供ぐらいの大きさしかなかった。咲かずにしぼんだ花のように、いじけて、すくんだ片輪のようにさえ見えるのだったが、この時ばかりはその姿に、磐石の重みがあった。吃《ども》りがちなその言葉に千鈞《せんきん》の強さがあった。

　順造はしばらく呆然《ぼうぜん》として、うえから木實を見下ろしていたが、ふいにくるりと振りかえると、つかつかと亡妻の写真のまえに立ちよった。うた屋さんが、あわてて横へとびのいた。

　順造はしばらく、面《おもて》もふらずにこの世で最も愛した者の写真を眺めていたが、やがて、

「お咲！」

と、叫んで、がらり抜き身を投げすてると、

「お咲、すまん。可愛そうに有爲子は——有爲子は——」

順造は嗚咽《おえつ》したが、そのとたんあたりが真っ暗になった。さっと冷い汗が迸《ほとばし》り出たかと思うと、くらくらと眼がくらんだ。

「あれ、お父さま」

有爲子があわてて駈けよった時、朽木を倒すような音を立てて、順造はどすんと畳のうえにひっくり返った。

「あ、緒方さん、ど、どうしたのです。しっかりして下さい。木實、水を、水を——それから医者を呼んで来い」

山崎が抱き起してみると、順造の顔は恐ろしいまでに充血し、雷のような鼾《いびき》が不吉な音を立てている。

去年の春にもいちど倒れて、今度倒れたら危いと医者から宣告されていた順造だった。

「お父さん、しっかりして、しっかりして、先生、どうしましょう、どうしましょう」

狂気のように叫びつづける有爲子のかたわらには、結納の目録がずたずたに引きさかれて、縁起を祝って今朝ほど活《い》けた白水仙の花弁が、貝殻のようにそこここに飛んでいる。

（六）

五十燭光《しょっこう》の電灯の光のみが、いやに白っぽく明るかった。

順造は相変らず昏々《こんこん》として眠りつづけている。あれからすぐに医者がかけつけて来て、二、三本注射をしたり、心臓部を氷で冷したりしばらく様子を見ていたが、それでも順造の意識は恢復《かいふく》しなかった。

雪白の覆布《おおい》をかけた括《くく》り枕に、頭をおいた順造の顔は、不吉なものを暗示するように真赤《まっか》に充血して、静かな部屋の、障子をふるわせて、ひびきわたる鼾《いびき》の音が、どこか調子の狂った機関車を思わせるのだった。

有為子はその鼾の音をきいていると、口のなかがからからに乾いてしまうような不安を覚える。

「先生、お医者様はなんと仰有いましたの」

「さあ、ともかく、よほど警戒しなければならんというようなお話でした」

「そうすると、父はもう駄目なのでしょうか」

「そんな事もないでしょうが、ここ暫らくが一番大切なところだそうです」

山崎は暗然としたように、病人の面《おもて》から眼をそむける。二人はそれきり言葉もなく、黙りこんでしまった。

三月とはいえ、信州《しんしゅう》の夜は、更けるに従ってしんしんと、肌を刺すような寒さである。どこかで、コツコツと氷を砕いている音も侘《わび》しい。

やがて木實が、氷嚢《ひょうのう》を取りかえにあがって来た。

「有爲子さん、向うへいってちょっと横になられたら如何《いかが》ですの。御病人のほうは、先生とあたしとでお引き受けいたしますから」

「ええ」

と、頷いたまま有爲子は、しばらく父の顔を凝視《みつ》めていたが、やがて、物問いたげな眼を山崎の方にむけると、

「先生」

「なあに？」

「あの……」

と、口籠《くちごも》りながら、

「鶴屋さんにこの事、お知らせしなければいけないんじゃないでしょうか。父がこの様子ですと、とてもお約束どおりの挙式は難しかろうと思いますが」

「そうですね」

山崎は煮えきらない返事をしながら木實のほうを見る。木實はうつむいたまま、氷嚢の位置をなおしていた。

「まあ、いいでしょう。こちらから改めて報《しら》せなくとも、うた屋が帰って報告しているに違いないのだから……向うに誠意があれば、言ってやらなくとも見舞いに来ます」

「先生」

「……」

「うた屋さんはいったい、どんな話を持って来たんですの」

「有爲子さん、その話はしばらく止《よ》しましょう。いまはそれより、病人のほうが大切なんだから」

「いいえ。あたし父の息のある間に聞いておきとうございます。先生、うた屋さんは縁談のお断りに来たんでございますか」

「…………」

　山崎は無言のうちに肯定するように眼を伏せた。有爲子はそうもあろうかと、さっきから想像していたところとて、別に驚きはしなかったが、さすがにほおけた頰の下に、さっと紫色の血が走った。

「何故……いったい、どういう理由で……鶴屋さんはそんな無茶なことを……あたし、口惜《くや》しいわ」

　有爲子の眼から、堰《せき》を切ったように涙が溢《あふ》れたが、その時、順造の唇がかすかに動いて、

「お咲――お咲、おまえに済まない」

（七）

囈語《うわごと》だった。夢のうちにも順造は、亡き妻に自分の不明を謝しているらしい。

それを思うと有爲子は俄《にわ》かに悲しさがこみあげて来る。押えても押えても、押えきれぬ涙が、掘りあてた地下水のように溢れて来る。

順造はそれきりまた、昏々と眠りつづけた。

暫く、さむざむとした座敷のなかに、有爲子の嗚咽《むせびなき》と、順造の不吉な鼾《いびき》の音が、縷々《るる》として縺《もつ》れて、やがて、その鼾がふと途絶えると、

「誰だ、そこにいるのは？」

と、案外しっかりした順造の声だった。

「あ、お父さん、気がおつきになりまして？」

有爲子はあわてて涙をおさえる。

「おお、有爲子か」

「旦那様、御気分はいかがでございますか」

「ああ、木實もいたのか」

順造はぼんやり眼をひらいたが、

「先生は……山崎先生は……？」

「緒方さん、僕はここにいますよ」

「そう」

順造は安心したように眼をつむると、音を立てて息を吸ったが、やがてまた眼を開いて、

「先生、あなたにお話したいことがある。有爲子、木實」

「はい」

「おまえたちは階下《した》へいっていなさい」

三人は思わず顔を見合せた。

「だって、だって、お父さま」

「いいから、お前は階下《した》へいっておいで。先生にだけ聞いて戴きたいことがあるのだ」

順造が少し声をはげました。彼の眼はパッチリと開いているが、その眼はもう何も見ていない。蠟燭《ろうそく》の灯《ひ》がいままさに尽きなんとするその瞬間、一時《いっとき》明るさをますように、順造の混濁した頭脳《あたま》にも、いま一道の光明がさしている。その光明の消えさるまえに、是非とも言い遺しておきたいことがある。

順造はそれをあせっているのだった。

「有爲子さん、お父さんがああ仰有るのだから……用事があれば呼びます。木實、泣いていないで、有爲子さんを……」

「はい」

木實にうながされて、しょんぼりと階下《した》へ行く有爲子の後姿を見ると、山崎の眼頭は思わず熱くなった。

「先生、有爲子は階下《した》へ行きましたか」

「はい」

「そう……」

深い溜息《ためいき》とともに、順造の眼からは玉のような涙が溢れて来る。

「可哀そうな奴……先生、聞いて下さい。有爲子も木實と同じような境涯じゃて」

山崎は思わず長押にかかった、有爲子の母の写真を振り仰ぐ。その母は悲しげに、憂《うれ》わしげに良人《おっと》の臨終を見守りながら、その唇から洩《も》れる娘の秘密を聞いている。病人の声が、とぎれとぎれに、静かな部屋のうちに続いて、時々ばさりと、屋根の雪の落ちる音がした。

順造は語り終ると、

「先生、この話はいずれ町中に知れ渡るだろう。その時、有爲子が自分の母を怨むようじゃ、亡くなったお咲が可哀そうだ。先生、あなたの口から話してやって下され。お咲も可哀そうな女じゃった」

「承知しました。万事私がお引き受けいたしましたから、決して御心配なさらないように」

「有難う。これで俺《わし》もいくらか安心して眼をつむれる。先生、有爲子を――有爲子を呼んで下さい」

それから間もなく順造は、泣きぬれた有爲子と木實に手をとられて、最後の息をひきとった。寒い寒い信州の明方で、湖水の氷の裂ける音がしきりだった。

やまかげ椿

（一）

「何んしろ、あの時はわたしも驚きましたね。だんびらのどきどきするような奴を振り廻《まわ》しやがって奴《やっこ》さん、ほんとうにこちらへ斬りこんで来ねまじき勢いなんだから、一時はどうなることかと思いましたよ。だが、人間て分らぬものですな。あれきり果敢《はかな》くなりにけり。考えてみるとわたしも罪な役廻りで、些《いささ》か寝覚めが悪うございますよ」

うた屋さんはかなり酔っている。紋附きの羽織をうしろに脱ぎ捨て袴《はかま》の皺《しわ》になるのも構わず仕《し》方噺《かたばな》しをしてみせる。

今日は緒方順造の葬式の日だった。

鶴屋の主人、宮坂卯《みやさかう》兵衛《へえ》は苦い微笑をうかべながら、

「それぐらいの事はやるだろうよ。何んしろ昔は名代《なだい》の破戸漢《ならずもの》だったんだから」

と、不味《まず》そうに盃《さかずき》を舐《な》めている。

後妻のお才《さい》はうた屋さんに酒を注いでやりながら、

「ほんとうに、うた屋さんには御苦労だったよ。どうせ、何んとか因縁をつけて来るだ

ろうとは思っていたが、でもまあね、これで後腐れなしのさっぱりさ。で、どうだったの。今日のお葬《とむら》いの模様は？」

「なに、別に大したことはありませんがね、でも、わたしゃ些か気づまりでしたよ。何んだか他人《ひと》に顔を見られるようでしてね」

「ほほほほほ、お前さんらしくもない、神妙なことをお言いじゃないか。しかし、あの家も順造さんが亡くなれば有爲さん一人、それで、誰がお葬いの面倒なんか見ているの」

「それは、山崎先生が見ていますよ。あの先生、いやに親切を尽しやがるが、ひょっとすると、緒方の娘にぞっこん、参ってござるのじゃないかな」

蟹《かに》はおのが甲羅ににせて穴を掘るというが、いかにもうた屋さんらしい観察だった。

「そんなことはどうでもいいが、世間ではなんと言っている？ 俺《おれ》のことを何んとか言ってやしないか」

「さあ、別にね」

うた屋さんはあわてて盃の酒を吸った。

「あなた、そんな事を気にする必要はないじゃありませんか。理はこちらにあるのですもの。誰がきいたって尤《もっと》もだと思いますよ」

「それはそうだが、世間という奴はとかく口がうるさいからね」

卯兵衛が気にするのも無理ではなかった。

卯兵衛はかつて、順造から一方《ひとかた》ならぬ恩義をうけている。

いまから十二、三年まえ、この上諏訪の不況時代に、一時、旅館の経営が成り立たなくなって、危く債権者に差し押えられようとした事がある。その仲へ入って、ともかく円満にまとめてくれたのが順造だった。

卯兵衛は辛《かろ》うじて、この旅館を手離さずにすんだが、その後、町の附近にスキー場が出来る。中央線もしだいに便利になる。東京からの客も年々に増して来る。それやこれやで鶴屋もしだいに屋台を持ち直して、近頃では、今こうして三人が酒を飲んでいる別館さえ新築しようという勢い、こうなるのも、もとはといえばあの時順造が、仲に入ってくれたからなのだが、卯兵衛にはその昔の恩義がしだいに重荷になっていた。

肌が合わぬというのか、卯兵衛には順造の、歯に衣《きぬ》きせぬ言動がけむたくて耐まらない。また、いつも貧乏をしながらも、侮りがたい勢力を持っている順造が妬《ねた》ましくもある。町会などでも事毎に衝突して、その挙句には、順造の追い出しを画策するような卯兵衛だった。

ところが、そういう軋轢《あつれき》の最中に、東京から帰って来たのが、私立大学を卒業した一人息子の雄司である。

（二）

古い言葉でいうと、この雄司が有爲子を見染めたのである。

緒方の娘を嫁にもらってくれなければ死んでしまうと、さんざん駄々をこねた挙句が、狂言か真剣かわからないが、睡眠剤を嚥《の》んでみたり、湖水のほとりをさまよってみたり、正気の沙汰《さた》とは思えない。

この非常時に、大学まで出た男が、あまりといえばあまりにも笑止な振舞いだったが、親の卯兵衛はこれですっかり参ってしまった。

わが子は誰しも可愛い。ましてや雄司は一人息子である。いまさら、こんな事をいえた義理ではなかったが、ともかく、出入りのうた屋さんを仲に立てて、縁談を申し込んだ。

順造もはじめのうちはむろん気がすすまなかったらしいが、考えてみると、三年まえに妻を失って、しかも昨年いちど倒れた自分である。今度、自分の身にもしものことがあったら、ほかに頼りになる者のない、有爲子は忽《たちま》ちひとりぼっちになってしまう。自分の眼の黒いうちに、かたづけておいてやるのが、親の慈悲かも知れない――と、そんなふうに心が動いた。

それに、鶴屋といえば、ともかく町では顔役である。息子の雄司が、それほどまでに有爲子を思っているというのも、単純な順造にとっては悪い気がしなかった。

こうして、この縁談は案外すらすらとまとまって、近頃では娘の有爲子より、順造のほうが乗り気になっているという噂さえ、耳にしていた折柄、今度の破談である。しかも、それが動機で、順造が亡くなったときいては、鶴屋卯兵衛も寝覚めのよいわけはなかった。

「世間で何んといおうと、そんな事構わないじゃありませんか。そんな事を気にして、あんな者、嫁に貰《もら》ってごらんなさい。それこそ物笑いの種になりますよ。ねえうた屋さん、そうじゃありませんか」

「そうですとも、これはお女将《かみ》さんの仰有《おっしゃ》るとおり、何も苦しんであんな父《てて》なし子を貰わなくてもね」

「そうですよ。今じゃ娘の子があまって困っている時代なんですもの、どこからでも、もっと立派なお嬢さんが貰えますわ」

　お才は最初からこの縁談の反対者で、有爲子の秘密を、骨を折って探りあてたのもこのお才だった。

「それにしても、あのお咲さんにもあきれて仕舞いますよ。虫も殺さぬ顔をしていて、そんな隠し事があったんですからねえ」

　昔この町で芸者をしていたお才は、お咲の生前、何かにつけて評判のよいのが癪《しゃく》に障ってたまらなかったのである。

「いや、わたしもあれには驚きましたよ。最初お主婦《かみ》さんからお話を承ったときも、よもやと思いましたよ。何んしろ緒方の旦那《だんな》のあの娘を可愛がることと云《い》ったら、真実《ほんとう》のわが子と少しも変りはありませんでしたからね」

「それゃ、惚《ほ》れた女の忘れがたみと思えばね、ほほほほ、きっとお咲さんだと思って、あの娘を可愛がっていたんでしょうよ」

お才は淫《みだ》らな笑い声を立てた。

「しかし、旦那、雄司さんの様子はその後どうです。また、無分別なことでもなさりはしませんか」

「なんの、お前さん、雄司さんもケロリとしてますよ。ああいうのは瘧《おこり》も同じことでさあね。落ちてしまえば夢みたいなものです」

「それを聞いてわたしも安心しましたが」

そこへ女中が入って来た。

「旦那様、お客様でございます」

「客？　だあれ？」

「山崎先生でございます。緒方さんのお嬢さんの事で、お話したいことがおありだそうで」

三人はそれを聞くと、思わず顔を見合せた。

（三）

敵意にみちた卯兵衛と、からかうようなお才と、ばつの悪そうな担ぎ呉服のうた屋さんと——三人三様の視線を、無表情にうけながした山崎先生は、お才がいやに如才なくすすめる座蒲団《ざぶとん》にも眼もくれず、わざと端近なところへ座をしめると、

「いや、もうお構いなく、こちらで結構です、すぐお暇《いとま》をするのですから」と、さっそく持って来た袱紗《ふくさ》包みをひらきにかかったのは、先生としてもこのいやな役目を、いっこくも早く切りあげたかったのである。

「まあ、およろしいじゃございませんか。今日はさぞお疲れでございましたでしょう。たいていではございませんわね。うちでも、一度お悔みにあがらなければと申しながら、なんですか、みなさんに誤解されているような気がして、敷居が高いと申しているのでございますよ。あなた、先生にお盃をさしあげたら……」

お才は弁舌流るる如しである。呑《の》み込みがおに、ひとりで喋舌《しゃべ》りながら、風采《ふうさい》のあがらない山崎先生を、じろじろと横眼をつかって眺めている。

葬式のかえりと見えて、山崎先生はナフタリン臭《くさ》い、皺だらけのモーニングを着ていたが、お才のような女には、それだけで相手の価値がきまってしまうのである。

「いや、沢山です。そうしてはおられんので。今とつぜんお伺いしたのは、ほかでもありません。実は、有爲子さんから頼まれて、これをお返しに来たのです」

袱紗包みからとりだしたのは、鶴屋から贈られた結納だった。

お才もさすがにそれを見ると、ふと口を噤《つぐ》んで、卯兵衛と顔を見合せている。その結納こそは、彼らのなした不信な行為が、いかに相手を傷つけたか、それを最も雄弁に物語っているようなものであった。卯兵衛もいまさら、責められるような気持ちで、苦りきった表情《かお》だった。

「先日、ここにいるうた屋君からもお話があったように、ああして御縁談がこわれた以上、これはおかえしするのが当然だろうというわけで、有爲子さんからの頼みもあり、不肖ながら私が使者に立ったわけです」

「あらまあ、それはお丁寧に、あなた、どうしましょう」

　お才は白けた面持ちで、卯兵衛の表情《かおいろ》をうかがっている。

「そうさな、一旦《いったん》差上げたものをまたこちらへ納めるというのも変な話だが」

「いや、これは普通の贈り物とちがって、結納ですから、破談になった以上、おかえしするのが当然かと思います。どうぞお納め下さい。有爲子さんとしても、その方がさっぱりすることと思います」

　山崎先生がきょうやって来た気持ちのなかには、出来ることならもう一度、卯兵衛夫婦を説いて、翻意させてみようという、一縷《いちる》の希望《のぞみ》がないではなかった。しかし、今こうして、三人で酒を酌み交しているところをみると、そういう気持ちも一時に消えてしまった。この軽薄な担ぎ呉服のうた屋をまじえて、彼らがどんな噂をしていたか、たいてい想像がつく。もう何をいっても無駄なのだ。先生は一刻も早く、このいやな用件をすまして座を立ちたかった。

「先生、有爲ちゃんはどういう気持ちでしょうね。今度のことは今度のこととして、うちでもこれで、有爲ちゃんのことでは随分、気を揉《も》んでいるんですよ。今までのことは水に流して、改めて御相談にものりたい、お力にもなってあげたいと、始終そう申しているんでございますのよ」

お才はじろじろ山崎の顔を見ながら、臆面《おくめん》もなく、そんなことをいう。

（四）

処女《きむすめ》に対して、これほどひどい侮辱をあたえながら、何んの御相談ぞ、何んのお力ぞと、相手のあまりの白々しさに、さすが温厚な山崎も内心の憤りをおさえかねたが、それでも口には出さなかった。

順造の破ってすてた結納の目録を、鶴屋へかえすとて、包み直すときの、有爲子のあの悲しげな顔が、山崎の眼にはまだありありと残っている。破談になった理由をまだよく知らぬ有爲子にとって、どんなにそれは口惜しいことだったろう。いったん納めた結納を、かえさねばならぬということが、女の身にとって、どれほど一大事であるか、この人たちは知っているのだろうかと、山崎は相手にきいてやりたかった。

「有爲ちゃんには気の毒ですわ。わたしも一度慰めにいきたいと思うんですけれど、なんですか、人の話によると妙にこちらを怨《うら》んでいろんな事をいってるそうじゃありませんか」

お才は気を惹《ひ》くように山崎の顔を見る。

自分はどんな事をしても構わないが、人から悪くいわれたくないというのが、こういう種類の女の身勝手だった。

「さあ、そんな事もないでしょうけれど」

「そうですかね。それなら結構ですけれど、雄司さんなども、今度のことではずいぶん後悔しているんです」

「いったい、雄司君の気持ちはどうなんですか」

山崎は思わずそう訊《き》いてみずにはいられなかった。

卯兵衛やお才はともかくとして、雄司はかつての教え子でもあり、あんなに有爲子を懇望していたのだから、せめてその誠実を信じてやりたかった。

「雄司さんもね、あんな我儘《わがまま》をいわなければ有爲ちゃんにもいやな思いをさせずにすんだのにと、たいへん後悔しているんですよ。でも、お蔭様《かげさま》ですっかり諦《あきら》めてくれましてね。新規蒔《ま》き直しに、近いうちにまた東京に行くと申しているんですよ」

山崎先生もそれだけ聞けば十分だった。肝腎《かんじん》の雄司がその調子なら、もう何をいうことがあろう。

「雄司さんのほうはこれでかたがつきましたけれど、心配なのは有爲ちゃんですわ。これからさきどうするんでしょう」

余計なお世話だと山崎は言いたかった。

「先生にはお分かりになっているんでしょう。なんですか、有爲子ちゃんとは大変お親しいように聞いておりますもの。ねえ、うた屋さん」

お才は皮肉な眼で、じろじろ山崎の顔を見ている。うた屋は向うを向いたまま、ひとりで盃を嘗《な》めながら首をちぢめてみせた。

山崎先生はもうそれ以上、この場にいたたまれなかった。

結納をそこへおくと、挨拶《あいさつ》もそこそこに座を立ったが、その背後《うしろ》から浴せるように起った軽薄な笑い声をきくと、怒りで胸がふるえた。

その怒りは鶴屋の玄関をはなれてからも、なかなかおさまらなかった。

何かしら、穢《けが》らわしいものの中へでも入っていたように、皮膚がかっかっと火照《ほて》るのが感じられて気持ちが悪かった。

だが、いまはこんな怒りに身をまかせている時ではない。山崎はこれから有爲子に会って、順造から託された彼女の秘密をきかせてやらなければならないのである。

葬式が終ったら聞かせてやるというのが、有爲子との約束だった。

山崎はそれを考えると俄《にわか》に足が重くなった。取りあえず気を鎮めなければならぬと思って、まだ冷い風の吹く、湖畔のほうへ出ていったが、その時だった。

「先生――山崎先生」

と、おずおずとうしろから呼びとめた者があった。

（五）

山崎先生には、振りかえってみるまでもなく、それが雄司であることが判っていた。

「雄司君、何か御用かね」

自分ではそんなつもりではなかったが、その素っ気ない調子が、君などには用はないという風にひびいたと見えて、雄司はベソをかきそうな顔をしていた。

「先生に、ちょっとお話があるんですけれど」

「そう、では、向うにベンチがあるから、あそこに行って聞こう」

雄司は先生に叱られた子供のように、おずおずとあとからついて来る。

まだ寒い湖のほとりには、殆《ほと》んど人影はなかった。溶けそめた氷の破片《かけら》が汀《みぎわ》にひたひたと漂うていて、裸になった柳の下のベンチは、鉄のように冷えきっていた。

「君はちかいうちに東京へ行くそうだね」

「ええ、父がやかましくいうものですから」

「それもよかろう。君も今度は新規蒔き直しでうんとやるんだね」

「先生」

雄司は挑むように山崎先生の顔を仰いだが、すぐにまた黙りこんでしまった。

人の噂によると、今度の破談問題が起ってから、雄司は一室に監禁同様、押し籠められているという話だが、なるほど色白な顔が蒼白《あおじろ》く憔悴《しょうすい》しているのが痛々しかった。

昔、山崎先生が担任していた頃の雄司は、色白の可愛い子供で、学校の出来も悪いほうではなかったが、気が弱くて、見栄坊《みえぼう》で、調子がいいとすぐに威張りたがるくせに、一度躓《つまず》くと、すっかり悄気《しょげ》かえるという風な、性格の弱い少年だったが、久しぶりに見る雄司はその頃と少しも変ってはいないらしかった。

「で、君の話というのは？」

「先生、僕、もう一度有爲子さんに会いたいのですが」

「有爲子さんに会ってどうする？」

雄司は再び黙ってうなだれてしまった。

山崎先生はその横顔を見ているうちに、ふとこれは自分の観察が間違っているのかも知れないと思った。雄司は父や継母《ままはは》の反対を押しきってでも、有爲子と結婚しようというのではなかろうか。それはむろん、教育者として賞《ほ》むべき事ではないが、雄司にそれだけの覚悟があるなら、まだここに残された途《みち》があると、山崎は一縷の希望《のぞみ》をかんじたが、だが、すぐにそれは微塵《みじん》に打ち砕かれてしまった。

「僕、有爲子さんに会ってよく話をしたいのです。このまま別れていつまでも怨まれるのはいやですから」

「話をする？　それだけの事か。君はもうあの人と結婚する意志はないんだね」

「ええ、だって、父や母が反対するものですから……」

「で、君はあの人を諦めたというんだね」

「いいえ、僕、諦めたわけじゃないんです。しかし、父のいうのも本当だと思うんです。結婚には相手の血統が第一だといいます。有爲子さんはああいう風に……」

　と、雄司は口籠《くちごも》った。

「ふむ、だから、君の結婚の意志は消えてしまったというわけだね」

「ええ」

　雄司は力なくうなずきながら、

「でも、でも、僕はやっぱり有爲子さんを愛しているんです。結婚は出来ないと思いますけれど、僕あの人を諦めることは、とても出来そうにないんです」

　雄司は悄気かえっていたが、その言葉をきいているうちに、山崎先生は腹が立つより、あきれかえってしまった。彼の言葉をつきつめていくと、それがどんなことになるかと思うと、山崎先生は有爲子のいじらしさに、胸がつぶれるような気がするのだった。

(六)

「雄司君、それはどういう意味だね。結婚をする意志はないが、諦めることは出来ないというのは……？」

「だから、僕は有爲子さんに一度会って、よく話してみたいのです」

「会って、何を話すのだ」

「いろいろな事です。あの人がまだ僕を愛してくれるかどうか、それを聞きたいのです」

山崎先生はいよいよ相手の身勝手に、あきれかえってしまった。

「有爲子さんが君を愛する？――結婚する意志もない君を愛してどうするのだ。もしかりに、有爲子さんが君を愛していたところで、君のほうでそういう調子じゃ、なんにもならない事じゃないか」

「でも、先生」

雄司は必死の眼をあげて相手を見ながら、

「世の中にはそんな恋愛だってあるじゃありませんか。お互いが真実愛しあっていたら、結婚なんて問題ないじゃありませんか」

子供の時から妙にとびあがった軽薄なところのある男だったが、まさか、これほど我《わが》儘《まま》で、無茶な考えを持っていようとは思わなかった。

山崎先生は不快さでいらいらして来た。

「雄司君、君はどこでそんな事をおぼえて来たのだ。君たちの年頃の青年は、みんなそんな不真面目な考えかたをしているのかい？」

雄司の白い頬がさっと紫色になるのを見ながら、山崎先生はふと環境というものについて考えてみる。

継母のお才は、雄司の実母が生きている時分から別に妾宅《しょうたく》をかまえて、卯兵衛はそこへ入り浸りだった。それのみならずお機嫌買いでお調子ものの雄司は、実母の思惑など平気で、お才がちやほやするのを、いい事にして、そこへ出入りをしていた。そういう実物教育がいつか雄司に、そんな考えを抱かせるようになったのだろう——山崎先生はなるべく、そんなふうに考えたかった。

「君の言うことは無茶だ。それは有爲子さんをおもちゃにする事だ。君がそんな不純な考えでいる限り、絶対に有爲子さんに会わせることは出来ない」

山崎先生はつとベンチから立上った。

「先生！」

「なんだ」

「それじゃ、有爲子さんに会っちゃいけないと仰有るのですか」

「会っても無駄だ、止《よ》した方がよかろう」

「それじゃ、先生は僕をこのまま有爲子さんと引き裂いてしまおうというのですか」

山崎先生はその言葉の気《き》儘《まま》さ加減に、虫酢の走るような気がした。

「僕はただ、会っても無駄だというのだ。雄司君、急がしいからこれで失敬する」

「先生！」

「…………」

「それじゃ、先生はやっぱり、世間の噂どおり有爲子さんを……」

「何？」

ふりかえった拍子に、バッタリ会った相手の眼のなかに、執念ぶかい怒りと、猜疑《さいぎ》の表情《いろ》がふるえているのを見ると、山崎はなんともいえぬ不快さにうたれた。

「雄司君、君は……」

と、いいかけたが、何をいっても無駄だと考えたのか、山崎はそのままくるりと足をかえして、

「僕は失敬する。君はもう少し、人間らしくならなきゃいかん」

吐きすてるように言いすてて、そのまますたすた雄司のそばを離れた。

あと見送った雄司の顔が、憎悪と嫉妬《しっと》に紫色にゆがんで、膝《ひざ》においた拳《こぶし》がわなわなとふるえているのを意識しながら……。

墓地にて

(一)

湖を一望のうちに見晴らす小高い丘の狭間《はざま》に、ささやかな墓地がある。

三方を山にかこまれて、西だけひらけたこの狭間は、夕方ちかくなると西陽《にしび》をすって、日のあたるところだけ、ほんのりとした温味《あたたかみ》にいだかれていた。

有爲子の母の、お咲の墓はこの墓地にある。墓のそばにあるひともとの紅椿は、お咲をここに葬むるとき、順造が植えたもので、お咲が生前いちばん愛していた花である。やまかげに、人知れず咲いて散っていく椿の花――それはさながらお咲の生涯だと、順造はこれを植えるとき、ひそかに述懐したものだ。

やがて、明日にもなれば、その順造もこの椿のしたに葬られることになるだろう。

有爲子は紅《あか》い花のついた枝をいっぽん折ると、それを母の墓前に供えた。ゆるやかな線香の煙が、西陽のなかに立ちのぼって、そのひっそりとした匂いが、ともすれば乱れがちな有爲子の胸にしいんと滲《し》みとおる。

この頃のくせとして、夕方ちかくなると風が出て、氷のとけた湖のなかほどあたり、寒々とした縮緬皺《ちりめんじわ》をきざんでいる。山かげには早、冷い色が迫っていた。

　この二、三日の境遇の変化が、有爲子にははげしい暴風雨《あらし》のようにも思えた。母を失った時も悲しく思い乱れたが、そこには順造という、大きな愛であたためてくれる父がのこっていた。

　しかし、今は――？

　有爲子は何も知らないでいるところを、ふいに背後《うしろ》から押し倒されたような自分をかんじる。訊《たず》ねようとしても、誰も答えてくれない。みんな憐《あわ》れむように自分を見る。ある者は嘲《あざけ》るように顔をそむける。額をあつめて、ひそひそ話をしながら、自分の顔を見ると、はたと口を噤《つぐ》んでしまう。お葬《とむら》いのとりこみの間にも、有爲子はいくどもそういう、白けた気持ちを味った。彼女はそうした周囲の変化のなかに、途方にくれた面持ちで立ちすくんでいる自分を発見する……。

　ふと、土を踏む音がちかづいて来た。振りかえってみると、山崎先生が寺の横のだらだら坂をのぼって来るのである。有爲子はいまさらのように胸のふるえるのを感じた。この、母の墓前で、彼女は自分の秘密をきかせて貰《もら》う約束だった。

　山崎先生は墓地へはいって来ると、墓前に額《ぬかず》いて、それからまぶしそうに有爲子を見た。

「寒かありませんか」

「いいえ」

「もっと、ほかのところで話すほうがいいと思うんだが」

「いいえ、やっぱりここで聴かせて戴きます」

山崎は有爲子の顔にうかんだ、強い決心の表情《いろ》をみると溜息《ためいき》に似たものを吐き出した。亡くなった母に似て、蔓草《つるくさ》のように頼りなげな哀れさのなかに、どこか風雪にもめげぬ強さをもっている有爲子だった。ひろい額の白さや、冴《さ》え冴えとした眼や、口許《くちもと》のふかい陰翳《いんえい》もお咲にそっくりだった。

「そう、じゃそこへ掛けよう。かなり長い話になりそうだから」

山崎は墓地のまえにある切り株を指さした。長いあいだ凍《い》てついていた土の下から、青い草がほんのちょっぴり芽を出しかけていた。

「まず鶴屋のほうだが、あのほうは片がついたから安心したまえ。結納はかえして来たよ」

「…………」

「こんな事をいっちゃなんだが、僕はかえってこうなった方がよかったのじゃないかと思う。あれはもう諦《あきら》めてしまいなさい」

「先生そのことはどうでもいいんです。それより、お母さんの事を聞かせて頂戴」

有爲子は、はげしい声でいった。

（二）

「有爲子さん、あなたは賀川俊六《かがわしゅんろく》という名を聞いたことはありませんか」

「賀川俊六？　いいえ」

突然、聞いたこともない名がとびだしたので、有爲子はただ無邪気に眼をみはった。その名が自分にどんな深い関係を持っているかも知らずに。

「お父さんの口からか、それとも亡くなられたお母さんの生前、なにかのはずみに、そういう名をお聞きになったような記憶《おぼえ》はありませんか」

「いいえ、ありませんわ」

有爲子は強く首をふって、

「先生、でも、その人がどうしたというんですの」

山崎先生は軽い溜息を吐くと、

「隠しておいたところで仕様がない。いずれ分ることなんだから」

と、呟《つぶや》きながらポケットから一通の封書を取り出した。

「有爲子さん。ここにその人にあてたお父さんの手紙があります。昨年、病気で倒れた際、万一の場合を心配して、お父さんが書き遺しておかれたものです。つまり……」

と、言い難そうに、

「この人のところへ行けば、あなたの真実《ほんとう》のお父さんのことが分るのだそうです」

有爲子はなにを言われたのか分りかねるような表情《かおいろ》で、しばらくぼんやりと山崎先生の手にした手紙を眺めていたが、やがて、

「真実の父ですって？」

と、独語《ひとりごと》のように呟いた。

「そうです。緒方順造さんはあなたのお父さんではなかったのです。あなたの真実のお父さんはほかにあります。そしてその人を知っているのは、賀川俊六という、この人よりほかにないのだそうです」

山崎先生は、いじらしそうに有爲子の面《おもて》から眼をそむける。有爲子の表情《かお》はしかし、なんの変化も示さない。大きく瞠《みは》った眼は、ただまじまじと相手の顔を凝視《みつめ》ているばかりである。山崎先生はふと、自分の言葉が理解されないのではなかろうかと思った。

「お父さんは——緒方さんは、自分の死後、あなたが独りぼっちになるのを心配された。そこでこの手紙を書いておかれたのですが、この間、御臨終の際、それを私に託されたのです。あなたに渡したほうがよいようなら、仔細《わけ》を話して渡してくれ。さもなくば、私の手で握りつぶしてくれというのがお父さんの御遺言でした。私はいまこれをあなたにお渡し致します。それが果してあなたにとってよい事か悪いことか私にも分らないが、これ以上、真実を隠しておいて、あなたを苦しめるに忍びないからです」

山崎先生はひといきにここまでいうと、ほっと苦しげな溜息をついた。

有爲子は渡された手紙のうえに意識のない、虚脱したような眼を落す。そこには見覚えのある父の筆蹟《ひっせき》で、

東京市麹町区三番町
賀川　俊六殿

と、いう字が順造らしい闊達《かったつ》さで躍っている。有爲子の眼はそれを見ると、俄《にわか》に濡《ぬ》れ、唇がふいに激しく痙攣《けいれん》した。

「先生！」

「……」

「それはほんとうですの。お父さんがあたしの真実《ほんとう》のお父さんではなかったなんて。いいえ、嘘です、嘘です。あんな優しい父が……どんなにあたしを可愛がって下すったか……ねえ、先生、先生、嘘でしょう、そんなこと、嘘だといって頂戴」

ひしと山崎先生の膝《ひざ》をつかんだ有爲子の眼から、ふいに、掘りあてた泉のように、とめどもなく泪《なみだ》が溢《あふ》れて来た。

（三）

「いやです。いやです。そんな事いやです。あたしはやっぱり緒方順造の娘です。そんなことみんな嘘だわ。誰かがあたしを担ぐんだわ。ああ、お父さま、お母さま！」

血を吐くような声だった。

身を揉《も》みながら、激しく泣きむせぶ有爲子の肩のあたり、ポトリと椿の花一輪、音もなく落ちて、――

山崎先生はそれを見ると、有爲子の肩を抱いてやりたかった。抱きしめて優しい言葉を囁《ささや》いてやりたかった。だが、はっとしたように身を引くと、暗然と面《おもて》をそむけて、

「有爲子さん、あなたがびっくりなさるのも無理はない。信じられないのも尤《もっと》もです。僕だって、このあいだ話を聞いた時には、どんなに驚いたことでしょう。しかし、有爲子さん、だからといって、御両親を怨《うら》んじゃいけませんよ」

「あたしが両親を怨むんですって？　どうしてあたしが……あんなに大事にして下すったお父さまやお母さまを……」

有爲子はいやいやをするようになおも激しく泣き入りながら、

「先生、先生、それじゃやっぱりほんとうですの。あたしの父はほかにありますの」

「そうだということです」

「そして母は……？　お母さまは……？」

「有爲子さん、お母さまはあなたのほんとうのお母さまでした」

それを聞くと、有爲子はいっそう激しく泣きむせんだ。山崎の膝につかまったまま、絶え入りそうに泣き入った。

だが、暫《しばら》くして顔をあげた時には、彼女の眼からはすっかり泪が乾いていた。まだ、瞼《まぶた》はいたいたしく泣きはらしていたけれど、

「先生」

「……」

「あなたの仰有《おっしゃ》ることは真実《ほんとう》ですわ。母はあたしの母でした。そして父はあたしの父ではなかったのです。きっとそうだわ。それ故にこそ母はあんなにあたしを愛してくれ、それ故にこそ、父はあんなにあたしを愛してくれたのですわ」

「………」

「さあ、先生、話して頂戴。あたしもう泣いたりしないから話して頂戴。あたしの父はどこにおりますの」

「有爲子さん、それは僕にも判らない。いやあなたのお父さん――緒方さんすら、あなたの真実のお父さんが誰だか知ってはいなかったのです。それを知っていたのはお母さんと、それから、その手紙の上書にある、賀川という人と、その二人きりだったそうです」

「つまり……つまりあたしは私生児なのね」

「有爲子さん」

山崎は烈しい声で、

「そんなふうにいっちゃいけない。そのためにあなたのお母さんがどんなに苦しんだか、またあなたのお父さん――緒方順造さんがどんなに立派に行動したか――そしてお二人が、あなたを中心に、どんなに愛しあっていられたか――その事もよく考えてあげなければいけない」

有爲子はきっと唇を嚙《か》みしめたまま、黙ってきいていたが、しだいに頭《こうべ》をたれると、

「御免なさい、お父さま、お母さま——何かきっと深い事情があったのね。先生、その事情というのを御存じだったら話して頂戴」

「話しましょう、ここにはお母さんも聞いておられる。あなたもその話をきいたら、きっとお二人に同情されるでしょう」

山崎先生はそこに落ちている椿の花を拾いながら、有爲子のほうへ向きなおった。

（四）

「あなたのお母さんは越後《えちご》のうまれだそうですが、ずっと以前《まえ》に、この町にあった旅館に手伝いに来ておられたのだそうです。その旅館はだいぶまえに潰《つぶ》れてなくなったが、お母さんはそこの主人と縁続きだったとかで、両親の死後、一年あまり手伝いに来ておられたそのお母さんを、あなたのお父さん——緒方さんがつまり、好きになられたのです」

陽はだいぶ傾いて、この山峡《やまかい》の墓地には、しだいに翳《かげ》がひろがって来る。二人をめぐって駈《か》けていく冷たい風は、葉の落ちた雑木林をさむざむとゆすぶっていった。

山崎先生は嚙んでふくめるように、惨憺《さんたん》たる順造とお咲の話をつづける。

「ところが、その時分緒方さんは……あなたも御存じかも知れないが、手のつけられない乱暴者だったそうです」

「ええ、知っていますわ。その事ならよく父からも聞きました。でも、あたしちっともそのことを恥かしいとは思いません。あたしの物心ついた頃から、死ぬまで父は立派な人でしたもの」

「そうです。あなたのお父さんは立派な、偉い人でした。しかし、その時分お母さんにはそれが分らなかった。手のつけられない乱暴者のお父さんを掘り下げていったら、ああいう貴い鉱脈につき当ろうとは夢にも気がつかなかった。お母さんはただ、あなたのお父さんが怖かったのです。無理もない、博奕《ばくち》は打つ、喧嘩《けんか》はする。揚句の果には抜き身をさげてお母さんを脅迫する、そういうお父さんだったのだから」

有爲子は黙ってきいている。そういう旧《ふる》い話のなかにも、若い頃の父と母との面影がしのばれて、懐しさに、ともすれば泪が溢れそうになるのだった。

「あまりの怖さ、悲しさに、とうとうお母さんはこの町から逃げ出されたのです。お母さんはそれから東京へいかれた。そして、それから一年のあいだ、お母さんが東京でどういう生活《くらし》をしていられたか、誰も知っている者はない。二度目にお母さんがこの町へかえって来られた時には、あなたを妊《みごも》っていられた。お母さんはこの湖水へ身を投げて、死ぬつもりでかえって来られたのだそうです」

冷たい風が、ふたりの周囲を、音を立てて吹きすぎる。有爲子はぎょっとしたように肩をすくめて山崎の顔を見たが、すぐその視線は母の墓のほうへ這《は》っていった。

「それは秋のはじめの、烈しい暴風雨《あらし》の夜だったということです。お母さんがずぶ濡れになって、湖のほとりをさまよっていられるのを、あなたのお父さん、緒方さんが見附けて、御自分の家へ連れて来られたのです。半月あまりというもの、お母さんは高い熱のために意識もなく寝ていられたが、その間にお父さんは、あなたのお母さんが妊っていられるのに気がついた。その時、お二人のあいだにどんな話があったか僕も知らない。お母さんが快《よ》くなられると、お二人はすぐ旅に出て、一年あまり経って帰って来られた時には、あなたが産まれていたのだそうです。つまりあなたのお父さんは、産まれて来る子供の不幸を救うためにお母さんを説き伏せて結婚されたのです。それから三年ほどたってあなたのお母さんが、ほんとうにお父さんを愛するようになるまで、それは名ばかりの結婚だったそうですけれど……」

　お互いの愛情の体温《ぬくもり》で、温めあって生きていた父と母、その和やかな夫婦生活の美しさは、こういう話を聞かされても少しも価値を落すとは思えない。いや、それ故にこそ、いっそう尊く、懐しく想いかえされる。しかし有爲子にはいま、もっと聞きたい事があるのだった。

「そして、あたしの父は……真実《ほんとう》の父というのは？」

（五）

父を……真実の父を尋ねる有爲子の表情《かおいろ》には、何やら固い、激しいものがあった。山崎先生もそれを無理ならぬところと思う。この質問に答えることは、山崎にとってもいちばん辛《つら》いのだった。

「有爲子さん、残念ながらあなたの真実のお父さんについては、僕はなにも知らないのです。いや、僕ばかりじゃない。緒方さんも御存じじゃなかったのです」

「父も――父も知らなかったのですって？」

「そうです。その人を知っているのは、亡くなられたあなたのお母さんと、賀川俊六という、その手紙の宛名の人よりほかにないのだということです」

有爲子は瞬間、ぽかんとした、うつろの瞳《め》で山崎の顔を見ていたが、ふいに泣き笑いみたいな表情《いろ》をうかべると、

「先生！　それはどういうわけですの。父がその人を知らないなんて、そんな、そんな……それはどういうわけですの」

「まあ、お訊《き》きなさい、有爲子さん。ここが緒方さんの偉いところだと思うんだが……緒方さんはあなたのお母さんと一緒になられるとき、むろん、その人のことを訊かれたんだそうですが、お母さんはどうしてもそれを打ち明けようとはなさらない。あまりしつこく訊くことは、結局、お母さんを苦しめるばかりなので、それ以来、二度とその人については触れないことにしていられたのだそうです。緒方さんも訊かねばお母さんも語らず、しかも、この事が少しもお二人の愛情の妨げにならなかったことはあなたもよく知っているでしょう。緒方さんにはそんな事は問題じゃなかった。ただひたすらお母

さんを愛し、あなたを愛せられたのだから。こうしてお母さんは生涯、この秘密については語らなかったし、緒方さんも訊こうとはしなかったが、それでもお母さんの御臨終の時には、さすがに緒方さんも気になってその事を訊かれたのだそうです。ところがその時のお母さんの御返辞というのはこうでした。――あの娘《こ》の父はいま偉い人になっている。しかしその人は私たち母娘《おやこ》にとっては死んだ人も同様なのです。あの娘の父はあなたよりほかにありません。どうぞもうそのことはきかないで……」

　有爲子は腹の底から細《こまか》い戦慄《せんりつ》の湧きおこって来るのを押えることが出来ない。亡き父と母との深い愛情の追憶は、彼女の心をさわやかな泪であたためてくれる。しかし、それと同時に、もう一人の父に対する、何んとも名状することの出来ぬ感情を、抑えることも出来ないのだ。愛とも憎しみともつかぬ、雲のような漠然たる感情を……。

「でも、でも……この人が、この賀川俊六という人が、あたしの真実《ほんとう》の父を知っているというのはどういうわけですの」

「それはこうです。あなたがまだお腹《なか》にいた頃、お母さんは唯《ただ》ひとこと、この子の父のことは、賀川俊六という人が一番よく知っていると洩《も》らされたんだそうです。そこで緒方さんはあなたが産まれるとすぐ、東京へ行って賀川という人に会って来られたのです。賀川という人もなかなか立派な人だったそうですが、緒方さんはその人に向って、あなたのお母さんが女の子を産んだこと、その子を自分の娘として育てようと思っていること、だから、今後この二人については、絶対に口出しをして貰っては困るということを、念を押して来られたんだそうです。唯肝腎《かんじん》のあなたのお父さんについては、緒方さんも聞かねば、賀川という人も話さなかった。賀川という人も、むろんそんな事は絶対にさせないから、どうぞ二人を幸福にしてあげてくれと、手をついて頼まれたということです。それきり、あなたは真実のお父さんと縁が切れてしまったというわけですよ」

（六）

「じゃ、この人に聞けば、あたしの父のことがわかるのね」

「そうです。お母さんがお亡くなりになった現在《いま》、あなたのお父さんを知っているのは、その、賀川俊六という人よりほかに誰もいないのです」

「それで、お父さまはこの手紙をあたしにどうしろと仰有るのでしょう」

「緒方さんはね、御自分のお亡くなりになったあとの、あなたの身の振りかたについて、非常に心配されたのですよ。鶴屋との縁談がうまくいっていればともかく、あれがああいうふうになってしまった以上、ほかに頼りになる親戚《みより》とてないあなたのことを、非常に気に病んでいられたもんです。だからここであなたを、真実のお父さんのところへ返すのが最良のみちだとお考えになったんですね」

「まあ、先生！」

有爲子は思わず声をふるわせた。

「それじゃわたしに、この手紙をもって、父のところへ訪ねていけと仰有るの？」

　そんな事が……そんな事が出来るだろうか。たといどういう事情があったにしろ、まだ産まれない先から、自分を捨ててしまった父、おそらく一度も、自分というものを見たこともないであろう父、そういう父のもとへ、二十年もたった今となって、あたしがあなたの娘ですと訪ねていけるだろうか、父はともかく、その人にはおそらく妻もあれば子供もあるだろう。そういうなかへのこのこと、自分という者が割りこんでいって、果して歓迎して貰えるだろうか。

「いいえ、厭《いや》です、厭です。先生、そんなこと……そんなことあたしには出来ないわ」

「しかし、有爲子さん、それが緒方さんの御希望なんですよ」

「いくら父がそう言ったとて……いいえ、あたしは厭、あたし厭だわ。あたしはやっぱり緒方順造の娘ですわ」

　俄かに激しく泣きじゃくる有爲子を、山崎先生もどうしていいか判らない、狭いこの湖畔の町よりほかに知らぬ有爲子にとって、それは余りに大きな人生の冒険にちがいない。山崎もやりたくはなかった。引きとめたいのはやまやまだった。しかし、自分にどういう力があろう。鶴屋とのことがなければともかく、ああいう事があったあととなっては、この町も、決して有爲子にとって住み易いところとは言えなかろう。

「先生、あたしを行かせないで頂戴。あたしどんなことでもするわ。木實さんみたいに……木實さんみたいにどんなことでもするわ」

「有爲子さん！」

山崎は烈しい声で何かいおうとしたが、ふいに弾《はじ》かれたように立ち上った。

その山崎の表情《かお》を、有爲子はびっくりしたように見上げたが、すぐ眼を落すと、暫く二人とも黙っていた。

そして、余程たってから有爲子はいった。諦めたような声音で、

「先生、済みません。あたし、やっぱり行きますわ」

「そう、その方がいいでしょう。自分の娘ですもの、その人もきっと喜んでくれるにちがいありませんよ」

有爲子は唇を曲げただけで答えない。

暮れるに早い山峡のこの墓地ははや、雀色に黄昏《たそが》れて、亡き母の墓標のみしらじらと……。

その時、木實が提灯《ちょうちん》を持って迎えに来た。

「有爲子さん、お迎えに参りました」

三人三様の沈黙のなかに、提灯《ちょうちん》をかかげた木實の瞳《め》が、ふるえながら、有爲子と山崎先生の顔を見較べている。

茨の首途《かどで》

(一)

　上諏訪を午後四時に出る上り急行は、東京へ行くものにとっては一番便利な汽車だった。隧道《トンネル》の多い、あの中央線を、駅ごとに停車しながら、ごとんごとんと行く汽車の退屈さに耐えられない人々は、一汽車おくらせても急行に乗りたがる。

　わけても今は、スキー季節《シーズン》の終幕近く、名残りの雪を楽しんで来たスキーヤーで、狭いプラットフォームはいっぱいだった。

「それじゃ、有爲子さん、気をつけてね」

「向うへ着いたら、ハガキでいいからすぐ知らせるんですよ」

「困ったら、すぐまたこちらへ帰っていらっしゃいね」

押しあいへしあう人々をわけてやっと後部の三等に席を見つけた有爲子は、窓越しにかわるがわる声をかける、山崎先生と木實の言葉をうわの空で聞いていた。

淋《さび》しい首途《かどで》だった。見送りとてはただその二人しかなかった。

「ほんとうに、困ったらすぐに帰っていらっしゃいね。東京というところは怖いところだそうだから、まごまごしていないでね」

「ええ」

有爲子はしかし、もう二度と上諏訪へかえる気はなかった。何もかも、未練のないように整理してしまった有爲子の懐中《ふところ》には、僅《わず》かではあるが金がのこっている。東京へいっても、うまく父に会えなかったら、その金を資本《もとで》に自活していこう。どんなに困っても、二度とこの恥多い土地へはかえるまい、それが有爲子の固い決心だった。

「それじゃ、気をつけてね」

「有難う、先生も木實さんもお大事に……」

「あの手紙は持っているでしょうね」

「ええ、ここに……」

「それを失《な》くさないようにね」

「ええ、大丈夫ですわ」

あわただしい首途《かどで》の別れに、送る者も送られる者も、先立つものは涙だった。とかく言葉も途絶えがちに、同じことを繰りかえしては涙ぐみ、涙ぐんでは同じことを繰りかえしている三人を、さっきから不思議そうに、向いの席からひとりの令嬢が眺めている。

スキー帰りと見えて、緑色《グリーン》のジャンパーに毛糸であんだ真紅《まっか》なヴェレーがよく似合っている。十八、九の、四肢《てあし》ののびのびとした美しい令嬢で、列車が着くと、男のようにスキーを担ぎ、リュックサックを背負ったまま、揉《も》みあう人混みをかきわけて、さっさと汽車の中に乗りこむと、有爲子のまえに二人分の席をとった。

そしてひとしきり、スキーを網棚のうえに放りあげたり、リュックサックをおろしたり、急がしそうに立ち働いていたが、やっと一通り片附くと、窓ガラスをストンと落して、気になるように改札口のほうを眺めている。

やがて、ジリジリと発車電鈴《ベル》が鳴りだした。

「じゃ、気をつけてね」

「ハガキをよこすんですよ」

「お大事に」

「お大事に」

「さようなら」

ふいに木實が、耐えかねたようにハンケチを、眼にあてるのを、その令嬢は不思議そうに見ていたが、折から急ぎあしに改札口から入って来た男の姿を見ると、窓から体をかくすようにしながら、声だけで、

「仁吾《じんご》さん。仁吾さん、こちらよ」

と、呼ぶ。

呼ばれた青年は、まえの方へ行きかけたのを、すぐ立ち止ってつかつかとこちらへ来ると、折から動き出した列車にひらりととびのった。

けたたましい発車電鈴《ベル》、汽笛の響き――。

あちこちで呼び交わす騒がしい別れの言葉を揉み消して、列車はごとんごとんと動き出した。

（二）

「ど、どうしたんです。こんなところで何をしているんです」

危《あやう》く列車に乗りおくれそうになったその青年は、坐《すわ》れないで歩道に立っている人々をかきわけて、令嬢や有爲子の坐っている席のそばまで、つかつかとやって来ると上からのしかかるようにそう言った。いくらか吃音《きつおん》のある、大きな声だった。

プラットフォームに立って、手を振りつづけている木實や、山崎先生の姿が、だんだん小さくなるのを、窓から顔を出して見まもっていた有爲子は、自分に言われたのかとびっくりして、顔をひっこめると青年のほうを振りかえる。

たいへん背の高い青年で、逞《たくま》しい、がっしりとした体附きと、よく光る大きな眼と、吃《ども》るような口の利きかたが、有爲子にはなんだか恐ろしいように思われる。

くちゃくちゃになったお釜帽《かまぼう》の下からはみ出している、長い、もじゃもじゃとした蓬《ほう》髪《はっ》、短い釣鐘マントの下から覗《のぞ》いているよれよれの袴《はかま》——そういう服装《みなり》も、有爲子にはなんだか胡散《うさん》くさく思われた。

「どうしたんです。なぜ、向うのほうに行かないんです」

　お釜帽の青年は、立ったまま上から令嬢の顔を見据えて、もう一度同じようなことをいう。有爲子はそれではじめて、その青年に声をかけられたのが、自分でないことに気がついて、ほっと安心した。

「だって、向うはうるさいんですもの」

「うるさい？」

「ええ、まあ、おかけなさいよ」

「ここ、空いてるんですか」

「あたしがとっておいてあげたのよ。どう、あたしの心臓、相当なもんでしょう？」

　令嬢はリュックサックをわきへのけながら、快活に笑っている。

　青年は苦笑しながら、

「美奈《みな》さんは女傑だからな」

「そうよ。だって温順《おとな》しくしてれば、東京まで立ちん坊ですもの。馬鹿らしいじゃないの。でも、大変だったのよ。何しろこの人でしょう。まるでこうよ」

　と、両肱《りょうひじ》で人をかきわける真似をしながら、

「誰かが足を踏んだから、あたし厭《いや》というほど蹴《け》りかえしてやったわ」

　と、いってから令嬢はあわてて口を押え、

「おっと、危い、危い。蹴られた人がその辺にいるかも知れないわね」

　と、首をすくめる拍子に、有爲子とばったり視線があって、二人は思わず微笑した。

有爲子より一つか二つ年下らしかったが、屈託のない、無邪気な態度が、いかにものびのびとして気持ちがよかった。

「なんだってまた、そんな思いまでして、こんなところへ乗りこんだんです。切符は二等なんでしょう？」

「ええ、だけど向うはうるさいんですもの」

「だから、何がうるさいんです」

「例の連中が乗ってるのよ、ほら蓮見《はすみ》さんやなんかが……あたしね、汽車が着くまでプラットフォームでかくれていてやったの。そしたら、蓮見さんたら、あたしが来るか来るかときょろきょろしてるのよ。あたしのほうが、ちゃんと先へ来てるのも知らないでね。あたしもうおかしくて、おかしくて……」

令嬢はいかにも面白そうに笑いながら、リュックサックからチョコレートの箱を取り出して、

「仁吾さん、どう？」

「うん」

仁吾がひとつつまむと、令嬢は自分もとって、あとをしまいかけたが、思い出したように有爲子のほうへその箱をさし出すと、

「あなた、いかが？」

（三）

「あら、あたし……？　いいんですのよ」

有爲子が真紅《まっか》になって、もじもじしながら辞退すると、

「そう」

令嬢はぱったり箱をしめて、あっさりひっこめてしまった。

それはほんの、なんでもない科《しぐさ》だったけれど、しかし、この際有爲子には、その無邪気な科《しぐさ》がいかにも嬉《うれ》しく、心があたためられるような気がした。

いっそ奨《すす》められるままに、ひとつ貰《もら》っておけばよかったと思った。あっさりひっこめてしまわれたのが、怨《うら》めしいような気がした。

令嬢はしかし、そんなことは忘れてしまったように、仁吾という青年のほうへ向き直っている。

「仁吾さん、それで、あなたのほうはどうだったの？」

「駄目でしたよ」

「駄目？　住所が判らなかったの？」

「いや、住所は判ったんですがね。いってみるとその家は空家になっているんです。近所で聞いてみると、その人はついこの間、死んでしまったんだそうですよ」

「まあ」

「娘さんが一人いるのだそうだが、家を整理してしまって、東京に行ったとか行くとか、なんだかそんな話だったので、面倒だから帰って来ました」

汽車は富士見《ふじみ》高原へさしかかったと見えて、ごとん、がたんと緩《ゆる》やかな動揺をつづけている。

有爲子は眼をつむったまま別れて来た木實や山崎先生のことを思い出し、それからまた、これから踏み出そうとしている新しい世界のことを想像してみる。

そうすると彼女は、なんともいえぬ悲しさと切なさに胸をしめつけられて、思わず、お父さま、お母さまと叫んでみたくなる。広い世界に誰ひとり、頼りになる人のない空虚な淋しさが、犇々《ひしひし》と胸にせまって来て、熱い泪《なみだ》が胸もとからこみあげそうになって来る。彼女はその泪を飲みこむように、激しく首を振って眼を開いた。

まえの席では、令嬢と青年が話しつづけている。

「いったい、その人はどういう人なの？　あなたの御親戚《しんせき》なの？」

「いや、そうじゃないんです」

「じゃ、お友達？」

「どうだか僕も知らない。親爺《おやじ》の旧《ふる》い識合《しりあ》いらしいんだ。毎年、年賀状が来るんでね。僕も一度親爺に聞いてみたんだが、どういう人だか教えてくれなかった。それでいて、親爺はたいへんその人を尊敬していたらしいんですよ。今時には珍しい人物だと、口をきわめて褒めていましたからね。それで僕もこちらへ来たついでに、ちょっと会ってみたかったんだが……」

「まあ、それじゃその人、よっぽど偉い人にちがいないわね」

「どうして？」

「だって小父《おじ》さまがそれほど尊敬していらっしゃったというんですもの、よくよくの人物に違いないわ」

「ははははは、そういってくれるのは美奈さんぐらいのものだろうね」

「あら、どうして？」

「どうしてって、賀川俊六といえば、手のつけられない飲んだくれの、へぼ画家《えかき》と相場がきまっていたんだから」

あっと、有爲子はひくい叫び声をあげた。

賀川俊六――？　たしかにいまこの人はそう言いはしなかったろうか。

「あの……ちょっと……」

有爲子は自分でも気がつかぬうちにそう声をかけていた。

(四)

「あら、なにか仰有《おっしゃ》って？」

だしぬけに声をかけられて、令嬢はちょっとびっくりしたような、しかし、親しみと優しさの十分あふれた瞳《め》で、有爲子のほうを振りかえった。

「あら、いえ、あの……」

「どうしたんです。美奈さん」

「いえね、この方がいま何か仰有ったようだから」

仁吾の大きな、射すくめるような眼でじっと見据えられて、有爲子は思わずどぎまぎしてしまう。咽喉《のど》まで出かかった言葉が、そのまま舌のうえで消えてしまう。

「いえ、あの……なんでもありませんの、済みません」

聞きちがいだったかも知れない。自分があまりそのことを思いつづけていたので、つい、そういうふうに聞いてしまったのかも知れない……有爲子は恥しさのために腋《わき》の下までびっしょりと冷汗だった。

青年はなんだというふうに、すぐ眼をそらしてしまったが、令嬢はまだ、物問いたげな瞳でこちらを見ている。

親しみのこもったその眼を見ると、有爲子はまた勇気が出て来てもう一度、思いきって声をかけてみようかと、口を開きかけたが、その時だった。

だしぬけに、

「わっ！」

と、囃《はや》し立てるような声が、賑《にぎや》かに側で爆発したかと思うと、

「いたぞ、いたぞ。こんなところに隠れていたぞ」

「狡《ずる》いわ、美奈子《みなこ》さん、狡いわ。あたしたちどんなに探したか知れやしなくってよ」

「ほうらね、あたしの言ったとおりでしょ。あたしプラットフォームで、ちらと睨《にら》んでおいたのよ。ほんとに狡いわ。こんなところに隠れているなんて」

「いいから、あとでみんなで懲罰処分に付しましょうよ」

「賛成、賛成！」

　スキーがえりと見えて、いずれも屈託のない表情《かお》をした若い男女だった。

　隠れている美奈子を探すために二等のほうからやって来たと見える。きゃっきゃっと賑やかに騒ぎまわられて、美奈子も仕方なしに笑い出した。

「まあ、騒々しいのね。も少し静かにしたらどう？」

「あれだ、盗人《ぬすっと》たけだけしいとはこの人のことよ。ひとにあれだけ心配させときながら、図々《ずうずう》しいったらありゃしない」

「いいから、みんなで向うに連れてゆきましょうよ。美奈子さん。いらっしゃいよ。蓮見さんがとても心配して待ってんのよ」

「ともかく来給え。いま、御馳走《ごちそう》をひらこうというところなんだから」

「ええ、いくから、まあ、そう引っ張らないでよ。こうなったら、逃げもかくれもしやしないわよ」

　美奈子は笑いながら身支度をすると、

「仁吾さん、あなたもいらっしゃいよ」

「ふむ」

「蓮見さんの御連中よ。蓮見さん知ってるでしょ」

「ふむ」

「御馳走をして下さるんですって。いって食べてあげましょうよ。気のおけることなんてありゃしないわ」

　みんながはじめて仁吾の存在に気がついて、眼を見交わしているのも委細構わず、美奈子は仁吾の手をひっぱって先にいきかけたが、すぐ二、三歩後戻りして、有爲子に、

「あなた、御免なさい」

　あっさり挨拶《あいさつ》すると、そのまま賑やかな一団に取りまかれて車から出ていった。

　有爲子は悄然《しょうぜん》とあとに取り残される。とうとう思ったことも聞きそびれて……。

（五）

「先生！」

「…………」

「先生！」

「なあに？」

　山崎がはじめて気がついたように振りかえると、こんどは木實がそのまま黙りこんでしまう。山崎先生もしいて、そのあとを訊《き》こうともしない。黙々と歩みをつづける二人の足は、どちらからともなく踏切を越えて、淋しい湖水のほうへ向いていた。

　遠くへ旅立つ人を見送ったあと誰でもが感ずるような空虚な淋しさが、いま、ひしひしと二人の胸に喰《く》いいって来る。旅立つものにはまだ希望がある。残された者にこそ、憂いはいっそう深かった。

「先生！」

「なんだ」

「先生はなぜ、有爲子さんをお引き止めしなかったんです」

「どうして？」

「どうしてって、先生！」

　木實はにわかに烈しい瞳《め》の色をみせたかと思うと、ふいに、怺《こら》えかねたように両手で顔を覆うてせぐりあげる。

「木實、どうしたんだ」

「先生！　先生は卑怯《ひきよう》です！」

「卑怯？」

「ええ、卑怯だわ。先生が引き止めようと思えば引き止めることが出来たんです。有爲子さんは先生の側《そば》にいたかったのです。それだのに先生は……先生は……」

山崎は愕然《がくぜん》とした眼の色で木實を見ている。木實はいよいよ烈しく、しまいには肩を顫《ふる》わせて泣きはじめた。

「それだのに、先生は有爲子さんを東京へやっておしまいになった。もう何もかもおしまいだわ。有爲子さんは、決して、決して、幸福になんかなれやしないわ」

「木實、おまえは何をいう。有爲子さんが東京へいくことは、緒方さんの希望だったのだよ」

「いいえ、いいえ、いくら旦那《だんな》様の希望でもいけないわ。そんなこと……そんなこと……」

「木實！」

山崎先生は木實の肩に手をかけて、

「有爲子さんは真実《ほんとう》の父にあえるかも知れないんだよ。それでも、幸福になれないというのか」

「なれないわ。なれるもんですか、先生」

木實はきっと顔をあげると、挑みかかるような眼つきをして、

「先生、先生はほんとうに、そんな事で有爲子さんが幸福になれると思っていらっしゃるの。先生、あたしも捨てられた娘です。小さい時に捨てられた娘です。あたしの母は伊那《いな》にいるんです。小学校を出た年、あたし一度その母に会いにいったことがあります。子供心に、自分の娘が来たと知れば、母がどんなに喜んでくれるだろうと思ったんです。でも、それがどうだったでしょう。母は木實かとも言ってくれませんでした。どこの野

良猫が来たかというような眼つきをして、さっさと上諏訪までの切符を買うと、あたしを汽車に押しこんで、二度とこんなところへ来るんじゃないよ、と、ただ、それだけでした。ええ、それきり、母は振りむきもしないで、行ってしまったんです」

木實はまた烈しく泣き入った。

湖畔の冷たい風が、さむざむと山崎の心のなかへ吹きこんで来る。彼はただ凝然と立っている。木實のくいいるような嗚咽《おえつ》の声を聞きながら……。

やがてまた、木實は話をつづけはじめた。

（六）

「でも、考えてみればそれも無理はなかったんです。母は新しい良人《おっと》がありましたし、その人とのあいだに子供が五人もあったんです。昔、捨てた娘に構ってなんかいられなかったんです」

「しかし、どこの親も同じだというわけでもあるまい」

「先生はほんとうにそうお思いになるんですか」

木實の烈しい視線に、山崎先生もたじろぐように眼をそらしながら、

「それじゃ木實は、有爲子さんのお父さんもやっぱり同じだというのか」

「ええ、同じですとも。子供を捨てる親は誰だって同じですわ」

木實は吐きだすような口調で、

「ええ、それゃあたしの母は貧乏でした。貧乏のうえに子供が沢山ありました。だから、そのうえあたしというものに転げこまれたら困るのは判りきっていました。でも、母が相当の生活《くらし》をしていたからって、やっぱり同じことだったに違いありませんわ。いいえ、いいえ、お金があればあるだけ、世間態《てい》というものを考えますもの。捨てた娘になんか構っていられるもんですか」

「それはそうかも知れないけれど……」

「ええ、そうに違いないんです。有爲子さんのお父さんだって、いまじゃきっと、立派な奥さんもあり子供さんもおありに違いありませんもの、その手前だって、有爲子さんに今更出て来られたら当惑するにきまっていますわ。先生……」

「……」

「真実《ほんとう》の親にめぐりあって、その人に素気《そっけ》なくされた時の娘の気持ちが、どんなだか御存じですか。そんなことなら、はじめから会わないほうが、どれだけましだか判らないんです。先生！　先生は何故有爲子さんを引き止めては下さらなかったんです」

「しかし、木實、それは少し無理だよ」

「いいえ、無理じゃありませんわ。有爲子さんだって先生のそばにいたかったんです。それに、先生だって、先生だって……」

「なに！」

「先生だって、有爲子さんのことを想っていらっしゃるくせに……」

「木實、な、何をいう、そんな馬鹿なことを！　馬鹿なことをいっちゃいかん」

「なにが馬鹿なんです。なぜ言っちゃいけないんです。先生だって有爲子さんのことを想っていらっしゃるんです。それだのに……それだのに……先生は卑怯です。卑怯だわ」

貧しく、醜く、それこそ路傍《ろぼう》で踏みにじられたような娘だったけれど、木實の心はするどい陰翳《いんえい》をもっている。

　山崎ははじめて自分の心を覗かされたように、茫然《ぼうぜん》とあるひとところをみつめながら、声を顫わせて泣きいる木實の声を聞いていた。

　その頃、汽車の中では……。

「仁吾さん、いまのひと、あなたに何か話があったんじゃない？」

「いまのひとって？」

「さっき、向うの車で、まえに乗っていた人よ。なんだかあなたに話しかけたそうだったわ。あなた知ってる人じゃないの」

「僕が……？　知らないね、知ってる筈《はず》がないじゃありませんか」

「そう？　あの人上諏訪から乗ったのよ。見送りの人が二人いたわ。とても悲しそうな別れだったのよ」

「どうしたの、何んの話をしてるのさ、美奈子さん」

「ううん、何んでもないの、こちらのこと……」

こうして、人さまざまの想いを乗せて、汽車は高原を走りつづけている。

（七）

汽車が立川《たちかわ》を過ぎるころから、有爲子はしだいに落ち着きをうしなって来た。東京ははじめてではなかったが、こんなふうな独り旅はなんといっても心細かった。彼女がひとまず身を寄せようという、亡父《ちち》の旧知は、五反田《ごたんだ》に家を持っているのだが、有爲子はその土地を地図のうえでしか知らなかった。電報を打っておいたから誰か迎えに来ているだろうとは思うものの、万一、誰も来ていなかったらどうしようと、かなりの荷物をかかえた有爲子は気が気でなかった。

周《まわ》りではみな一様に降り支度をはじめている。旅路の終りのこのあわただしいざわめきに、有爲子は多少圧倒された気味で、身の周《まわ》りの物やお土産包みなどまとめはじめたが、さっき山崎先生が放りあげてくれた、網棚のうえのスーツケースだけは、どうしても彼女の手に負えなかった。

まごまごしているうちに、汽車は国分寺《こくぶんじ》、吉祥寺《きちじようじ》、高円寺《こうえんじ》、中野《なかの》と、省線区域の各駅を一気に走りすぎて、はや、新宿《しんじゆく》駅のプラットフォームに滑り込もうとしている。あちらでもこちらでも、身支度を終った人々が席から立ち上っていた。有爲子は、いよいよ気が気でなく、スーツケースをおろそうと躍起になっていた。が、するとだしぬけに背後《うしろ》から、

「それを下ろすんですか」

有爲子が驚いてふりかえってみると、仁吾というさっきの青年がにこりともしない生真面目な表情《かお》で、見下ろすように有爲子の顔を見ている。

有爲子は真紅《まっか》になって口籠《くちごも》った。

「退《ど》きたまえ、僕がおろしてあげよう」

「いえ、あの……」

仁吾は有爲子をかたわきに押しやると、さっさと網棚からスーツケースをおろして、

「やあ、これは重い。君にはちょっと無理だ。連れはないいんですか」

「ええ、あの――でも、誰か迎えに来ていると思うんですけれど」

「そう、じゃ、僕がそこまで持っていってあげよう。ちょっと待ちたまえ、いま、こいつをおろしてしまうから」

仁吾はさっき、美奈子がおいていったスキーを取りに来たのだった。

「いえ、あの、いいんですの。あたし持って参りますから」

「駄目々々、君にゃ駄目だ。僕にまかしときたまえ」

汽車はすでにプラットフォームに停って、人々はどやどやと降りはじめている。仁吾は片手にスキーを担《かつ》ぐと、片手で有爲子のスーツケースをささげてさっさと先に降りていった。

「まことに……どうも……済みません」

「なあに」

「あの、失礼でございますが、もしやあなた様は……」

「え？」

有爲子にとっては真《まさ》に二度目の機会だった。賀川俊六という人を御存じでございましょうかと、そういう言葉が、口先きまで出かけたとたん、洋服を着た中年の男が、雑沓《ざっとう》をかきわけてあたふたと駈《か》けつけて来たかと思うと、

「やあ、有爲ちゃん、済まん、済まん、途中で手間取ったもんだから、すっかり遅くなっちゃって——

仁吾は怪訝《けげん》そうに有爲子の顔を見ていたが、

「じゃ……荷物はここへおきますよ」

くるりと向うを向いて早二、三歩——その時、人混みの向うから、

「仁吾さあん！」

「賀川さあん、こっちよう！」

口々に呼ぶ賑かな声に、有爲子ははっとして、

「あれ、あなた……賀川さま……？」

二、三歩あとを追っかけたが、聞えたのか聞えないのか仁吾は振り向きもしないではや、人混みの中にまぎれこんで……。

機会は再び過ぎ去った。

都会の塵

(一)

恐ろしい勢いで膨脹していく東京市の、文化というより、文化の滓《おり》が、しだいに武蔵《むさし》野《の》の風致を侵食していって、そのあたり、どこか土臭い田舎娘の、へたな安化粧を見るような感じがあるという。

そこが五反田だった。

どんどん殖《ふ》えていく殺風景な工場と、それを取りまく安普請の小住宅、職工さん相手の花柳界や、怪しげな紅提灯《あかちょうちん》の飲み屋が雑然と散らばっている、そういう五反田の片隅に、恩田《おんだ》と粗末な表札のあがっている家がある。

そこが有爲子の上京後の仮りの宿だった。

主《あるじ》の恩田勝五郎《かつごろう》というのは、その昔有爲子の亡父《ちち》順造に、ひとかたならぬ恩顧をうけた男とやらで、順造の家になにか事があると、わざわざ上諏訪まで手伝いに来るという、気も軽ければ尻《しり》も軽い男。もう五十ちかい、頭の禿《は》げかかった年齢《とし》で、酒毒のためにいつも鼻のあたまを赤くしているような男だが、小真面《こまめ》に動くし、どんな事をいわれても、

えへらえへらと笑っていて、ついぞ腹を立てたことがない、そういう気性を重宝がられて順造や亡くなったお咲からも、

「勝つぁん、勝つぁん」

と、眼をかけられていたから、有爲子もつい、ここを上京後の仮りの宿ときめたのだったが、来て見て案外な思いが多かった。

「有爲ちゃん、まあ、楽にしていな。見られる通りのあばら家だが、その代り気のおけることはないのさ。いつまでも、身の振りかたがつくまで逗留《とうりゅう》してたって構わねえよ」

と、そういう言葉つきも、順造の生きていたころとは、打って変っていけぞんざいだったし、

「これが嬶《かか》あだ。がさつもんだが、どうぞよろしく頼んます」

と、紹介された女房のお常《つね》というのも、どこか気の許せない女だった。

「おまえさん、これが上諏訪の……」

「そうよ、順造さんの娘さんさ」

「まあ、いい縹緻《きりよう》だねえ」

と、じろじろ見られて、有爲子は身のすくむ思いがした。

亡父《ちち》が生きている間、この人は決して父を順造さんなどと呼ばなかったし、自分を娘さんとは言わなかった。父をいつも緒方の旦那《だんな》——たまには巫山戯《ふざけ》て親分などと呼んでいたし、自分はお嬢さんだった。それがいまでは、順造さんであり、有爲ちゃんであり、

娘さんなのである。

有爲子は上京第一歩にして、早くも人の世の頼みがたきを味わいはじめている。

「それで有爲ちゃん、おまえさん信州のほうはすっかりかたをつけて来たのかい」

「ええ」

「家屋敷なんか、ありゃたしか順造さんのもんだったが、それもすっかり売っちまって来たのかい」

「ええ、なにもかも」

有爲子は何気なく答えたが、そのとたん、勝五郎とお常が眼を見交わせたのに気がつくと、何かしら、いやな気持ちだった。

「ほほう、それゃまた思いきったもんだな。それで有爲ちゃん、おまえさん東京へ出て来て、いったいどうしようというつもりだね」

「さしあたり、何をするあてもありませんけれど、あたしちょっと探《たず》ねる人があるんです」

「探ね人？」

勝五郎は不安そうな瞳《ひとみ》をして、

「誰か知人が東京にいるのかね」

「いえ、そうじゃありませんけれど……」

有爲子はあまり多くを語ろうとはしなかった。

この夫婦と、この家の空気にはさすが世間知らずの有爲子にも、何か警戒させるものがあった。

（二）

「おまえさん、あの様子じゃ相当持って来てるんだろうね」

「そうさな。上諏訪といや、なんしろ物の安価《やす》いところだが、それでもあの家屋敷を売ったとなりゃ二千や三千の金にはなったろうよ」

「まあ、そんなに……」

お常は怪しく眼を光らせた。

疲れているだろうからと、有爲子を二階へあげたあと、茶の間で差し向いになっている勝五郎とお常のひそひそ話だった。

「その上、ほかに現金だって、いくらか残っていたろうしね」

「いや、そのほうは危いもんだ。なにせ順造というのが親分気取りで、よく金をばら撒《ま》いたほうだから、この方はあてにゃならねえ。借金が残ってなきゃ、めっけもんというところさ」

「だけど、あの年齢《とし》で、東京へひとりで出て来ようというんだもの、かなりの物を持ってなきゃねえ」

「そうよ。だから、家屋敷の分ぐらいが、そっくり残っているにちがいねえ。どちらにしても世話をして損のいく相手じゃねえのさ」

「ほほほほ、それだといいのだけど、とかくおまえさんの目算はあてにならないことが多いからねえ」

「馬鹿こけ」

「まあ、いいわね、金がなきゃまたね——、なんしろあの縹緻《きりょう》だもの」

「だからさ、お常、一本つけねえな」

「前祝いかい」

「ま、そんなものさ」

「ほほほほほ、すぐあれだ。だらしがないねえ」

お常は黒い歯齦《はぐき》を出して笑いながら、それでも酒の支度をしている。

亭主とかなり年齢《とし》がちがっているらしいが、くずれ稼業をしていた女と見えて、額のぬけあがった白粉《おしろい》焼けのあとの醜い女だった。

安っぽい長火鉢の銅壺《どうこ》に一本落とすと、

「肴《さかな》がなにもないんだけど、沢庵《たくあん》でも切ろうか」

「沢庵か、やれやれ、沢庵は淋《さび》しいな」

「贅沢《ぜいたく》いうもんじゃないよ。まだ海のものとも、山のものとも分らないのに」

「それじゃ肴《さかな》はお預けという事にしておこう」

お常は酒を注いでやりながら、

「だけど、おまえさん、あの娘《こ》、なんだか探ね人があるとかいっていたじゃないか。東京に親戚《しんせき》の者でもあるのかい」

「そんな筈《はず》はないんだが……」

「うっかりそんな者に出て来られて、あの娘《こ》をそっくり持っていかれちゃ、元も子もない話じゃないか。おまえさん、その探ね人というのに心当たりはないのかえ」

「ないな。だが見当はつく。ほら、いつかも言った通り、あの娘は順造のほんとうの娘じゃなかったんだそうだ。いや、これには俺《おれ》も驚いたね。順造の葬式にいったときはじめてそんな話をきいたんだが、それであの娘の探ね人というのは……」

と、勝五郎はそこで俄《にわ》かに声を落したが、その頃、たった一間きりない二階の六畳では、有爲子が寝苦しい寝床のなかで、いくどとなく寝返りをうっていた。

出ていこう。ここは長々留《とど》まるべきところじゃない。一日も早く出ていかねばならぬ。それにはさしあたり、賀川俊六という人を訪ねていくのが第一だ。父の話によると、その人は立派な人物であるという。たとい父には会えずとも、身の振りかたぐらい相談にのって下さるだろう。

おお、明日——明日になったら——。

有爲子のような娘《むすめ》には、それはあまりにも残酷な試練の第一夜だった。

（三）

その翌日、八時頃に、有爲子は遠慮がちに階下《した》の茶の間へおりていった。

勝五郎夫婦は、昨夜おそくまで酒を飲んでいたと見え、茶の間はとりちらかしたままで、襖《ふすま》一重の奥の間では、夫婦がまだよく寝ているらしかった。

有爲子はせめて顔だけでも洗ってしまいたいと思って、勝手へ出てみたが、その辺は水道が共同だと見えて、台所には蛇口も見当らなかった。

仕方なしに勝手の硝子《がらす》戸をひらいて外へ出ると、空はよく晴れて隘《せま》い路地の泥濘《ぬかるみ》が、暖かそうな朝陽《あさひ》を吸っているのに、朝寝の習慣は、勝五郎夫婦ばかりではないと見えて、どの家もまだ起きているような様子はなかった。そういえば昨夜遅くまで三味線の音や、淫《みだ》らな女の笑声が耳について困ったのが思い出される。

ここはそういう場所《ところ》なのかしら——有爲子は俄に不安がつのって来て、急いで顔を洗ってしまおうと、共同栓の蛇口をひねっていたが、すると二、三軒さきの勝手口ががらりと開いて、中から洋服を着た男が出て来た。

「また近いうちに来てね」

「うん」

「うんじゃないよ。あんたはちっとも当てにならないんだから」

男は勝手口から中を覗《のぞ》いて、そこにいるらしい女と二言三言、冗談をいっていたが、やがてがらりと硝子戸をしめ、はじめてこちらを向き直ったが、有爲子の姿を見ると、おやというような眼をして近附いて来た。

有爲子は真赤《まっか》になって顔もあげられなかった。俯向《うつむ》いて一心に手水《ちょうず》を使っていると、男はいったん側を行きすぎたが、またきょろきょろとあたりを見廻《みまわ》しながら引き返して来て、

「君、君、君はどこの家《うち》にいるの――」

と、にやにやしながら声をかける。

有爲子は驚いて顔をあげると、きっと男の顔を見据えたが、相手は平然として、相変らずにやにやしながら、

「ねえ君、君はどこから出てるというのさ、言ったっていいじゃないか。今度遊びにいってやるからさ」

羞恥《はじ》と憤怒《いかり》のために有爲子はからだ中がぶるぶる顫《ふる》えた。洗面器もタオルもそのままに、後を見ずにもとの勝手口へ駈《か》けこむと、ぴしゃりと硝子戸をしめたが、男がまだその辺にいるらしいのに気がつくと、がくがくと膝頭《ひざがしら》がふるえて呼吸《いき》をするのも苦しかった。

「誰？」

奥の方からお常の眠呆《ねぼ》け声がする。有爲子は舌がからからに乾いて答えることも出来なかった。

「誰だい、いまごろ跳びこんで来たのは」

お常はしどけない恰好《かっこう》をして奥から出て来たが、有爲子の表情《かおいろ》を見ると眼を瞠《みは》って、

「おやまあ、お嬢さん、どうしたんです」

「いえ、――あの――」

有爲子はまだ膝頭ががくがく顫えている。

すると、その時、勝手口の外からチェッと舌打ちする音がしたと思うと、

「背負《しょ》ってやがら、ちょっとばかり綺麗《きれい》だと思って何んでえ」

そのまま荒々しく靴音が遠ざかっていった。

お常はすぐに様子がわかったと見えて、黒い歯齦《はぐき》を出して淫らな笑いかたをすると、

「まあ、それじゃお嬢さんが――ほほほほ、馬鹿な奴もあるもんじゃないか、まあ、こっちへお上んなさいよ」

「小母《おば》さん、あたし洗面器を向うへおいて来ましたの」

「ああ、そう、それじゃ後でわたしが取って来てあげましょう。ここはお嬢さんみたいな若い娘さんの一人あるきをするところじゃありません」

そう云《い》いながらお常は、まだどきどきと鼓動をうっている有爲子の胸のあたりを、好もしそうにじろじろ見ている。

（四）

有爲子はもう一刻もこの家にいたくなかったので、茶の間に来ると早速口をひらいて、

「小母さん、麹町《こうじまち》三番町へいくには、どういったらいいのでしょうか」

と、切り出した。

「麹町三番町？　それがどうかしたの？」

お常は怪しく眼を光らせて、有爲子の顔を見守っている。

「あたしの訪ねたい人がそこにいるんですの。あたしこれから行って来たいんですけれど」

「まあ。いいじゃありませんか。昨夜《ゆうべ》ついたばかりだのに、もう少しゆっくりしたって――そうそう昨夜うちのと相談したんですよ。今日は東京見物に御案内しようって」

「折角ですけれど、あたし見物なんかしたくありませんの。道順さえ教えて戴ければ……」

「まあ、そんな事をいったって。――ちょっと、ちょっと、おまえさん、起きて下さいよ。お嬢さんが麹町のほうへ行きたいんですってさ」

お常はあわてて奥へかけこむと何やらひそひそ話をしていたが、やがて勝五郎が帯をしめながら不機嫌な顔をして出て来た。

「有爲ちゃん、おまえ、麴町へ行くってほんとうかい」

「ええ、たいへん勝手なんですけれど……」

「麴町の、なんという人を訪ねていくんだね」

「賀川俊六という方なんですけれど」

「賀川俊六？　一体それはどういう人だね」

「どういう人だか、お父さんがその人のところへ行って見よと仰有《おつしや》ったもんですから……

……」

　あまり詳しい事情は話したくなかった。

「はてね。すると順造さんの識合《しりあ》いかな。ま、いいや。それじゃ俺が送っていってあげよう」

「あれ、そんなにして戴かなくても……見当さえつけばあたし探して行きますわ」

「そんなわけにいくもんか。上諏訪と同じにしちゃいけない。東京は怖いところだから、若い娘をひとりで外へ出せるもんか。じゃ、早速出かけるから飯の支度をしてくれ」

　それから間もなく有爲子は、勝五郎につれられて出かけたが、その後姿が見えなくなると、お常はぴっしゃり格子をしめ、そわそわと長火鉢のそばへかえって来て、何やら案じ顔に煙管《きせる》に煙草をつめていたが、やがてポンとそれを投げ出すと、そろそろ二階へあがっていった。

　二階の隅には有爲子の行李《こうり》やスーツケースが積んである。お常は懐手をしたままそれ

を見ていたが、やがてスーツケースに眼をつけちょっと手をかけたが、

「チョッ、錠がおりているよ」

舌打ちしながら髪《ヘヤ》ピンで、しばらく鍵穴《かぎあな》をつついていたが、やがてがちゃんと手ごたえがあって、手をかけると難なく蓋《ふた》が開いた。

中には着物やハンケチがきちんと畳んで詰めてある。お常は気をつけて一枚一枚、着物のはしをめくっていたが、

「どうしたんだろ。まさか、持っていきやしまいがねえ」

独語《ひとりごと》をいいながら、そこらを引《ひ》っ掻《か》きまわしているうちに、やがてにやりと笑いながら取り出したのは銀行の通帳だった。

お常はその通帳をひらいてみて、

「まあ！」

と、大きく眼を瞠り、思わず呼吸《いき》を弾ませたが、そのとたん、がらりと格子の開く音。さすがのお常もどきっとして、あわてて通帳を着物のあいだにつっこんだが、すると階《し》下《た》のほうから、

「今日は。——蕎麦《そば》屋でございい。お勘定をいただきにあがりました」

「チョッ、何んだい、馬鹿にしてるよ」

お常はにっこと気味悪い微笑をうかべると、通帳をもとへ納めて、とんとんと元気よく階段をおりていった。

（五）

「有爲ちゃん、たしかに麹町三番町なんだね」

「ええ」

「間違いないね」

「いいえ、間違いはありません、たしかに麹町三番町としてあります」

有爲子は思わず、亡父《ちち》の手紙を懐中のうえからおさえてみる。

「それで、番地はわからないのかい」

「ええ、番地は書いてないんですけれど、番地がなくてもきっと分るんだと思いますわ」

有爲子は期待と緊張とで、腹のなかが固くなるような気持ちだった。

もうすぐ、賀川俊六という人に会える。そしてその人から実父《ちち》の消息がきけるのだ。母の臨終の言葉によると、その人は今では、世間でも名を知られた人になっているというが、そういう実父が、自分のような娘に会ってくれるだろうか。

有爲子はそう考えると、胸がどきどきして、体が熱くなるような気持ちだった。

今でも彼女は、順造に対して、真実《ほんとう》の父に抱く懐しい愛情を保っている。しかし、それとはまた別の感情が、彼女の小さい胸をかき立てるのだ。

自分を捨てた父——その人を有爲子は愛していいのか憎んでいいのか分らない。しかし彼女はどうしても一度その人に会ってみたかった。会えないまでもその人の名をたしかめて、この混乱した感情にしめくくりをつけたかった。

　そういう機会が、もうじきやって来るのだと思うと、彼女は昂奮《こうふん》のために膝頭ががくがくとふるえるような気持ちだった。それだのにもう一時間あまりも探しているのに、賀川俊六という人の住居《すまい》は分らない。

「どうも分らないな。これだけ探しても見附からないんだから、その人はもうこの辺にいないんじゃないかな」

「いいえ、そんな筈はありません。お父さまの手紙にちゃんとそう書いてあるんですもの」

　有爲子はわざと勝五郎が、この訪問の邪魔をしているのではあるまいかと、腹の底から苛立《いらだ》たしさがこみあげて来る。しかし、よく考えてみると、勝五郎の言葉にも一理はある。亡父《ちち》はよほど昔、一度その人に会ったきりなのだ。それから長い月日が経っている。その人が転宅したかも知れないという事は充分頷《うなず》けることである。

　しかし、また翻って考えてみると、あれほど用心ぶかい亡父《ちち》のことだもの、相手の住所もたしかめないで、こんな大切な手紙を残していく筈がない。少なくともこの手紙を書いた時分には、賀川という人はこの辺に住んでいたのに違いない。

「済みませんけれど、もう一度どこかで聞いてみて下さいな。あたしやっぱりこの辺にいらっしゃるに違いないと思いますの」

「有爲ちゃん、おまえさんどうしても、今日じゅうに訪ねていかなきゃいけないのかい」

「ええ」

「そんなに大事な用件かね」

「ええ、大事な用事なんですの」

勝五郎は疑わしげに、思いつめた有爲子の表情《かお》を見詰めていたが、それでも仕方なしにすぐ側の横町に入った。そして、奥から二軒目の家のまえに、品のいい奥さんが可愛い坊やを遊ばせているのを見ると、

「ちょっとお訊ねしますが、この辺に、賀川さん――賀川俊六さんという家はありませんか」

「賀川さんでしたら、このお隣りでしたが……」

奥さんは隣の家を指さしながら、

「お探ねの俊六さんという御主人はお亡くなりになりましてございますよ。去年の暮に――」

(六)

有爲子はじいんと体中がしびれるような気持ちだった。あたりが俄かに真っ暗になって、いっとき自分がどこにいるのか判らないくらいだった。

「へえ、お亡くなりになったてね。へえ、そうですかい」

「なにしろ急でございましたから。まだ、御存知じゃなかったんですわね」

「へえ、ちっとも知りませんでした。それで、お隣には誰もいらっしゃらないので」

「息子さんが一人おありだったんですけれど、お父さんがお亡くなりになると、間もなく家を引き払っておしまいなさいましてね、今では別の方が住んでらっしゃるんでございますよ」

　勝五郎の唇にはちらっと妙な微笑がうかんだ。

　有為子はそういう話を、何か遠いところででも聞くような眼で聞いていたが、やっと重い口をひらいて、

「あの――それで、その方の引っ越しさきは判らないでしょうか」

「さあ、それが、私どもには」

　それでも奥さんは有為子の失望があまり大きかったので、気の毒に思ったのか、

「あの、どこか御遠方からでも――」

「ええ、上諏訪からですの」

「まあ、上諏訪といえば信州ですわね。あの、ひょっとすると、そのうちまた息子さんがこの辺へお見えになることがあるかも知れませんから、その時、そう申しておきましょう。失礼ですが、お名前は？」

「はい、緒方と申します」

有爲子は消え入りそうな声でいったが、ふと思い出したように、

「あの、その息子さんのお名前は、もしや仁吾さんとは仰言いませんでしたかしら」

「ええ、そうですよ。御存知なんですわね」

ああ、そうだったのか。それでは昨日《きのう》汽車の中であった人、自分のスーツケースを持ってくれた人、その人こそ探ねる人の息子だったのか。あの時、ひとこと言葉をかけておけば、こんな惨めな失望は味わずに済んだものと、有爲子はあまりの口惜《くや》しさに泣くにも泣けぬ気持ちだった。

「有爲ちゃん、いつまでこんなところに愚図々々していても仕方がない。まさか冥途《めいど》まで訪ねて行くわけにもいかないし、さあ、そろそろ帰る事にしようじゃないか」

勝五郎が俄かに朗かになったのに反して、有爲子の脚は鉛のように重かった。賀川俊六という人が亡くなった今となっては、彼女は実父《ちち》を探す手懸りを、全くここに失ってしまったのだった。

「母ちゃん、いまの人泣いてたね」

勝五郎と有爲子の姿が向うの角に消えてしまうまで、見送っていた坊やは、不思議そうに奥さんの顔を仰いだ。

「あら、そう」

「うん、泣いてたよ。泪《なみだ》が出てたもの。あのひとどこか悪いの」

「いいえ、そうじゃありません。でも、何かきっと悲しい事がおありなんですよ」

有爲子の放心したような表情《かお》を思いうかべて、奥さんは思わず坊やを抱きよせたが、

「あ、母ちゃん、向うからお隣の兄さんが来たよ」

坊やの声に奥さんは向うを見たが、いきなりばたばた駈け出していた。

「あら、仁吾さん、お会いにならなかった？」

と、息を弾ませて、

「いま、あなたのお父さんを訪ねていらした方があるのよ。上諏訪から――緒方さんて、とても綺麗なお嬢さんよ」

上諏訪から、緒方という娘――？　仁吾ははっと思いあたったらしく、急いで町角まで引き返したが、すでに有爲子の姿はなく、都会の塵《ちり》が、くるくると陽《ひ》に舞っていた――。

師弟

（一）

「賀川さん、賀川さん」

背後《うしろ》から呼びとめられて、仁吾はむっつりと振りかえった。

音羽《おとわ》から雑司ケ谷《ぞうしがや》へあがるゆるい坂道でしっとりと湿り気をおびた黒い土のうえに、ところどころ桜の花弁《はなびら》が貝殻のように散っている。

例年より十日は早くやって来たというこの四、五日の陽気に、仁吾もさすがに釣鐘マントは着ていなかったが、例によってよれよれの袴《はかま》をはき、袷《あわせ》の襟足など、いかにも独身者《ひとりもの》の無精らしく垢《あか》じんでいる。

「あんたはずいぶん足がはやい、追いつこうと思ったら、ほら、この汗」

背後から追いついた男は、いかにも苦しそうにはあはあと呼吸《いき》をしながら、額から滲《にじ》み出る汗を拭《ふ》いている。ちょっと歩いても股《また》ずれのしそうな、赭顔《あからがお》のよく太った男で、鉄無地の羽織に、角帯をしめ、黒い前垂をしたところが、どこか呉服屋の番頭といった恰好《かっこう》だった。

仁吾はにこりともしないで、

「な、なにか僕に用ですか」

「なに、別に用事ってわけじゃありませんが、あんたこれから、先生のお宅へいくんでしょう」

仁吾はそうだとも、違うとも答えないでさっさと歩き出した。

そのあとを追うようにしながら、

「ちょうどいい。私もこれからお伺いしようと思っていたところだ。一緒に行きましょう」

と、精いっぱい歩調をあわせながら、

「ねえ、賀川さん、ここで会ったのはちょうど幸いだ。実はあんたとこへ一度お願いにあがろうかと思っていたところなんですよ」

「何か僕に用事なんですか」

「ええ、実はあんたからも先生にお願いして戴こうと思いましてね。ちかごろ先生、どういうわけかこの観月堂《かんげつどう》をすっかりお見限りでござんしてね、いや、弱りましたよ。そうそういつも、風鈴堂《ふうりんどう》さんばかり儲《もう》けさせないで、たまにはこちらも御贔屓《ひいき》に願いたいもんです。賀川さん、ひとつあんたからもお願いして下さらんか」

「そんなこと、僕からお願いしたところで仕様がないでしょう」

「いやいや、そうじゃない。あんたが口添えして下されば百人力だ。何しろ先生と来たら、あんたを眼の中に入れても痛くないほど可愛がっていられるんだからな。いや全くの話が、楓香塾《ふうこうじゅく》ではなんといってもあんたが第一だ。それに普通のお弟子さんとちがって、あんたにはお父さんとの関係もあるし。俺《わし》あちゃんと睨《にら》んでいるんだ。お嬢さんのお婿さんにはあんたをと先生の肚《はら》はきまっているんですよ」

「そ、そんな馬鹿なことが……」

仁吾はいかにも苦々しげな調子だった。

仁吾の先生というのは五味《ごみ》楓香といって日本画でも錚々《そうそう》たる大家で、仁吾はその弟子の中でももっとも将来を嘱目されている。

楓香先生には一男一女があるが今年十四になる肝腎《かんじん》の後継者にはてんで画才がないところから、先生がかねてから長女に養子を迎えて、自分の画業をつがせようという肚《はら》を持っていられることは仁吾もよく知っている。しかし、そういう話をこの画商の口から聞くのはいかにも厭《いや》だった。

「なに、馬鹿なことがあるもんですか。今年の秋の展覧会には、特選は楓香塾からときまっているんです。楓香塾といえばさしずめ賀川さん、あんたでさ。もしここであんたが特選になって御覧なさい。いやでも楓香先生のお婿さんです。いずれあんたにもお願いしなければならぬが、さしあたり先生にね。ひとつお願いしてみて下さいよ」

仁吾の気持ちなどお構いなしに観月堂はいかにも粘っこい調子だった。

（二）

五味楓香の家は女子大のちょうど裏手にあたっている。いかにも日本画の大家らしい、落ち着きと風格をもった大きな屋敷で、主《あるじ》の好みで植えた楓《かえで》ばかりの風雅な庭が、その道でも有名だった。

「駄目ですよ、僕なんかがお願いしても……。仕事のことにかけちゃ、誰の言葉もお取り上げにならない先生なんだから」

「それはよく判っていますが、そこを何んとか一つ……成功すれば、あんたにもお礼をしますからさ」

大家になればともかく、そうでないうちは画商に左右されるところが大きいのである。この観月堂はそういう画商の中でもとくに辣腕家《らつわんか》で、楓香先生などもかつてはかなり眼をかけていたものだが、辣腕が過ぎてする事が悪どく、どうかすると平気で偽物などを扱うというところから、この頃ではすっかり信用をなくして、

「あいつは油断のならぬ奴だ」

と、先生も苦りきっている。

仁《と》吾もそういう事情を知っているから、

「兎も角、あなたからお願いしてみたらいいでしょう。描《か》いて下さるものなら僕などが

口を出さなくても描いて下さる先生なんだから」

　観月堂のしつこい頼みを持てあましながら、若竹のそよいでいる門前まで来たとき、

「あら、仁吾さん、珍しいお連れと一緒ね」

　明るい笑顔で向うから、呼吸《いき》を弾ませながら駈《か》けよって来たのは、いつか上諏訪から一緒だった美奈子という令嬢で、楓香先生のお嬢さんだった。ピアノの稽古《けいこ》がえりと見えて、楽譜の入った大きな折鞄《おりかばん》をかかえている。

「お嬢さん、先生は御在宅ですか」

　と、観月堂が聞くのを、

「さあ、どうだか、あたしはお稽古にいってたから判らないわ」

　と、美奈子はにべもなく跳ねつけて、

「仁吾さん、どうかなすって、あたしこの間からなんど下宿へお邪魔したか知れなくってよ。いつもお留守でがっかりしちゃった」

「そうだそうですね。なにか僕に御用？」

「あら、ずいぶんね。知ってるんなら一度ぐらい電話をかけて下すってもいいでしょう」

　美奈子は笑いながら、

「別に用事ってわけじゃないけど、ほら、與一《よいち》が首尾よく中学へ入ったのよ。うまく入れたらお祝いが戴けるって約束だったでしょ。與一がそれをあてにしてんのよ」

「ああ、そうそう、すっかり忘れてた。與一君入学《はい》りましたか、それは目出度《めでた》い」

「あら、ずいぶん頼りないのね。與一が怒ってよ」

美奈子は仁吾と顔見合せて笑いながら、

「まあ、勘弁してあげるから、あたしの部屋へいらっしゃいよ」

「いや、そういうわけにはいかないよ。今日は先生からお使いを戴いたのだから」

「駄目よ、駄目よ、お父さまの部屋にいらっしゃると、いつも話が長くなるんですもの。ちょっと、ちょっと、観月堂さん」

「はあ、はあ」

「あなたお父さまにお話があるんでしょ。だったら出来るだけ粘っててね」

「はいはい、承知いたしました」

「賀川さんの来てること言っちゃいやよ」

「はいはい、万事心得てますよ。その代りお嬢さん、私のほうの話も、少しはお取りなし願いたいもので」

「いいわよ。判ってるわよ。さあ賀川さん、いらっしゃいよ」

観月堂もいった通り、楓香は仁吾をわが子のように可愛がっている。無邪気な美奈子や弟の與一はいつも兄のように歓迎してくれる。それにも拘《かかわ》らず仁吾は、この家を煙たがる一つの理由を持っていた。

（三）

「仁吾さん、このあいだは面白かったのよ、あなたのことで大騒ぎだったわ」

笑っている女中に口止めしておいて、無理矢理に自分の部屋へ、仁吾をつれて来た美奈子は、部屋へ入るなり、楽譜を放り出して笑い出した。

純日本風の家の中で、この部屋ばかりは美奈子の好みで、畳の上に絨毯《じゅうたん》を敷いて、ピアノのうえには小夜《さよ》福子《ふくこ》のブロマイドが飾ってあったり、造りかけの人形や雑誌が、椅子や卓子《テーブル》のうえに放り出してあったり、無雑作に取り散らかしてあるのが、いかにも物に拘泥《こだわ》らない美奈子の人柄をよく現している。

「この間って？」

「ほら、信州の帰りよ。みんなしてね、あなたのことを、とてもとっつきの悪い人だっていうのよ。何んだか怖いみたいな人だっていうの。あの人、きっと天上の事ばかり考えているので、われわれ下界の人間どもには、少しも興味を持たないんだなんていう人もあるのよ」

仁吾は仕方なしに苦笑している。

「つまりね、あの人たちと来たらいつでも男の子にわいわい言われつけてるでしょ。だからあなたみたいな人を見ると、仙人みたいな気がするんですって。ところがそんな話をしている最中に、ほら、あれでしょう」

　と、美奈子はくっくっ笑っている。

「あれって、何さ」

「なにって、ほら、あなたあの方のスーツケースを持ってあげたでしょう。だから、みんながわいわい騒ぐのよ。やっぱり仙人じゃなかった。綺麗《きれい》な方には親切にするんだって」

「なんだ、冗《くだ》らない」

「あら、冗《くだ》らないことなんかないわ。あたしだってびっくりしたわ。だってあたしなんか一度も、あなたからあんな恩恵をうけたことはなくってよ」

　美奈子はわざと真顔になっている。

「あの人は……」

　と、言いかけたが、仁吾はそのまま口籠《くちごも》ってしまった。うまれつき軽い吃音《きつおん》が、こういう話になるといっそうひどくなるのだった。

「あの人が……どうかなすって？　あなたあの方を御存じなんでしょう。何んだかあなたに話かけたそうにしていらしたわ。とても綺麗な方だったわね」

「いや、それについて妙な話があるんです」

「妙な話ってなあに？　あの方のこと？」

「ふむ、あの人はね、あの時も美奈さんに話したろう？　僕が訪ねていった上諏訪の、緒方順造という人ね」

「ええええ、小父《おじ》さんの旧《ふる》いお友達だという……」

「友達か何か知らないがその緒方順造という人の娘らしいんだよ」

「まあ」

　美奈子は眼を瞠《みは》って、

「それじゃあなた、あれから後、あの方にお会いになったのね」

「いや、会わないんだが、僕が先にいた麴町の家へ、訪ねて来たそうですよ。隣の奥さんに聞いたんだが、親爺《おやじ》が亡くなったと聞いてひどくがっかりして泪《なみだ》ぐんでいたそうですよ」

「まあ、奇遇ね、それは……そんな事ならあたし汽車の中で、もっと話をするんだったわ。何かきっと悲しい事情があるのよ。だって上諏訪をたつ時も、あの方、とても悲しそうでしたもの。それであなた、それっきり？」

「ふむ、それきりさ。ちょうど一足ちがいで会えなかったのでね」

　仁吾はしかし、それから時々、麴町へいって、あの親切な隣りの奥さんに、それから後、あの悲しそうな顔をした娘さんは来ないかと訊《たず》ねているのだが、何故かその話は美奈子に聞かせたくはなかった。

（四）

仁吾はあれから後、三度ばかり麴町三番町のもとの家の附近へ、果敢無《はかな》い希望《のぞみ》を抱いて立ち寄っている。

ひょっとすると、またあの娘がやって来はしまいかと思うのだが、

「いいえ、あれから後、一度もお見えになりませんわ」

親切な隣家の奥さんの返事は、いつも気の毒そうに彼の希望《のぞみ》をうち砕くのだった。

「本当にあたし、ついうっかりしていまして、向うさまのお住所《すまい》でも聞いておけばよござんしたわね」

仁吾があまり熱心なので、奥さんはまるで自分の過失ででもあったかのように恐縮したりした。

「いや、僕が転居先を申し上げておかなかったのが悪いのです」

「ほんとに、それさえ承っておけばねえ」

「今度来たらひとつ教えてやって下さい。僕もなんだか気になるものですから……。一度会って見たいと思っているんです」

「ええええ、そう申し上げようと心待ちにしているんですよ。……ほんとに一足ちがいで残念でしたわね」

いつも失望してかえる途《みち》すがら仁吾はしかし、自分で自分がおかしくなる。何故あの娘のことが、それほど気になるのか、自分でもよく分らないのである。

父の旧友の娘であるという、それだけの理由だろうか。だがその人と父との関係を少しも知らない仁吾は、その人の娘に対しても、これほど深い関心をよせる理由はなさそうだった。

偶然、同じ汽車に乗りあわせながら、知らずに別れたという不思議な縁に、なんとなく、心がたぐり寄せられるのだろうか。……とにかく仁吾は、ちかごろの自分の不思議な動揺について、われながら呆《あき》れ果てるようなことが度々だった。

「あら、何を考えていらっしゃるのよ」

いまも美奈子に、とつぜんそう図星をさされて、はっと顔をあかくして狼狽《ろうばい》する仁吾だった。

「いやな方ね、あたしのいう事をちっとも聞いていて下さらないのね」

「いや、そ、そんな事はありません。聞いていましたよ。聞いていましたとも」

仁吾が変に力瘤《ちからこぶ》を入れるので、美奈子はおかしそうに笑いながら、

「まあ変ね、分ったわ。きっとあの方のことを考えていたんでしょう。ひどいわ。ひとに散々お喋《しゃべ》りをさせておきながら」

「だから、聞いていましたよ。こうっと、何んの話でしたっけ」

「蓮見さんのことよ」

「蓮見さん？」

「ほら、上諏訪からの帰りの汽車で御馳走《ごちそう》になったでしょう。あの人のことよ」

「ああ、あの色の白い貴公子ですか」

仁吾は何んの興味もなさそうだった。

「ええ、そうよ、あなたあの人をどうお思いになって？」

「僕がどう思うって？」

「あの方、とても親切よ。ひとが話しているのに、ほかの事を考えたりなさらないわ」

「ふふ、それは御《ご》挨拶《あいさつ》だね」

「それに、とてもお金持ちだし……あの方のお父さま、蓮見商会って、横浜《よこはま》に大きな貿易商があるでしょう。あそこの御主人よ」

「なるほど、でそれがどうしたというの」

「あら、詰まらないわ。あなたがほかの人の事ばかり考えていらっしゃるから、あたしも蓮見さんのことでも考えてみようかと思っているのよ……」

美奈子が溜息《ためいき》まじりにいった時、

「おや、蓮見さんがどうなすったの」

いいながら入って来た婦人があった。

（五）

婦人はそこにいる仁吾の顔を見ると、まあ、おどろいたというように細縁の眼鏡をきらりと光らせながら、

「あら、仁吾さん、あなた来ていたの」

と、厭な表情をして、

「時《とき》やも気が利かない。黙っているものだからちっとも知らなかった。あなたもあなたね。どうして御挨拶にいらっしゃらないの、先生からわざわざお使いを戴いたはずでしょう」

「いや、あの、いま、お伺いしようと思っていたところです。どうも失礼いたしました」

仁吾はすっかり固くなって、しどろもどろだった。

「お母さま、そう仰有《おっしゃ》らないでよ。仁吾さんはあたしが無理にここへ引っ張って来たのよ。だって、お父さまのところへはお客様があるんでしょう」

「お客様？　誰がそんなことをいって？　お客様なんかありやしませんよ」

「だって、観月堂さんが来てたのじゃありません？」

「まあ、あんなもの」

婦人は呆れたというように、

「あんなもの客ってほどのものじゃありませんよ。あなただってそれくらいのこと、よく判っている筈《はず》じゃありませんか」

之《これ》が美奈子の母の梨江《りえ》だった。

色の白い、痩《や》せぎすの、とても姿の綺麗な人で、透きとおるように上品で美しいところは、娘の美奈子など足許《あしもと》にも及ばなかった。

楓香塾《ふうこうじゅく》の淀君《よどぎみ》という評判があって、気に入るとどこまでも面倒を見るという気性の代りに、一度機嫌を損じると、掌《てのひら》をかえすような露骨な待遇をうけるところから、弟子たちの間では、先生よりもむしろこの方《かた》が恐れられている。

仁吾は別に機嫌を損じるようなことをした覚えはなかったが、いつでもこの人のまえにいると気詰まりで、そのせいかどうかすると恩師の家から足が遠のくのだった。

「あら、まだ、そこにいるの。早くいらしたら」

そういう言い方も皮肉だった。

「はっ、そ、それじゃ……」

仁吾は口をもぐもぐさせながら無器用にペコンとお辞儀をして出ていく。

梨江はその後姿を見送って娘のほうへ振りむくと、探るように美奈子の顔色を見ながら、

「美奈さん、あなたいま仁吾さんとなんの話をしていたの？」

「なにって別に……」

美奈子は拗《す》ねたように、雑誌のページをパラパラめくっている。

「蓮見さんの話が出てたじゃありませんか」

「そうね、そんな話もしたかしら？」

美奈子はわざと曖昧《あいまい》に言葉を濁してしまう。いちいち肚《はら》のなかを探るような母のいいかたが厭だった。

梨江はいらいらしたように、

「あなたはいったい、蓮見さんをどう思っているの」

「どう思うって、そうね、とても善良な、いい人だと思います」

そういう言い方に少しも熱のないのが母には気に入らなかった。

「いい人？　ただそれだけなの？」

「そうね——だってお母さま。あたしあの人とお識合《しりあ》いになって、まだ間がないんですもの。そんなに詳しいことは言えないじゃありませんか」

「まあ、そう言ってしまえばそんなものだけれど……」

梨江は溜息をついて、もっと何か言いたそうだった。

（六）

浄《きよ》らかな十二畳の座敷の中央に大きな支那《しな》机をおいて、長押《なげし》には楓香の恩師であり、舅父《きゅうふ》である五味昂崖《こうがい》先生の肖像がかかっている。昂崖先生は明治中期から大正初期へかけての鬱然《うつぜん》たる大家で、梨江《りえ》夫人の父である。

楓香《ふうこう》はその門に養われた一書生で懇望されて養子となったが、いまでは恩師の名を辱かしめなかったと自分でも信じ、社会も許している。

その楓香はいま支那机に倚《よ》りかかり、悠然と茶をすすりながら、長押にかけた支那の石彫を観賞している。楓若葉を洩《も》れる陽《ひ》が、ひろい座敷をあたためて、どこか明窓浄机《めいそうじょうき》という言葉が当りそうだった。

仁吾は先生のこういうくつろいだ姿を見るのが好きだった。

「どうだね、これは」

楓香ははいって来た仁吾の顔を見ると、挨拶もしないで石彫のほうへ顎《あご》をしゃくる。

「米元章《べいげんしょう》ですね」

「そう、杭州《こうしゅう》のほうを旅行している友人から送って来たのだ」

「なんと書いてあるんですか」

「読んで御覧」

「さあ」

仁吾は首をかしげたがよく判らなかった。

「いまどきの若い者は不勉強でいかんな」

「恐れ入ります」

「とはいうものの、俺《おれ》にも実はよく読めんのだ」

楓香ははじめて仁吾のほうへ向き直ると、眼尻《めじり》に皺《しわ》をよせて微笑《ほほえ》む。温顔——と、いう言葉がいちばんよく当てはまりそうな人柄で、仁吾はいつもこの人と対座していると心があたためられるような気がする。もっと度々門を叩《たた》きたいと思いながら、ともすれば足の遠ざかりがちな自分を、恩知らずだと罵《ののし》りたくなる。わけても近頃のように心の動揺している際には、先生の温顔がいっそう身にしみた。

「なに、読めなくてもいいのだ。どうせ支那人の書いたものだから書いてあることは大したことはないがこの字はいいね。米元章は挙止頡頏《けっこう》、世と俯仰《ふぎょう》する能《あた》わず、故にしばしば困窮すと、ものの本に書いてあるが、いかにもそういった感じの字だね」

楓香はそこで卒然と米元章を打ちきると、

「どうだね、近頃は？」

と、仁吾の顔を見る。

「はあ、只今《ただいま》はお使いを有難うございました」

「なに、別に用はなかったのだが、暫《しばら》く顔を見なかったものだから」

「恐れ入ります。どうもなんだか落ち着かなくて弱ります」

「ふむ、そういえば少し痩せたようだね」

「そうですか、そんなことはないと思いますけど」

「いや、痩せたようだよ。若い者は静心がなくていかん。いまが肝腎なところだから落ち着いて勉強しなきゃいかんな」

「はあ」

「時にこのあいだ――と、いっても大分まえだが、君は旅行をしていたそうだね」

「旅行ってほどのことでもありません」

「画材でも探しにいったのかね」

「いや、そういうわけじゃないんです。出来ればまあそういう機会をつくってもいいと思ったのですが、元来が美奈子さんの電報に釣り出された旅ですから」

「なに、美奈子が？」

「ええ、霧ヶ《きりが》峰《みね》へスキーに来ているから、迎えに来いという電報でして……」

「なんだ。美奈子がそんな電報を寄越したのかい。それをまた君が正直に、のこのこ迎えにいったのかい。こいつはいい」

楓香は上機嫌で、いかにも嬉《うれ》しそうに声を立てて笑ったがその笑声につけても、仁吾は何んとなく心が痛む思いだった。

（七）

「あいつはどうも我儘《わがまま》でいかん。人の迷惑などなんとも思っていないのだから困る。どうも少し甘やかし過ぎたようだな」

そういう楓香はしかし、いかにも嬉しそうで、仁吾を観る眼にも優しさが溢《あふ》れていた。

「そんな事はないでしょう。いまどきのお嬢さんはみんなああですよ。拘泥《こだわり》がなくていいと思いますがねえ」

それは仁吾の美奈子に対する率直な感情の表現だった。

楓香はいよいよ眼を細めて、

「そうかねえ、そんなものかねえ。すると俺《わし》などやっぱり古くなったんだねえ。女房にもよく言われるんだが、俺らの若い時代には、いかに気のおけない仲とはいえ、電報一つで男を迎えに呼ぶなんて我儘娘もいなければ、またそういう電報で、のこのこ出かける男もいなかったものだ。つまり拘泥《こだわ》っていたんだね。詰まらないことに……ふむ、そういうところは、いまどきの若い連中は無邪気で羨《うらや》ましいな」

楓香は上機嫌で、もっとその話をつづけていたいらしかったが、仁吾がなんとなくすすまない様子を見せるので、そこでまた話をもとへ戻すと、

「とにかく、君にゃもっと勉強して貰《もら》わなくちゃ困る。秋といってももうすぐだからね。そろそろ準備にかからなきゃ……やっているかね」

「ええ、僕もその気ではいるんですが、何んですか、気ばかりあせって」

「あせっちゃいかん。何もあせることはないさ。君の持っているものを、十分出しきりさえすればいいのだからね。楓香塾もちかごろじゃ若い者が大勢いるが、なんといっても、頼みになるのは君ひとりだからね」

楓香はそんな事をいい、更にまた、

「この秋には奮発してうんといいものを見せて貰わなけりゃ……君は普通の弟子とちがって、親爺との関係もあるしね、俺《おれ》も他人とは思わないのだよ。君もそのつもりで勉強してくれなきゃ困る」

　と、そんな事もいった。

「はあ」

　楓香はしみじみとした調子で、

「君の親爺には、俺《おれ》もひとかたならぬ恩義がある。去年あいつに死なれた時には、俺《おれ》も片腕をもぎとられたように落胆したものだ。あれは終生、酒ばかり飲んでいて、ついに仕事らしい仕事もしなかったが、豪《えら》い男だったな。ちかごろはああいう人物もだんだん少なくなる。豪傑とでもいうのだろう。いたって名利に恬淡《てんたん》な男だったが、それでも吾《わ》が子は矢張り可愛かったと見える。死ぬ時には君のことを心配して、くれぐれも立派な画家にしてくれと頼まれたものだ。君もひとつ親爺の鬱憤《うっぷん》を晴らすようなつもりで、大いに精進するんだな」

　仁吾の亡父《ちち》の賀川俊六は終世市井の貧乏画家として、挿絵など描き乍《なが》らこの世を終ったが、資性高邁権門《しせいこうまいけんもん》に屈せず、清貧に甘んじて生き抜く洒落《しゃらく》さがあって、そういうところが楓香には忘れられない魅力になっていて、二人の友情には蜜《みつ》よりも濃いものがあった。

そういう友情を知っている仁吾には、いまの楓香の言葉が、土にしみる水のようにしっとりとしみ渡ったが、

「そういう縁故もあることだから俺も君が他人とは思えないのだ。ここでひとつ勉強して、つまり、その、なんだ、特選にでもなってくれたら、是非話したいと思っていることがあるんだが……」

と、意味ありげに微笑《わら》っている楓香の言葉を聞くと、仁吾はまたこの人のいい先生が気の毒でならなくなる。

（八）

楓香の言葉の意味はよく分っていた。

それは美奈子のことだった。特選になれば画家も一人まえといえる。そうなったら美奈子と一緒にして、自分のあとをつがせようというのが、楓香が年来の楽しい計画だった。

自分もこうして先生に懇望されて、五味の家をついでいる。その恩師に対する義理からいっても、この家から画家の血を絶やしてはすまなかった。しかし不幸にして唯《ただ》一人の男の子の與一には、どう親の贔屓目に見ても、画家としての天分がてんでなかった。結局、美奈子に養子を迎えて、あとをつがせるより外になかったが、それには仁吾なら、天分は十分だし、気心もよく分っている。美奈子も憎からず思っているようだし、仁吾

だって嫌いな筈はない。

　また、そうなったら引き受けた親友に対しても義理がすむし……と楓香はよいところばかり考えて、なんでも自分の思うとおりになると信じている。少くとも家庭内では、自分の意志が通らぬ筈はないと信じていた。

　しかし、仁吾は知っているのである。

　この家で先生の意志がそのまま通ったことは、今迄《いままで》にだって滅多になかった。たまたま先生の意志が通るようなことがあっても、それは偶然、夫人との意見が一致した場合に限っていた。

　しかし、賢い夫人は、それを決して先生に見せるようなことはなかった。彼女はいままでだって、一度も表立って先生の意見に反対したことはなかった。しかし、巧みに良《おっ》人《と》を操縦して、良人の考えを自分の思う壺《つぼ》へ持って来て、それが最初から自分の意志だったように、良人に思いこませるかしこい才覚を持っている。

　先生は裏切られるだろう。夫人から――そして――と、仁吾は苦いものを噛《か》み砕くように、ひょっとしたら自分からも――と、考えて思わず首をうなだれる。

　こうして、師弟のあいだに、ちょっと言葉の継穂《つぎほ》をうしなった沈黙が落ちて来たころ、別の部屋では、夫人のさかしい、そしてもっと実行力を持った計画がすすんでいた。

「ほんとにあなたのようでも困るわね。お母さんのことなんかちっとも考えてくれないんだから」

と、梨江は溜息をついてみせ、

「このまえの霧ヶ峰いきのときだってそうでしょう。呼ばなくてもいい仁吾さんなんか電報で呼びよせたりしてさ。そんなことをするから、蓮見さんの坊っちゃんだってあなたに言い度《た》いことも言えなくなるでしょう」

「だって、あの時はお母さまの考えなんか、少しも分らなかったんですもの」

美奈子は下を向いて、じいっと舌を出している。

「分らないことがあるもんですか。そういうつもりがなくて、誰が嫁入り前の娘を若い人と一緒に遊びに行かせます。あなたも少しは考えてくれなきゃ……そりゃ、お父さまはどういう考えでいらっしゃるか知らないけれど、あの人は、絵さえ描《か》いていらっしゃれば、大家とかなんとか言われても、世間のことはまるで御存じないんですからね」

梨江は眼鏡越しにじっと娘の顔を見ながら、

「あなた、まさか仁吾さんとつまらない約束をしているんじゃないでしょうねえ」

「まあ、いやなお母さん！」

「それならいいけれど……じゃ、明後日はきっとですよ。今度すっぽかすようなことがあると、お母さん、蓮見さんの奥さんにあわせる顔がありません。ね。後生だから……」

それから間もなく母が出ていくと、美奈子はぴっと下唇をつき出して、

「いやなお母さんね。あれじゃまるで陰謀家だわ」

そしてやけくそにピアノを叩き出した。

花につく虫

（一）

「出て行こう」

と、決心し、

「ここは長くとどまるべきところではない」

と、思いつづけながらも、有爲子が五反田の恩田の家に身を寄せてから、早ひと月あまりになる。

　探《たず》ねる賀川俊六が、すでにこの世の人でないとわかった時、すぐ上諏訪へかえってしまえばよかったのである。

　だが、俊六の死はなんといっても、有爲子のような若い娘には、あまりにも大きな打撃だった。縁談の破綻《はたん》、養父《ちち》の急死、母の秘密、出京――と、わずかの間に起った目まぐるしい境遇の激変。そのあいだじっと持ちこたえて来た心の弓が、最後にこの新しい打撃にあって、無残にもプッツリと断たれたかたちだった。

　その晩ひとばん、彼女は泣きに泣いた。いたましい失望と混乱がさそりのように胸をかんで、わずかの間に、頼るべき人間の悉《ことごと》くをうしなった絶望的な悲愁が、ひしひしと海嘯《つなみ》のように彼女を押しつつむ。

ああ、これから先、どうなっていく身であろう。……

眠られぬひとばんを、悶《もだ》えに悶えながら明かした挙句、哀れ、有爲子はどっと患《わずら》いついて――そして十日ばかりたって、やっと起きられるようになった時には、厄介になった手前、すぐ出ていくとは言い出せない、心の弱い有爲子だった。

「なにも、お前さんのように心配することなんかありゃしねえ。まあ、ゆっくりと身の振りかたを考えたって遅かあるめえ」

と、亭主の勝五郎もいい、

「そうですとも、そんな体であせったところで碌《ろく》なことはないにきまっていますよ。ほんとに気兼ねなんかいらないんだから、自分の家にいるようなつもりでゆっくり養生なさるといいわ」

と、お常もそばから口を添えてくれるが、この夫婦の親切に裏のあることは、いかに有爲子が世間知らずとはいえ、分らぬ筈《はず》はなかった。

「そうしてはいられないのですけれど……」

有爲子はためらいながら、

「あの、小母《おば》さん、上諏訪からまだ手紙は来ないでしょうか」

と、毎日のように聞いてみるのだが、

「いいえ、どこからも手紙は来ていませんよ、ほんとにどうしたんでしょうね」

お常の返事はいつも同じだった。

起きられるようになった時、有爲子は直ぐに山崎先生と木實へあてて手紙を書いた。そしてその返事の模様によっては、勝五郎夫婦がなんといって引き止めようとも、断然上諏訪へかえろうと決心しているのだったが、どうしたわけか、木實からも山崎先生からも返事はなかった。……

(ああ、先生や木實ちゃんにも見捨てられてしまったのだろうか。いえ、いえ、あの人たちはそんな不人情な人じゃないわ。だが、それなら何故、返事を下さらないのだろう。あたしがこんなに困っているのに……)

またしても、夜具の襟をしとどに濡《ぬ》らす有爲子。——人の心の頼みがたきを、あまりにも情ない現実のさなかに見せつけられて、有爲子はただ泣くよりほかにすべさえ知らず。……

二人から返事が来ないのも無理はなかった。お常が途中で、有爲子の手紙を握りつぶしてしまったのだもの。いやいや、有爲子の手紙を握りつぶしたばかりではない。こちらから便りのないのを心配して、二度三度、山崎先生から寄越した手紙まで、お常が途中で押えてしまったのだが、有爲子はもとより知る由《よし》もなく。……

（二）

有爲子はもう泣くまいと思い、泣いている時ではないと心に誓う。

上諏訪をたつ時、

「有爲子さん、これからのあなたは茨《いばら》の中を切りひらいていくようなものです。真実《ほんとう》のお父さんに会えても会えなくても、あなたの前途はいままでのように安らかなものではないのだから、よくよく固い決心と覚悟を持っていなければなりませんよ。どんな大きな不幸にあっても、負けてはいけない。きっと闘い勝つという覚悟で、立ち直らなければいけませんよ」

山崎先生がやさしく諭してくれた言葉が、今更のように思い出される。

（そうだわ。泣いていちゃいけないのだわ。負けていちゃならないのだわ。勝たなければ……この不幸に闘い勝たなければ……）

雄々しくも決心した有爲子は、再び身体《からだ》の具合もよくなっていたし、さしあたり一日も早く自活の途《みち》を講じなければならなかった。

「小父《おじ》さん、何かあたしに出来るような仕事はないでしょうか」

溺《おぼ》れる者は藁《わら》でもつかむ。他に頼りのない有爲子は結局、一番身近かにいる勝五郎に相談してみるよりほかに途はなかった。

その勝五郎は、

「さあ、ない事はないが、そうあせる事はねえというのさ。時機《とき》が来たらお前さんがいやだといっても、ちゃんと身の立つようにしてあげまさ、俺だって順造さんにゃ恩義がある。まあ悪いようにゃしねえから、親船に乗ったようなつもりでいなせえ」

と、そういう口の下から、

「有爲子ちゃん、たびたびの事ですまねえが、また少しね、その、何んだ、融通して貰《もら》えねえかねえ。わずかの事を恩にきせるようで、俺もいい出しにくいのだが、ここんとこへ来て、目算が外れつづきで……なに、ひとつ当りゃ五千や万の金はどうにでもなるんだが……」

と、有爲子の懐中《ふところ》を狙っている勝五郎なのである。

勝五郎の無心はこれがはじめてではなかった。ちょっと二十円、三十円と、足許《あしもと》につけこむように強請《ゆす》りとった金は、一月あまりの間に、もうかなりの高にのぼっている。金は惜しくはなかったが、そういう夫婦の生活振りが、有爲子にはしだいに気味悪くなって来る。

有爲子は当座の小使いのほかに、五千円あまりの預金を持っていた。養父《ちち》の情のこの遺産には、いよいよ身の振りかたがきまるまで、決して手をつけないつもりだったが、

「有爲子ちゃん、貯金があるならこちらの銀行へ置き換えておいた方がいいぜ、いざという時便利だからな」

つい、勝五郎の口車に乗せられたのが不覚のもとで、その預金にも手がついている。

「こんなことをしていたら、折角養父《ちち》の遺《のこ》してくれた金も、瞬く間に、この夫婦に喰《く》いあらされてしまう。いまの間に身の振りかたを考えて、一日も早くこの家を出てしまわなければ……」

有爲子はもう勝五郎など当てにしないつもりで、毎日、新聞の案内欄を見て、

「小母さん、ちょっと出て来ますから」

と、この頃ではもう大分なれた東京の市《まち》を、歩き廻《まわ》ってみるが、どこにも思うような働き口はなかった。

時候はもう、青葉の燃える初夏で、口を探して歩く有爲子は、汗と埃《ほこり》にまみれ、心労と焦慮でどうかすると眩暈《めまい》を覚えるようなことがあったが、そういうある日。有爲子の出ていったあとへ、

「勝つぁん、いるかね」

と、訪れて来たのは、上諏訪の担ぎ呉服、あのうた屋さんだった。

(三)

恩田勝五郎も上諏訪出身の、ちょくちょく故郷《くに》へかえる事があるから、うた屋さんとも懇意な仲で、飲み仲間だった。諏訪へかえればこちらから訪ねてもいくし、向うが東京へ出てくれば、いつも寄っていく。

お常もうた屋さんをよく知っていて、

「おや、これは珍しい。うた屋さんじゃないか。さあ、お上んなさいよ」

と、言葉だけは愛想がよかったが、あんまり嬉《うれ》しくもない顔色で、

「ちょっと、ちょっと、お前さん、起きなさいよ。上諏訪のうた屋さんだよ」

「なんだ、大将、昼寝かい」

「ほんとに困っちまうんですよ。何もしないで毎日、昼寝ばかりしているんだから、あたしゃつくづくやりきれない。うた屋さん、察しておくれよ」

「お常、珍客が来たてえのに、亭主の棚おろしなんかするない」

襯衣《シャツ》いちまいで寝ていた勝五郎は、それでも手早く着物を引っかけて、のそのそと茶の間へ出て来ると、

「よう！　これは珍しい、どうしてたい、その後は」

と、わざとらしい豪傑笑いをしながら、どっかと長火鉢のまえに胡坐《あぐら》をかいて、煙草の吸殻を探している。

うた屋さんは笑いながら、

「大将、相変らずやってるな。少しむくんでるじゃないか」

「なに、そうでもねえが……」

と、勝五郎は頬を撫《な》で廻し、

「お常、珍客だ。酒の支度でもしろい」

これを機会《しお》にまた一杯やるつもりなのである。

　お常はいやな表情《かお》をして、

「何んだね、お前さん、昼間っから。……うた屋さん聞いておくれよ。この人ったらこの頃、朝から晩まで酒浸りで、あたしゃつくづくやりきれないのさ」

「なにを言やがる。俺に酒の気がきれてみろ。その時ゃ万事おしまいだよ。なあ、うた屋君、そうじゃないか」

「なんだか、いやに景気がいいんだね」

　うた屋さんは薄笑いをうかべながら、じろじろ家の中を見廻している。お常には気になる眼附きだった。

「時に君はいつ東京へ出て来た」

「ううん？　うん、二、三日まえだがね」

「何か用事かい？」

「うん、ちょっとね」

　うた屋さんはすまして、煙草をすっぱすっぱ吸っていたが、やがてぽんと吸殻を長火鉢の中へ叩《たた》きこむと、

「勝つぁん、お前さんも知ってるだろう、ほら、鶴屋の息子の雄司というのを――」

「うん、うん」

　勝五郎も有爲子とのいきさつを知っているから、思わず体を乗り出して、

「あの坊《ぼ》んが、どうかしたのかい」

「ふん、お前さんも知っての通り緒方の娘とああいう事になって、あれから間もなく東京の、先《せん》のお主婦《かみ》さんの親戚《しんせき》の家《うち》へ来ているんだが、それがとんだ御乱行でね、ああいう事があったからやっぱり自棄《やけ》になったんだね」

「ふうん、俺《おれ》ゃよく知らないが、色の生っ白い、気の弱そうな男じゃないか」

「ふむ、そうなんだが、いや、ああいうのが思いつめると却《かえ》って怖い。全く手がつけられないんだ。それでつまり、僕が鶴屋の親爺《おやじ》に頼まれて、意見番にやって来たというわけだが……」

　と、何んとなくお常の存在を気にしているらしいのを見て、

「お常、何を愚図々々してやがるんだ。早く料理でもそういって来い」

(四)

　お常がしぶしぶ出ていったあと勝五郎はいよいよ膝《ひざ》を乗り出し、

「それにしても君が意見番たあ驚いた。意見番とは仮りの名、まことはそれをいい事にして、一緒に飲み歩いているんだろう」

「それはね。のっけからがみがみ言ったって利目《ききめ》がない。そこはやっぱりおつきあいしながら、じわりじわりとやっているのさ」

「とか何んとか言って、相変らずお太鼓を叩きながら、うまい汁を吸っているんだろ」

さすがにうた屋が厭《いや》な顔をするのを、勝五郎は気にもかけず、

「はははは、まあ、そう憤《おこ》るな、お互いさね。で、少しは利目があったかい」

「いや、いまのところとんと験《げん》は見えないが、それでも昨夜やっと妙薬を見つけた」

「妙薬？」

「そうさ、お道楽の治る妙薬さ。どうしたらこのお道楽がおさまるのかと、昨夜開き直って問いつめたと思いなさい。すると奴《やっこ》さんの曰《いわ》くさ。緒方の娘をなんとかしてくれってさ。つまりまだあの娘《こ》のことが忘れられないんだね」

「ふうん、それじゃ親爺《おやじ》の反対を押しきってでも、嬶《かか》あにするというのかい？」

「なあに」

うた屋さんは鼻先で笑って、

「そんな神妙な心掛けなら大したものだが、奴さん、親爺はやっぱり怖いのさ。だから、こっそりとね。まあ、早くいえば……」

「妾《めかけ》にでもするというのかい？」

「まあ、そんなところかな」

勝五郎もこれにはあいた口がふさがらなかった。

「野郎、太え野郎だ。いつの間にそんな修業をしやがった」

と、にやにや顎を撫でている。

「いいじゃないか。君の娘じゃあるまいし」

と、うた屋さんは急に膝を乗り出すと、

「時に、勝つぁん、有爲ちゃんはまだ帰って来やしまいね」

「え？」

勝五郎が思わず眼を白黒させるのを、うた屋さんはあざ笑い乍《なが》ら、

「おいおい、白ばくれるのは止《よ》したまえ。僕はここへ来る道で、ちらとあの娘の後姿を見かけたぜ。どこかへ出かける様子だったが、まだ帰って来やしまいねえ」

「なあんだ、それじゃ会ったのかい？」

「会わなくったって、君の様子を見ればたいてい判るさ。馬鹿に景気がよさそうだが、おおかたあの娘《むすめ》をいたぶって……」

「おいおいうた屋君。人聞きの、悪いことは言わないで貰いたいね。僕があの娘の面倒を見ているのはなにもそんなさもしい料見じゃない。あの娘の親爺にゃ僕も恩義があるし、なんとかしてあの娘の力になってやりたいと……」

「ふん、いい心掛けだな」

「なに？」

「いい心掛けだというんだよ。だが、勝つぁん、それじゃどうして君は、有爲ちゃんの手紙を途中で握りつぶしたりするのさ」

「なによ！」

「こちらに立つまえに木實って、ほら、緒方の面倒を見ていた娘があったろう。あの娘《こ》に逢《あ》ったら、有爲ちゃんから何んとも言って来ないが、何か変った事でもあるんじゃないかと心配していた。僕は君という人を知っているから、すぐにはあんと思ったが、ねえ、勝つぁん、お互にもっと腹臓なく話をしようじゃないか」

二人はじっと、意味ありげに眼を見交わせたが、その頃――。

有爲子は銀座《ぎんざ》裏の、ミネルバという気の利いた婦人洋服店のまえを、入りかねてとつおいつ行き来している……。

（五）

ミネルバはいまやっと店を開いたばかりと見えて、小綺麗《こぎれい》な少女が二人飾窓《ショーウインド》のカーテンをあけたり飾りつけを直したりしていた。

間口は狭かったけれど、趣味のよい、上品な店で、働いている少女たちも、きびきびとして感じがよかった。

有爲子は二、三度、その表を行きつ戻りつしていたが、とうとう思いきって中へ入った。

「いらっしゃいまし」

働いていた二人の少女は、有爲子の姿をみると、すぐ普通の客でないことに気がついたらしく、穿鑿《せんさく》するような眼で見ていたが、やがてにっこり小首をかしげて、有爲子の言葉を待っている。

「あの……あたし……新聞の広告を拝見してあがったのですけれど……」

少女たちはちらと眼を交わせながら、

「ああ、そう。――それではどうぞこちらへ。すぐマダムがお会いになりますから、ちょっとお待ち下さいまし」

有爲子の通されたのは奥の狭い応接室で、大きなマネキン人形や外国の流行雑誌や、新しいモードの写真が乱雑に積み上げてあって、足の踏み場もないような部屋だった。

有爲子はすすめられた椅子に、落ち着かない腰をおろすと、胸をどきどきさせながら、壁にはってある外国の映画女優らしい写真を眺めていたが、すると間もなく、とんとんと軽快な跫音《あしおと》をさせながら二階からおりて来たのは、三十前後の綺麗な洋装の女性《ひと》だった。

有爲子があわてて腰をあげようとするのを、

「あら、どうぞそのまま」

と、その綺麗な女性は手で制《と》めながら、有爲子のまえに廻って腰をおろすと、

「あたしが葛野《くずの》京子《きょうこ》です。新聞の広告を御覧になっていらしたのね」

と歯切れのいい調子でいいながら、卓子《テーブル》越しに有爲子の美しさに眼を瞠《みは》っている。

「はあ、あの……洋裁に興味を持った人を募集していらっしゃるのを拝見したもんですから」

有爲子が取り出した新聞には見向きもせず、

「ええ、一人欲しいと思っているんですの。で、御経験はおありなんですの」

「いいえ、あの……経験なんててんでございませんのですけれど、好きなものですから教えて戴ければ出来はしないかと思って……何んだか甚だ厚顔《あつかま》しいんですけれど……」

ためらいがちに答える有爲子の顔を見て、マダムはにこやかに、

「でも、ミシンはお使えになるんでしょうね」

「ええ、少しぐらい……それに刺繍《ししゅう》の方も少々……」

「刺繍がお出来になりますの。刺繍が出来ると好都合ですわね。この頃はとても刺繍の註文《ちゅうもん》が多いんですから。デザインの方はおやりになったことがありまして？」

「いいえ、とても、あたしなんか駄目ですわ。でも、モードを見るのが好きなもんですから……」

「それじゃ、一度見せて戴きましょうねえ」

マダムには有爲子の印象がとてもよかった。臈《ろう》たきまでの美しさもさることながら、初心《うぶ》で、世摺《よず》れがしてなくて、熱心なのが好感がもてた。

「あの、お話はちがいますけれど、あなたお故郷《くに》はどちら？」

「あたし信州でございますの。上諏訪なんですの」

「まあ、それじゃあたしと同郷ね。あたしは大町《おおまち》よ。ほらスキーで有名な」

マダムがいかにも懐しそうに言ってくれたのが、有爲子にも嬉しかった。

この優しそうな人のもとで働けたら……と思うと、思わず胸がどきどきするのだった。

（六）

ミネルバ――と、洒落《しゃれ》た名前の婦人洋服店をひらいているマダムは、葛野京子といって、某大学助教授の未亡人だった。三年まえ良人《おっと》に死に別れてから、子供もないし、自分も好きなところから、渋谷《しぶや》のほうへ店を出してみたのだが、趣味がよいので、思いがけなくこれが流行《はや》って、二年たたぬうちに銀座へ進出するまでになってしまった。

彼女の主義としては、婦人服を華美な贅沢《ぜいたく》なものでなく、もっと趣味のよい健実なものにしたいのだった。同じ流行を競うにしても金目ではなく、趣味のよさでいきたいと心掛けている。ことに事変が起ってからは、生地や材料にいろいろ掣肘《せいちゅう》をうけるだろうし、そうなればいよいよ各人の特色を生かした趣味のよさでいくより外に服装の美を生かす途《みち》はないと考えている。

幸い店の方はとんとん拍子にうまくいって、今ではミシン女工や裁縫師が四、五人もいるが、彼女はそのほかに、仕事や趣味のうえでの相談相手になるしっかりした助手が一人欲しかった。今までにも二、三人そういう女性《ひと》を求めてみたが、仕事の出来るのは高慢だったり、悪くすれからしていて、どうもうまくいかなかった。だから、趣味と熱心さえあれば、ずぶの素人から育ててあげてもいいと思っていた折柄、彼女は有爲子がすっかり気に入ってしまった。

早速、二階の仕事場へつれていって試験してみたが、謙遜《けんそん》にも似合わず、有爲子の仕事はなかなか立派だった。趣味にもなかなか渋いところがあり洗練されていた。これは誰に教えられたのでもなく有爲子の持って生まれた天分なのであった。

彼女は小さい時から手先が器用で、ミシンをいじったり、針を持って物を工夫するのが何より好きだった。町でそういう講習会があったりすると、彼女は必ずそれに加わって、斬新《ざんしん》な意匠で、講師を驚かせたりした。自分で洋装することは滅多になかったが、東京から来たお嬢さんや、雑誌の口絵のいい着附けがあると、自分でもデザインを工夫するのが好きだった。

京子はすっかり感服して、

「まあ、あなたはとても素人だとは思えないわ。それで誰にも教わったことはありませんの」

「ええ、——あたしの様な者でも、これでやっていけるでしょうか」

褒められると有爲子は恥しくもあり、嬉しくもあった。

「いけますとも。あたしだって、ただ好きだというだけで、全くの素人からはじめたのですものね」

それから有爲子の簡単な身の上話をきくと、彼女はいよいよ相手が可愛くてたまらなくなるのだった。

「それで差し当り、どの位の報酬をお望みになって？」

「あの……こんな事をいうと何んですけれど、あたしここ当分自活していけるくらいの金はございますの。亡父《ちち》が遺してくれたものですから……でも、それでは心細いものですから、それのある間にしっかり教えこんで戴けたらと思って……」

と、そういう有爲子の決心にも普通の職業をあこがれるお嬢さんと違ったしっかりした所があって、京子は妹のように相手がいとしくなって来る。

「まあ、それはいい心掛けですわね。これは決して悪い仕事じゃありませんわ。女にも出来る仕事ですし、それに家《うち》など男の方はひとりもいないのですから間違いを起すこともありませんし。……あたしが引き受けますから、あなたも一生懸命やって頂戴ね」

渡る世間に鬼はないというが本当だった。京子の温かい言葉に、有爲子は泪《なみだ》が溢《あふ》れそうになって、希望に胸がふくれるのだった。

(七)

いよいよミネルバで働くことに話がきまると、京子は肉親の妹にするように、いろいろ細《こまか》い注意を有爲子に与えるのだった。

ことに有爲子がいま身を寄せている家の内情をきくと、京子は思わず眉《まゆ》をひそめて、

「話を聞いただけではよく分らないけれど、その家《うち》、一日も早く出た方がいいんじゃないかしら。あなたのような若い娘さんには、なんだかあまり好ましい家じゃなさそうに

思えますものね」

「ええ。――あたしもそう思っているんですけれども何しろ、東京へ出て来てまだ間もありませんし、少しも勝手がわからないものですから。――ねえ、先生、どこかよい家はないでしょうか」

有爲子もいつか、優しい注意を与えてくれるこの人が、真実《ほんとう》の姉のように思えて、初対面の遠慮もうちとけ、つい甘えかかり度《た》くなって来る。

京子にはまた、それが如何《いか》にも嬉しくて、

「そうね、それじゃ二、三、心当りがありますから、早速問い合せて見ましょう。なにも心配することはないのよ。いざとなったら、あたしの家へ来て貰ってもいいのだし、どちらにしても、あなたは何時《いつ》でもその家を出られるようにしておいた方がいいでしょう」

そういう心遣いの一つ一つが身にしみて、

「先生、有難うございます。はじめてお眼にかかった許《ばか》りだのに、こんなに御心配をおかけして……」

と、有爲子は思わず涙ぐんだ。

「なんですね、そんなことをいって。……お互じゃありませんか。女って弱いものだから、こうしてみんなで扶《たす》けあって生きていくのね。わかって？　あたしもこれからどしどしあなたに扶《たす》けて戴くわ」

手をとってにっこり微笑《わら》う京子の明るい笑顔を見ると、有爲子は今日この頃の心労から、はじめて抜け出すことが出来たような気がして——やっと前途に、明るい希望の光を認めたようで、嬉しさもひとしおだった。

　それからなおも、京子の優しい注意をうけて、有爲子が久しぶりに心も楽しく、いそいそと五反田の家へかえって来ると、折から夕飯の膳《ぜん》にむかっていた勝五郎とお常の夫婦が、いつになく不機嫌そうな顔色だった。

「おや、お帰りなさい。どうでしたの？」

「只今《ただいま》。ええ、お蔭様《かげさま》で——どうやらいい働き口が見附かりそうですの」

「あら、まあ、そう」

　お常と勝五郎が意味ありげな視線を交わしているのも、気の浮き立っている有爲子は気がつかず、そのまま二階へ昇ろうとすると、

「有爲ちゃん、一寸《ちょっと》お待ち」

　勝五郎が気難《きむずか》しそうな声で呼びとめた。

「ええ——何か御用ですの」

「ふむ、まあここへ来てお坐《すわ》りよ。ちょっとお前さんに話があるんだ」

「ええ」

　有爲子が不承々々に、長火鉢のまえに来て坐ると、

「実はね、有爲ちゃん、こちらの方でも、これならお前さんに打ってつけだという口が見附かったのだ」

「あら。――」

「なにも驚くことはないじゃないか。お前さんには黙っていたが、実はこの間から方々心当りへ口をかけておいた所が、今日やっとこれなら申し分なしという口が見附かってね、向う様でも今夜是非、お前さんに会って話をしたいと大乗気なんだ。有爲ちゃん、お前さん行って呉《く》れるだろうね」

のっぴきさせぬ勝五郎の口吻《くちぶり》に有爲子ははっと、胸が躍るのだった。

(八)

何んとなく腑に落ちかねる勝五郎の言葉だった。就職口を世話しようというのに、夜、面会しようというのもおかしかったし、どういう人かと訊《たず》ねてみても、

「行って見れば分る」

と、ばかり、言葉を濁して、多く語ろうとしないのも不安だった。

「あたし……困ったわ。ちゃんと今日、話をきめて来たんですもの」

「いいじゃないか、そんな事、別に証文を入れて来たわけじゃあるまいし、断ればそれですむことだ」

相手が余人ならばともかく、京子のような優しい人に、それでは義理がすまなかった。第一、有爲子の心はもうはっきりと定《きま》っている。

「だって、そんな事……」

有爲子がためらって居るのを見ると、勝五郎は忽《たちま》ち眼に角を立てて、

「有爲ちゃん、それじゃ何かい。おまえさん俺らの世話じゃ不服だというのかい」

「あら、そんな事はありませんけれど」

「お前さん、そんなにムキになったって仕様がないじゃありませんか」

お常も側から口を出して、

「ねえ、お嬢さん、うちのが折角ああ云《い》っているんですから、ともかく会うだけは会ってみたらどう？　その上で気に入らなければ断ってもいいのだし……ねえ、お前さん、何も会ったからって、無理にそこへ勧めなければならぬと云う事はないのだろう？」

「ふむ、それゃそうだ。会ってさえ呉れれば俺の顔も立つ。その上で断るも断らないも有爲ちゃんの勝手さ、俺ゃそこまではとやかく云うわけじゃない」

「ほら、ああいってるんですからともかく、一度行ってやって下さいよ。うちのもこの間から躍起になって奔走していたんですから」

そう云われると強いて断りもなりかねる。

「ええ、それじゃ小父さん小母さんの気のすむように、一度お眼に掛ってみますけれどでも、……あたしちゃんとほかにお約束が出来てしまったのですから……」

「なに、そんな事はいいよ。会ってさえくれれば俺の顔も立つし、向う様の気もすむんだ。それじゃお常、早速出掛けるからお嬢さんの着換えのお手伝いでもしねえ」

「あら、着物を着換えるんですの」

「馬鹿だねえ、お前さんは。見合いにいくんじゃあるまいし、そんなにお化粧をすることがあるもんですか」

お常は素早く勝五郎に眼で知らせ乍ら、

「それに約束は八時だというじゃないの。まだ六時にもならないのに。まあ、ゆっくり御飯でも食べていらっしゃいよ」

何んとなく解《げ》せない節々が多かったが、

（いいわ。どうせ長くいる家じゃなし、ともかく一度あってみて、その上で断ってもいいし、それが気に入らなければ、出ていくばかりなんだから）

と、有爲子はそれほど深く気にもとめなかった。

やがて七時頃になると自動車が来る。勝五郎にせき立てられて、有爲子がそれに乗ると、勝五郎は運転手に何やら囁《ささや》いていたが、自動車はそのまま五反田から品川《しながわ》へ出て、京浜《けいひん》国道をまっすぐに大森《おおもり》の方角へ——。

もし有爲子が東京の地理にもっと詳しかったら、そういう道筋に疑惑を感じた事だろうが、悲しい哉《かな》、彼女はそれほど勝五郎夫婦が悪い人間だとは知らなかった。

それでも何んとなく不安を感じて、上機嫌で話しかけて来る勝五郎の言葉も上の空で、ぼんやり窓から外を見ている有爲子の眼のまえを、その時、さっとかすめて京浜国道を逆に走りすぎた一台の自動車がある——。

交叉点

（一）

「あら」

美奈子はひくい叫び声とともに思わず窓から身を乗り出していた。

いま摺《す》れちがった自動車の中の淡い灯《ほ》影《かげ》のしたに、夕顔のようにほの白く浮いていた顔——一瞬、風のように眼のまえを走りすぎていったその白い顔に、美奈子はたしかに見《み》憶《おぼ》えがあった。

「まあ、あの人じゃなかったかしら」

いつか汽車の中で会った人、何んとなく忘れがたい印象のある人、そして仁吾と、何かしら因縁的なつながりを持っている人——美奈子はその美しい人の面影を、いま摺れちがった自動車の中に、ちらと認めて、思わず胸を躍らせた。

「どうかしたのですか」

「いいえ、あの……なんでもありませんの」

「今の自動車に、誰か知っている人でも乗っていたんですか」

「ええ、そう思ったのですけれど、違っていたかも知れませんわ」

美奈子がそれきり黙ってしまったので、連れの青年もぎこちなく口を噤《つぐ》んでしまう。
二十六、七の、色の白い、眉《まゆ》の秀でた、身だしなみのいい青年で、これがいつか、仁吾が貴公子と評した、蓮見の一人息子の邦彦《くにひこ》だった。
母のすすめで今日無理矢理に、横浜にある蓮見の家へ遊びにやられて、その帰りを、邦彦に送られていく美奈子だった。

言葉の継穂《つぎほ》を失った二人は、それきりふと黙りこんでしまう。

坦々《たんたん》たるアスファルトの上を、磨きこんだ高級車が滑るように走って行って、もう品川の灯《あかり》がちらほらと見えそめている。

「どうしたんです。いやに黙り込んで了《しま》ったじゃありませんか。疲れたんですか」

「そうね。そうかも知れませんわ」

「妹の奴が余り騒ぐものだから……さぞ御迷惑だったでしょう」

「あら、そんな事ありませんわ。とても面白かったわ」

邦彦は一人息子だったが、下に二人妹があって、上の方は美奈子より一つ年下の、とても無邪気で可愛くて、いい遊び友達になれそうだった。

「こんな事を言って失礼かも知れませんが、母がね、とてもあなたが好きなんですよ。お宅へあがって帰るたびに、いつもあなたのお噂ばかりなんです」

「あら」

美奈子は頬を染め乍《なが》ら、優しい微笑を口許《くちもと》にうかべている。

　その人は邦彦とその妹たちに如何《いか》にも似つかわしい優しい母で、まるで女学生のように無邪気な夫人だった。

「考えてみると妙ですね。僕の母とお宅のお母さんが女学校時代同級だったなんて、何んだかおかしくなりますよ」

「あら、どうしてですの」

「どうしてって、お宅のお母さんに較べると、僕とこの母なんか、まるで赤ん坊ですからね。全く僕の母と来たら、自分で何一つ出来ない人なんですよ。子供の学校の事から、家事の事から、一々父が側から面倒を見てやらなければ何一つ出来ないんです。何か一寸《ちよつと》でも難かしい事が起ると、ただもうおろおろして終《しま》いましてね。近頃は父がいないものですから、僕がまるで、母の兄みたいですよ」

　邦彦は如何にもおかしそうに笑っているが、その口吻《くちぶり》には母に対する親愛の情が溢《あふ》れている。いかにも美しく、あたたかい家庭で、遊びに行っても気持ちがよかった。唯《ただ》、向うの家庭が、自分にある期待を持っているのが意識されて、それが美奈子にとっては気づまりだったが……。

（二）

邦彦の父の蓮見《はすみ》彦蔵《ひこぞう》というのは横浜でも指折りのメリヤス輸出業者で、始終、海外旅行をしているが、近頃はまた、ボンベイで開かれる日印《にちいん》通商交渉に出席する為に雑貨メリヤス業者の代表として派遣されている。

その妻の珠子《たまこ》という人は、丸々と太った、女学生みたいに無邪気な人で、娘の着物一つ拵《こしら》えるにも大騒ぎをしなければならないような人だった。邦彦や二人の妹の園子《そのこ》や敬《けい》子《こ》など、だからこの母の事を、うちの大きな赤ちゃんなどと呼んで、親子というよりも、むしろ兄妹《きょうだい》みたいだった。

自分では何一つ出来ない代りに他人《ひと》のいう事を何んでも素直に受け入れる珠子夫人は、女学生時代、美奈子の母の梨江とは、姉妹みたいに仲好《なかよ》しだった。それが学校を出てから、次第に疎《うと》くなっていたのが、昨年ある会合の席で、偶然めぐり遇《あ》ってから、また昔の友情が戻って来て、すると梨江夫人の頭脳《あたま》には、早くもある計画が成立ちはじめていた。

父の楓香は画家の婿には画家でなければならぬように言っているが、夫人の考えはまた違っている。画家を父に持ち良人《おっと》に持った梨江夫人は、気難しい画家などこりごりだと思っている。せめて娘には常識の円満に発達した、普通の良人を持たせてやりたいと思っている。そういう彼女には、邦彦の人柄といい、財産といい、娘にとって申し分のない人とうつっている。それに何より、母の珠子夫人が彼女には気に入っていた。あの人なら、お嫁にやっても、娘が苦労するような事はあるまい。……そういうのが梨江の母らしい計画だった。

「どうしたんです。何をそんなに笑ってるんです」

美奈子の唇のはしに浮んでいる薄笑いの影を見て、邦彦がふとそう訊《たず》ねる。

「いいえ、何んでもありませんの」

美奈子はそれでもまだ笑っている。

「変ですね。何がそんなにおかしいんです」

「いいえね、あたしお母さまたちの若い頃の事を考えていると、何んだか急におかしくなって……だってうちの母と来たら、とても命令するのが好きでしょう。だから、お母さまに対して、どんなに暴威をふるったかしらと思うと、なんだかおかしくて……」

「なんだ、そんな事ですか」

邦彦も笑い乍ら、

「世の中は万事そうしたものですよ。一方が命令する。一方がそれに盲従する。それでうまく行くんですよ。お宅のお母さんとうちの母などもそれなんですね」

邦彦は何の拘泥《こだわり》もなく笑っていた。

美奈子はこの青年に対して、だんだん好意を感じて来ていたが、それはどう反省してみても、好意以上の感情ではあり得なかった。美奈子はそれを、邦彦に対してよりも、その人の母や妹たちに対してすまなく思っている。

やがて自動車は雑司ヶ谷に着いた。

美奈子がおりると、

「じゃ、ここで……お母さまによろしく」

そのまま引き返そうとするのを、

「あら」

と、美奈子は眼を瞠《みは》って、

「寄っていらっしゃいませんの。母がきっと会いたがっていますわ」

お世辞ではなく、本心からそう引き止めたが、

「いや、そうしていると遅くなりますから、何《いず》れまたこの次ぎに……じゃ、さようなら」

邦彦の自動車は向きをかえると、そのまま東京市中を横断して京浜国道を、今度は逆に横浜の方へ……。

その頃、有爲子と勝五郎を乗せて行った自動車は、薄暗い大森の横町の「みよしの」と書いた籠目《かごめ》行燈《あんどん》のあがっている、小意気な料理屋のまえにとまっていた。

（三）

自動車からおりて、ほの暗い横町を見廻《みまわ》した時、

「まあ、こんなところに……」

と、有爲子はちょっと体がすくむような思いだった。

打ち水に洗われた敷石といい、玄関わきに、灯《ひ》の入った小意気な石灯籠《いしどうろう》といい、さてはまたどこからか聞こえて来る忍び音《ね》の三味《しゃみ》の音といい、有爲子にもすぐ、茲《ここ》がどういう家か見当がつくのだった。

「小父《おじ》さん、あの、あたしに口を世話して下さるという人は、ここにいらっしゃるんですの」

「ああ、そうだよ。どうかしたかい」

「だって……」

二の足を踏むような有爲子を、背後《うしろ》から追い立てるように、

「何も心配する事なんかありゃしないのさ。飯でも食い乍ら、ゆっくり話をしようと仰《おっ》有《しゃ》るんだ」

自動車の音をききつけて、玄関の式台には、早二、三人の女中が手をついている。まるで値踏みでもする様な女中たちの視線を、ジロジロとまともに受けて、有爲子はいまさら逃げるにも逃げられず、泣き出したいような気持ちだった。

勝五郎がそばへ寄って、頭《かしら》立った女中のひとりに何か囁《ささや》くと、

「ああ、あの……」

と、女中はのみこみ顔に、

「ええええ、先程からお待ちかねでございますわ。梅《うめ》ちゃん、奥の竹の間のお客様ですよ」

「さあ、どうぞこちらへ」

「あの、小父さん……」

「何を愚図々々しているんだ、妙な娘だね、早くおあがり」

「ええ」

勝五郎の声が急にとがって来たので、有爲子はおどおどしながら、それでも履物を脱いで玄関へあがった。玄関の大きな電灯に射すくめられて、有爲子は何んだか、身を切られるように恥しく、惨めな気持ちだった。

女中のあとについて、ほの暗い廊下をいくと、だしぬけに襖《ふすま》をひらいて、飛び出して来た酔っ払いの紳士が、有爲子につき当りそうになって、

「ほほう」

と、眼をすぼめて行きすぎたりした。

そういう眼つきが、いつか五反田の勝五郎の家で、朝早く妙な事を話しかけた男の眼つきに似ているようで、有爲子はなんだか厭《いや》な気持ちだった。

こんな所へ連れて来て、一体どうしようというつもりだろう——有爲子がうしろを振返ると、勝五郎がにやにやしながら、それでも彼女の逃げ途《みち》を塞《ふさ》ぐように廊下いっぱい

にはだかってついて来る。

　有爲子はそれを見ると、怒りと軽蔑《けいべつ》で脚がふるえるような気がした。

　やがて植込みのなかに半ばかくれた、離れのような座敷の前まで来ると、女中は廊下に手をついて襖をひらき、

「お客様がお見えになりました」

　それと殆《ほとん》ど同時に、

「ようよう、お待ちかね」

　と、座敷の中からよろよろと飛び出して来て、いきなり有爲子の手をとった男の顔を見て、有爲子はふいに、はっと胸をつかれた。思いがけなくそれはうた屋さんだった。

　しかも、そのうた屋さんの肩越しに、ちらと覗《のぞ》いた座敷の中には雄司がぎこちなく坐《すわ》っていて……かなり酒が入っているのだろう、額が蒼白《あおじろ》く光って、有爲子と視線があった刹那《せつな》、頬の筋肉がピクピクと痙攣《けいれん》したのが、有爲子にはなんとも言えず気味悪く……。

（四）

（騙《だま》された！）

　そう直感すると、有爲子は腹の底から怒りがこみあげて来た。

　さあっと血の気がひいて、膝頭《ひざがしら》が怒りのためにがくがく顫《ふる》えた。

いまさら雄司に会って何んの用事があろう。自分を裏切った男、処女《おとめ》の身にこの上もない汚辱を与えた男――いまさら、この男に会ったとて、何んの話があるだろう？

「小父さん。あたし帰らせて戴きます」

くるりとうしろを振りかえり、行こうとする有爲子の前と背後《うしろ》から、勝五郎とうた屋さんがあわててとめる。

「有爲ちゃん、何も雄司さんの顔を見たからって、逃げ出さなくてもいいじゃないか」

勝五郎は廊下のまん中に仁王立ちになっている。

うた屋さんはうしろから、

「いやいや、有爲ちゃんの怒るのも尤《もっと》もだが、これには深い仔細《しさい》のあること、そう憤《おこ》らずとひとまずあれへ」

まるで太鼓持ちみたいな口の利《き》きかただった。有爲子はもうそれだけで厭《いや》になった。

「いいえ、あたし帰らせて戴きます。ここには何んの用事もありません」

「そんな事をいわずに、話だけでも聞くがいいじゃないか。折角、ああして親切に、おまえの事を心配して下さるんだ。悪い事はいわないから、話だけでも聞いてみな」

「でも、あたし、何も聞きたくはありませんの。後生ですから小父さん、そこを通して頂戴」

側にいる女中に対しても恥かしかった。有爲子は出来るだけ騒ぎ立てずに、穏便にこの家を出たかった。

「そんな事をいったって、俺《おれ》だって折角おまえの為を思って、ここまで連れて来たんだ。おまえがそんな我儘《わがまま》を言ったからって、そうですかで帰せるものか」

「だって……だって……あたし知らなかったんですもの。小父さん後生ですからそこを退《ど》いて……」

二言三言、言い争っている内に勝五郎の顔が次第に険しくなって来た。

「有爲ちゃん、おまえ、これだけ言っても分らないのか。こんな所で立ち話をしているわけにはいかぬ。ともかく中へ入れ」

「だって……」

「ええ、やかましい！」

だしぬけに強く胸をつかれて、

「あれ、小父さん」

思わず有爲子がよろよろとするところを、背後《うしろ》から、うた屋さんが抱きとめて、

「勝つぁん、そんな手荒なことを……」

「何が手荒だ。人の親切を無にしやがって。こいつ少し増長しているんだ」

「まあまあ、そう言わずに私にまかせておきなさい。有爲ちゃんも有爲ちゃんだ。まんざら知らぬ仲でもあるまいに、そう頑固なことを言わずと、中へ入ったらいいじゃないか」

そのままずるずると座敷の中へ引っ張りこんで、どんとつかれた拍子に、有爲子はそ

のまま畳へ膝をついた。相手のやりかたがあまり下卑ているので、口を利くのもいやだった。涙も出なかった。

（負けるもんか、こんな男に負けてたまるもんか）

ぎりぎりと歯軋《はぎし》りを嚙《か》むような気持ちで、それでも雄司が何かいうのを待っている。

さすがに雄司は照れたように、あわてて盃《さかずき》を口へ持っていったが、暫《しば》し見ぬ間に、その顔がすっかり荒《すさ》んで、ケバ立ったような皮膚の感じも、有爲子に反感を催させるばかりだった。

（五）

有爲子は元来、この男が好きでも嫌いでもなかった。

父に奨《すす》められるままに嫁ぐ気になって、いざという間際《まぎわ》になってああいう手酷《てひど》い仕打ちを受けた時も、口惜《くや》しい、残念だとは思っても、雄司に対する心残りは、自分でも驚く程なかった。

それでもさすがに、一旦《いったん》は嫁ごうと心を決めた相手のことだから、雄司さんはどういう気持ちだろうと考えないことはなかった。出来ればその本心を聞いてみたいと思ったこともある。

だから、もっと別の立場で二人が会ったら、有爲子も案外素直に雄司の話に耳を傾けたかもしれなかった。それだのに、勝五郎やうた屋さんみたいな人間と共謀《ぐる》になって、こんな怪しげな場所へ自分を引っ張り込んで……と、そう考えると、もうそれだけで、相手のさもしさが見すかせるようで、口を利くのもいやだった。

　有爲子はきちんと揃えた膝のうえに両手をおいて、

(負けるもんか、こんな男に負けてたまるもんか)

　心のなかで叫びつづけながら、射すくめるような眼で、雄司の蒼白い額をみつめている。ちょっとでも弱みを見せたら負けになるのだ。

　その視線にたじろぎ乍ら、

「有爲さん」

　と、それでもよっぽど経ってから、雄司が咽喉《のど》につまったような声で呼びかけた。

「君は勤め口を探しているんだってね」

「……」

「東京みたいな所で、君みたいな若い人が働いたって、ろくな事はありゃしないぜ」

　それがどうしたというのだ。ろくな事が有ろうとなかろうと、あなたのお世話にはなりませんと言ってやりたかった。

「悪いことは言わない。そんなつまらない考えはよし給え」

「あなたは……あなたは、あたしをこんな所へ呼んでどうしようと仰有るんです」

　聞いたあとで、すぐこんな事聞くだけ無駄だと思った。一口でも口を利いたが最後、相手に乗じる隙を与えるようなものだと思った。

「どうしようって、君が困っているという話だから及ばずながら力になってあげようと思ったのさ」

「あたし、困ってなんかいません。誰にも力になんかなって戴こうとは思いません」

「生意気なことを言うな！」

うしろに坐っていた勝五郎が、膝を立てて怒鳴った。

うた屋さんはすました顔で、ひとり勝手に手酌で飲んでいたが、ふいにもぞりと立ち上がると、勝五郎の耳に何か囁いて、そのまま二人は座敷を出て行った。

有爲子はその方へ見向きもせず、

(負けるもんか、負けてたまるものか、こんな男に……)

怒りで手がふるえて、相手の下劣さ加減に胸がうずくほど腹が立った。

「しかし、勝つぁんの話では、君は躍起になって、仕事を探しているというじゃないか。親戚《みより》もない君みたいな人が、東京で自活していこうなんて、危ない橋渡りだ。よし給え」

「だから、あなたが何をして下さろうというのです」

「有爲子さん」

雄司はふいに熱っぽい声で、

「僕は君が好きなんだ。われわれの結婚は、不幸にしてああいう破目になったが、僕は君が忘れられないんだ」

じりじりと雄司がにじり寄って来る。

（六）

「あたしが好きですって？　それはどういう意味ですの」

　有爲子は乾いた声でいった。もうそういう境地はすっかり卒業してしまいました。あなたとあたしの間には、何の勘定も残ってはおりませんと言いたげな、冷然たる調子だった。

　相手の意外な強さに、雄司はいくらかたじろぎながらも、持ちまえの駄々っ児気質で、

「そうだ。僕は君が好きなんだ。昔のとおり君が好きなんだ。僕の心持ちはあの時分と、ちっとも変わってやしないのだ」

「だから、どうだと仰有るんですの」

「有爲さん。それじゃ君は、僕の事なんか少しも考えてくれやしないのかい」

「あたし……」

「君だって、一度は僕と結婚しようとしたのじゃないか。その僕のことを、君は綺麗《きれい》さっぱりと忘れることが出来るのかい」

「あたしあの時分は馬鹿でした」

「なに！」

「あたしはあなたが好きでも嫌いでもなかったのです。ただお父さまのすすめるままに、あなたの所へ嫁ごうと思っていたんです。でも、お父さまだって、今のあなたを見たら、きっとあの話の毀《こわ》れたのをお喜びになりますわ」

「なんだと！」

「あたしあなたが嫌いです。いまのようなあなたは嫌いです。人をだまして……人の弱味につけこんで……あたし、そんな卑劣な人嫌いです」

「有爲さん！」

すらりと立上がった有爲子の袖《そで》をあわてて捕えようとする雄司の頬が、ぴしゃりと鳴った。はずみだった。まさか有爲子もそんなひどい事をしようとは思わなかったが、見事な平手打ちを喰《くら》わされた雄司の顔は、みるみる紫色に燃えあがった。

「何をする！」

こうなれば意地だった。立ち上がって、有爲子の肩を抱きすくめようとするのを、

「離して頂戴。何をするのです」

「離すもんか」

「離さないと声を立てますよ」

「声を立てる？　立てるなら立ててみろ、誰も来るもんか」

その途端、またぴしゃりと小気味よい平手打ちの音がした。今度ははずみでも偶然でもなかった。

「あっ」

雄司が頰っぺたをかかえてたじろぐのを尻目《しりめ》にかけて、有爲子ははや廊下へとび出していた。

「あっ、有爲ちゃん」

廊下の向うで人影がして、勝五郎の声がする。有爲子は構わずに玄関まで来ると、

「下駄《げた》を出して頂戴」

呆気《あっけ》にとられた女中が、下駄を揃えるのを待ちかねて、有爲子は外へ飛び出していた。頭脳《あたま》がふらふらして、膝頭ががくがくする。耳の中ががーんと鳴るような気持ちだった。

「有爲ちゃん、お待ち」

勝五郎の声が背後《うしろ》から聞えたが、有爲子は振りかえって見もしなかった。

体中が熱っぽく、胸がドキドキして、何んだか不潔なものに触《さわ》られたように、雄司に握られた手頸《てくび》のあたりが気味悪かった。酔ったような歩調《あしどり》で、暗い横町を通りぬけると、そこはもう京浜国道だった。

有爲子は前後を見渡す思慮もなく、その国道をつっ切ろうとしたが、そのとたん、

「あ、危い！」

誰かの声がして、有爲子の体は虚空に投げ出されていた。五、六間さきで自動車が急停止するのを見て、有爲子は起きあがろうとしたが、そのまま、アスファルトの上

につっ伏して了った。

(七)

「左の大腿部《だいたいぶ》に、軽い骨折があるようですが、大丈夫、一、二週間もすれば治ります。頭の方はアスファルトに打ちつけて、脳震盪《のうしんとう》を起しているのですが、これも極く軽微なものですから、間もなく意識を恢復《かいふく》するでしょう。なに、不具者になるようなことはありませんから、心配は要りませんよ」

混濁した意識の中で、有爲子はそういう話声を聞き、

(ああ、そうだ。あたしは自動車にはねられたのだわ)

そう気がつくと、さっき、背後で聞いた勝五郎の声と、それと同時に、空中にパッと散った火花を思い出し、

(それじゃ、あたしは怪我をしたのかしら)

と、漠然たる不安とともに、

(こんなところで、愚図《ぐず》々々してはいられない)

と、いう、何かしら、体内からせき立てられるような焦躁《しょうそう》にかられて、思わず身動きをしたとたん、体のどこからか、ズキーンと頭に響くような苦痛が起って、

「あっ！」

と、思わず有爲子は唇をかんだ。

「ああ、気がつきましたか。動いちゃいけません。静かにしていらっしゃい。なに、苦痛はすぐなくなりますよ」

何かしらん強い薬品の匂いがプーンと鼻をついて、耳許《みみもと》で優しい声が聞こえる。

「え、ええ」

有爲子は苦痛に歯を喰いしばりながら、それでも素直に頷《うなず》いて、うっすらと眼を開くと、髭《ひげ》の濃い若いきびきびとした顔立ちの男が覗きこんでいる。白い手術着が、ほど強く有爲子の眼をうつしていて、すぐに医者だなと気がついた。

「あの――あたし……」

何かいおうとするのを、医者は抑えるように、

「いや、何も心配することはありません。じっと寝ていらっしゃい。暫らくの辛抱ですからあまり口を利かないように……」

そんなことはしていられないのだが……と、思いながら、しかし口を利くのも大儀なので、有爲子はそのまま眼を閉じたが、するとまた、意識がずんずんと暗がりのなかをずり落ちていって、彼女はまた、うつらうつらと、夢と現実の境を彷徨《ほうこう》しはじめる。

その耳許で誰かがこんなことをいっているのを、しかし、彼女はとりとめもない心持ちで聞いていた。

「とにかく、責任は一切僕が負いますから、出来るだけのことをしてあげて下さい。費

用はいくらかかっても構いませんから……しかし、弱ったな。どこの人だか身許《みもと》が判らないのは……家でもさぞ心配しているだろうに。さっきの人はまだ帰って来ませんか」

まだ若い男の声だった。

それに対して看護婦らしい声で、

「まだ、あの、どうしたんでしょうね、この方をここへ担ぎ込んでから、しばらく病室をうろうろしていましたが、何んだかちょっと用事があるといって出ていったきりまだ帰ってお見えになりません」

「たしかに、この人の叔父だとかいっていましたね。どうして帰って来ないのかな。名前と住所ぐらい言っておいてくれてもよかったのに……」

「あの、患者さんの懐《ふところ》中から、こういう手紙が出て来たんですが、これで、身許がお判りになりませんかしら」

看護婦から渡されたくしゃくしゃになった手紙の上書を見て、

「賀川俊六殿　緒方順造――？　はてな」

と、首をかしげたのはさっき美奈子を送っていったあの蓮見邦彦だった。

（八）

雑司ヶ谷まで、美奈子を送っていったその帰りだった。

大森のあたりまで自動車が来た時、若い女が突如、横路《よこみち》からとび出して来て、

「あ、危い！」

邦彦の叫び声に、運転手もあわててブレーキをかけたが遅かった。

邦彦が自動車をとめて、いそいで降りてみると、くらいアスファルトのうえには、早わあわあと四、五人の人があつまって、その足許《あしもと》に、わかい娘が蒼褪《あおざ》めた顔をして昏倒《こんとう》している。

邦彦がその人たちを掻《か》きわけて娘のそばへ駈《か》けつけて来た。額の禿《は》げあがった男が、邦彦をつきのけるようにして、娘のからだを抱きおこすと、

「有爲ちゃん、有爲ちゃん」

と、邪慳《じゃけん》に肩をゆすぶりながら、

「だからいわないことじゃない。おまえがあんまり強情を張るからこういうことになるんだ」

それからギロリ凄《すご》い眼で、邦彦のほうを振りかえると、

「おまえさんの自動車だね。この娘を轢《ひ》いたのは？」

「済みません」

「済みませんじゃねえ。若い娘に怪我をさせてどうするんだ。片輪にでもなったらどうしてくれる？」

「いや、責任は一切僕が負います」

「あたりまえだ」

「ともかく、愚図々々している場合じゃありません。木村《きむら》、木村」

と、邦彦は運転手を呼び、

「どこか、そこらに病院はないか聞いて来てくれ。すぐ担ぎ込まなくちゃ……」

幸いあまり遠からぬところに、大森病院という大きな外科専門の病院があった。

「あなたはこの方の親戚《みより》ですか」

「そうだ。この娘の叔父にあたるんだ」

「そうですか。それじゃ病院まで一緒にお願いいたしましょう」

「あたりまえだ。行かないでどうする」

それからすぐ病院へ担ぎ込んで、手術は思ったより簡単にすんだが、さて、それが終ってから気がつくと、あれほどひどい権幕でついて来た、叔父と称する男が、いつの間にやら病院から姿を消して、いつまで待ってもかえって来ないのである。

邦彦はすっかり当惑してしまった。

看護婦に聞いてみると、

「あの人なんだか変でしたわ。手術のあいだ、妙にうろうろして患者さんの所持品などいじくり廻して、何か探していたようですわ。あの人、ほんとうにこの方の叔父さんなんでしょうかね」

職業柄、いろんな人間に接しつけている看護婦は、患者の人柄と叔父と称する男の人柄が、あまりに違っているので、何だか疑わしそうな口吻《くちぶり》だった。

そういわれると邦彦も不安になり、白いシーツに包まれた有爲子の寝顔と、有爲子の懐中から出て来たという手紙の上書を見較べていたが、

「賀川俊六？」

と、首をかしげ、

「すみませんが、ちょっと電話をかりたいのですが……」

「はあ、電話でしたら、この廊下の突き当りにございます」

「ああ、そう」

教えられた電話口で、邦彦がさっそく呼び出したのは、たったいま、別れて来たばかりの美奈子だった。

（九）

「あなたも随分ぼんやりねえ。わざわざここまで送って戴き乍ら、そのまま御帰しするなんて事があるもんですか。お母さんからもよくお礼を申し上げなきゃ……それ位のこと、あなただって判りそうなもんですがねえ」

「だって、仕方がなかったのよ。あたしだってそりゃ随分お引き止めはしたんですけど、そうしていると遅くなるって、無理矢理に自動車を返しておしまいになるんですもの。

まさか、引きずりおろすわけにもいかないじゃありませんか」

　美奈子はさっきから、ひちくどい母の愚痴にすっかりくさくさしていた。

　自分としては、邦彦があっさり帰ってくれたところに好意を持っているのに、それを母の体面がどうだの、おつきあいというものはそう云《い》うものじゃないのと、くどくどとやられると、すっかりうんざりしてしまって、

「そんな面倒なおつきあいなら止《よ》してしまいます」

　と、言いたかった。

　折角きょう一日、蓮見家でうけて来た好ましい印象も、これで帳消しになるような気がして、

（お母さまはあまり出《で》娑張《しゃば》りすぎるから、却《かえ》って計画が崩れてしまうんだわ）

と、さかしらだった母の遣口《やりくち》があわれでもあり、おかしくもあった。

　梨江は苦笑し乍ら、

「そりゃ引きずりおろすなんて、そんな失礼なことは出来ないけれど、そこにいろいろやりかたがありそうなもんじゃありませんか。それが女の技巧というもんですよ」

「あらいやだ。あたしそんな事真平《まっぴら》よ」

「まあ、馬鹿ねえ、あなたは。技巧たって、何もそんないやらしいことばかりじゃありませんよ。ほんとに、あなたみたいにさっぱりしすぎるのもどうかと思う」

　梨江はわざと大仰に溜息《ためいき》をついたが、邦彦から電話がかかって来たのは、ちょうど母

と娘の、そういう小競りあいの最中だった。

「蓮見さまの坊っちゃまから、お嬢さまにお電話でございます」

　女中の取り次ぎをきくと、二人は思わず顔見合わせたが、

「あら、そう」

　美奈子はそれを機会《おり》に急いで座を立った。

「ああ、美奈子さんですか。さきほどは失礼いたしました」

「いいえ、あたしこそ、あなたをお引きとめしなかったって、いま母から散々叱言《こごと》を喰《くら》っていたところなんですの」

「いやあ」

　邦彦は苦笑しているらしく、

「お母さまによろしくお詫《わ》びしておいて下さい。ところで、妙なお訊ねなんですがねえ。お宅へよくお出入りをしていられる賀川君ですね。あの人のお父さんはたしか俊六さんとか仰有いましたねえ」

「ええ、そうよ。それがどうかしまして？」

「いや、実はね、帰りの自動車で若い娘さんを轢いちゃったんです」

「まあ！」

「いや、大したことはなさそうなんです。ところがその人の身許が判らなくて弱っていたんですが、懐中《ふところ》に賀川俊六氏宛ての手紙を持って居りましてねえ。それで賀川君に聞

けばあるいはその娘さんの身許がわかりはしないかと思って……賀川君のところに電話はありませんか」

「はあ、あの、ありますけど……」

鋭い女の本能というのか、美奈子はすぐにその女というのが、いつか汽車であった人に違いないと直感して、すると、急に受話器を持った手がズーンと重くなって来るのが感じられるのだった。

女性の珠

（一）

古めかしいことをいうようだけれど、世の中は、何がどういう風にこんがらがっているか判らないものである。

思いがけなく、邦彦からの電話を聞いた仁吾は、

——亡父《ちち》あての手紙を持っている女。

と、聞いて、すぐ、

（もしや）

と、思ったが、病院へかけつけてみると、果していつか汽車の中で会った娘——なんとなく、近頃忘れかねていたその女性なので、この廻《めぐ》りあわせのあまりの不思議さに、しばらく彼は口もきけなかった。

「御存じですか」

「ええ、知っています」

気遣わしげな邦彦の問いに、きっぱり答えた仁吾は、まだ昏々《こんこん》と眠りつづけている有

爲子の顔から眼も離さなかった。廻りあわせの異様なせいか、自分でも説明のつきかねる感慨が、胸の底からつきあげて来るような気持ちだった。

　邦彦はほっとしたように、

「それはどうも……妙な縁でした。実はこの人の身許《みもと》が判らないので心配していたところでした。まことにどうも済まないことをしてしまって、申し訳ありません」

　仁吾の様子から、よほど深い関係だろうと誤解した邦彦は、改めて自分の過失をあやまっている。しかし、その実仁吾も、有爲子が自分の父とどういう関係があるのか少しも知っていないのである。

　だが、仁吾はただちょっと頭をさげただけで黙っていた。

「ここにあなたのお父さんに宛てた手紙があります。これがあったものですから、さっき美奈子さんに電話をかけて、あなたのお住居をきいたのです。夜おそく、わざわざ御足労を願ってすみませんでした」

　美奈子と仁吾が、どういう関係になっているか、楓香先生の計画など少しも知らぬ邦彦は宵からのいきさつを隠す理由は別になかった。ありのまま語るのを聞いて、仁吾も眉《まゆ》ひとつ動かさなかった。仁吾のほうではうすうす梨江夫人の魂胆《こんたん》を知らないではなかったが、しかし、この際不思議なほど彼はそれが気にならなかった。

　それよりもむしろ、有爲子の容態のほうが、よっぽど彼には気懸りだった。

「怪我はどうなのですか。大したことはないという話でしたが」

「さっきレントゲンで調べたのですがね、幸い、大した怪我でもなさそうなのですが、もうそろそろ昏睡《こんすい》から覚めてもいい時分だと、それを心配しているんです」

「頭でもやられたのじゃないですか」

「その心配がないでもないのですが、これも医者はあまり大したことではないようにいっているんです」

二人の青年の気遣わしげな視線の下で、有爲子は相変わらず昏々と眠りつづけている。おりおり苦しげな呻《うめ》き声がその唇から洩《も》れた。

まえから色白の顔が、血の気がひいてシーツよりも白いくらいだった。眼の周囲《まわり》など、僅《わず》かな間にいたいたしい苦労のしみがしみついて、今宵《こよい》、自動車に轢《ひ》かれた場所柄といい、いったいどういう生活をしていたのだろうと、仁吾はなんとなく心許《こころもと》ない気持ちだった。

「ああ、これが父宛ての手紙ですね」

まだ封を切らないままに、くちゃくちゃに揉《も》まれた手紙を手に取って、仁吾はその中に秘められた有爲子の秘密を見すかすように瞳《ひとみ》をすえたが、同じ頃……。

五反田の恩田の家では――。

（二）

その夜――。

有爲子と勝五郎のふたりを送り出したあと、お常はさすがに、あまりいい気持ちではなかった。

お常のような女の、これまでの生涯のうちには、若い娘を欺いて窮地へ陥入《おとしい》れるような悪どい真似も、そう珍しいことではなかったが、さすがに相手が有爲子だけに、今度ばかりは寝覚めが悪かった。

（今ごろはどうしているだろう）

と、思い、

（何か間違いがなければよいが）

と、気になり出すときりがなくて、立ったり坐《すわ》ったり、落ち着きなくそわそわしているところへ、だしぬけにがらりと格子が、開いたから、お常は思わずぎょっとして腰をうかした。

「あら、お前さん！」

無言のままぬうっと茶の間へ入って来た勝五郎は、まるで誰かに追われているようにそわそわしていた。

「まあ、どうしたのよ、お前さん、顔色かえてさ。有爲ちゃんは……？」

お常は勝五郎の背後《うしろ》を覗《のぞ》いてみたが、そこには誰もいなかった。

「お前さん、一人かい」

「ふむ」

勝五郎は妙にぼーっとした眼附きをして、

「お常、大変なことが出来た」

「た、大変て、有爲ちゃんがもしや……」

「なに？」

「し、死んだのかい？」

お常の狼狽《ろうばい》している理由にはじめて気がつき、勝五郎も苦笑いしながら、

「箆棒《べらぼう》め、まさか死にやしないが実は自動車に轢かれたんだ」

「自動車に……？」

「そうよ」

そこで勝五郎が手短に、宵からの出来事を語って聞かせると、お常はあきれたように目を瞠《みは》り、

「まあ！　それでお前さん、あの娘《こ》をそのまま放っておいて来たのかい」

「ふむ、ああいう事があってみれば、もう二度とあの娘《むすめ》と顔は合《あわ》せねえ。お常」

「え？」

「なんでもいいから、大急ぎで荷物をまとめろ！」

「何ですって？」

お常はあきれたように、

「荷物をまとめてどうするのさ」

「どうするって、さっそくこの家を立ち退くのさ。こんながらくたにゃ用はねえ。目星いものだけ掻《か》き集めろ」

「まあ、馬鹿らしい」

お常はいよいよあきれて、吐き捨てるように、

「なるほど、それゃそういうことがあってみれば、いくらか気《き》拙《まず》いかも知れないけれど、何もこちらから逃げ出すこともないじゃないか」

「馬鹿！」

勝五郎は落ち附かぬ面持ちで、そわそわとあたりを見《み》廻《まわ》し、

「いくら何んだって、そんなことぐらいで逃げだすもんか、お常、ちょっとこれを見ろ」

勝五郎がポケットを探って取り出したものを一瞥《ひとめ》見て、お常は思わず、

「おや、お前さん、それは有爲ちゃんの印形じゃないか」

「そうよ。銀行の通帳は二階にあるだろう」

「まあ！」

お常はあきれたように眼を瞠ったが、その時だった。表の方で、

「御免下さい」

と、いう声がして、

「恩田さんのお宅はこちらですね」

（三）

勝五郎はあわてて印形を懐中《ふところ》へねじこむと、お常の耳に口をあてて何やら囁《ささや》く。お常は頷《うなず》いて玄関を出た。

「いらっしゃいまし。わたしが恩田の家内でございますが、主人は今留守なんですが……」

見ると玄関に立っているのは、三十五、六の洋服を着た、風采《ふうさい》のあがらない男だった。もしや刑事では……と、お常は思わず胸がドキドキする。

「ああ、そうですか。夜中あがって失礼ですが、実は私は上諏訪の山崎というものですが……」

訪ねて来たのは意外にも山崎先生だった。

お常は刑事でなかったのでほっとしたが、相手が山崎先生とわかると、またぎくりとしながら、それでも口先だけは愛想よく、

「まあ、それじゃあなたが山崎先生で……お名前は、いつも有為ちゃんから伺っておりました。それはまあ、ようこそ」

と、言いながらもお常は依然として上框《あがりかまち》に手をついたまま、上れともいわない。山崎先生はもじもじとして帽子をいじくりながら、

「実は、その有爲子さんのことでお伺いしたのですが……二、三度お手紙を差し上げたが御返事がないので、もしや変ったことでもあったのではないかと、丁度、上京のついでもあったものですから、一寸《ちょっと》お伺いした次第です」

「それはまあ、御叮嚀《ていねい》に……」

お常はとっさに、どう嘘をついたものかと思案しながら、

「実はなんなのですよ。有爲子さんもお便りをさしあげなければといいながら、こちらへ着くとすぐどっと患いつきましてね」

「ああ、やっぱりそうでしたか。着くとすぐハガキをくれるという約束だったのに、それが一向来ないものだから、もしやと思って心配していたんですが、やっぱりそうでしたか。それで、その後、御容態は？」

「いえ、お蔭様《かげさま》で二、三日まえから起きられるようになったのですが……生憎《あいにく》今夜はちょっと出かけまして、多分帰りが遅かろうと思うんですよ」

山崎先生はがっかりしたように、

「いないのですか。でも外出ができるようになって結構です」

「ええ、どうやらお蔭様で……今夜出かけましたというのも、快《よ》くなってみれば、そういつまでも遊んではいられないといって、働き口を探しに行ったのでございますよ。ほんとうにいたら、どんなに喜ぶか知れませんのにねえ」

何となく割り切れぬ気持ちだったが、山崎先生の性質としてはそれ以上疑うことは出

来なかった。それに相手が露骨に迷惑そうな素振りを見せるので、

「いや、それじゃ又出直して来ましょう。まだ二、三日こちらにいるつもりですから」

「おや、そうですか。折角いらしたのに、お生憎様で……帰って来ましたらそう申しておきますから、明日にでも……」

　こういわれると、それ以上いるわけにもいかなかった。

「それじゃよろしく。いずれ明日にでもお伺いしますから」

山崎先生は表へ出ると、それでもすぐには立ち去りかねて、いまに有爲子が帰って来はしないかとしばらく町角に立っていたが、通りすがりのいかがわしい女たちにじろじろ見られて、はじめてここがどういう場所か気がついた。気がついてみると、もう一刻も愚図々々しているわけにはいかなかった。

後に心を残しながら足早に立ち去ったが、その跫音《あしおと》の遠ざかるのを聞きすまして、

「帰ったかい」

　と、奥から勝五郎が顔を出した。

「際どいところへ悪い奴が出て来やがった。お常、もう明日までは待っていられないぜ」

(四)

山崎先生が東京へ出て来たのは教え子の中に満州《まんしゅう》へいく少年があったので、それを見

送りに来たのだった。

その少年が上諏訪の高等小学校を出た時、茨城県の方にある少年義勇軍訓練所へ入所するように奨《すす》めたのは山崎先生だった。それが無事に訓練期間を終えて、今度いよいよ開拓戦士として満州へ出発するというので山崎先生はわざわざ東京まで会いに来たのだった。

青山《あおやま》の宿所へ訪ねていくと、少年たちはいずれも元気ではち切れそうだった。山崎先生の訪ねて来た少年も、しばらく見ぬ間に腕も背丈も逞《たくま》しく伸びて、日焼けした頬は少年の生気に輝いていた。

「先生、いよいよ行きます。僕は向うの土になるつもりですから、これきり内地へは帰らないかも知れません」

希望に燃えている少年の瞳にはいささかの感傷もなかった。山崎先生にはそれが頼もしかった。

「ふむ、その意気でやってくれたまえ」

「向うへ着けば、すぐお便りを差し上げますが、先生も時々手紙を下さい」

「ああ、出来るだけ度々出そう」

「いや、手紙よりも、先生もいっそ満州へいらしたらどうです。先生のようなお人こそ満州では一番もとめているのですから」

「ああ、行きたいな」

　それは決して山崎先生のお座なりではなかった。有爲子の事件以来、山崎先生はある種の圧迫が身辺に加わって来るのを意識して、すっかり憂鬱《ゆううつ》になっていた。それが町会の有力者鶴屋の険悪な策謀であることを知っているだけに、山崎先生はいっそう不愉快で、上諏訪にいるのも長いことではないと、おおかた肚《はら》はきまっていた。

「ああ、俺《おれ》もいくよ。そのうちにきっと行く」

　山崎先生は思わず力をこめて繰り返した。

　山崎先生が五反田の恩田の家へ有爲子を訪ねていったのは、この少年たちを東京駅で見送ったその帰途だった。

「東京へいったら、是非、有爲子さんに会って来て下さい」

　上諏訪を立つとき、木實からくれぐれも頼まれていたし、その頼みがなくても、山崎先生は一度、有爲子のその後の様子が見ておきたかった。山崎先生には有爲子の身に、何か間違いがあるような気がして、不安でたまらなかった。

　着くとすぐハガキを寄越すというのが、そのままになっているのもおかしかったし、こちらから出した手紙に返事のないのも変だった。それに木實の話によると、恩田という男は表面《うわべ》こそ調子はよいが、腹の中の分らぬ、信用の出来ぬ人物だというので、山崎先生はいよいよ有爲子の身が心配だった。

　果して訪ねていった有爲子は生憎《あいにく》家にいないという。しかも恩田の細君という女の、何んとなく奥歯に物のはさまったような素振りが、山崎先生にいっそう不安を募らせた。おまけにその界隈《かいわい》のいかがわしさだ。

　山崎先生は眉をひそめて、

「明日有爲子に会ったら、一日も早くあの家を出るように忠告しよう」

だが、さすがの山崎先生も、その翌日、どんな大きな驚きが自分を待ちかまえているか気がつかなかった。恩田の家の表に立った時山崎先生は茫然《ぼうぜん》としてその場に立ちすくんでしまったのである。玄関の格子には貸家札が斜《ななめ》にはられて、隣家の人にきいて見ると、

「なんですかねえ。昨夜、夜どおしごたごたやっていたようでしたが、今朝みるとその貸家札で、私たちもすっかり驚いてるんですよ」

　山崎先生は奈落《ならく》の底へ突き落されたように全身がジーンとしびれてしまうのだった。

(五)

有爲子の昏睡状態はまる一昼夜つづいた。それから覚醒《かくせい》してからも、腰部の苦痛をしきりにうったえて、一日に五、六度失神状態におちいるのだった。

　医者もいった通り、脳にうけた打撃は大したものではなかったが、それを機に、この間からの心労がぶり返して来たと見え、負傷の直後よりも、かえってその後になって熱

が上昇して、とりとめもない囈語《うわごと》を叫びつづけるようなことが続いた。

「どうも気に喰《く》わん熱だ。別に大して異常はないのに、こういう熱が続くというのは、不思議です。何か精神的にひどいショックを受けているんじゃないですか」

心配して毎日見舞いに来る邦彦と仁吾にむかって、若い医者は眉をひそめてみせたが、それでも三日目ごろから熱もしだいに下って意識もよほど確かになって来た。

そういうある日、いつもの昏睡状態からふと眼覚めた有爲子は、心配そうに覗きこんでいる顔を見て、

「まあ！」

と、思わず眼を瞠って体を起しかけた。有爲子がそばにいる人間の顔を識別したのは、これが初めてだった。

「おや、気がついたね。気分はどうです」

じっと自分を見据えている男の大きな眼をみつめながら有爲子はまだ夢の中にいるような気持ちだった。すると、仁吾がそこにいるのが、少しも不思議なことでないように思えて、ちょっと取りとめのない心持ちだった。

「まあ、あたし、どうしたんでしょう」

たゆとうように呟《つぶや》く有爲子に、

「なに、心配しなくてもいいんだ。ちょっと自動車に刎《は》ねられただけのことだから」

と、そういう仁吾の言葉は、相変らずぶっきら棒だったけれど、それでも心情の優し

さは充分読みとれる。

（ああ、そうだった！）

有爲子は漸《ようや》く意識が戻って来ると、こんなことをしている場合ではないような気がして、あわてて体を起しかけたが、そのとたんギプスをはめた腰のあたりに激しい痛みをかんじて、思わずあっと顔をしかめた。

仁吾は怖い顔をして叱りつけるように、

「いけない、いけない。まだしばらく動いちゃいけないんだ。じっとしていたまえ」

「ええ……でも……」

「いや、医者のいうことはよく守らねばいかん。ここで乱暴をすると取り返しのつかぬことになるよ」

子供っぽい、乱暴な口の利き方だった。だがそういう口の利き方に、有爲子は一種の親しさと安らかさを感じて、いわれるままに枕に頭をつける。

だが、こうしてしだいに意識が明瞭《めいりょう》になって来るにつけて、有爲子は漸く仁吾がここにいるのが不思議になって来る。思わず物問いたげな眼の色をするのを、仁吾は察して、

「ああ、僕がここにいるのが不思議なんだね。何、別に心配するようなことはないんだ。君の持っていた手紙のお蔭なんだよ。君は、信州の緒方順造さんの娘さんだろう」

「ええ」

「いつか君は、僕が先《せん》にいた家を訪ねて来たそうだね」

「はい」

「僕もそれを聞いていたものだから、気になって、実は君をさがしていたんだ。まったく世の中って妙なものだ。あの時、汽車の中で名乗りあっておけば、もっと手っ取り早く会えたのに」

仁吾は白い歯を出してはじめて笑った。自分でも気がつかぬうちにいつになく雄弁になっていた。

（六）

その日以来、有爲子の容体はぐんぐんと快《よ》くなっていった。

仁吾は毎日のように病院へやって来る。邦彦も折々花など持って見舞いに来た。有爲子は漸く、自分がここに担ぎこまれた前後の事情や、仁吾が駈《か》けつけて来たいきさつなどを了解することが出来たが、こうして二人の男から親切な見舞いをうけると、何んとなく戸迷《とまど》いしたようで、肩身のすぼむ思いだった。

仁吾は病室へ入って来ても殆《ほとん》ど口を利かない。むっつりと腕組したまま、ベッドの側に腰をおろしているこの青年を、有爲子ははじめのうちは怖いような気持ちで迎えたが、二、三日すると、いつかその人を心待ちにしている自分に気がついた。

仁吾は相手の身の上に就て、何ひとつ訊《たず》ねようとはしなかった。亡父《ちち》にあてた手紙の内容についても、一言も触れようとしない。有爲子にもこの際、それが却《かえ》って気安かった。いずれもっとよくなったら、此《この》人に訊ねることがあるかも知れないけれど、今はああいう話をする気持ちにはなれなかった。

それよりも彼女はさしあたり、銀座のミネルバのことが気になった。明日から勤めるとあんなに固い約束をしておきながら、今日まで何んの音沙汰《おとさた》もなしに打ち過ぎたのを、さぞや京子が不快に思っているだろうと、寝ていても気が気でなかった。ミネルバを失縮《しくじ》ったら、さしあたり、どうすることも出来ない自分なのだ。五反田の家へはもう二度と帰る気はなかった。彼女はそこにおいてある荷物や、銀行の通帳のことを考えると、思わず気が重くなる。あのいやな人達と、どうしてももう一度、顔をあわせなければならないのか、と思うとぞっとする。

ある日、仁吾と邦彦が病室で落合った時、有爲子がふと、そういう屈託の一端を洩らすと、邦彦はすぐ眉をひそめて、

「すると、あの人はあなたの叔父さんじゃないんですか」

「叔父でもなんでもありません。父の識《しり》合いなんですけれど、なんだか御夫婦とも変な人なんですもの」

さすがにこの間の大森の待合のいきさつは話しかねたが、邦彦は前後の事情からうすうすそれを察していた。

「よろしい。それじゃ僕がこれから様子を見て来てあげましょう」

「知っていながら、一度もやって来ないのは怪《け》しからん」

「まあ、あなたが……でもそんなにして戴いては……」

「なあに、自動車をとばせばすぐです。しだいによっては、あなたの荷物をここへ持って来てあげてもいい」

自分の自動車にひっかけたという責任もあった。それに始終旅行している父の留守を預かっている邦彦は、若いに似合わず、こういうことにはなれていた。

あとを仁吾にたのんでおいて、それからすぐに出かけていった邦彦は、しかしそれから一時間もたたぬうちに、ひどく昂奮《こうふん》した面持ちでかえって来ると、

「有爲子さん、その男はたしかに恩田勝五郎というんですね」

「ええ、そうですけれど……何かあの人がいいまして？」

勝五郎が何かいいがかりでもつけたのではあるまいかと、有爲子は早胸がどきどきする。

「いや、いうもいわないも、その夫婦なら、あの晩のうちに、夜逃げ同様に引っ越してしまって、行方が判らないそうですよ」

「まあ！」

有爲子はあまりの驚きに二の句もつげなかった。仁吾もぴくりと眉を動かしている。

(七)

恩田が夜逃げをした——。

有爲子にとっては、何かしら滑稽《こっけい》な、あり得べからざる事件のように思えたが、考えている裡《うち》にはっと恐ろしい事実に気がついた。

「まあ！」

と、彼女は思わず呼吸《いき》を弾ませると、

「それじゃあたしの荷物も……」

「そうですよ、荷物を持っていったに違いありません。いや、荷物だけならまだいいが、有爲子さん、あなたはあの男に、もっと大事なものを預けてあったんじゃありませんか」

有爲子もすでにそのことに気がついていた。

「ええ、でも……」

まさか、それほど悪い男とは知らない有爲子は、まだいくらか気安めがあった。

「どうも少し腑《ふ》に落ちないことがあるのです。あなたが手術室へ入っているあいだ、あの男はあなたの懐中物を掻き廻していたそうですよ。だから、ひょっとすると、何か大切なものを持っていかれたのじゃないかと思って……」

「まあ、あたしの懐中物を……」

有爲子ははっとしたように、急いでベッドの側にある机の抽斗《ひきだし》をあけると、小さな蟇《がま》口《ぐち》を取り出したが、パチッとそれを開いてみて、

「ああ、やっぱり」

有爲子はいまにも泣き出しそうな表情《かお》になった。

「何がなくなっているんです」

訊ねたのは仁吾だった。

「判が……」

「判？」

邦彦が急がしく、

「じゃ、銀行の通帳かなにか、あの男に預けてあったんですか」

「ええ、預けておいたわけじゃありませんけれど、スーツケースの中にしまってありましたの」

「それだ、それだ！　そして、その銀行というのは？」

「渋谷の××銀行です」

「よし、ひとつ聞いて見ましょう」

邦彦がテキパキと出ていくと、仁吾はさすがに気の毒そうに、

「預金は沢山あったのですか」

「ええ、あたしとしては大金ですの、それが全財産なんです。それがなくなったらあた

し……」

病院の払いはいうまでもなく、明日の生活にも差し支えるのであった。

東京へ出て来る女性の多くが、はからずも身をあやまるのは、何んといっても生活の重圧が第一だった。つまり彼女たちはあまり無鉄砲であり、無計画であるからだと有爲子は日頃から考えていた。そういう意味からいっても、有爲子は父が相当の金を遺《のこ》していってくれたことに感謝していた。それを今なくしてしまっては——有爲子は身のおきどころのない不安に泣くにも泣けなかった。

「やられた、やられた」

邦彦はあわただしく帰って来ると、

「すっかりやられましたよ。あなたの怪我をした翌日、女がやって来てすっかり引き出していったというんです、通帳にも判にも間違いはなかったから渡したといってるんですが」

「小母《おば》さんですわ」

「夫婦共謀でやったんですな。よほど前から計画していたらしい」

預金の高も聞いて来たと見えて、邦彦も気の毒で有爲子の顔が見られなかった。

有爲子はすっかり打ちひしがれてしまった。

場合が場合だけに首縊《くびくく》りの足を引っ張るにも等しい相手の所行に対して、いいようのない腹立たしさがこみあげて来たが、その時、軽いノックの音とともに、扉《とびら》をしずかにひらいたのは、思いがけなくも美奈子だった。

（八）

この場合、美奈子がここへやって来たのはちょうど混濁した夜霧のなかに、ポーッと赤い灯《ひ》をともしたようなものであった。

扉をひらいて、おずおずと覗きこんだ彼女の顔は、アイスクリームのように新鮮で柔かだった。

「やあ、美奈子さん」

この美奈子の思いがけない出現には、仁吾も邦彦もともに驚いたが、その驚きかたはだいぶちがったところがあった。

邦彦はなんのわだかまりもなくつかつかと美奈子のそばへ寄ると、

「あなた、どうしてここへ来たんです」

美奈子はそれには答えないで、ちらと仁吾のほうへ眼をやったが、仁吾は素っ気なく顔をそむけている。それは悪戯《いたずら》を見つかったその児が、謝るよりも、むしろ拗《すね》たがる、ああいう態度によく似ていた。

美奈子はほんの瞬間、眉根を曇らせたが、すぐ持ちまえの朗かさを取り戻すと、

「あたし？　あたしこの方のお見舞いにあがったのよ。いけなくって？」

　邦彦にはどう響いたか知れないけれど、仁吾にはそれが、哀願しているように聞えた。

「お見舞い？　じゃ、あなたこの人を知っているんですか」

「ええ」

　美奈子は邦彦をおしのけるようにして、足早にベッドの側へ寄って来ると、

「やっぱり、あなただったのね。あなた、あたしを覚えていらして？」

「ええ……あの……よく覚えておりますわ」

　美奈子がはいって来たときから有爲子はじぶんの体をどこへおいてよいのか困る気持ちだった。ほんの瞬間、障子にさす鳥影のように、ほんの僅かな間であったけれど、美奈子の顔がぱあっと、ドアの額縁のなかに現れた時、三人の男女の見せたさまざまな心の動揺を、鋭敏な女の本能から、有爲子は見落すようなことはなかった。

「お体はいかがですの？」

「ええ、あの、もう殆どいいのですわ」

「まあ、じゃ案外軽かったのね。よかったわ。あたしもっと早く来ようと思ったのだけれど、何んだか極《き》まりが悪くって」

　何故この人から見舞いをうけなければならないのか、よく判らなかったけれど、そんなことを考えさせるひまもない程、美奈子の態度はわだかまりがなくて無邪気だった。

「これから時々、お見舞いにあがってもよくって？」

「ええ、でも……」

「いやよ。でもなんて仰有《おつしや》っちゃいや。いいわ、あたしあなたが何んと仰有ってもじゃんじゃん来ちゃうわ、押しの一手よ。あたしいつでもこの手で、好きな方を籠絡《ろうらく》してしまうの」

有爲子はなんといっていいか困ってしまったが、相手の真情だけはまっすぐに胸の中へ入って来た。

美奈子は彼女が答えるまえに、仁吾のほうを振りかえって、

「仁吾さん、どうなすったの、いやに深刻な表情《かお》をしているのね」

「いや」

仁吾が口籠《くちごも》るのを邦彦がそばから引取って、

「実はね、いま、困った問題が起ったので評議中だったものですからね」

「困った問題？　男の方っていつも困った問題をこさえあげて楽しんでいらっしゃるのね。何んでもいいから仁吾さん、廊下においてあるもの、取って頂戴な」

仁吾が廊下から果物籠《かご》を持って来ると、

「いつかあたしがおすすめしたチョコレートをあなたは取って下さらなかったわね、今度はいやが応でも、押しつけちゃうのよ」

白い籠に山のように盛られた林檎《りんご》は、ちょうど美奈子自身のようにみずみずしく新鮮で、若い女性の真実のように浄《きよ》らかだった。

赤い信号

（一）

先生。

大変、御無沙汰《ごぶさた》申上げました、何よりもさきに、あたしは先生にお詫《わ》びしなければならないことがございますの。先生からお便りを戴けないことについて、どんなにあたしは心を苦しめたことでしょう。でも、いまになって見れば何もかも判りましたわ、先生からお便りを頂けなかったと同様に、あたしからの手紙も先生のお手許《てもと》にとどいていないのではないかということを、この頃になって、あたしはやっと気がつきましたの。

先生。

東京へ出て来てから、あたしの最初の経験は、人の恐ろしさというものを、沁々《しみじみ》と味わされたことでございました。その人のためにあたしがどんな恐ろしい目にあわされたか。――でも、そのことはあまりここでは申上げたくはございません。いずれもっと、気持ちが落着いてから、詳しい手紙を差上げますが、でも先生、御安心下さいませ。苦しめられたとはいうものの、無事にそれを切り抜けて、何んの間違いも起しはいたしませんでしたから。

さて、東京へ出て来た用件について、これは前にもお手紙を差上げたのですけれど、ひょっとすると、それがお手許へとどいていないのではないかと思いますので、もう一度ここで御報告申しあげます。あたしが訪ねて参りました賀川俊六さまという方にはお目にかかることが出来ませんでした。その方は昨年お亡くなりになったとやら――でも、その方の御令息という方に偶然お目にかかることが出来唯今《ただいま》ではその人のお世話にて五味楓香さまという日本画の先生のお宅に御厄介になっております。ここでは、皆さまがたいへん御親切にして下さいますので、何んの不安もございませんが却《かえ》ってあまり御親切にして下さいますので居辛《いづら》く思うことがございます。とりわけお嬢さまが真実《ほんとう》の姉妹のようにして下さいますので、何んだか極《き》まりの悪いようなことも度々です。もう少し気持ちの落着くまで、ここにおいて戴いて、それから自分の身のふりかたをつけようと思っています。幸い、たいへんよい仕事が見つかりましたので、この方は御心配下さいませぬように。

賀川さまの御令息には、ときどきお目にかかりますけれど、まだあのことはお訊《たず》ねいたしません。この方があたしの父のことを知っていらっしゃるかどうか、何んだか心許《こころもと》なく存じますけれど、でも一度はお訊ねしなければなるまいと思っております。近頃のあたしの気持ちでは、その問題などもうどうでもよいような気がいたしますが……。

先生、お暇がございましたらお便りを下さいませ。木實さんには別に出しませんけれど、くれぐれもよろしくお伝え下さいませ。

うゐ子

山崎先生

「まあ、やっぱりそうだったのね」

幾枚かのレターペーパーを急がしく繰りながら、木實は呼吸《いき》を弾ませて、

「恩田の奴、きっと有爲子さんのお金に目をつけていたに違いないわ、そういう奴ですもの。あたしにはちゃんと判っていたんです」

木實は山崎の顔を見上げて、

「ねえ、先生。有爲子さんを呼び戻しましょうよ。このまま東京へおいていたら、どんなことになるか知れやしませんわ。ねえ、先生、ねえ有爲子さんにすぐ手紙をお出しになったら」

だが、その山崎は黙然として有爲子の手紙を繰り返し繰り返し読んでいる。

(二)

山崎先生はその手紙の簡単すぎるのが、この際じりじりするほどまどろかしく思われる。

有爲子の身に、なにかしら間違いが起ったらしいことは、このあいだの上京の節にも、あらかた察しられた。

恩田という男には会わなかったけれど、その細君という女の人柄や、周囲の環境、さてはまた自分が訪ねていったその夜、急遽《きゅうきょ》、夜逃げをしたところと云《い》い、有爲子がもしやかれらのために、取りかえしのつかぬ破目におとし入れられているのではないかと、上諏訪へかえってからも、心の憩《やす》まる暇もないほど心配だった。

木實も山崎からその話をきくと顔色をかえて、

「先生、すぐ東京へ行ってみましょう」

と、いきまき、

「捜索願いを出したらどうでしょう」

と、これまた夜の眼もあわぬほど心配しつづけていたところだったが、そこへ、思いがけなくやって来た、この有爲子の手紙だった。

——幸い体には何んの間違いもございませんでしたから。

とあるところを見ると、恩田のためにいろいろひどい目には遭わされたものの、最後の純潔だけはまもりおおせたものと見える。

「それでもまあ、よかったですわね、消息がわかって……それにしてもこの五味楓香というのは、どういう方なんでしょうね」

山崎にもそれがだいいちの気懸りだった。手紙はあまり簡単すぎて有爲子のその家における地位が少しも分らないのが不安だった。

お嬢様が姉妹のように大事にしてくれるとあるところを見ると、まんざらの女中でもないらしい。五味楓香といえば、日本画壇でも錚々《そうそう》たる大家で、山崎もその名をよく知っている。いったいどういうつてで、有爲子はそういう人の家庭へはいることが出来たのだろう。

賀川俊六様の御令息のお世話でとあるが、その御令息というのはいったいどういう人物だろう。御令息とばかりで、名前もかいてないのが、わざと隠しているように思われて、山崎は有爲子がいつか自分などの手のとどかぬ、遠いところへ行ってしまったような、一抹の淋《さび》しさをかんぜずにはいられないのである。

「ねえ、先生、あたしなんだか心許なく思いますわ。五味さんて、どういう方か知らないけれど、そんなに親切にして下さるというのが、却って怪しいじゃありませんか。有爲子さんはやっぱり、この上諏訪へかえったほうがいちばんいいのだわ」

幼い時から世間に虐《いじ》められつづけて来た木實は、誰でも一応は警戒してみる習癖がついていた。この世の中に、利害関係をともなわぬ親切なんてありっこないのだというのが、彼女がいつの間にか、頑《かたく》なな頭に育《はぐく》みつづけて来た、生活の第一信条だった。

その癖、有爲子の母や山崎先生に対しては、そういう心の鎧《よろい》をすっかり脱ぎ捨てていた木實だったが……。

「そうだ、有爲子さんは結局ここへ帰るのがいちばんいいのかも知れない。しかし、われわれの手ではもう何んとも出来ないよ」

「出来ないって、どうしてですか」

「あの人にはあの人の生活がはじまっている。それはもう、僕などの手には負えないほど、根づよくあの人の心にはびこって来ている」

山崎の苦渋にみちた顔を見た刹那《せつな》、木實の眼にはふいと、一種異様なひらめきが現れた。それは憐憫《れんびん》とも同情ともつかぬ、あるいは希望とも絶望ともつかぬ、解くに苦しむ表情で、しかも一瞬にして消え去ったが……。

（二）

有爲子はまだどうしても五味家の生活に慣れきれなかった。

他人のお情で生活する、と、そういう生活に慣れていない有爲子は、周囲から親切にされればされるほどしじゅうおどおどとした。殊にその親切の度合いが人によって濃度のちがうのが、鋭敏になった心にさらに響いて、時にははっと度を失うことがあった。

恩田に金をすっかり持ち逃げされて、病院を出るとその日から、行くところにも困らなければならないという羽目におちた時、

「あら、それじゃ家《うち》へいらっしゃいよ」

驚くほどあっさりとそう切り出したのは美奈子だった。

「ああ、判った。それじゃこの間、仁吾さんや蓮見さんが困った問題といっていたのは、そのことなのね。馬鹿ね、あの人たち、そんな問題ならあたしに一番に相談すればいいのに」

さもなんでもないことのように言ってのける。

「ねえ、あなた来て下さるでしょう。遠慮なんかなすっちゃいやよ。賀川の小父《おじ》さまのお識合《しりあ》いだといえば、宅《うち》の父も知ってるかも知れないわ、いや、知ってなくっても気にかけることなんかないのよ。ねえ、いらっしゃいよ。きっとよ、ねえきっとね」

あれから毎日のように、見舞いに来てくれる美奈子と話しあっていると、有為子はいつか、ちかごろは身につけた心の武装をといてしまって、

「この人のように、屈託がなく暮せたら、どんなに仕合せだろう」

と、一種羨望《せんぼう》に似た微笑で、心の中が明るくなるのだった。彼女の申し出は、いつもあまり無邪気で、自信にみちていて、相手がきっと自分のいうことを聞いてくれるにちがいないと思っているらしいので、どうしてもその場で断りかねるのだった。

邦彦もその話をきくと、ひどく喜んで、

「ああ、そりゃいい。実は僕も責任があるから、取りあえず当座のうち、僕の家とも思ったのだが何んだか母や妹の手前、いい出しにくくってね」

「いいのよ、あたしのところに来て戴くのよ、仁吾さん、あなたにも異存はないでしょうね」

「結構です」

仁吾は相変らずむっつりとして眉《まゆ》ひとつ動かさなかったが、それでも美奈子のこの解決を喜んでいるらしいことは、無愛想な表情《かお》にも窺《うかが》われた。

こうして、有爲子は周囲からよってたかって、いつの間にやら五味家に身を寄せることにきめてしまわれたが、その翌日、仁吾がひとり見舞いに来てくれた時、そのことに関する不安をちょっと洩《も》らすと、仁吾は驚いたように、

「どうしてです。あなたはあの人の家へいくのが厭《いや》なんですか」

「いいえ、そうじゃありませんけれど……」

「それじゃ、ほかに行くあてでもあるんですか」

「いいえ」

仁吾の詰問するような調子に、有爲子はしだいにうなだれてしまう。

「それじゃ、やっぱりあの人のところへ行きたまえ、僕が家を持っていたら来て貰《もら》うのだが、まだ下宿住いだから」

「あら！」

その時のことを考えると、有爲子はいまでも身内がかあっと熱くなる。口の重い仁吾のことだからそれ以上、その言葉になんの説明を附け加えようとはしなかったが、あれはいったいどういう意味だったのだろうと、この頃ちょいちょい、お手伝いをはじめた有爲子は、楓香先生の居間で、支那机に艶《つや》ふきんをかけながら、ぼんやりその時のこと

を考えていたが、するとうしろの襖《ふすま》があいて、誰か入って来たのに何気なくふりかえって、

「あら」

有爲子は、思わず、どぎまぎしてしまう。

（四）

有爲子が度を失ったのは、そこに立っているのが楓香先生であったばかりではない。先生の視線があまり強く、ほとんど肉体的な苦痛をかんじさせるほど、自分の顔に喰《く》いこんで来ていたからだった。

品のいい、よく澄んだ眼が涙袋を張りさけるほど見開かれて、

「……」

何かひとこえ呟《つぶや》くと、しっかり側の襖に取り縋《すが》って、額に手をやられた楓香先生の素振りが、あまりにも異様で、有爲子はひょっとすると、卒倒でもされるのではあるまいかと心配になったくらいだった。

「あなたどうかなさいまして？」

あとから入って来た梨江夫人も良人《おっと》の顔を見ると、驚いてうしろから声をかけた。

「ふうむ！」

楓香先生は夢からさめたように有爲子の顔から眼をはなすと、

「いや、なんでもない、ちょっと立ちくらみをしたが、もう大丈夫だ」

「まあ、何んだかお顔の色が悪うございますわ。気をつけて下さらなきゃ……陽気が悪いのですから」

梨江夫人ははじめて有爲子を見て、

「おや、あなたここにいたの。早く向うへいって、先生に冷いお飲物でも持って来てあげて頂戴」

「はい」

肩をすぼめて、そそくさと出ていく有爲子のうしろ姿を見送って、楓香はいくらかよろめくような歩調《あしどり》で机のまえに坐《すわ》ると、

「今の娘さんは？」

と長押《なげし》にかけた恩師の額から、青葉の暗い庭のほうへ、どこか放心したような眼を投げている。

「あなた、お忘れになりましたの。この間お話申し上げた人ですけれど、ねえ、ほら、あの娘なんですよ、蓮見の邦彦さんが自動車へひっかけたというのは」

「そんな話を聞いたかね」

「申し上げましたとも。あなたどうもこの頃、物忘れがひどくおなりで、心配でなりませんわ。少しお仕事のほうを手控えになすったらと、あれほど申上げているのに、お聞

き入れにならないものですから」

楓香は仕事に魂をぶちこみ始めると、夫人の側からいつもこういう苦情が起るのだった。制作をはじめると、どんな話も耳に入らない楓香を、ふだんはそれをよいことにしている夫人だったが、いまは大事な話をかかえ、その話が案外すらすら進行しないのに、業を煮やしている夫人は、

（これというのも先生があまり家庭のことに無関心だからだ）

と、ひとりでそう極めている。

「いや、物忘れは昔からだが……そうそう、そういえばこの間、美奈子からそんな話をきいたっけな。ああ、思い出したよ。賀川の親友の娘だとかいう……」

「美奈子のいったことならちゃんと覚えていらっしゃるのね」

夫人は、ちくりと皮肉を浴びせ乍《なが》ら、

「親友だか何んだか知りませんけれど、あんまり素性の知れない者を、家へ入れたくはないと思ったのですがね、でも美奈子があんまり熱心だし、見たところ、そう素性の悪い娘でもなさそうだし、それに何より蓮見さんのほうの関りあいもあることなので、むげには断りかねたのでございますよ」

何んだ、それじゃ結局、蓮見のほうの思惑を考えて、おいたようなものじゃないか。

楓香先生は苦笑をうかべたが、そこへ有爲子がコップに注いだ乳色の飲み物を一つ盆にのせて持って来た。

（五）

飲み物をおいて、軽くお辞儀をすると、そのまま立ち去ろうとする有爲子を、

「ああ、ちょっと」

楓香は夫人の眼をはばかるように、出来るだけ軽く呼びとめた。

「はい」

有爲子は盆を膝《ひざ》へおいて、顔をあげたが、相手の眼があまり強く自分の顔に喰いいっているのに気がついて、あわてて眼を伏せると、

「あの、何か御用でございましょうか」

耳朶《みみたぶ》がほんのり紅《あか》らんで、物をいうとき、かすかに長い睫毛《まつげ》がふるえるのを、楓香は眼《ま》じろぎもしないで見ていたが、やがてふうむと鼻から吐息をもらすように、

「いや、何んでもない、自動車に轢《ひ》かれたそうだが、もうなんともないかね」

「はい、有難うございます。おかげ様ですっかりよくなりましてございます」

「それはよかった。時にあんたのお父さんは賀川の親友だそうだね」

「はい」

親友であったかどうか、有爲子には詳しいことはわからなかったが、さしあたり、そう答えるよりほかに仕方がなかった。

「賀川の友人なら、たいてい私も知っている筈《はず》だが……」

と、楓香は小首をかしげて、

「あんたのお父さんは何んというんだね」

「緒方順造といいます」

「緒方順造？」

なんのために、こんな娘をつかまえて、身許《みもと》しらべなんかするのだろうというような眼附きをして、さっきから二人を見較べていた梨江夫人は、その時、たまりかねたように横から口を出して、

「あなた」

「ふむ」

「是非ともお話しておかなければならない大事な話がございますんですよ」

「おお、そうだったね」

「あなたは向うへいっていて頂戴ね、御用があったらまた呼びますから」

「はい、それでは御免下さいまし」

襖の向うへ消えていく有爲子の後姿が見えなくなるまで見送っていた楓香は、ふと、夫人の眼附きに気がつくと、あわててつるりと顔を撫《な》でながら、

「なかなかよさそうな娘じゃないか。行儀も悪くないし」

「あの娘のことなんかどうでもいいじゃありませんか。それよりあなた、少しはわたし

の話にも身を入れて聞いて下さらなくては困りますわ、あなたがそういう態度だものですから、美奈子までわたしを馬鹿にして、ちっともいうことを、まじめに聞いてくれないじゃありませんか」

梨江夫人は眉をひそめて、そろそろ愚痴になりかかっていた。

有爲子は自分の部屋にとあてがわれている台所わきの四畳半へかえって来ると、頻《しきり》に怪しく心の乱れている自分に気がついた。

彼女はいつか一度は、ここの先生に訊ねてみたいと思うことがあった。

仁吾や美奈子の話によると、賀川俊六という人と、ここの先生は昔から兄弟以上の深い関係だったときいている。

自分の実父《ちち》に関することも、若い仁吾などに聞くより、ここの先生に聞いた方が、よく判るかも知れない。……有爲子はいちど失いかけていた、実父に対する興味がまたよみがえってしきりに心が乱れるのだったが、その時ふと机のうえを見ると、自分に宛てた一通の手紙がおいてある。

有爲子は何気なく裏をかえしてみて、

「あら！」

と、思わず口のなかで叫んだ。

（六）

手紙は銀座の婦人洋服店、ミネルバの女主人、葛野京子から来たものであった。

ミネルバで使ってもらうという約束が出来た夜、ああいう奇禍に遭って、まったくよんどころない事情であったとはいえ、折角の約束をふいにしてしまったので、ひどく気に病んでいた有爲子は、この家へ引き取られると間もなく、葛野京子へ手紙を書いた。非礼のお詫びかたがた、自分の身に起った境遇の変化を、事情の許すかぎり詳しく述べておいたのであった。

有爲子としては、美奈子の親切は身にしみて有難かったが、この家における地位には、なんとなく窮屈なものがあった。

美奈子はああいう気性だからいいようなものの、美奈子の母という人には何かしら、気がおけるのだった。二人いる女中に対しても、着替え一枚持っていない現在、いつも肩身のせまい思いをしなければならなかった。

それに第一、どう考えても、自分がこの家に厄介になる筋合いはないように思えて、いつまでもこんなことをしていると、だんだん、気持ちが卑屈になるようで、それも厭だった。

「あら、またそんなことを考えていらっしゃるの、くよくよしないで、もっと気を大きく持っていらっしゃいよ」

何かのついでに有爲子がそういう気持ちの一端を洩らすと、美奈子はすぐ揉《も》み消すように、

「ねえ、もう少し待って頂戴。あたしこれでも、いろいろあなたのことについては考えているのよ、解って、あたしがいいというまでこの家を出ていこうなんて考えないでね」

表面はしごく朗かで暢気《のんき》なように見えながら、芯《しん》には意外に根の深い考えを持っている美奈子のことだから、自分の身の振り方についても、何か考えていてくれるのかも知れないと思ったが、そう馴染《なじ》みの深いわけでもないのに、これ以上心配をかけるのは心苦しく、

「では、お願いします」

とは、いいきれなかった。

それにもうひとつ、有爲子の心を苦しめるのは仁吾の態度だった。

美奈子に厄介になる理由がないと同様、仁吾に心配して貰う理由も少しもないことは、有爲子もよく判っていた。しかし、何かに縋りついていなければ生きていけないような頼りない境遇では、なんといっても頼みに思うのは仁吾一人だった。

しかし、その仁吾はここへ訪ねて来ても、滅多に有爲子とは口を利かないし、たまに口を利く機会があって、有爲子がひょっと現在の頼りなさを洩らしたりすると、いつも途方に暮れたような表情《かお》でじいっと有爲子の顔を見詰めたままで、却って有爲子にそう

いうことをいい出した自分を後悔させるのだった。

（しかし、それも無理はないわ。お父さんの古い友人の娘というだけで、前から識合っていたわけではなし、それを何か、あの人が特別に、自分に関心を持つべき理由があるように考えていたのが間違いなんだわ）

有爲子はそう考えると、胸の底から空気が抜けていくような空虚と哀愁をおぼえて、こういう気持ちから遁《のが》れるためにも一刻も早くもっとほかの世界を探しにいきたかった。

葛野京子へ宛てた手紙のなかに有爲子はそういう頼りない、宙ぶらりんな現在の境遇を述べて、非礼のお詫びにかえておいたのだが、その返事がいま来たのだった。

ひょっとしたらあの方が、よい相談相手になって下さるかも知れない——。

有爲子は期待に躍る胸で、京子からの手紙の封を切っていた。

（七）

京子の手紙は期待以上に親切なもので——あまり親切なので、ちかごろひどく感じやすくなっている有爲子は、幾度か泣きそうになったくらいだった。

（——あなたも仰有《おっしゃ》る通り）

と、その手紙には書いてあった。

（ほんとうはあたしもひどくあなたを怨《うら》んでいたのよ、あんなに固い約束をしておきながら、二日たっても三日たっても梨の礫《つぶて》でほんとに若い人って当てにならないものだ、あなたに限ってそんなことはあるまいと思っていたのに――あたしほんとはあなたを怨むより、軽蔑《けいべつ》したい気持ちになっていたのよ、御免なさいね）

　と、そういう文章のあとに、

（でも、ほんとうはあたし、やっぱりあなたを信用していたのよ、あなたに限ってそんなだらしのない人ではないと信じていたの、来られないなら来られないと、ハガキ位寄越しそうなものだ、それが来ないのは、何か間違いがあったのではないかしらと、ほら、あなたから恩田さんという方について、ちょっと聞いたこともあったでしょう？

　それでやっぱり虫が知らせたのね、あたしあれから三日目だったかに、わざわざ五反田までいってみたのよ）

「まあ！」

　と、有爲子は思わず体がふるえた。たった一度あったきりだのに、それほど自分を大事に思ってくれたのかと、涙が溢《あふ》れそうになったのだった。

（――でも、そういうことがあったのなら、病院からハガキでも寄越して下さればよかったのに、あたし見舞いにあがったのに――）

　と一寸《ちょっと》怨み言が述べてあるあとで、京子はいろいろ有爲子のことを心配して、そういう事情なら、いっそ自分の家へ来たらどうだろう、お店の方では、ほかの人との釣り合いもあるし、はじめから沢山差上げることは出来ないが、自分の家へ来てくれれば、さしあたり生活に困らすようなことはしない。着替えなんか一枚もなくても、自分のお古で我慢してくれれば当座のうち間にあうし、自分としても女手ひとりでああして商売をしていると、いろいろ思いにあまるところがあるから、そういう場合にあなたが側にいて下されば、どんなに頼りになるか知れない。唯《ただ》一度お眼にかかったあなたに、こんなことをいうと、変に思われるかも知れないけれど、あたしにはなんだか、あなたが他人だとは思えないのだ、と、そんなことが女らしい細かい心使いで述べてあった。

（——ね、どうぞあたしのこの申し出を素直にうけて頂戴、そのほかいろいろお話したいこともあるから、是非一度お店の方へ来て下さいな、お待ちしています。今度こそくれぐれもあたしを失望させないようにね）

　と、結んであったが、その終りのほうは、有爲子はもう涙にぼやけて読めないくらいだった。

　世の中には悪い人もいるが善い人も沢山いる。

　美奈子といい、京子といい、いったい自分のどこに、それだけの親切をうける値打ちがあるのだろうと、有爲子はいまさら見すぼらしく、自分の身がかえりみられるのだった。

　有爲子はいくどもいくども、涙にうるんだ眼で嚙《か》みしめるように京子の親切を味わっていたが、

（そうだわ、美奈子さんだって、これならきっと喜んで賛成して下さるにちがいないわ）

なんなら一度美奈子に、京子と会ってもらってもいい——有爲子は俄《にわか》に前途の明るくなるのを感じたが、その時、

「緒方さん、緒方さん」

有爲子の名を呼びながら障子の外からのぞいたのは、美奈子の弟の與一だった。

（八）

「緒方さん。さっき手紙が来てたでしょう。見た？」

「あら、與一さん、あなたでしたの？　ここへおいといて下すったのは——有難うございました」

「ううん」

與一は廊下に立ったまま、いくらか不思議そうな表情《かお》をして、取り乱した有爲子を眺めている。

有爲子はきまり悪そうに、あわてて涙ぐんだ眼を拭《ふ》いていた。

「あの——與一さん、何かあたしに御用でございますの？」

「ううん、緒方さんが急がしければ、いいんだけど」

美奈子の弟の與一は今年の春中学へ入ったばかりの少年だったが、いったい誰に似たのだろうといわれるほど大柄で、屈託のないのびのびとした性質でいながら細かい所に

よく気が附《つい》て思い遣りの深い所が姉の美奈子によく似ていた。

「あら、あたし何も用事はございませんわ。そして、どういう御用ですの」

「ひまだったら、少し手伝って貰いたいんだけど」

「ええ、ひまですとも、いくらでもお手伝いしますわ。何んのお手伝いですか」

「じゃ、ちょっとこっちへ来て下さい」

「はいはい」

並んだところは、殆《ほとん》ど有爲子ぐらいの背丈があって、これが中学の一年生かと思われるほどの大きさだった。

美奈子の部屋と並んでいる、與一の勉強部屋へ入っていくと、ごたごたと取り散らかした中に、リュックサックだの巻ゲートルだの飯盒《はんごう》だの、ピッケルだの、そういった登山用具が畳のうえいっぱいに散らかしてある。どれもこれも最近、買ったばかりと見えて真新らしくピカピカしていた。

「あら、與一さん、これをどうなさいますの」

「うん、いま買って来たんだよ。明日、友達とハイキングにいくんだ」

與一はいかにも楽しそうに、

「それで、リュックサックや巻ゲートルに、ネームをつけたいんだけど、緒方さん、縫いつけてくれる？」

どこから探し出したのか、白い晒木綿《さらしもめん》を短冊型に切って、ひとつひとつ墨で名前が書いてあった。

「ええ、よろしゅうございますとも」

　有爲子はその布切とリュックサックや巻ゲートルを見比べながら、

「あの與一さん」

「なに？」

「これを縫いつけてもよろしゅうございますけれど、汗で折角の字もすぐ駄目になってしまいますわ。いっそ直接《じか》に刺繍《ししゅう》したら？」

　與一は子供らしく眼を輝かせながら、

「そんなこと緒方さん出来る？」

　有爲子は微笑《わら》いながら、

「ええ、やって見ましょうか。お姉さまの部屋に、刺繍糸がないかしら」

「うん、僕、探して来る」

　柄は大きくてもやっぱり子供だった。與一はいかにも嬉《うれ》しそうに隣の部屋へ飛んでいったが、間もなく、フランス刺繍の道具の入った、洒落《しゃれ》た漆塗りの箱を持ってかえって来ると、

「緒方さん、これでいい？」

「ええ、結構でございますわ。名前はローマ字にしましょうか、漢字にしましょうか」

「うん、名前はローマ字がいいけど、学校の名前は漢字にして下さい」

「はい、承知しました」

針に糸を通した有爲子の様子はいかにも楽しげだった。

（九）

有爲子は與一が好きだった。この家に厄介になるようになってから、一番気がおけずに話が出来るのは與一で、自分にもこういう弟があったら、どんなに心丈夫であろうと思うことがある。

與一は元来人懐っこい性質と見えて、有爲子が来た日から、緒方さん、緒方さんと、はにかみもせずに、洋服のほころびを縫わせたり、靴下のつくろいを頼んだりした。

「まあ、あなたは與一がかりみたいね」

と、美奈子はわらったりしたが、弟を持ったことのない有爲子は、こうして年下の少年のために、いろいろと面倒を見てやるのが楽しくてたまらないのだった。

「與一ちゃん、ハイキングはどちらへいらっしゃいますの」

「谷川岳《たにがわだけ》」

與一はいかにも誇らしそうだった。

「まあ！」

有爲子は思わず眼を瞠《みは》って、

「あそこはとても危険なところじゃありません？」

信州うまれの有爲子は、毎年そこで遭難者のある噂を聴いていたので、谷川岳ときくと、何かしら恐ろしい魔の山かなにかのように思いこんでいる。

與一は得意そうに、

「なに、それは不注意なハイカーのことさ。支度さえ充分なら、どこだって危険なところなんてあるもんか」

「だって、谷川岳では毎年誰かが遭難するじゃありませんか」

「だから、それは不注意なハイカーなんだよ。緒方さんは、信州のうまれだというのに、山が怖いなんておかしいなあ」

「怖いことなんてありませんけれど。心配ですわ」

「なら、簡《やさ》しいことじゃないか」

「ほほほほほ、そういえばそうですけれどそれでお連れは何人？」

「五人でいくんだよ」

「みんな一年生の方？」

「ううん、一年生は僕一人だ。あとは五年の人が二人に、四年の人が二人いるんだ。その五年の人が僕をつれていってくれるというんだよ」

上級生に特別の庇護《ひご》をうけているということが、與一はいかにも得意らしかった。

「それなら、まあ、よろしゅうございますけれど」

「うん、大丈夫だよ。その五年生の一人というのは、とても山岳通なんだ。でなきゃ、お母さんが承知してくれるもんか」

「ほんとにそうでございましたわね」

有爲子はやっと安心したように、

「はい、ひとつ出来ました」

さっきから有爲子の器用な手付きを、さも興ありげに覗《のぞ》きこんでいた與一は、リュックサックのうえに、巧みに刺繍された横文字のネームを見ると、感嘆の眼を瞠りながら、

「やあ、素敵だ。緒方さんは実に器用だなあ」

「あら、與一さんはお世辞がいいんですのね」

「ほんとだよ。うちの姉さんと来たら、それは不器用だよ。いつもお母さんに叱られてるんだ、お父さんの子にも似《に》合《あわ》ないって」

「あら、そんなこと仰有《おつしや》ると、お姉さまにいいますよ」

「いったって平気さ。お姉さん自分でもいっているもの。それに不器用なのは、お姉さんばかりじゃない、僕も手先きの仕事がいちばん苦手さ。お父さん、それですっかり悲観してるよ。お前には俺《おれ》のあとはつげないって、だから賀川の兄さんを養子にして、あとをつがせるんだってさ。きっとお姉さんのお婿さんにするつもりだろ」

「あら……」

そのとたん、有爲子の唇からただならぬ悲鳴が迸《ほとば》しっていた。

（十）

「どうしたの？　緒方さん」

與一はおどろいてからだを乗り出すと、有爲子の顔を覗きこんだ。

有爲子は黙ってうつむいている。針を持つ手がぶるぶるとかすかにふるえて、おくれ毛の二、三本かかった横顔が、朽葉《くちば》いろに蒼褪《あおざ》めていた。

「緒方さん、どうしたの？」

有爲子の様子があまり変なので、覗きこんだ與一はいかにも心配そうだった。

「すみません」

有爲子はやっと顔をあげると、かわいた眼で與一を見ながら、痙攣《けいれん》するような微笑を口許《くちもと》にうかべて、

「折角のゲートルを、こんなに汚してしまって……」

何かしら気落ちしたような声だった。

見ると左の人差指の先から、ポッツリと赤い血が吹き出して、ゲートルの一部分に小さい汚点《しみ》をつくっている。

與一は驚いて、

「あ、指を突いたんだね。痛い？　いや、痛いだろう？」

「いいえ、別に大して疼《うず》きもしませんけれど、すみません、つい、うっかりして、大事なゲートルをこんなに汚してしまって……」

そういいながらも有爲子は、指先が痛むのか、蒼ざめた顔をして眉をしかめていた。

「ゲートルなんかどうでもいいけれど、その傷を何んとかしなきゃ……痛そうだなあ。針がそんなに太いんだもの。ちょっと待っておいで、いま薬を探して来る」

「あら、いいんですのよ。何かで縛っておけばすぐ止まりますわ」

與一はしかし、その言葉を耳にもかけず、そそくさと部屋を出ていく。

ひとりになると有爲子は、かわいた眼に俄に涙が滲《にじ》み出て来て指先に吹き出した血さえ見るみるぼやっとぼやけて来るのだった。

なにかしら淋しいのだった。何故か、身を切られるように切ないのだった。

有爲子はそういう自分に半ば驚き、半ば腹立たしさを感じながらも、茫然《ぼうぜん》として、いまはじめて意識の中に頭をもちあげた、女心の秘密を凝視している。

――あの方が自分にとって何んだというのだ。はじめて汽車の中で会った時には、何かしら怖い、近づきにくい人のように思えたではないか。病院へしげしげ見舞いに来てくれた時も、何んだか気づまりな人だと思った。あの人が一度でもあたしに優しい言葉をかけてくれたことがあるだろうか。馬鹿な、あの人はあたしにとっては何んでもない、唯路傍の人にすぎないのだ――。

そこへ與一がかえって来たので、有爲子はあわてて顔をそむける。

「さあ、薬を持って来たよ」

「あら、すみません。あたし何だか與一さんに悪いと思うわ」

「どうしてさ」

「だって、ゲートルをこんなに汚してしまって……」

「ゲートルなんか、どうでもいいといっているじゃないか」

「だって、何んだか縁起が悪いような気がするんですもの。與一さん、気をつけてね」

「馬鹿だなあ、緒方さんはいやに迷信ぶかいんだね」

その夜、有爲子が寝られぬままに、真夜中ごろそっと起き出て雨戸をひらいてみると、星空に雲が渦をまいて、近くにある高い洋館の屋上に、赤い信号灯がまたたいているのが見えた。

何かしら、暴風雨《あらし》のまえぶれを思わせるように……。

暴風雨の灯

（一）

夜が明けたら、すぐにも美奈子にわけを話して、銀座のミネルバへ行ってみよう。話によっては、美奈子にいっしょに行ってもらってもいいと、有爲子は熱にうかされたように夜どおしそのことを考えつづけていた。

この家もまた有爲子にとっては身をおくに耐えがたい想いがするのだった。彼女は働きたかった。働いて、働いて、それによって胸に溢《あふ》れて来るこの悲しみや苦しみの一切を忘れてしまいたかった。それよりほかに自分の活《い》きていくみちはないのだと、悲しくも諦《あきら》めるよりほかはなかった。

だが、その日一日、有爲子はゆっくりと美奈子と話をする機会をつかまえることが出来なかった。

九段《くだん》の方にある某女子専門学校の国文科に席をおいている美奈子は、午前中は学校だったし、学校が退《ひ》けてからも、いろいろとお稽古《けいこ》ごとに忙しかった。

夕方ごろやっと体がすいたらしいので、話しかけようと思っていると美奈子は母の部屋へよばれていってなかなか出て来なかった。なにか複雑な話だったらしく、母の部屋から出て来た美奈子は、ひどく憂鬱《ゆううつ》そうだったので、有爲子はついいいそびれてしまった。

夜になってから、俄《にわか》に風が吹き募って来て、雑司ケ谷の高台にあるこの家では、夜中樹々の梢《こずえ》の揺れさわぐ音がかしましく、有爲子はふと、今日ハイキングに出かけていった與一のことを思いうかべて、妙に胸さわぎをおぼえたが、間もなくそれも、自分の屈《くっ》托《たく》にかまけて忘れてしまった。

そのつぎの日は日曜だったが、昨夜から吹きつのった風は、なかなか歇《や》むけしきもなく、どんよりと雲がひくく垂れて、家の中が妙に小暗いのが侘《わび》しかった。

日曜日はミネルバが休みであることは知っていたが、話だけはしておきたいと、お昼前有爲子が美奈子の部屋へいくと、驚いたことに美奈子は、和服の盛装をこらして、ぼんやりとピアノのまえに腰かけている。

「あら」

有爲子は思わず驚きの眼を瞠《みは》った。

「どこかへお出かけですの？」

美奈子は黙ってうなずくと、出《で》鱈目《たらめ》にピアノの鍵板《けんばん》をかきならしている。いつも見慣れた洋装と違って、パッと眼の覚めるような服装だのに、小暗い天気のせいか、妙に顔色が蒼褪《あおざ》めてみえた。

「何かお話があって？」

美奈子はピアノからくるりとこちらを振向くと、はじめて有爲子の顔を見て、

「あら、どうかなすって？　お顔の色が悪いわ」

「いいえ、何んでもありませんの、昨夜《ゆうべ》の風でよく眠れなかったものですから」

「あたしもそうよ」

美奈子は弁解するように頬を撫《な》でながら、窓から外を見て、

「いやな風ね」

と眉《まゆ》をひそめている。なんとなく心の落ち着かぬ風情で、美奈子には珍しい態度だった。

「美奈さん、お支度は出来て？」

そこへ梨江夫人が入って来た。見るとこれまた盛装をこらして、日頃から美しい人が、臈《ろう》たけきまでの姿だった。

「ええ」

美奈子はなんとなく元気がなかった。

「それじゃ、さっそく出かけましょうか」

側にいる有爲子には眼もくれず先に立っていく母のあとについて、美奈子もいったん部屋を出たが、すぐ戻って来て、有爲子の手をとると、

「お話があるなら夕方まで待って頂戴ね。あたし……あたし……」

だが、美奈子はそのまま顔をそむけて、小走りに出て行った。

（二）

このひどい風の中を、いったいどこへ行くのだろう。

玄関まで見送った有爲子は、いまにも吹き倒されそうに撓《た》わんでいる門のそばの若竹に、眼をやりながら、何んとなく美奈子のことが気がかりだった。

日頃の美奈子に似合わず、妙に沈んでいたのが心配だったし、それに、さっきいいかけた言葉――あの時の美奈子のただならぬ顔の色といい、何かしら妙にさし迫ったような言葉つきといい、美奈子のいいかけたのが、何か重大なことであったように思えて、有爲子は胸の中に変なしこりが出来たような気持ちだった。

玄関に立って、しばらく表のほうを見ていると、俄にざっと若竹の葉を鳴らして、横なぐりの雨が降って来た。

「あら、とうとう降って来ましたのね」

一緒に送って出た女中のお時が、誰にともなく呟《つぶや》いている。

そのとたん、有爲子のあたまをまた、與一のことがかすめて通った。

「緒方さん、さっきあなたに、お手紙が来ていたでしょう？」

「あら、そう」

「お部屋の机のうえへおいときましたけど、まだ御覧になりません？」

「ええ、まだ――」

　奥のほうで、婆やさんがばたばた雨戸をしめる音がする。

「あら、あら、大変、あんなに雨が降りこんで……これじゃなかなかやみそうにありませんね」

　お時があわてて廊下の雨戸や窓の戸をしめにかかるのを、ひとしきり急がしく手伝っていた有爲子が、やっと自分の部屋へかえってみるとなるほど机の上に一通の手紙がのっている。

　手にとってみると、上諏訪の山崎先生からだった。

　この間、有爲子から出した手紙の返事で、いかにも山崎の人柄を思わせるように、優しい、真情の溢れた文章で、いろいろと有爲子の身を心配してくれていた。

　有爲子はそれによってはじめて山崎がこのあいだ上京して、五反田の家へ訪ねてくれたことを知った。山崎はその時の事情を詳しく述べて、それにつけても、一応、上諏訪へかえって来たらどうかというようなことを木實の言葉といっしょに書いてあった。

　だが、この手紙を読んだ時、有爲子はどういうものか、京子の手紙を読んだ時ほど感動はしなかった。

　有爲子はいまさらのように、自分の身勝手を呆《あき》れたり、責めたりした。いつの間にか、山崎先生や木實とは、すっかりちがった別の世界へ来てしまった自分に気がついて、淋《さび》しくもあり悲しくもあった。

しかし、何んといっても、あの人たちには、現在の自分の悲しみを、どうすることも出来ないのだと有爲子が溜息《ためいき》をつきながら、手紙をまいているところへ、女中のお時が廊下から覗《のぞ》いて、

「緒方さん、先生がお呼びでございますよ」

「あら」

「お仕事場のほうにいらっしゃいます。すぐいらっしゃい」

「はい、有難うございました」

仕事場は奥の座敷から、鍵《かぎ》の手になった廊下づたいに、二十畳敷ほどの広い部屋が、庭のほうへはみ出している。

「何か御用でございましょうか」

有爲子が手をつかえると、大きな絹張りの下絵のまえに、端然と坐《すわ》っていた楓香は、筆をおいて、

「ふむ、茶でも淹《い》れて貰《もら》おうか」

(三)

「はい」

相手の心を測《はか》りかねたように、有爲子はしばらくもじもじしていたが、やがて思いき

って、桐火《きりひ》桶《おけ》のそばへすすみ寄った。

火桶の中には、桜の切炭がよくひかっていて、いつでも茶が淹れられるように、湯がたぎっている。

楓香と面とむかって口を利いたのは、一昨日がはじめてだったが、お時にたのまれて、ときどき、この座敷のお掃除を手伝ったことがあるので、有爲子はかなりよくあたりの勝手を知っていた。

「あの……」

と、有爲子は口籠《くちごも》りながら、

「お煎茶《せんちゃ》にいたしましょうか。それともおうすがよろしゅうございますか」

「おうすがたてられるかな」

「はい、ふつつかでございますけれど」

「ふむ、じゃ、一服所望しようかな」

「はい」

短冊のなかから、お道具を取り出して、つつましくならべている有爲子のすがたを、楓香は端然と坐ったまま、向うのほうから眼《ま》じろぎもしないで眺めている。

外ではいよいよ風が吹きつのって、おりおり、ばらばらと雨戸を打つ雨の音が、機関銃のように聞える。しかし、部屋のなかはしんと静まりかえって、ちんちんと鳴る松風の音ばかり、桐火桶のなかにくべた香の匂いが、しめった空気の中にたゆとうている。

「たいへん、不出来でございますけれど」

「いや、有難う」

楓香はひとくち啜《すす》って見て、

「いや、たいそう上加減だ」

と、静かに茶碗《ちゃわん》を廻《まわ》している。

その時またもや、どっとばかりに吹きつのって来た風に、雨戸ががたがたと鳴ると、昼ながら灯《とも》した電気が、ふるえるようにかすかに揺れた。

「うむ、ひどい暴風雨《あらし》になったな、これでは仕事も出来ない」

「はい」

有爲子は眼をあげたが、相手の視線があまりちかぢかと、自分の顔に注がれているので、あわててその眼を反らしながら、

「あの、與一さんが……」

と、口籠った。

「與一が？」

「谷川岳へおいでになると伺っておりましたが、この暴風雨にどうあそばしたかと、心配でございます」

「ああ、そのことか」

楓香は與一のことは少しも考えていなかったと見えて、別に関心のいろも示さず、

「なに、大丈夫だ。あれも子供ではない」

「そうでございましょうか」

有爲子はそう答えるよりほかはなかった。

しばらく部屋の中に、濃い沈黙がつづいている。暴風雨はいくらか静まったと見えて雨の音ばかりがばらばらと聞えていた。

楓香はしばらく、その雨の音を聴くように耳をかしげていたが、やがて、有爲子のほうをさりげなく見て、

「時に、有爲子さん、あんた、有爲子さんというんだそうだね」

「はい」

「うまれは東京かね」

「いいえ、信州でございます。上諏訪でございますの」

「上諏訪――？」

楓香はなにかしら、遠くのものを見るような眼つきをして、

「あんたのお父さんの緒方という人は、賀川の親爺《おやじ》とどういう関係があるのかな」

と、じっと、有爲子の横顔を凝視《みつ》めている。

（四）

「さあ」

有爲子は思わずためらって、畳のうえに眼を落とす。

亡父《ちち》と賀川俊六の関係を、相手によく判らせるように話をしようと思えば、勢い、自分や両親の、恥になるような事情も打明けなければならない。

一度、先生にそれをきいてみようかと思っていたところだけれど、思いがけなく、相手のほうから切り出されると、有爲子はとっさにそれをはっきりと打ち明ける決心がつきかねた。

「あたしもよく存じませんの。ずいぶん旧《ふる》いお交際《つきあい》かと思いますけれど、ちかごろはすっかり打ち絶えておりましたようで……でも父が亡くなりますとき、是非、賀川さんのところへ行ってみよという話でございましたものですから……」

「それじゃ、あんたのお父さんという人は亡くなったのだね」

「はい、今年の春、俄に……」

「ふむ」

と、楓香はうつむいた有爲子の横顔からわざと眼をそらしながら、

「そしてお母さんは？　お母さんはまだ上諏訪にいるのかね」

「いいえ、母も亡くなりました、亡くなってもう三年になります」

「お母さんも亡くなった？　うむ、それじゃあんたは独りぼっちなのかね、ほかに兄弟はないのかね」

「はい、ありません」

楓香はもう冷えてしまった茶碗を、ゆっくりと膝《ひざ》のうえで廻しながら、独りごとのように、

「俺《わし》はあんたのお父さんは知らんが、賀川の親友とあれば、他人とは思えない。なんだか懐しいような気がするんだ」

「はい」

「あんたも独りぼっちとあればさぞ心細かろう。これから先、何か困るようなことがあったら、この俺《わし》に相談してくれんか。賀川の代りに、及ばずながら、俺が力になってあげよう」

「はい、有難うございます」

有爲子がふるえるのを、楓香先生はじっと見やりながら、なにかしらためらうように、

「お父さんの名は緒方順造といったね。そして、お母さんは？」

「はい、さきと申しました」

「さき。――おさきさん？」

そのとたん、またもやどっと吹きつのって来た風に、めりめりと撓《たわ》むばかりに座敷がゆれたので、その時楓香先生が、思わず茶碗を膝から取り落しそうになったほど不自然に動揺したのを、有爲子は少しも気がつかなかった。

「おお、これはひどい！」

風は間もなくおさまったけれど、天井の電気がまだゆさゆさと揺れている。

その時だった。

呼鈴の音がけたたましく、家中に鳴りひびいたかと思うと、やがて女中のお時が、あわただしく廊下づたいにやって来た。

「旦那《だんな》様、電報でございます」

「電報？」

楓香は眉をひそめただけだったけれど、有爲子のあたまにはその時さっと、不吉な影がかすめて通った。呼吸《いき》をつめて、じっと電報を読む楓香の眼附きを見ていると、ふいに楓香ははっと息をのみ、泳ぐように腰を浮かしながら、

「こ、こりゃ大変だ！」

と、いまにも卒倒しそうな眼の色をして、

「與一が……與一が……山で遭難したそうだ！」

（五）

電文はひどく簡単で、與一が谷川岳で遭難したということを報《し》らせているだけで、その遭難というのが、生命の危険を意味しているのか、それとも、単なる負傷にとどまるのか、それさえわからないのが、この際いっそう不安だった。

こういうことになると楓香先生はまったく子供で、ただもう動顛《どうてん》しておろおろするばかりだった。女中のお時も婆やも、こういう場合少しも役に立たなかった。

その中で一番しっかりしているのは有爲子だった。

夫人の出先を訊《き》いてみると、横浜の蓮見の家だという。しかし楓香先生は、その電話番号までは知らなかった。

有爲子は電話帳を調べたり、局で聞いたりして、やっと番号をたしかめると、すぐ蓮見の家へ電話をかけたが、暴風雨のために電話線に故障が起ったのかなかなか通じなかった。

そのあいだに、與一の学校から電話がかかって来たが、学校の方でも詳しいことは分らぬらしく、唯《ただ》、與一のほかにもう一人、遭難者があるというので、すぐ誰かこちらへ来るということだった。

その趣きを楓香につたえている時、やっと横浜への電話が通じて蓮見家の女中が出て来た。

有爲子はすぐに梨江夫人を電話口へよび出して貰って、簡単に電報のいきさつを話すと、梨江夫人もさすがに仰天したらしく、すぐ帰って来るという返事だった。

有爲子がそれを伝えると、

「この暴風雨じゃ、一時間はたっぷりかかるな」

と、楓香先生はいても立ってもいられないように、

「有爲子さん、もう一度電話をかけてくれないか」

「はい、どちらへでございますか」

「仁吾のところへかけて下さい。あの男の下宿は知っているかな」

「はい、よく存じております」

美奈子に頼まれて、有爲子は二、三度仁吾の下宿へ電話をかけたことがあった。

幸い仁吾は下宿にいて、話を聞くとすぐ来るという返事だった。

やがて與一の受け持ちの先生が、もう一人の遭難者の父だという人とあわただしく駈《か》けつけて来る。そこへ仁吾もやって来た。

仁吾もさすがに顔色がかわっていたが、そのがっしりとした体つきを見ると、有爲子ははじめてほっとして、気がゆるむと同時に涙が溢れそうになった。

「有爲子さん、先生は――先生は――」

玄関で有爲子のすがたを見ると仁吾はいきなり肩をつかんで、ゆすぶるようにしながら訊《たず》ねる。嚙《か》みつきそうな表情《かお》だった。

有爲子ははじめ、その意味がよく分らなくて、

「はい、先生は奥で、與一さんの先生とお話をしていらっしゃいます」

「ああ、そうか」

仁吾がほっとしたように、顔の汗を拭《ぬぐ》っているのを見て、有爲子ははじめて、彼の気遣っていたことが分ったように思えて、いまさらのように涙が溢れた。

「先生もたいへんびっくりしていらっしゃいますが、でも、案外しっかりしていらっしゃいます」

「有難う。僕は先生が驚きのあまり、倒れやしないかと思って心配していたのだ。奥さんや美奈さんはまだかね」

「はい」

美奈子たちがかえって来たのはそれから半時間ほど後のことで、登山服に身をかためた邦彦も一緒だった。

(六)

汽車は四時幾分かに出るのがまだ間にあった。もう一人の遭難者の父なる人も、現地へ急行するつもりで既に身支度が出来ていた。

五味家からは楓香夫妻に美奈子がいくことになったが、こういうことに慣れぬ楓香先生はいかにも心配そうに、

「仁吾も行って貰えないかな」

と、いうと、夫人はすぐに打ち消して、

「いいえ、仁吾さんには留守番に残ってもらいます。みんな出かけると、あとは女ばかりで無用心ですから」

「しかし、誰か若い者にいって貰ったほうが心丈夫だろう」

「だから、邦彦さんがいって下さいます。そのおつもりで、ちゃんと身支度までして送って来て下すったのです。邦彦さんなら、山をよく御存知ですから、何よりも心丈夫です」

仁吾なんか連れていったところで何んの役に立つかという口吻《くちぶり》だった。仁吾は黙っているよりほかに仕方がなかった。

美奈子は外からかえってくるとすぐに着物を脱いで、いつでも出かけられるように、軽快な洋服に着替えている。有爲子はそれを手伝ってやりながら、

「美奈子さん、あたしあなたにお詫《わ》びしなければならないことがございますの」

「あら、何のこと？」

蒼褪めた有爲子の顔を、美奈子は不思議そうに眺めている。

「與一さんがこういうことになったのも、あたしのせいのような気がして……」

「まあ、どうして？　それ、何んのこと？」

有爲子がゲートルについた血のことを話すと、

「まさか……縁起だなんてそんな馬鹿なことがあるもんですか。與一が遭難したのは不注意のせいよ、だけどね、有爲子さん」

美奈子はしっかりと有爲子の手を握ると、

「そう心配しないで頂戴ね、あの子はきっと生きているわ。そうですとも、人間てそう

易々と死んでたまるもんですか」

「ええ、そりゃ、あたしもそう信じています」

「そうそう、あたし昂奮《こうふん》してしまって、あなたにお礼をいうのを忘れていたわ。さっきは心配なすったでしょう。あなたがいなければ、お父さまどうなったか判らないわ。時やはあの通り気の利かない娘《こ》だし、婆やは耳が遠いし、ほんとにあなたがいて下すったので、どんなに助かったか知れないわ」

「あら、そんなこと……」

有爲子は赤の他人の自分が泣けそうで仕方がないのに、美奈子が涙一滴おとさないのを、はじめのうち不思議に思っていた。しかし蒼褪めて、強張《こわば》ったような表情《かおいろ》をしている美奈子の顔を見ると、泣くよりも、もっと切ない心配をしているに違いないと同情せずにはいられなくなった。

やがて用意が出来ると、暴風雨を衝《つ》いて一同は、あわただしく出発した。仁吾はせめて駅まで見送ろうといったが、夫人はそれさえも婉曲《えんきょく》に拒絶してしまった。

仕方なしに有爲子とならんで、雨の中を門の外まで見送って立っていると、自動車の中から体を乗り出した美奈子が、

「仁吾さん」

「何？」

「有爲子さん」

「はあ、なにか御用？」

「あとを――あとをお頼みしてよ」

怪しくも声がふるえて、顔をつとそ向ける。と、そのとたん、自動車は暴風雨の中をまっしぐらに走り出した。その時の美奈子の妙に淋しそうな顔が、いつまでも有爲子の眼から離れなかった。

暴風雨は夜に入っても一向おさまるけしきもなく、仁吾も有爲子も不安な一夜を明かしたが、その翌日のお昼過ぎになって、美奈子からやっと電報が来た。

――ヨ一ブジ、二三ヒカヘレヌ、トキヤヲヨコセ　ミナコ
有爲子ははじめてほっとしたが、女中のお時をやってしまうと、あとは耳の遠い婆やのほかに、広い屋敷には仁吾と二人きりだった。

（七）

晩飯がすむと婆やはすぐに自分の部屋へ退《さが》ってしまって、茶の間には仁吾と有爲子の二人きりだった。

昨夜は時やをまじえて三人、不安と緊張のうちに、夜が耽《ふけ》るまで話の種はつきなかったが、心配していた與一が無事だとわかると二人とも気落ちがしたように、とかく話もとだえがちだった。

夕方になって暴風雨は漸《ようや》くおさまったが、それでも時々、思い出したように風ががたがたと雨戸を鳴らし、残りの雨がばらばらと庭の楓《かえで》の葉のうえに落ちたりした。

仁吾と二人きりでいると、有爲子はいつも妙な圧迫をかんずる。それでいながら、彼女はそれから遁《のが》れようとも試みない。何かしら相手の視線に射すくめられるような思いで、舌がからからに乾いていた。

「あの……」

有爲子はとうとう思いきって口を開いた。

「なに？」

「あたし、近いうちにここを出ようと思いますの」

「ここを出る？　ここを出てどこへ行くの？」

有爲子は手短にミネルバのことを話して、

「いつまでも他人《ひと》様のお宅に御厄介になっているわけには参りませんから、いまのうちに自活の途《みち》を講じようと思いますの」

仁吾は黙って聞いていたが、ふいに、

「有爲子さん」

と何かしら思い迫った声だった。

「はあ？」

「僕はいままで、君の身の上を訊かずにおいたが、君はいったいどういう人なんだね。

君には親戚《しんせき》の人はいないのかね」

「ありません」

「上諏訪にも？」

「はい、一人もありません」

仁吾はほっと溜息をついて、

「有爲子さん、いったい君のお父さんと僕の親爺とはどういう関係があるんだろう。廿《にじゅう》年来、年賀状以外に、これという交際もなかった僕の親爺のところへ、なんだって君を寄こす気になったのだろう」

有爲子はそれに答える代りに立上ると、自分の部屋から、賀川俊六にあてた、父のたのみの手紙を持って来た。それはかつて病院で仁吾も見たものだったが、まだ封は切ってなかった。

「どうぞこれを御覧下さいまし」

仁吾は相手の心を計りかねたように、暫《しば》らくじっと有爲子の顔を眺めていたが、やがて封を切って読みはじめた。読んでいくうちにしだいに顔面に紅潮を呈して、呼吸《いき》のはずんで来るのが、有爲子にもよく判った。

読みおわると、仁吾はほっとしたように溜息をつきながら、

「有爲子さん、君はここに書いてあることを知っているだろうね」

「はい、その手紙は読んだことはありませんけれど、たいてい見当はついています」

「この手紙によると、君は僕の親爺の友人と村瀬《むらせ》さきという婦人とのあいだに出来た子供だそうだ。君のお父さんは、君の実父という人を知らない。いままで自分の子供として育てて来たが、自分の亡くなったあと、君のことが心許《こころもと》ないから、親爺に君のことを托《たく》したいというんだ。もし、実父に会わせてよければ会わせてやってくれ。そう出来ない事情があれば、会わせなくてもよい。ただ、君の身の振りかたについて、面倒をみてやってくれというんだ。知っているだろうね」

「はい、よく存じています」

きっと向いあった二人のあいだに、黒い風がどっと旋風《つむじ》をまいて、雨戸をゆすぶる音がひとしきり騒がしかった。

（八）

有爲子は探るように仁吾の顔を見上げながら、

「あの……」

「なあに？」

「あの……もしやあなたが、父のことを御存じじゃないかと思って……」

「いや、知らないね。そういうことにかけちゃ、父は口の堅い人だったから」

やっぱり——と、思うだけで有爲子は別に落胆もしなかった。実父《ちち》を探すということがなんだか夢物語のように思えて、ちかごろではすっかり諦めている有爲子だった、それでも念のために聴くだけは聴いてみようと、

「もしや、こちらの先生が御存じじゃありませんかしら。あなたのお父さまとは、大変御懇意だったと伺っておりますが……」

「さあ、どうかな。いったい父は他人の秘密をそう軽々しく口にする人ではないから、おそらく先生も御存じじゃありますまいよ」

　仁吾はさすがに気の毒そうだったが、有爲子は却《かえ》って重荷のおりた感じだった。これで何もかも鳬《けり》がついた。この家を出ていくのにもう何んの未練もない。

「有爲子さん」

　よほど暫くたってから、仁吾がふいに坐り直して、

「君はほんとにここを出ていくつもりなの」

「ええ」

「ここはそんなに居辛《いづら》いですか」

「あら、そんなことはありませんわ。皆様御親切にして下さいますし、居辛いなんてことありませんわ、でも……」

「でも……？」

「あたし、なんだか怖いんです。皆様の御親切に甘えて、自分が駄目になってしまいやしないかとそれが不安なんです」

「だから、きっぱりと将来の方針をたてたいというんだね」

「ええ」

「有爲子さん」

かわいたような声で、

「ここを出るのなら、僕のとこへ来てくれませんか」

「え？」

「僕と結婚して下さい。いやですか」

有爲子は一瞬ぽかんとして相手の顔を見直していたが、ふいに体がかっと熱くなって、激しく全身がふるえた。

「いや、だしぬけにこんなことをいって、君が驚くのも無理はないんだ、併《しか》し僕がこんなことを切り出したのは、決して時のはずみや一時の感情ではないんだ。ずっと前から僕はこのことを云《い》い出したかったんだ。有爲子さん、僕のところへ来てくれたまえ。僕と結婚してくれたまえ。僕は――」

仁吾はまるで、堰《せき》を切られた水のように、激しい言葉でなおも何かいっているが、その言葉はもう殆《ほとん》ど有爲子の耳には入らない。

仁吾も喋舌《しゃべ》るだけ喋舌ってしまうと、あとは無言で、有爲子の顔を凝視《みつ》めている。

それは男の求愛としては、恐しく風変りな求愛だった。優しい言葉や、甘い言葉は一度も仁吾の唇にはのぼらなかった。二人ともきちんと端座したままで、唯仁吾の顔がいつもより蒼褪めていっそう嶮《けわ》しくなっているだけだった。

長いあいだ、二人はそうして坐っていた。一時間も二時間も三時間も、二人はむかいあったまま端座していた。暴風雨《あらし》もいつかすっかり凪《な》いで、暁の色がしだいに忍び寄って来る。それでも二人の姿勢はそのまま崩れなかった。やがて白い光が雨戸の隙間からひろがって来て、二人のあいだの電灯の灯が、しだいに光を失っていく。

「まあ、夜が明けたのね」

呟きながら、じっと仁吾の瞳《ひとみ》を凝視《みつめ》た有爲子は、かすかに——ほんのかすかに頷いた。

そして二人で立って雨戸を繰りはじめた。

途《みち》ひと筋

（一）

與一が山で遭難してから、今日でもう五日になる。

みんなにあれほどの大騒ぎをさせた與一の遭難というのも、また大したことにはならずにすんだ。捜索隊の繰り出すのが早かったのである。暴風雨《あらし》の中を、途をふみまよった挙句、リーダーともはぐれてしまって、もう一人の友人と唯《ただ》二人、歩き疲れてぶっ倒れているところを発見されたのだった。

何しろまる一昼夜、暴風雨の中をあてもなく歩きまわっていたものだから、二人とも極度に疲労困憊《こんぱい》していたうえに、與一は風邪をひきこんでいたが、それでも大して心配するような状態ではなく、捜索隊に発見された時は案外元気だった。

「與一さんの馬鹿。だからあんなに注意しといたじゃないの」

捜索隊の人々に担がれて、山をおりて来た與一の無事な姿を見ると、いきなり美奈子がそうきめつけた。

「うん、僕がいけなかったんだ」

與一もさすがに参ったように、弱々しい微笑をうかべながら、

「緒方さんにもあんなに注意されていたんだけど」

と、頭をかいていた。

一緒に遭難した友人は、その夜の汽車で帰京したが、與一はその晩から熱が出て、三日ほど宿に寝ていた。幸い熱は三日ほどで引いたが、何んとなく予後がおぼつかなく思われたので、子煩悩の楓香は、ついでに浅間《あさま》温泉へでも廻《まわ》って帰ろうということになった。

むろん、その間ずっと邦彦もいっしょだった。

今度のことでは邦彦の働きが大したものだった。捜索隊の先頭に立って、最初に與一の足跡を発見したのも邦彦だったし、谷のほうへ迷い込んでいた與一を見つけたのも彼だった。

「ほんとに、今度のことでは邦彦さんに何んとお礼を申し上げてよいか判りませんわ。邦彦さんが見つけて下さらなかったら、與一はあのまま山の中で死んでいたかも知れないのでございますものね」

邦彦の同道を一番に主張した母の梨江は大得意だった。

楓香も美奈子もそれを認めないわけにはいかない。殊に美奈子は弟を助けてくれたこの恩人に対して、ひとかたならぬ感謝の念を抱いていたが、それでも母に、

「これが仁吾さんでごらんなさい。まごまごするばかりでちっとも役に立ちゃしません

からね」

と、云《い》われると、何んだか厭《いや》な気がするのだった。

それにしても、仁吾はいまごろどうしているだろう――？　あの広い屋敷に、耳の遠い婆やのほかには、有爲子さんと唯二人で――與一が無事だと判って、ほっとした瞬間から、美奈子の頭脳《あたま》にたえず去来するのは、そういう考えだった。

美奈子は自分で自分がわからなくなっている。仁吾の気持ちはわかりすぎるほど判っている。それでいて、自分はわざと、仁吾を有爲子に近附けようとしている。しかもやっぱり、自分では仁吾を失いたくないのだった。

美奈子がこういう矛盾した気持ちに苦しめられているところへ、邦彦が近づいて来た。

「何を考えているのですか」

「あら、何も――あたし、もうそろそろ東京へ帰ろうかと思いますの」

「一人で？」

「ええ、與一ももう大丈夫ですわ。それにお父さまお母さまがいらっしゃるのですもの。あたし、何んだか急に東京が恋しくなって……」

そういう言葉に刺戟《しげき》されたように、美奈子は急に、五日間留守にした、その結果をはっきり見極めたくなるのだった。

（二）

「みなさん、まだお帰りにならないのでしょうか」

「うん、與一君の体がはっきり恢復《かいふく》するまで、向うにいるというのだから、あと一週間ぐらいかかるのだろう」

「あたし、何んだかこういう状態をつづけているのは、たまらないような気がしますわ」

東京の楓香先生の家では、有爲子がちかごろ目立っていらいらしていた。一寸《ちょっと》したことにも涙ぐんだり、そうかと思うと、何んでもないことに腹が立ったりした。自分でも、それに気がついて、もう少し落ち着いていようと思いながら、仁吾の顔さえ見れば、愚痴が、こぼしたくなる気持ちだった。

「早く、みなさんがお帰りになって、あたしのこの気持ちがはっきりしてしまえばいいと思うんですの。でも、一方ではなんだかそれも怖いような気がして……」

「有爲子さん、君はまさか後悔しているんじゃあるまいね」

はっきり決心がついているとは思うものの、まだ幾らか相手の気持ちを危《あやぶ》むような眼つきだった。

「いいえ、後悔なんてしてやしません。あたしは嬉《うれ》しいんです。ただ、極《き》まりがつくまでの、この宙ぶらりんな気持ちが厭なんです。それに、美奈子さんにあわせる顔がないような気がして……」

「また、それをいう」

「だって、だって……」

俄《にわか》に泣きじゃくる有爲子の肩に手をかけて、仁吾はゆすぶるようにしながら、

「そのことなら、もう何度もいったじゃないか。なるほど先生はそういう気持ちでいらっしゃるかも知れないが、そんなことは頭から出来ない相談なのだ。奥さんは僕が嫌いなんだ。僕なんかより、もっと立派な人が、奥さんの意中にはあるんだ」

「ええ、それもよく判っています。でも、女はやっぱり女同志ですわ。あたしには美奈子さんの気持ちがよくわかっています。あの方はあなたを想っていらっしゃるんです」

「そうかも知れない。しかし、そんなことをいくらいったところで、もうどうにも仕様のないことじゃないか。途《みち》はただひと筋だ」

「途はひと筋——ええ、そうですわ」

自分でも仕様のないことだと知りつつ、それを繰り返さずにいられないところに有爲子の苦しさがあった。彼女はもう身も心も投げ出したつもりでいる。悔いるところは少しもないつもりだった。ただ——ただ、美奈子のことだけが気懸りだった。美奈子を裏切ることになりはしないかと、ただそれだけが二人のあいだの愛情を曇らす翳《かげ》だった。

「仕様のないことだと判っているんなら、もうその話はよそう。何んといっても、僕には君が必要なんだから」

「それは――あたしだってそうですわ」

「よし、それならもういうことはない。美奈子さんが帰って来たら僕から打ち明ける。君は黙っていればいいんだ。美奈子さんだって、もうこうなってしまった事が判れば、許してくれるに違いないよ」

「ええ、それはあの人のことですから許して下さいますわ。ただ、あの人の心を傷つけないかと思って……」

「また、それをいう……」

相手の唇をふさごうと、仁吾がぐっと肩を抱きよせた時だった。表に自動車のとまる音がした。

「あら！」

はっと身をひいた有爲子が、仁吾の腕からすり抜けて、玄関まで飛び出してみると、今しも自動車からとびおりた美奈子が、そこにいる有爲子と仁吾の姿を見て、一瞬はっと化石したように立ちすくんでしまった。

「只今《ただいま》……」

と、いいかけた言葉が、その儘《まま》唇の中で凍りついてしまった。

(三)

「美奈子さん、君に少し話したいことがあるんだけどね」

邦彦に送られて、浅間温泉から一足さきにかえって来た美奈子は、それから半時間あまり自分の部屋で仁吾や有爲子を相手に、與一の遭難話に花を咲かせていたが、間もなく邦彦がかえってゆくと、あとには妙にぎこちない沈黙が残った。

そのぎこちなさに耐えきれなくなったように、有爲子がそわそわと座を外すと、あとにはいよいよ美奈子と仁吾の二人きりだった。二人はしばらく、話の接穂《つぎほ》をうしなったように、押し黙っていたが、やがて、仁吾に改まってこう切り出されると、美奈子はすぐにはっとしたような眼の色だった。

「まあ、どんなことなの。あたし少し疲れているので、なんなら、またあとにして戴きたいんだけど」

出来るだけ快活に振る舞っていようという努力にも拘《かかわ》らず、美奈子の微笑には弱々しい翳が漂っている。

仁吾は顔を外向《そむ》けながら、

「いや、なるべく早く話しといた方がいいと思ってね。君の疲れているのはわかっているんだけれど」

「そう、それじゃ伺うわ」

　仁吾はしばらく考えていてから、

「どう、庭へ出ない？　ここは何んだか呼吸《いき》苦しいような気がする」

「ええ」

　美奈子はちらと仁吾の顔を見たが、素直にうなずいて、自分から先に立って庭へおりていく。

　そろそろ夏に入りかけている庭には楓《かえで》の葉が鬱陶《うっとう》しいまでに繁りあって、照るともなく、曇るともない日の黄昏時《たそがれどき》を、ひっそりとした暗い影をつくっている。二人はその小暗い庭の奥に足をとめた。

「で、話というのは、どんなことなの？」

「実は、緒方君のことなんだがね」

「有爲子さんのこと？」

「うん、有爲子さんは近日、この家を出たいというんだ」

「それで……？」

　美奈子の顔からしだいに微笑が消えて、庭石に腰をおろしたその頬は、光線の加減か、びっくりするほど蒼褪《あおざ》めてみえる。

「それで……つまりその行先だが、あの人はどこにも当てがないというんだ。で、僕のところへ来て貰《もら》おうかと思って……」

「あなたのところへ？　下宿へですの？」

「いや、僕もこれを機会に家を持とうと思っている。つまり……僕たち結婚しようと思うんだ」

　仁吾はなるべく相手の姿を見ないようにしていたので、その時、美奈子の体がかすかに、しかし鋭くちりちりと顫《ふる》えたのに気がつかなかった。

　そのまま二人とも黙っている。楓の葉からツルリと一滴、露が滑りおちて美奈子の頬を濡《ぬ》らした。美奈子はその滴を拭《ぬぐ》いながら、静かに顔をあげると、

「結構だわ」

　と、消え入りそうな声で、

「有爲子さんもむろん御承知なのね」

「勿論《もちろん》、二人で相談のうえのことだ」

「で、それは急なことなの？」

「美奈子さんが賛成してくれたら明日にでも決行したいと思っている。市ケ谷《いちがや》の方に家も見付けてあるんだ」

「あたしなんか、賛成するもしないもないわ。でも、父が……」

　美奈子はその言葉に誘い出されるように父のことを思い出した。すると俄に悲しさと惨めさがこみあげて来るのだったが、丁度その時、婆やがおろおろした様子で二人を探しにやって来た。

（四）

二人の姿を見ると、婆やはおろおろした声で、

「あ、お嬢さま、大変でございます。緒方さまが……？」

と、婆やの声が大きくなり、美奈子も仁吾も思わずはっとしたように振りかえった。

「有爲子さんが……？　有爲子さんがどうかなすったの？」

「はい、何んですか。急にこのお屋敷をお出になるとか仰有《おっしゃ》って、いまお荷物をまとめていらっしゃいます。わたしがなんといってお引き止めしてもお聞き入れなさいませんので……」

「まあ！」

美奈子の大きく瞠《みは》った眼には、一瞬、複雑な表情《いろ》がうかんだが、すぐ、われにかえると、

「そして、もう出ていっておしまいになったの？」

「いえ、まだいらっしゃるとは存じますが」

「そう！」

美奈子は仁吾のほうを振りかえると、

「仁吾さん、あなたはあとから来て頂戴。あたしが会ってよく話してくるわ」

と、急がしくいい残して、足早に有爲子の部屋へ来てみると、丁度有爲子は、なけなしの荷物をまとめて、出ていこうとするところだった。

「有爲子さん」

「美奈子さま」

有爲子が崩れるように畳のうえへ坐《すわ》るのを、美奈子はつかつかと近寄ると、もぎ取るように荷物をとって、

「馬鹿ね、あなたは……」

「済みません」

「あら、あたしがいっているのはそういう意味じゃないのよ、いまあなたが一人で出ていって仁吾さんをどうするつもり？」

「だって、だって……」

「あたし、何もかも聞いたわ。そしてお目出度《めでと》うをいいたかったのよ。有爲子さん、あなたあたしの言葉を素直に聞いて下さるわね」

「はい」

「有爲子さん、仁吾さんは子供よ。大きな子供よ。駄々っ児よ。あの人には保護者がいるの。お母さまみたいなお姉さまみたいな人が必要なのよ。そして、あたし、あなたなら……あなたなら打ってつけだと先《せん》から思っているのよ」

「……」

「いま、あなたが妙な気を起すと、あの人滅茶苦茶《めちゃくちゃ》になってしまうわ。義理だの、何んだのと考えていると、却《かえ》って誰も彼もいけなくなってしまうのよ」

「でも、でも……あたし、あなたに合せる顔がございませんわ」

「そんなこと――そんなこと考えるの止《よ》してよ。あの人の必要なのはあなただったのよ。あたしじゃなかったのよ。有爲子さん、女にとっては途はひと筋――判って、途はひと筋しかないのよ」

　途はひと筋――おお、仁吾もさっきそういったではないか。なるほど、自分にはもうこのひと筋しかないのだ。しかし……しかし、そのひと筋の途は、美奈子にとっても、やっぱりそうなのではないか。

　美奈子はそれに気づいたように、

「いいえ、あたしにはほかにまだ途があるわ。まだ、判らないけれどあると思うの。勇気を出してね。くよくよしないでね。出て行くのなら、行ってもいいけど、仁吾さんをおいてかないでね。ああ、そうだわ。こんなこと早いほうがいいのだわ。明日なんていわないで今日中に仁吾さんも一緒に引っ越しなさるといいわ。あたしお手伝いしてよ」

　美奈子は急に活々《いきいき》して来た。真実彼女は楽しいのだった。有爲子を見ていると、どんな犠牲も惜しくないのだった。むろん、そのあとで、どんなに大きな悲しみが迫って来るかということは知っていたけれど……。

　引っ越しは美奈子の手伝いでその夜のうちに行われた。なけなしの道具の中に仁吾と二人取り残された時、有爲子は心の中でこう呟《つぶや》いていた。

「これがあたしのひと筋の途なのだ」……と。

(五)

　仁吾と有爲子が引き移った家は、市ヶ谷薬王寺《やくおうじ》のそばにある、六畳と四畳半、それに二畳の玄関がついているきりの、小っぽけな家だった。

　そこへ道具といっても、仁吾が下宿で使っていたもののほかに、麹町の家を引き払う際、美奈子の家へ預けておいたものがいくらかあるくらいで、新世帯としてもこれ位簡単な新世帯はなかった。

　それでも道具がそれぞれおさまるところへ収まって、いくらか家らしくなった時、仁吾と有爲子はきちんと向いあって坐っていた。

「有爲子」

「はい」

「今日からわれわれの新しい生活が始まるんだ。われわれのこの生活の前途が、坦々《たんたん》たるものであるように思ってくれると困る」

「よく判っております」

　有爲子にもそれくらいの覚悟は出来ていた。二人の築きあげた家庭の性格からいっても、そこに多くの風雪があるだろうことは、有爲子も覚悟のうえだった。

「君も知っての通り、僕は画業を終生の仕事ときめている男だ。これよりほかに自分を活《い》かす途が、また天下国家に尽す途もないと覚悟しているんだ」

「よく存じております」

「ふむ、しかし、他の仕事と違って、この画家という奴は、いつ成るか判らない。いやひょっとしたら終世成らずに終るかも知れないんだ。しかし僕はこいつと遮二無二取っ組んでいくつもりだ。脇目もふらず、ほかのことは一切考えないで、こいつと取っ組んでいくつもりだ。だから勢い家のことはお留守になる。そのことは予《あらかじ》めよく知っていてくれ給え」

「よく判りました。あたしどんなことにも不平は申しませんわ。あなたはどうぞ、お仕事のほうを、一生懸命勉強して下さいまし」

「有難う」

仁吾は膝《ひざ》の上に両手をついて頭をさげた。

「君ならそれの出来る人だ。僕はこれで非常にわがままなところのある人間だ。しかし、君ならそれを乗り越えて、きっと僕をリードしていってくれるだろう。僕は安心して、君にもたれかかっていることが出来る」

「御期待に副《そ》うことが出来るかどうか判りませんけれど、あたし、一生懸命にやってみますわ」

それが虚偽《いつわり》のない有爲子の心情だった。

それは凡《およ》そ甘《あま》さや、装飾《かざりけ》のない新生活第一夜の対話だったが、それでも有爲子は充分楽しかった。唯一つ、彼女に心懸りがあるとしたら、それは美奈子や美奈子の両親の思惑のことで、彼女はそのことが二人の生活のうえに、ある翳を投げはしないかと心配だった。

「あなた、雑司ヶ谷の先生はまだお帰りにならないでしょうか」

「ふむ、今日あたり一度行ってみようかと思っている」

「是非そうして下さいまし。先生のお留守に出てしまって、あたし合せる顔がないように思いますの。それに美奈子さんも、二、三日したら様子を見に来て下さるというお約束でしたのに……どうかなすったのじゃないかと思って……」

「そのことなら、あまり気にしない方がいいよ。だが、ともかく一度出かけてみよう」

その雑司ヶ谷の五味楓香の家では、昨夜、信州から帰京したばかりだったが、帰って見ると美奈子が風邪をひいたとかで寝ているうえに、仁吾と有爲子が留守中に家を出たときいて、先生の驚きもさることながら、夫人の立腹はたいへんなものだった。

（六）

「馬鹿ねえ、あなたは……こんなことで寝込んでしまうなんて、今時の娘らしくもない。

馬鹿々々しいじゃありませんか。仁吾さんも仁吾さんだが、有爲子という娘も娘ですよ。あんな殊勝らしい顔をして、まったく呆《あき》れ返ったものですよ」

「違うのよ、お母さま、あたしの病気は信州でひいた風邪をこじらせただけなのよ。だから、そんなことあまりいわないで頂戴」

「あなたが何てたってよく判ってますよ。ほんとに呆れかえって物もいえない。先生も今度こそとても御立腹ですよ」

「……」

「よござんすか、今後決して、無断で仁吾さんに会ったりするんじゃありませんよ。あなたがあまりお人よしだから、こんな踏み附けた真似をされるんです。あなたばかりじゃない、お父さまだってそうですよ。今度こそ少しは眼がさめたでしょう」

美奈子は白いシーツにくるまったままただかすかに頭《かぶり》をふっている。

　この間、仁吾の引っ越しを手伝って帰ってから、急に熱が出て寝込んでしまった美奈子だった。自分でいうように、信州で引いて来た風邪をこじらせたのが原因だったが、ただそればかりでないことは、母にいわれるまでもなく、誰よりもよく自分が知っている。引っ越しのお手伝いをして、二人の新しい生活を見とどけて家へかえってから、急に何ともいえぬ侘《わび》しさがこみあげて来て、その晩、夜通し泣き明した美奈子だった。日頃陽気で屈託のない美奈子だけに、心の傷は深かったのだ。

　これはいけないことだ。母がかえって来る迄《まで》に、起きられるようになっていなければ、仁吾さんや有爲子さんにすまないことになってしまう――自分で自分を叱りながらも、胸のなかにあいた大きな空虚感はどうすることも出来ないのだった。

そういう美奈子の、わずかな間に面窶《おもやつ》れした姿を見ると、日頃元気な娘だけに、母の梨江はいっそう仁吾や有爲子の仕打ちが憎くて耐まらないのだった。

仁吾の訪ねて来たのは、ちょうどそういう夫人の憤懣《ふんまん》の最中《さなか》だった。

仁吾が来たと訊《き》くと、美奈子ははっとしたように枕から頭をもたげて、

「お母さま、もうそのことはあまり云わないでね」

とおどおどとした眼附きを見ると、夫人はもう娘まで憎らしくなって来る。

「いいえ、いうだけのことはいいますよ。お父さまはああいう人だから、わたしがいわなければ誰もいう人はありません。そうそう勝手な真似ばかりされたくありませんからね」

ずけずけと云い放って立ちあがった頃、奥座敷では師弟が気拙《きまず》そうに向いあっているところだった。

「いや、その話なら、さっき梨江からも聞いた。あれは大分立腹してるようだ」

「申し訳ありません」

「何しろあまり急なので、俺が面喰《めんく》らったくらいだから、あれが踏附けにされたといって憤《いきど》おるのも無理はなかろう」

「御もっともです」

「そういう話があるなら、まえに一度俺の耳へ入れておいてくれるとよかったのだがね」

楓香の面《おもて》には失望の表情がかくし切れなかった。折角ここまで丹精しながら……と、思うと、俄に持ち上った仁吾の今度の所業が情ないような、裏切られたような淋しさだった。それにも拘わらず、むげに憤《おこ》ってしまえない秘密な疑いがどこやら楓香の心の底にわだかまっている。その疑惑を凝視しながら、知らず識《し》らずのうちに、自分の言葉がやさしくなって来るのを意識している時、

「おやまあ、仁吾さん、どの顔さげてこの家《うち》へお見えになったの？」

と、それが梨江夫人の入って来るや、のっけから浴せかけた言葉だった。

（七）

夫人に会えば、いずれ手ひどくやっつけられることは、あらかじめ覚悟していた仁吾だったが、いまの言葉はあまり高飛車だった。

仁吾の気性として、すぐぐっと来そうになるのを、やっと押えつけると、

「すみません」

とペコリと頭をさげる。

「すみませんじゃありませんよ。人を踏みつけにするのも大概にして頂戴」

梨江は良人《おっと》と仁吾のあいだにぺったりと坐ると、美しい眉《まゆ》をぴくぴく顫わせていた。

「わたしたちが家を明けたのは、決して物見遊山じゃありませんよ。與一が生きるか死ぬかという境目で、みんな、どんなに心配していたかぐらい、あなたにはよく分っていそうなものですね。せめて、家の方はあなたがいて下さるからと安心もし、美奈子だって一足さきに帰したのです。それをどうでしょう。帰ってみると美奈子はひどい熱で寝込んでいる。あなたは有爲子さんをつれて出てしまったという。これじゃ、先生がお怒《いか》りになるのも御尤《ごもっと》もですよ。有爲子さんも有爲子さんだ。いったい、お世話申し上げたことをなんと思っていらっしゃるのでしょう」

「全くすまないと思っています。いずれ有爲子も改めて、お詫《わ》びにあがるといっています」

　仁吾はそれよりほかに言葉はなかった。

「いいえ、もう来て戴かなくても結構です。そんな勝手な真似をして出ていった人に、あまり出入りをして戴くと、ほかのお弟子さんたちのしめしもつきません。あなたも今後、なるべくこの屋敷へ足踏みしないで下さい」

　それは体《てい》のいい破門の宣告も同じだった。さすがに、仁吾もどきりとして、思わず気色ばんだが、側できいていた楓香も驚いて、

「梨江！　おまえ、それはあんまり……」

　たしなめるように言葉をはさんだが、自分の言葉にしだいに逆上して来た梨江の耳には良人の言葉も入らなかった。

「いいえ、あなたは黙っていて下さい。あなたがあまりこの人を可愛がりすぎるから、こんなことになるんですよ。宅《うち》には若い御婦人のお弟子さんも沢山あるのですから、こんなことが知れ渡ったら、皆さん、どんなに御迷惑なさるか知れやしません。楓香塾って、そんなに風儀の悪いところかと思われたら、あなたの名にも関ります。今度のことだけは、きっぱりかたをつけて戴きます」

　梨江夫人にとっては、今度のことは千載一遇の機会であった。

　彼女が仁吾を憎むには、それだけの理由があるのだった。その理由というのは、仁吾の父の賀川俊六につながりを持っている。良人にとっては無二の親友だった賀川俊六に対して、夫人は終世とけきれぬわだかまりを抱いていた。それは若かりし日の彼女の懊《おう》悩《のう》と煩悶《はんもん》から来ていて、それに俊六があるつながりを持っていたのだ。その頃の苦しみを忘れきれぬ彼女は終世賀川俊六を憎むと同時に、彼が亡くなると、その子の仁吾にまでも憎悪を移して、いままでじっとその捌《は》け口をこらえていたのだった。

「判りました。奥さん」

　仁吾はきっと太い眉を吊《つ》りあげた。これ以上、夫人にいい募らせることは、先生に対して気の毒で耐えられなかった。

「仰有ることはいちいち御尤もだと存じます。有爲子にもよく申しきかせて、暫《しばら》く謹慎していることに致します」

「仁吾！」

先生が何かいったようだったが、仁吾にはその言葉も耳に入らなかった。

楓香塾をとび出した仁吾の頭脳《あたま》のなかには、熱風が渦を巻いて、燃えさかる若葉の色が、かーっと瞳《ひとみ》をやいた。仁吾は何かしら、吐気を催しそうな気持ちの激しさを堪《こら》えて、思わずよろよろと塀に片手をついたが、その時、

「仁吾さん、仁吾さん」

追いかけて来る声がした。

（八）

追っかけて来たのは美奈子だった。

寝間着のうえに大急ぎで着物をひっかけて来たと見えて、細帯ひとつの姿が、病後の窶れをいっそう際立たせていたいたしかった。

「ああ、美奈子さん！」

驚いて小走りに戻る仁吾の腕へ美奈子は倒れるように崩れかかって、

「仁吾さん、憤《おこ》らないでね……憤らないでね」

円《つぶ》らな眼にはいっぱい涙が湧き出して、苦しげな息遣いだった。

「憤る？　僕が……僕がどうして憤るんだ。美奈子さんこそ、そんな体で無理をしちゃ駄目だ。病気をしていたんだってね」

「みんなあたしが悪いの。あたしが風邪を引いて寝ていたのを、お母さま、変にとって、それで余計にかっとしたのよ。あんなこと気にしないでね。お父さま決して憤ってなんかいらっしゃらないのだから」

「先生には全く申訳がない」

仁吾は暗い溜息《ためいき》をついた。

「ええ、お父さまいくらか落胆していらっしゃるわ。お父さまは誰よりもあなたを一番頼りにしていらっしゃるのだから。だから……だから……あんなこと気にしないで、これからもちょくちょく来て頂戴ね」

「美奈子さん！」

仁吾はふいに強く美奈子の手を握りしめた。

「君は何もしらないんだ。お母さんは決して今度のことで憤ってるんじゃないんだ。今度のことはいわば口実に過ぎないんだ、お母さんはどういう理由でか、僕を憎んでいる。今度のことがなくても、僕は早晩放逐される筈《はず》だったんだ」

「仁吾さん、いや！　そんなことといっちゃいや。それじゃお父さまが可哀そうだわ」

「僕だって先生の御恩は決して忘れやしない、しかし、お母さんがああいい出された以上、ここ暫らく御遠慮したほうがよかろうと思う」

「それじゃ当分、いらっしゃらないの」

「ああ、その方が互いによかろうと思うんだ。しかし、僕は決して先生のことは忘れやしない。いつかきっと、御恩に報いたいと思っている」

美奈子はじっと、仁吾の浅黒い顔を見て、

「判ったわ！　いい絵をお描《か》きになること、それがお父さんにとっては何よりの喜びなのだわ、勉強してね」

「有難う、きっとやります」

「それを聞いてあたしも安心したわ。あなたが自暴自棄になりはしないかと思って——お父さまにもそう申し上げておくわ」

「うん、機会があったら、先生によくお詫びしといて下さい。そしてそのついでに、僕の気持ちもよく伝えておいて下さい」

「ええ」

と美奈子はためらうように、

「有爲子さんはどうしていらして？」

「有難う。元気ですよ」

「あたし一度お伺いしたいんだけれど、この上母に逆らうのいけないから御遠慮するわ。よろしく仰有ってね」

「ああ、有難うよ。美奈子さんも体に気をつけなくちゃ駄目だ。つまらない事に気を遣うんじゃないよ」

「ええ、あたしはもう大丈夫」

強いて元気よく頭を振ってみせた美奈子の、妙に淋《さび》しい笑顔を、心に刻みつけて、それでもいくらか和んだ気持ちで、市ケ谷の家へかえって来ると、有爲子が気遣わしげに出迎えた。

「あなた、どうしたの？」

「うん」

と、言葉少なに見交わした眼と眼からすべてを読み取ったように有爲子は顔をふせると、心の中で、

（途はひと筋！）

と呟いてみる。しかもそのひと筋の途が荊《いばら》でいっぱいであろうことを、心の底に刻みつけていた。

秋の旋律

（一）

懸念された颱風《たいふう》が、房州《ぼうしゅう》沖のはるかかなたを東方洋上にそれて、内地には急に涼風《すずかぜ》が立ち初めた。

　楓香塾自慢の楓《かえで》の樹も、ここ二、三日、俄《にわか》に秋の装いを醸しはじめて、かしましい蝉時雨の音も、なんとなく最期を急ぐようで哀れであった。

　毎年この季節になると、俄に人の出入りの激しくなる楓香塾だったが、今年ばかりは妙にひっそりとして、たまに来るお弟子たちの顔も、なんとなく憂いに閉ざされている。というのは、主《あるじ》の楓香先生が夏のさなかに、軽い脳溢血《のういっけつ》で倒れたきり、未《いま》だに絶対安静の床《とこ》についているからである。

　先生の関係している絵画展覧会の搬入締切日はとうの昔にすぎて、入選発表もあと二、三日に迫っている。先生の大作がこの展覧会に間に合わなかったのはいう迄《まで》もなく、審査員として立ち合う筈《はず》だったのに、病気のためにそれも出来なかった。

　病床に臥《ふ》していても、楓香先生にはただそればかりが気がかりだった。数多いお弟子たちの作品はどうであったろうと、それぞれ気になるなかに、なんといっても一番心配なのは仁吾のことだった。

　仁吾がかなりの大作を搬入したということは、美奈子の口からひそかに聞いていた。あの男のことだから、間違いはあるまいと思う半面、審査にからまるいろいろな情実を知りすぎるほど知っている楓香先生には、もしや……という懸念があって、いても立ってもいられないような心の焦りがあるのだった。

　仁吾が首尾よく入選して、この展覧会にかけられている賞牌《しょうはい》のどれか一つでもかちえたら、それを機会に破門を許して、誰がなんといおうとも、もとどおり出入を許そうと決心していた楓香先生は、今度の審査の結果が、わがこと以上に気がかりになるのも無理ではなかった。

「ううむ」

　楓香はもう、こうして寝ているのが耐えられなくなって、低い呻《うめ》き声をあげる。

　それを聞いて、女中のお時が敷居際に手をつかえた。

「あの何か御用でございますか」

「ううん」

　楓香は氷枕のうえで首をふりながら、

「梨江はまだ帰らないかね」

「はいまだお帰りになりません」

「どこへ行くともいっていなかったか」

「はいなんとも伺っておりませんが……」

「うん、いい。氷嚢《ひょうのう》でもとりかえてくれ」

「はい」

温《ぬる》くなった氷嚢を外して、お時が出ていったあと、楓香はふと、外出がちなこの頃の妻の、なんとなく腑《ふ》に落ちぬ素振りを考えてみる。

以前はあれほどやいやいいっていた美奈子と邦彦の縁談のことなどこの頃ふッつり口にしなくなったばかりか、この二、三日、何かしら用事ありげに行先もつげずに外出する梨江に対して、楓香はなんとなく、ひやりとするものを感じていた。

ひょっとすると、あれはあの事に気がついているのではなかろうか——。

楓香はそう考えると、仰臥《ぎょうが》している背筋のへんが、うそ寒くなるような不気味さを感じたが、その時、襖《ふすま》のひらく音がした。お時だろうと思って、見向きもしないでいると、

「只今《ただいま》」

と、ひくい声で挨拶《あいさつ》して、楓香の枕元ににじり寄った梨江の唇には、何かしら、勝ち誇ったような微笑が意地悪く浮んでいた。

（二）

「お加減はいかがですの」

「うん」

楓香は喰《く》い入るような瞳《め》で、妻の表情を凝視しながら、

「どこへ行っていたのだ」

とそれでもつとめて平静な声音《こわね》だった。

「いえ、ちょっと——」

梨江はわざと焦《じ》らすように、美しい横顔を見せて、静かに髪を撫《な》であげている。謎のような微笑がちらりとまたその唇をかすめて、楓香の胸をひやりとさせた。

「蓮見の家へでも行っていたのか」

「蓮見さん？　あらどうしてでございますの」

「どうしてということはないが……」

切りこむような妻の視線にまけて、楓香はふと面《おもて》をそらせながら、

「あの話はどうなったのだ？」

「あの話って……？」

と、梨江がわざと空とぼけているのが、楓香には憎かった。

「美奈子の縁談のことだ」

「まあ、何んのことだと思ったらそのことでしたの。あれなら、あなたが反対なさるものですから、一応、お断りいたしました」

「俺《おれ》は何も反対しやしない。美奈子の心まかせにしようといっている」

「でも、あの娘《こ》にすすめては下さらないでしょう。あの娘は利巧だから、あなたがこの縁談に気がすすんでいないことを、ちゃんと知っているのです。そして、それを自分の楯《たて》にして、何やかやと愚図っているんです。あなたにしろ、あの娘にしろ、あたしの気持ちなんか少しも考えては下さらないんですから」

「馬鹿な！　そんないい方をするものじゃない」

「いいえ、よござんすよ。あたしが諦《あきら》めてしまったのだから、それでいいじゃありませんか。あたしが負けて、あなた方の言い分が通ったのですから、何も仰有《おっしゃ》ることはないじゃありませんか」

　楓香はそれきり黙りこんでしまって、じっと妻の顔を凝視《みつ》めている。梨江の顔には、また謎のような毒々しい微笑がうかんでいた。その微笑を分析すると、あたしは負けましたが、ただでは負けませんよ。その代りあたしの失望におつりをつけて、今にあなたがたに返上しますよという意味になりそうだった。

　策略の多い妻の性質を知っている楓香は、この女、いったい何を企《たくら》んでいるのだろうと、冷い手でみぞおちのあたりを逆撫でにされるような不気味さを感じた。

　復讐《ふくしゅう》されているのだ！

　そういう感じだった。娘の縁談のこじれにつけても、彼女に思い出されるのは、自分たちが一緒になった時の、あの葛藤《かっとう》だったにちがいない。それから廿《にじゅう》年、平和な夫婦生活を営んでいるように思えても、その当時の悲痛な思い出は熾《おき》のように梨江夫人の胸底にくすぶっているにちがいない。

良人《おっと》を愛するが故に——死ぬほど良人を慕っていたが故に、梨江夫人の怨《うら》みは深く長いのだった。

埋火《うずみび》のようなその当時の怨みと悲しみが、今度の縁談のもつれから、また梨江夫人の胸に燃えあがっている。そしてそれが凝って、良人と仁吾に復讐しようとしているのだ。

妻と夫のあいだに、こうして気不味《きまず》い沈黙が落ちこんで、互に相手の肚《はら》を探りあっている頃、二人の噂にのぼった美奈子と邦彦はいましも九段の大鳥居のまえに佇《たたず》んでいた……。

（三）

「今日、半日僕につきあってくれませんか、決してあなたを苦しめるようなことはしないから」

これが美奈子を誘い出すときの邦彦の挨拶だった。

美奈子の態度が煮えきらないので、二人のあいだの話はいつまでたっても埒《らち》があかなかった。邦彦自身よりも、邦彦の周囲のほうがしだいに焦々《じりじり》しはじめた頃、楓香の俄の大患《たいかん》で、話はいよいよ頓挫《とんざ》してしまった。

「お父さまが御病気だからって、何もこの話を進めていけないということはない。お父さまが御病気だからこそ、いっそう、早くきまりをつけたほうがよいのではないか」

と、邦彦の母などは、いつまでたっても埒のあかぬ縁談に、大分不平だったが、当の本人の邦彦はいつまででも辛抱しているつもりか、気長に落ち着き払っていた。

そういう邦彦の心遣いがわかっているだけに、美奈子はいつも済まなく思っている。割りきれぬ自分の心持ちがいっそうもどかしかった。

美奈子もしだいにこの青年に、心を惹《ひ》かれそめている自分に気がついていた。しかし、そうかといっていますぐにこの人の胸にとびこんでいく気にはなれなかった。彼女の心の隅には、仁吾に対するまだ清算しきれぬ感情が、滓《かす》のように残っていて、こういう感情をいだいたまま、邦彦に確答をあたえるのは悪いことだと思われる。そう思いながら一方、いつまでたっても清算しきれない、執念ぶかいその思いを、われながら浅ましく情なく思っていた。

そういう板挟みの感情を、持てあましていた折柄だけに、彼女は邦彦の誘いに対して、二つ返事で応じたのだった。

邦彦が最初に美奈子をひっぱって来たのは、九段だった。

「僕の知人がここに神として鎮まり祀《まつ》られているのです。お参りしていきたいと思います。つき合ってくれませんか」

美奈子はむろんすぐに同意した。

颱風の逃げたあとの、爽《さわや》かな秋晴れだった。しかもその日は興亞《こうあ》奉公日だった。九段の靖國《やすくに》神社には参拝の人が、ひきも切らなかった。いずれも父を、良人を、わが子を、兄を弟を、国のために捧《ささ》げた人々にちがいない。中には地方から出て来たらしい団体もあった。

敬虔《けいけん》な気持ちで、お参りをすませて大鳥居まで来ると、見渡せる町々には、国旗が波のように起伏している。奉仕団の人々が、白い襷《たすき》をかけて、静かにその辺を掃き浄《きよ》めていた。

美奈子と邦彦は、ふとそこに足をとめて、静かに参拝者の列を見迎え、見送る。

と、見れば四十ぐらいの男に背負われた老母が、静かにゆるい坂を登って来る。老母の背後《うしろ》には同じく四十ぐらいの男が二人附き添っている。いずれもお百姓と見えて日に焼けた肩や腰がたくましかった。

この一団が二人のまえを通りすぎた時、ふと見ると、老母の双眸《そうぼう》から涙が溢《あふ》れて皺《しわ》ばんだ顔が歓喜にふるえているのに気がついた。

邦彦がふと附き添いの男に訊《たず》ねてみると、

「三人の息子を国のために捧げた孤独な老母です。かねてから息子たちの鎮まりますこのお社《やしろ》へお参りの念願があったのですが、立居《たちい》も不自由な身で、今まで果さなかったのです。それでわれわれ三人が交る交る背負って、東北の奥から、お参りにお連れしたのです」

一行がいきすぎたあと、美奈子は涙がとめても止めても止まらなかった。邦彦もしばらく荘厳な面持ちで、その一行を見送っていたが、やがて美奈子のほうを振りかえると、

「さあ、いきましょう」

と、先に立って坂をおりていった。

(四)

九段からお濠端《ほりばた》に沿って、邦彦が美奈子を伴っていったのは、宮城前の広場だった。何かしら胸をつきあげる感慨があって、二人とも殆《ほとん》ど口を利かなかった。

二重橋《にじゅうばし》まえの広場まで来ると、ちょうどその時、国防色の団服に身をかためた、三十名の青年が二列に整列して、宮城を遥拝《ようはい》しているところだった。

青年とはいっても、中には四十を過ぎたような年配の人たちもまじっていたが、いずれも節くれ立った指の太さが、逞《たくま》しい生活を示していた。

団長の掲げた幟《のぼり》を見ると、

——長野県〇〇村分村拓士先遣隊——

と、いう文字が墨の色も鮮かに雄渾《ゆうこん》に躍っている。

厳かに黙禱《もくとう》をささげているこの一団のうえに、おびただしい蜻蛉《とんぼ》の群が東から西へと斜《ななめ》に空を区劃《くぎ》ってとんでいくのが恰《あたか》も澎湃《ほうはい》として進んでいく民族の行手を示しているよ

うに見えた。

「鍬《くわ》の戦士たちです」

「ええ」

美奈子も彼らとともに粛然として頭《こうべ》をたれて黙禱した。

――この人たちのうえに幸多かれと。

やがて、そこを離れていくころ、美奈子の胸をつきあげる感慨は、いよいよ激しくなって来た。何かしら、じっとしていることの出来ないような熾烈《しれつ》なものが、身内に躍動するのを抑えきることが出来なかった。

邦彦はと見ると、ほっと僅《わず》かに頰を染めて瞳《め》の中にも強い昂奮《こうふん》のいろが見える。

美奈子はやっと、対手《あいて》の真意を汲《く》みとることが出来たように思った。邦彦は教えようとしているのだ。

いまはつまらない感傷に溺《おぼ》れている時代ではないと。この大きな躍動する魂のまえには、個人の幸福など犠牲にされてしかるべきだ――と。

邦彦はそれを、無言のうちに美奈子に教えようとしているのだった。

「この次はどこですの？」

「うん」

邦彦は時計を見ながら、

「東京駅へ行ってみましょう」

と先に立って歩き出した。

東京駅へ着くと、邦彦の思っていた時間よりまだ早かったと見えて、二人は食堂へ入っていった。食堂はかなり混んでいたが、それでも、隅のほうにやっと席を見つけると、紅茶を注文しておいて、

「疲れたでしょう」

と、邦彦はその日はじめて、優しい言葉をかけた。

「ええ、いくらか」

と、美奈子は潤みを帯びた眼をきらきら光らせたが、その時ふと異様なものが彼女の眼を捉《とら》えた。

彼等のすぐ隣りのテーブルには、粗末な木綿の紋附《もんつき》を着た老夫婦が静かに食後の茶を啜《すす》っていたがふと見ると、そのテーブルの上においた信玄袋のかげに、黒枠にはまった若い軍人の写真が立てかけてあった。写真のまえには茶と、供物がおいてある。黒枠から見ると、恐らく戦死者にちがいない。

邦彦はそれを見ると、つと立ち上って敬礼した。すると、老夫婦は驚いたように振り返ったが、やがていくらかきまり悪げな面持ちで、

「有難うございます。有難うございます。今日、倅《せがれ》の戦友たちが帰還して参りますんで、さぞ会いたかろうと思って、こうやって連れて来てやったのでございますだ」

美奈子も弾《はじ》かれたように立ち上って、その写真に目礼していたが、つぎの瞬間、自分

でも判らない涙をおさえかねて、テーブルのうえに泣き伏していた。

（五）

よく晴れた日比谷《ひびや》公園の中には、傷病兵たちの白衣が、黙々として木の間《こま》をつづっている。白衣の勇士たちは、たいていは二、三人ずつ群をつくって、その一群毎に赤十字の徽章《きしょう》をつけた看護婦が、姉のようないたわりをこめた微笑をうかべながら附添っていた。

勇士たちの中には、片眼に繃帯《ほうたい》をあてたのもある。軽くびっこをひいているものもある。しかし、誰も彼も若々しく、元気で、子供のように嬉々《きき》として木の間を遊び戯れている。

折々ゆき交う子供や女学生がお辞儀をすると、いかにも嬉《うれ》しそうに頭をさげて挙手の礼を返している。

こういう風景を木の間越しに見ながら、邦彦と美奈子はベンチに腰をおろしていた。どこか遠くの方から、二千六百年の奉祝歌のメロディーがかすかに流れて来た。

美奈子はそのメロディーに耳を傾けながら、喰い入るように木の間の向うに点綴《てんてつ》される風景に眼をやっている。快よい興奮のあとの安らかさが、秋の日射しのように和やかに胸の中へ喰いこんで来た。

あまり興奮させるのもよくないといういたわりから、邦彦はあれからすぐに、美奈子をここへ連れて来たのだった。そしてもう半時間ちかくも、二人とも無言のままこうしてベンチに凭《よ》りかかっている。

木の葉越しの柔らかな日射しがいつしかしっとりと二人の心をあたためていた。

「これが日本の像《すがた》なんです」

やがて、思いだしたように邦彦がポツリといった。

そして、暫《しば》らく間をおいてから、

「だから、僕があなたの返事を待ちきれなかったからといって、僕を悪く思わないで下さい」

美奈子は驚いたように邦彦の顔を見た。その美奈子の眼を、邦彦はじっと見返しながら、

「僕はいつまでも、あなたの返事を待っているつもりでした。僕にはあなたの気持ちがよく判っている。あなたのその感情を尊重しようと思っていました。あなたの胸の中にわだかまっている、割り切れない感情の整理がつくまで、ただ黙って、じっと待っていようと思っているのです。しかし、僕はもう待っていることが出来なくなったのです」

「結婚なさいますの？」

美奈子の声は消え入りそうだった。その瞬間、美奈子はこの青年を手離したくないと

いう気持ちでいっぱいになった。

「結婚？」

邦彦は驚くというよりも、むしろ相手の感違いを憐《あわれ》むように、

「いいや、僕が待ちきれなくなったというのはそれじゃありません、あれです」

邦彦が振りかえった向うには、傷病兵が二、三人きゃっきゃっとはしゃぎながら鯉に麩《ふ》をやっている。美奈子は自分の思いちがいに気がつくと、耳の付け根まで真赧《まっか》になった。

「御免なさい、あたし……あの……」

「いいや、お判りになって下さったらそれでいいのです。僕はいま、何んだかじっとしていることの出来ないものを身内に感じます。あなたのことを思いきってしまうわけじゃないが、そういう感傷にこだわっていることの出来ない、強い力にゆすぶられるのです。昨夜父がかえって来ました。僕は父ともよく相談したのです。それで近いうちに出発しようと思っています」

「出発するって、どちらへですの？」

「父が理事をしている組合の仕事が北京《ペキン》にあります。とにかく、そちらへ行きます。出来るなら、もっと適当な仕事を探して、奥の方まで行ってみたいのですが……」

（六）

市ヶ谷、薬王寺のそばにある仁吾の家では薄暗い四畳半の片隅で有爲子がしょんぼりと洗濯物に針をはこんでいた。

時々彼女は、はっと針の手をとめて、露地の外を通りかかる足音に耳をすます。だが、その度に、失望したような、安心したような溜息《ためいき》とともに、また無意識の針を運ばせている。

彼女はふと思う――。

今日、こういう思いをしているのは恐らく自分一人ではあるまい。全国の画家の妻という妻が、自分と同じような不安と希望に、胸をふるわせているのだろう――と。

その日は、仁吾の出品した絵画展覧会の入選発表の日だった。

仁吾は朝から落着きなく、そわそわと家の中を歩き廻《まわ》っていたが、昼飯がすむと、待ち切れなくなったように家をとび出した。

そして、そのあとには有爲子が唯《ただ》一人、うまれてはじめて味わうこの経験に腹の底が固くなるほど緊張しているのだった。

もし、あれが落選したら――？

有爲子はふと、身内が寒くなるような恐ろしさを感じた。

　真夏の暑いさかりを、ただひとつのその絵のために、魂をすり減らすような努力を重ねて来た仁吾――そしてそれを搬入する時の、自信と、不安の入混った複雑な良人の表《か》情《お》を思いうかべると、もしそれが不首尾だった時に来る、恐ろしい打撃を考えて、有爲子はいても立ってもいられないような不安をかんずるのだった。

　時計を見ると、もう四時である。

　南をふさがれたこの家は、四時になると針の目も判らぬほど薄暗いのだった。

　有爲子はそわそわと縫物を片付けると、晩御飯の支度に取りかかろうと、台所へ出ていったが、そのとたん、くらくらと激しい眩暈《めまい》をかんじて、思わず側の障子につかまったが、すると、ふいに、腹の底からこみ上げてくるような激烈な嘔吐《おうと》を覚えた。

　有爲子は驚いたように、眼を瞠《みは》って自分の体内を見詰めるような眼附きをしたが、不思議な嘔吐はなかなかとまらない。

　胸の辺がしめつけられるように苦しくて、何やら酸っぱいものが腹の底からこみあげて来るようにあとからあとから戻して来た。

「もしや……？」

　有爲子ははっとしたように、思わずひとりで顔を赧《あか》らめたが、そのとたん、またもや激烈な嘔吐が胸もとからこみあげて来た。流し場へ両手をついて、燃えるような体をもんでいると額に油汗がいっぱい浮んで来る。

　しばらく有爲子は夢中になって空えづきをしていたが、その時、うしろの方でかすかな物音がしたので、苦しげに顔を反らして振りかえってみると、台所の境の敷居ぎわに、仁吾が真蒼《まっさお》な顔をして立っている。

「あら、あなた——」

お帰りなさいという言葉は、またもやその時こみあげて来た、切ない嘔吐のためにかき消されてしまった。

仁吾はしばらく、呆気《あっけ》にとられたように有爲子の様子を見ていたが、ふいに走りよって、優しくその肩を抱きすくめると、

「有爲子、おまえ、もしや？……」

「あなた」

仁吾の胸に頭をもたせていると不思議に嘔気《はきけ》はおさまったが、涙がとめどもなく溢れて来る。

「あなた、どうでしたの？」

仁吾はしばらく、真蒼な顔をして妻の顔を見ていたが、

「駄目だった！」

そのとたん、また激しく嘔気を催して来た有爲子の様子を、仁吾は気が狂ったような眼で見詰めているのだった。

（七）

「御免下さい」

訪《おとの》うのは男の声だった。

「賀川さんのお宅はこちらでしたね」

仁吾にしても有爲子にしても、こんな際だから、なるべく人に会いたくはなかったが、そうかといって客を玄関に立たせたままにしておくわけにはゆかなかった。

「おまえはここにいなさい。僕がちょっと行ってみる」

仁吾が玄関へ出て見ると、客は画商の観月堂だった。相変らず赭《あか》ら顔をてらてらと光らせて、暑そうに胸をはだけてばたばたと扇を使っている。

仁吾の顔を見ると、

「おお、これはこれは賀川さん、全くお久し振りでしたな。こういうところへ、こっそり隠れ住んでいるなんて、些《いささ》かもって怪《け》しからん。お話し下されば早速お祝いに参上いたしましたのに」

軽薄なその口の利き方が、仁吾にはただ煩わしかった。わざと素っ気なく、

「何か御用ですか」

用がなければすぐ帰れといいたげな口吻《くちぶり》だったが、そんなことで辟易《へきえき》する相手ではな

かった。

「なに、用といえば用、そうでないといえばそうでないようなもの。はははは、賀川さん。あんたと俺《わし》の仲じゃ。何もそう四角ばらんでもよいではないか。時に、奥さんは？」

「家内は少し加減が悪いので、奥に臥せっております」

「おお、それはそれは――」

と、いいながら、相変らず扇をばたつかせて、なかなか帰りそうな気配は見えなかった。

仁吾も仕方なしに、

「どうです。穢《きたな》いところですけれど、お上りになりませんか」

と、いいわざるを得なかった。

観月堂はそれを聞くと、待ってましたとばかりに、

「じゃ、ほんの少々お邪魔することにしましょうかな。奥さんがお悪いのに、甚だ申し訳ない話だが」

と、早や草履を脱いであがって来る。取り散らかした六畳へ通すと、観月堂はまるで値踏みでもするようにじろじろと部屋の調度などを見廻しながら、

「いや、まことに閑静なお住いでございますな」

と、白々しいお世辞も不愉快だった。

仁吾が座蒲団《ざぶとん》をすすめると、観月堂は改めて、仰々しく一別以来の挨拶をして、さて、まじまじと仁吾の顔を見ながら、

「こう申しちゃ何んだが、賀川さんあんた少しお窶《やつ》れになりましたね」

「そうですか」

仁吾は仕方なしに頬を撫でながら笑っている。観月堂はわざと勿体《もったい》ぶって、

「うむ、お痩《や》せになった。このまえお眼にかかった時分より、たしかにお痩せになりましたよ。やっぱりね」

と、意味ありげににやにや笑っていたが、何思ったか、急に顎《あご》の紐《ひも》をきゅっと結ぶと、

「いや、申しおくれて相すみません。この度は何ともはや、全くどうも意外でした。あんたが落選などとは、誰れもみんな驚いているところですよ。今度はどうしても特選ものだと評判しておりましたのにな」

「いや、やっぱり力が足りなかったのです。やむを得ません」

不愉快そうに顔を外向《そむ》ける仁吾を、追いかけるように観月堂は声を潜めて、

「それについて、わたしはちょっと妙な噂を耳にしたのですがな。ほかでもない楓香先生の奥さんのことだが……」

隣の部屋で茶をいれていた有爲子は、それを聞くと、何かなしにはっと胸をとどろかせた。

（八）

「奥さんがどうかしましたか」

こんな男の口車に乗ってはならない。そうでなくとも、落選という大きな衝撃のために、神経がとげとげしくなっている現在だ。自分に好意を持たぬ人の噂を、こんな男の口から聞くのはよくないことだ……自分でそう戒めながらも仁吾はやっぱり相手の言葉に釣られていた。

観月堂はわざと勿体ぶって、扇をパチパチいわせながら、

「いや、こんなことはあんたのお耳に入れるんじゃなかった。たとえ、嘘にしろ、こんな話をきくのは誰しも気持ちのよいものじゃありませんからな」

と、思わせぶりにわざと傍見をしながら、しかし、眼の隅では油断なく仁吾のそぶりに注意していた。仁吾はその手に乗らなかった。

「そうそう、楓香先生といえば、御病気だそうですが、どういう御様子か、あなた御存じありませんか」

「そうですな、寝たきりでいられるようですな。多分、この秋中は起きられまいという話で……だから、楓香塾はもう、奥さんの思うままでしてな。賀川さん、あんたなんかもその犠牲になられたんだという話ですぜ」

観月堂はやっぱりその方へ話を戻して来た。仁吾にしても、相手の手に乗るとは知りながらも、やっぱり一応は訊《き》かずにはいられない気持ちで、

「犠牲？」

と怪訝《けげん》そうに眉《まゆ》をひそめる。

「さよう、犠牲ですな。賀川さん、あんたはよっぽどあの淀君の御逆鱗《げきりん》にふれたことがおありだと見えますな」

「いったい、それはどういう意味です」

「いや、こんなことを言ってよいか悪いか判らないが……」

と、相変らず観月堂は思わせぶりな調子で、

「しかし、まあ、わたしの口からお話しなくても、いずれはあんたの耳に入ることです。何しろかなり評判になっている事ですから」

「……」

どちらでもいいような顔はしているものの仁吾はやっぱり気にはかけている。観月堂はちゃんとそれを見抜いていた。

「実はね、怪しからん噂が立っているんです。楓香先生の奥さんが今度の審査のまえに、鷺《ろ》白《はく》先生や天崖《てんがい》先生などのお宅を、どういう御用件でか訪問なすったというんです。御存じでもありましょうが、鷺白先生や天崖先生は、楓香先生とともに、今度の審査に当られる筈だった。ところが楓香先生が御病気で出られなかったので、今度は殆《ほとん》どこのお

二人の御意見で、入選落選がきまったようなものです。そこへ楓香先生の奥さんが、ひそかに御訪問なすったというのだから、いやはや、世の中はうるさいもんですな」

じっと仁吾の表情《かおいろ》を読みながら観月堂はしきりに扇の骨を鳴らしている。

仁吾は俄かにこの卑劣な中傷者に対して、義憤めいた怒りがこみあげて来た。

「そんなことなら、別に何も不思議なことはないじゃありませんか。鷺白先生にしろ、天崖先生にしろ、楓香先生とは御昵懇《じっこん》の間柄です。奥さんが御訪問されたのは、おそらく先生の病気見舞いに対する御答礼でしょう」

「いや、御尤《ごもっと》も、一応は誰しもそう思いたいところですがここに怪しからん噂の出所というのは、鷺白先生がさる酒の席でお弟子の方につい洩《も》らされた言葉なんです。楓香夫人というのは妙な女だな。自分のところのお弟子を入れてくれというのなら話は判るが、是非ひとつ落してくれなんて判らぬ話だ……と、そういってお笑いになったそうで、尤も、落してくれと頼みこんだお弟子が誰だか、そこまでは鷺白先生も仰有らなかったそうだが……」

（九）

「馬鹿な、馬鹿な！　そんな馬鹿なことがあるもんか。いくら楓香先生の奥さんだって、自分とこの弟子を落してくれと頼みこむなんて……そんな馬鹿なことがあるもんですか。

よしんば、仮りに奥さんがそんな浅はかな事をされたとしても、それが通るような鷺白先生や天崖先生ではない。第一、鷺白先生がその頼みを引き受けられたとしたら、かりそめにも、人前でそんなことを仰有る筈がない。仮りに奥さんの指名した弟子が落選したとしても、それはこの問題とは関係がないんだ。やっぱり力が足りなかったんだ」

昂奮して、激昂《げっこう》して饒舌《しゃべ》っているうちに仁吾は何んということなしに涙が溢れて仕方がなかった。それは口惜《くや》しいとか、残念とかいう感情とは別のものだった。何んともいえない情なさ！　自分に対してか、梨江夫人に対してか判らない情ない気持ちだった。と、それと同時に、かりそめにもそういう噂の立った場合の、楓香先生の立場を考えると、気の毒で、惨めで、何んとも申し訳のないような感じだった。

「いやいや、そう興奮されちゃ困る。これはもうほんの噂話で、もとよりそんな怪しからん話があるべき筈はないが……」

「そうですとも、そう思ったら、無闇にそんな噂をばら撒《ま》かないで下さい」

「いや、判りました、判りました」

「もし、あなたの仰有るのが僕のことなら、それこそ余計な話です。今度の絵はわれながら自信がなかった。不出来だったと思っている。いつものように落ち着いて仕事が出来なかったから、落ちるのは当然なのだ。それを、あわよくば……などと考えていたのは、われながらあんまり虫が好《よ》すぎたんだ」

「いや、判った、判った。実は今日お伺いしたのは、この話ばかりじゃなく、ほかにちょっとお願いしたいことがあったのだが、それはまた今度のことにしましょう。ともかく、わたしの言ったことをあまり気になされないで下さい。じゃ、御免蒙《こうむ》ります」

倉皇《そうこう》として観月堂が帰っていったあと、仁吾は、腕組みをしたまま長いことその場を動かなかった。何ともいえない暗澹《あんたん》たる心持ちで拭《ぬぐ》っても拭っても熱涙が溢れ落ちた。日が暮れて、座敷の中は蒼茫《そうぼう》として暗くなって来る。その暗がりの中を、仁吾はいつまでも坐《すわ》りこんでいた。

ふいに、かすかな歔欷《すすりなき》の声が聞えて来る。仁吾はそれを聞くと、夢から覚めたように顔をあげた。

立って、境の襖をひらくと、有爲子が茶の支度をしたまま泣き伏している。喰いしばった歔欷が、袂《たもと》のあいだからきれぎれに洩れて肩が大きく波打っているのを見ると、仁吾はなんともいえぬいじらしさに、また涙が溢れそうになった。

「有爲子」

優しく肩を抱いてやりながら、

「おまえ、そこで聞いていたのか」

「すみません、あなた、すみません」

「馬鹿な、何もおまえが……」

「いいえ、いいえ、奥さまがそれほどあなたをお憎しみになるのは、みんなあたしのせいですわ」

「馬鹿なことをいっちゃいかん。俺の落ちたのはそのせいじゃない。昔と違って、今はそんな情実なんか通らないようになっているんだ。俺の落ちたのは俺が未熟だったからだ」

「それはそうかも知れませんけれど、それと知っていらっしゃりながら、奥さまがそんなことをなすったかと思うと……」

「有爲子——おまえはよけいなことに気を遣うんじゃない、おまえはいま大事な体なんだから……」

　台所の隅で、ころころと蟋蟀《こおろぎ》が啼《な》いている——秋はここでは悲しい旋律を奏でているのだった。

昔の夢

（一）

秋ようやく更ける頃、楓香先生はやっと医者の許しを得て、病床から離れられるようになっていた。

久し振りに垢《あか》を落して、髯《ひげ》を剃《そ》って、秋風のさわやかに満ちわたる庭に籐椅子《とういす》を持ち出していると、セルの肌触りがしみじみと気持ちよかった。

楓香先生はちかごろ、どうかすると人間の一生ということについて考える。そして、先生の考え方によると、人間の一生というものは、結局、孤独なものにほかならないのだった。一番身近い筈《はず》の妻といえども、この孤独を慰める伴侶《はんりょ》にはなり得ない。

楓香先生はふと、枯野のなかに唯《ただ》一人ゆきくれた、哀れな旅人の姿をそこに見る。そして身にしみわたる孤独の情なさに胸をかまれるのであった。

だが、先生はまた思う。

その旅人といえども、途《みち》のはじめに、途の選択さえ誤らなかったならば唯一人枯野の果に行き暮れるような破目に、陥らずともすんだかも知れない。いや反対に美しいお花畑の中に、悠々として人生を楽しんでいる自分を発見したかも知れないのだ。

そこで先生は、ひそかに自分の過去をふりかえってみる。人生という旅路のどこかで、自分は途の選択を誤っていたのではあるまいかと。——そして、そのとたん、なんとも名状することの出来ない悲哀と悔恨とに胸つかまれるのだった。

こういう悲哀を先生の胸に植えつけた、抑《そもそ》ものはじまりは、実にあの有爲子だった。一瞥《ひとめ》、あの有爲子の顔を見たときから、先生の胸の中には、忽然《こつぜん》として昔の夢がよみがえって来たのだった。そして更に、有爲子の口から、彼女の母の名をきいた瞬間から、先生の平静はやぶれて了《しま》ったのだった。

村瀬さき。——その名は先生の胸を電光の如く貫いた。その名は先生の胸の底で、もう長い間死滅していた筈だった。先生自身そう信じていた。だが、実際はその名は死滅していたのではなく、燭《しょく》のようなほのかな温味《ぬくもり》を保ちつつ、先生の胸の底で生きていたのである。有爲子の出現は、その燭に一陣の風を送ったも同様だった。燭は俄《にわか》に新しい空気を得て燃えあがり、先生の胸の中を焼き焦がすのだった。

（早いものだ。もう廿《にじゅう》年になる）

秋風に袂《たもと》をふくらませながら、先生は憮然《ぶぜん》として廿年まえの自分をふりかえってみる。

その当時楓香先生は、梨江夫人の父、五味昴崖先生の一門下生であった。若くて野心にとんでいながら、そのくせ、その年頃の常として、どうかすると自分の才能に疑惑を抱《いだ》きがちだった楓香先生は、自分が恩師の令嬢から慕われていることも、また恩師がひそかに自分に闊目《かつもく》して、令嬢の請いを容《い》れようとしていることも、全く気がつかなかった。梨江は其《その》当時から鼻っぱしが強くて、容易に門下生に皓《しろ》い歯を見せるような娘でなかったから、楓香先生がそれに気附かなかったのも無理はないし、気附いたとしても、先生は容易に彼女の請いに応ずる気にはなれなかったろう。

村瀬さきという婦人が、先生の眼のまえに現れたのはちょうどその頃だった。その頃村瀬さきは、若い画家連中がよく集まる牛肉屋の女中をしていた。楓香先生はむろんこの女の素性など詳しく知ろう筈がなかった。そんなことを知る必要のないほど、先生は一瞥して彼女を熱愛した。女の方でもそうであったろうと当時先生は信じきっていた。二人はまるで相近づけられた両極の電気のようなものであった。会った刹那《せつな》から火花が散った。

そして……。

(二)

そして……。

楓香先生と村瀬さきの、果敢《はか》ない、それこそ夢のような同棲《どうせい》生活がしばらくつづいた。二人のために、大いに尽力したのは、同じ昴崖門下の賀川俊六だった。

楓香先生にしろ賀川俊六にしろ、そのことが他人に不都合を及ぼすだろうなどとは、夢にも考えたことがなかった。

だから、恩師の令嬢が自殺しかけたという噂をきき、また、その原因が自分にあるということを、親友の賀川俊六から伝えられた時には、楓香先生は足下の土が崩れ落ちるような驚きにうたれたのだった。

それから……。

それから……。

楓香先生はその当時のことを考えると、恰《あたか》も自分が、不正な欺瞞《ぎまん》の犠牲にされたような憤りに、胸が熱くなるのであった。

幸い梨江は生命《いのち》をとりとめたものの、半狂人のような状態にあるという噂は、楓香先生と村瀬さきの同棲生活を根こそぎゆすぶった。それについで、恩師昂崖先生の大患が伝えられて、ささやかな二人の巣は、とうとう虚空に吹っとばされてしまった。

楓香先生の苦悶《くもん》もさることながら、おさきの煩悶《はんもん》、賀川俊六の苦衷——そして、そこに新派悲劇めいた大団円がやって来た。おさきの出奔、恩師の臨終。そしてその臨終の枕頭《ちんとう》で、梨江を妻とするとはっきり誓わされた自分。

今から考えると、何もかもが芝居じみて、自分ひとりが、いい道化役をつとめさせられていたような憤りを感ずるのだが、その当時は楓香先生も熱湯を飲むような思いだった。

出奔したおさきの消息については、楓香先生はそれ以来何も知らなかった。それから一年ほどたって、ただ一度、賀川俊六からおさきが幸福な結婚をしたということを聞かされたことがある。むろん賀川俊六も相手の名前をいおうとしなかったし、楓香先生もそれを聞こうとはしなかった。

「あの女も幸福な結婚をしたんだ。それに、近く子供も出来るという話だ。あの女のことはもう忘れてしまえ」

　と、賀川俊六にいわれて、

「うん、忘れる」

結婚して、子供まで出来るという女を、その日まで思いつづけていた自分を、惨めな気持ちでいたわりながら、楓香先生はその日以来おさきのことを忘れるように努めて来た。

　そして、それから廿年。

廿年といえば長いようでも、実際は短いものなのだ。あの事件はあれであのまま結末がついたと思っていたが、実際はそうではなかったのだ。人間の一生に一度起った事件は決してそのまま立ち消えてしまうことはない。いつかはまたどこかで顔を出して、誰かを傷つけずにはおかないものだ。ちょうど幼い時にうけた打撲の傷が年老いても時々傷むように……。

　楓香先生はふと思う。――あの時、自分は何故、おさきの行方をあくまで追求しなかったのだろう。何故賀川俊六を責めて、おさきの居所を訊《き》こうとしなかったのだろう。

おさきはほんとうに自分を諦《あきら》めてしまったのか。いやいや、それより、自分こそほんとうにあの女を忘れて、梨江の良人《おっと》となったのだろうか。

欺瞞はいつか復讐《ふくしゅう》される。然《しか》も何んという奇《く》しきことだろう。仁吾と美奈子と有爲子と——それはその昔の自分と梨江とおさきの姿そのままではないか。しかも有爲子はおさきの子供でさえあるのだ。

楓香先生はふと眼をあげると、近づいて来た美奈子のさむざむとした姿をわびしげに見守っていた。

（三）

「お父様、あまり長くお庭にいらして、お体にお触りになりません？」

美奈子は父のまえまで来るとそういった。

「いや」

と、楓香先生は軽く頭《かぶり》をふりながら、夏以来、とかく気色のすぐれぬ娘の様子をいたいたしげに見つめている。

朗かな、元気な娘だったが、やっぱり心の痛手には打ちかつことが出来ないらしい。どうかするとすぐ風邪をひきやすくなったのも、心に張りを失ったせいだろう。現にいまも、鼻の頭を少し赤くしている……。

「お前、また風邪をひいたようだね」

「ええ、まえにひいたのが抜けなくって……何だかじれったくて仕様がありませんの」

滅多に妻や娘のことに口出しをしたことのない楓香先生だが、見るだけのことはちゃんと見ていた。美奈子がちかごろ、学校やお稽古《けいこ》事《ごと》を、とかく怠りがちなこともだいぶ前から気がついている。

「おまえ、もっと、お稽古事にでも気を入れてみたら……そしたら又張り合いが出来るかも知れないよ」

「ええ、あたしもそう思っています。でも、考えているうちにすぐ厭《いや》になってしまうんです。何んだかこう、じっとしていられないような……落ち着きがなくって……」

「そんな事じゃいかんな。時におまえ、仁吾のその後の様子を知らんかね」

楓香先生はそういってから、すぐしまった。こんなことをいうのじゃなかったと後悔した。その瞬間、美奈子の顔が心もち蒼褪《あおざ》めたように思ったからだ。

「いいえ！　一度お伺いしなければならないと思いながら、何んだか気分がすぐれなくって」

「うん、いいんだ。何もおまえのほうから訪ねてやることはない。しかし、あれも可哀そうだ。今度の落選では、よっぽど傷手をうけているだろうからな」

「ええ」

「いったいまた、どうしてそんな不首尾だったのか。あの男に限って、そんな拙《まず》い絵を描《か》く筈はないと思うんだが——やっぱり煩悶があるんじゃないかな」

それは美奈子をいたわっているというよりも自分自身をいたわっているような言葉つきだった。美奈子は父の心がわかっているだけに、気の毒な父の顔を仰ぐことが出来なかった。楓香先生は、仁吾の落選の責任が、審査に出席出来なかった自分にあると思っているにちがいないのだった。

美奈子が黙っているのに気がつくと、楓香先生はあわてて話題を外《そ》らした。

「時に、あの青年はどうしたかね。ほら、蓮見の息子——邦彦とかいったな」

「あの方なら、支那のほうへお立ちになりました。昨夜東京駅までお見送りしたのです。その話なら申し上げといた筈ですけれど」

「支那へ行った？　ふむ、そんな話きいたようにも思うが——で、お前との話はどうなったのだね」

「どうって別に……」

楓香は突然、おののくような眼で美奈子の顔を見直す。ひょっとしたら、この娘は仁吾にも見捨てられたうえに、いままた、邦彦にも愛想をつかされたのではなかろうか……。

だが、そういう眼で父から見られるのは、美奈子としても厭《いや》だった。彼女にもいま、思いにあまることがいっぱいある。誰かにそれを打ちあけて縋《すが》って見たかった。母は駄目だ。父なら——と、思ったが、その父との間にも年齢と時代との大きな差があることに気がついて、美奈子はいまさらのようにさむざむと肩をすぼめるばかりだった。

(四)

美奈子がいま思い悩んでいるのは、仁吾のことでもなければ邦彦のことでもない。それは自分自身のことだった。

邦彦が支那へ立つまえに、彼女に囁《ささや》いた言葉を要約するとこういうことになる。

「私はあなたを愛している。だが、いまはそんなことをいっている場合ではない。私は何かしら、もっと大きな力にゆり動かされているのだ。あなたとの愛の如き、些々《ささ》たる問題には拘泥してはいられない」

美奈子にとっては、それは全く大きな目覚めだった。彼女とて、この時代を知らぬほど愚鈍な女ではない。愛よりももっと大きなものがあるということは知っていた。しかし、今まで安易な考え方に慣らされていた彼女は、まだまだ自分の身の周りに、そういう言葉が適用されるのは、遠い先きであるように、勝手にきめていた。世間普通のお嬢さんと同じように、彼女も、自分だけは別だと、そう思いたがっていた。

そこへ突然、邦彦から切実な問題を切り出されて、はじめて、この大きな時代の変動のまえには、例外なんて、一人もあるべき筈でないことを、しっかり認識しなければならなかった。

聡明《そうめい》な彼女のことだから、むろんそれを理解することは出来た。だが、それは頭脳《あたま》で理解するだけのことで、全身で共鳴するまでにはなっていない。

彼女としてはやっぱり、

「私はあなたを愛している。だが、いまはそんなことをいっている場合ではない。私は何かしないではいられないのだ。併《しか》し、それには是非あなたが必要なのだ。あなたなしでは何をする事も出来ない」

そういう風にいわれた方がどんなに嬉《うれ》しかったろう——だが夫《それ》ではいけないのだ。やっぱりあたしが間違っているのだ。矯正しなければ——自分のこういう考え方を矯正しなければならないのだ。

美奈子の煩悶はそれだった。何かしなければいけないことは判っていながら、何をしたらよいのか判らない感じだった。

「誰か救って頂戴。いったい、あたしは何をしたらいいの。教えて下されば、あたしどんなことでもするわ」

彼女はそう叫びたかった。

だが、父も母もそれを教えてくれそうにはない。そして世間の誰も……。

父と娘が、こうして超然と向いあっているところへ、女中のお時がちかづいて来るのが見えた。

それを見ると美奈子は思い出したように、

「あら、あたしすっかり忘れていたわ。あの、観月堂さんが、是非、お眼にかからせてくれといってお見えになっているんですけれど」

「観月堂？」

楓香先生も夢から覚めたように、

「いま、会えないといいなさい」

「ええ、あたしもそういいましたの。でも、何んだか折り入ってお願いしたいことがおありなんですって。どんなにお断りしてもお帰りになりませんの。何だか妙なことを仰《おっ》有《しゃ》って……」

「妙なことって、どんなことをいうのだい」

「あたしには何んだか判りませんけれど……やっぱりお会いにならない方がいいかもしれませんわ。お断りしましょうか」

「うん、だが、まあいい、ここへ連れてこい。一体何をいうのか聞いてやろう」

だが、美奈子が振りかえるまえに、お時のあとについて、勝手にこちらへ近づいて来る観月堂の図々《ずうずう》しい顔が見えた。

（五）

楓香先生はこの観月堂という男が嫌いだった。嫌いというより、むしろ憎んでいた。

一時、この男をひどく信用して、まるでマネージャーのような仕事をやらせていたことがある。その時分、手ひどい裏切り行為をされてから、先生はこの男をまったく信用しなくなった。すっかり手を切ってしまったばかりか、顔を見るのさえ厭《いや》だった。

しかし、もともと気難かしい画家連中を扱いつけている観月堂は、こんなことで辟易《へきえき》するような男ではなかった。まるで野良犬を追い払うような扱いをうけても、少しも感じないらしかった。蹴《け》られても、追われても、尾を振ってやって来る。その厚顔にはたいていの画家の方で参ってしまうのだった。

「お加減がお悪いように承っておりましたが、如何《いかが》でございますか。お見受けしたところお顔の色も大変よろしいようでございますが」

そんなことを洒々《しやあしやあ》という観月堂から、楓香先生は苦り切った面《おもて》を外《そ》らせて、

「美奈子、おまえは向うへ行っていなさい」

「ええ」

と、美奈子は観月堂のほうを向くと、

「観月堂さん、あまりお父さまを苛《いじ》めないでね。お父さま、まだほんとうによくおなりではないのですから」

「私が先生をおいじめする？　御冗談でしょう、苛められているのはいつも観月堂の方でございますよ。少しはお嬢さまにもお援《たす》け願いたいくらいで」

「美奈子、向うへ行っていなさい」

「ええ」

お時といっしょに向うへ行く美奈子の後姿を見送りながら、

「お嬢さま、少しお痩《や》せになりましたよ。夏痩せという奴でございますかな」

と、ほどよい庭石を見つけて腰をおろすと、赤ん坊のように丸々とした指先を揉《も》んでいる。脂ぎったその体質を見ていると、病後の衰えから、鶴のように痩せ細った楓香先生は、なにかしら圧倒されるような胸の悪さを覚えるのだった。

「何か俺《おれ》に用事かな」

「いけませんよ、先生、そうお苛めなすっちゃ、観月堂手をついて謝まります。いい加減に無罪放免ということにして下さいな」

「なんのことかな、それは？」

「いや、もう先生にかかっちゃかないません。すっかり兜《かぶと》を脱ぎました。こうまで手ひどく愛想をつかされようとは、夢にも思っておりませんでした。これじゃ観月堂親子五人、いまに干《ひ》あがってしまいますので」

そういう大袈裟《おおげさ》ないい方が楓香先生には不愉快だった。かつて、こういう手にうかうか乗せられたかと思うと、いっそう気持ちが悪かった。

「あんたのいっているのが絵のことなら、諦めて貰《もら》うよりほかはあるまいね。あんたの方ばかりじゃない。いまのところ仕事は絶対にしないことにしているんだから」

「そこを何んとかひとつ！」

「駄目だね。私のこの体を見ても判るじゃないか。仕事の出来る体か出来ない体か！」

「でも、旧作でもございましたらと思って……」

「そんなものは一枚もない」

にべもない先生の挨拶《あいさつ》だったが、観月堂は別に辟易したようすも見えなかった。

「さようでございますか。それじゃ、やむを得ません」

と、案外素直に諦めたかと思うと、

「そうそう、時に私はこの間から二、三日賀川さんのところへお伺いいたしましたよ」

さも何んでもないことのようにいい出したが、しかし、この言葉がどのような反応をもたらすかということを、ちゃんと知っているような顔附きだった。

（六）

果して楓香先生は、どきりとしたように相手の顔を見直したがすぐ忌々《いまいま》しそうにそっぽを向いた。

これが観月堂の訪問の目的であることを覚ったからだ。うっかりその手に乗ってたまるものか。

観月堂は併し一向さあらぬ体《てい》で、

「いや、今度は驚きましたね。かくいう観月堂ばかりじゃありません。仲間のものもみんな驚いています。それゃ番狂わせということはあります。もともと展覧会という奴は、蓋《ふた》をあけてみなくちゃ判らぬ水物だということは判っておりますが、賀川さんが落選しようたあね、まったく誰しも思っておりませんでしたからねえ」

　楓香先生はしだいに不安になって来た。こんなふうに切り出すからには、そこに何かあるらしいことは判っていた。だが、それが一向見当のつかぬことなので、しだいに焦々《じりじり》して来るのである。

　観月堂は洒々として、

「そこで世間ではいってますよ。先生が審査の席にお出になったら、こんな惨めなことにはならなかっただろうって。つまり楓香先生の御病気が、賀川さんの不運のもとだなんてね」

「馬鹿な。俺《おれ》が出たところで拙い絵は拙い」

「さようでございますか」

　観月堂はわざと間を持たせるように言葉を切ったが、やがて唇のはしに薄笑いをうかべながら、

「尤《もっと》もそう仰有れば、今年の賀川さんはいつもの賀川さんと違っていますね、ああして美しい奥さんが出来たのはいいが、生活があぁ逼迫《ひっぱく》していちゃ、いい絵も描けないかも知れませんな」

　相手の手に乗るとは知っていながら、楓香先生は聞き直さずにはいられなかった。

「あの男は、そんなに困っている様子か」

「ええ、それゃもう、お話にも何もなりゃしません。それでも発表までは、どうにか心に張りあいがありましたから、貧乏にもこたえていたようですが、落選と判ると同時に、がっかりしちゃって、毎日寝てばかりいるようです。だから台所の困りかたと来たら、全くお話にならないようで……やっぱり人間霞《かすみ》を喰《く》って生きているわけにはいきませんから、手《て》鍋《なべ》さげてもというのは、ちかごろじゃいけないようですな」

　誇張だと判っていながら、やっぱり気になって、確めずにはいられない。

「仕事をしている様子はないかね」

「していませんね。また出来ないのがほんとうでしょうな。落選はまあ諦めるとしても、ああいういろいろなデマがとんでいちゃあね」

「デマ？」

「おっととと、いや、なんでもありませんよ。これはこっちのことで、へへへへ」

　はぐらかすような笑い方は、却《かえ》ってこっちを釣り寄せる手だと判っていながら、楓香先生はそれに乗らずにはいられなかった。

「なんだ、そのデマというのは」

「いいえ、これはいけません。こればかりは先生のお耳に入れるわけには参りません、先生御自身にも関係がおありなんですから」

「なに、俺《おれ》に関係がある？」

楓香先生はピクリと眉を動かして、思わずせき込んだ。

「どういうことだ。どういうデマがとんでいるんだ。俺がいったい何をしたというんだ」

実は熟した。もう叩《たた》き落すばかりである。

「いえ、なに、先生が関係していると申しても、先生御自身がどうのこうのというわけじゃないんで。実は、あの審査のまえに、こちらの奥さまが、審査員の鷺白先生や天崖先生をこっそり御訪問になりましてね。そこでまあ、いろいろと……」

不意に楓香先生がぶるぶる体を顫《ふる》わせて、怖ろしい形相で立上ったから、さすがの観月堂も思わず腰をうかした。

（七）

楓香先生は怒りにまかせて、一旦《いったん》は立ちあがったものの、すぐぐったりと力なく籐椅子のなかに腰を落した。輝きを失った瞳《ひとみ》がぼんやりとあらぬ方を眺めている。

観月堂は逃げ腰になったまま、気味悪そうに先生の様子を眺めていたが、心の中では復讐の快感でずきずきするほどだった。まだまだ彼は云《い》い足りないのである。とことんのところまで喋舌《しゃべ》って、この気位の高い老画家が、どんな反応を示すかを見たいという、意地悪い欲望《よくぼう》にうずうずしているのであった。

「まったく賀川さんも無鉄砲なことをしたもんだと、世間ではみんな云ってますよ」

舌なめずりをするような口調で、しかし、いざとなったらいつでも逃げ出せる姿勢で、彼はまだまだ続けるのである。

「てっきりこちらのお嬢さんの、お婿さんにおなりなさるんだと、みんなそう信じていたんですよ。先生が格別あの人に眼をかけておいでのことは、誰の眼にも判っていましたからね。それをあんなふうにして、折角の先生の御厚意を踏みにじってしまったんだから、罰《ばち》が当るのもあたりまえだとみんな申しておりますよ。いや、親としてあの男を、画家として立っていけぬようにしてやろうとまで、お憎しみになるのも、あながち無理ではないと申しておりますよ」

「……」

「そりゃまあ、先生は男だから、そうまではお思いなさらなくても、奥さんの気持ちとしてはねえ、お嬢さんがあんなに悲観していらっしゃるのを見ると、腸《はらわた》も煮えくり返った事でございましょうからね」

「それじゃ何か、仁吾が落選したのは、俺等夫婦が策動したせいだというのか」

「いえいえ、滅相な、先生がそのようなことをなさる筈がありません。これはきっと奥さまの御一存でございましょうがねえ。現に鷺白先生など、こちらの奥さまから頼まれたと、はっきりそう仰有っているそうでございますよ」

「観月堂、もう帰れ、帰ってくれ。俺をしばらく一人にしておいてくれ」

「さようでございますか。それでは今日はこれで御免蒙《こうむ》ります。いや、詰らないことを中上げましたが、どうぞお気にされないで下さいまし。またいずれお願いにあがりますから、その時はどうぞよろしく」

人を喰ったような薄笑いをうかべながら、馬鹿丁寧に頭をさげた観月堂が、勝ち誇ったように帰っていったあとでは、楓香先生は、しばらく顔をあげられなかった。

審査の前後、妻の梨江が、家を外に歩き廻《まわ》っていたことは、楓香先生もハッキリ憶《おぼ》えている。

何かやっているな——とは思ったが、まさか、こんな馬鹿げたことをしようとは夢にも思わなかった。

楓香先生は怒るというより浅間しくなった。いや、あまりの執念深さに、一種の気味悪ささえ憶えるのだった。

（何もかもおしまいだ。もしこれが事実だとすれば、自分はもう世間に顔出しも出来ない）

冷い悪寒が、じりじりと背筋をつたうような気持ちだった。

しばらく楓香先生は呆然《ぼうぜん》として籐椅子によりかかったまま顔を伏せていたが、やがて、よろよろと母屋へかえると、美奈子に、

「お母さんは？」

と、訊《たず》ねた。

「まだ、お帰りになりません」

「そう、いいから外出の支度をしておくれ」

出来るだけさり気なくいったつもりだったが、それでも美奈子の顔色はさっと変った。

（八）

尾《お》崎《ざき》天崖《てんがい》の屋敷は池袋《いけぶくろ》の奥にある。

楓香先生などと違って、いたって精力的なこの人は、門下生の数も多く、その住居《すまい》なども御殿みたいだった。

芸術家は不遜《ふそん》でなければならぬ、傲慢《ごうまん》でなくちゃいけない。自省するようになったらあらゆる芸術はもうおしまいだ——と、いうのが天崖の信条で、日常の生活も、その信条通り豪奢《ごうしゃ》を極めたものだが、根はいたっての好人物で仕事のうえでは、敵にも味方にも公平だった。

天崖先生はいま客間で二、三の来客を相手に、大きな腹をゆすぶりながら談笑していたが、そこへ五味楓香先生が、一寸《ちょっと》お目にかかりたいといって、お見えになっておりますという取り次ぎを聞くと、ぴくりと太い眉を動かした。

「ああ、そう、じゃ向うの客間へお通し申しておいてくれ。いますぐ行くから」

しばらくして、待たせておいた客間へ、

「やあ、暫《しばら》く」

と、元気よく這入《はい》ってゆくと、楓香先生は疲れたような顔をして軽く頭を下げた。

「どうです、その後は。少しお痩せになりましたねえ。体は大事にして戴かなくちゃ困りますよ。まだこれからなんだから」

「有難う」

楓香先生は淋《さび》しげに頬を撫《な》でながら、

「その節はいろいろとお見舞いなどを戴いて」

「いや、なに」

一寸言葉が切れて、天崖は太い指にはさんだ葉巻をスパスパと吹かしている。年齢《とし》は楓香先生とあまりちがわないのだが、見たところ十以上も若く見えた。

「時に、天崖さん、私が今日来た用件はお判り下さるだろう」

「はあ？」

ポトリ、葉巻の灰が落ちた。天崖はそれを構わずじっと楓香先生の顔を見ている。いくらか憐《あわ》れむような眼の色だった。

「今度の審査のことで、妙な噂を聞いたものだから……もし、それが事実としたら、まことに由々しき問題だと思いましてね」

「いやあ、そのことですが、楓香先生、そのことならあまり気になさらんがいい。奥さんもどうかしていられたんでしょう」

楓香先生はふいにピシャリと平手で叩かれたような気持ちだった。まさか、そんなこと――わざとでも信じていたことが、この一言で微塵《みじん》に打ち挫《くじ》かれたのだ。

「それじゃ。やっぱり――」

と、思わず唇がふるえるのをどうすることも出来なかった。

「いや、このことはね、絶対に秘密にしておくつもりだったんですが、鷺白君がつい喋舌ってしまったらしくてね、私も大分迷惑しています。しかしねえ、楓香先生、こんなことでわれわれの審査が左右されるなどとは、お考えにならんでしょうね」

「むろん、それは信じています。私はただ家内がそんな馬鹿なことを……」

「全く今年の賀川君はいけなかった。いけないというよりなってなかったですね。しかし、それを落すには大分苦労しましたよ。これを落すといかにも奥さんのお頼みを引き受けたようでね、といって、てんで入選の代物ではないのだから、入れるということも出来ない。実に困りました。結局、虚心坦懐《きょしんたんかい》にやろうということになってね、とうとう落してしまいましたが、情実という事は全然ないにしても、やっぱり弱ったことは弱りましたね」

「いや、御尤も」

頭をさげた楓香先生は、いまさらのように情なさがこみあげて、腹の中が煮えくり返るような気持ちだった。

日蔭の家

（一）

「あの……大変恐縮なんですけれど……もしおよろしかったら、お金を戴いて参りたいんですけれど……」

それだけいうのが有爲子にとってはようやくのことだった。恥かしさのために顔が真紅《まっか》に火照って全身がうずくように熱かった。

しかし、こういうことになれている相手の編集者は、すぐ造作なく、

「ああ、そうですか。それじゃすぐ会計の方へ請求しておきましょう。お帰りに、受付の横で受け取って下さい」

「はあ、有難うございます。お仕事を戴くとすぐこんなことを申し上げて……ほんとに申し訳ないんですけれど」

「なに、そんなことはありませんよ。どうせ差し上げるものですから、ついでに持っていって貰《もら》ったほうが、面倒がなくていいんです。送る手間がはぶけるだけ、こちらは有難いくらいですよ」

そんなことをいいながら、編集者の吉澤《よしざわ》は、いちまいいちまい丹念に、いま有爲子が持って来た挿絵の画稿を調べている。上衣《うわぎ》を脱いで、ワイシャツと胴着だけの姿が、いかにも敏捷《びんしょう》な雑誌記者らしく、こういう世界に慣れない有爲子は何んだか圧倒されるような気持ちだった。

吉澤は暫《しば》らく、叮嚀《ていねい》に画稿を調べていたが、だしぬけに応接室の扉を開くと、

「君、君」

と給仕を呼んで、

「一寸《ちょっと》、物差を持って来てくれたまえ」

給仕が物差を持ってくると、吉澤はそれで画稿の縦横の寸法を計りながら、

「お慣れにならないから仕方がありませんけれどね。この絵ですね、この絵の寸法だと、どう縮めても肝腎《かんじん》の主人公の顔が、雑誌の見開きのところで、二つにちょん切れることになるんですよ」

「はあ、あの、それではいけませんでしょうか」

有爲子は、椅子の中で体を固くすると、また顔が火のように熱くなった。原稿を売り込みに来たらしい蓬髪《ほうはつ》の青年が、珍しそうに側から覗《のぞ》きこんでいるので、いっそう恥かしかった。

「いや、こちらでなんとかしますがね。この端の方を少し削ると、どうにか主人公の顔が切れないでおさまるでしょう。これから注意して下さるように、賀川さんにいってお

いて下さい」

「はあ」

「絵としては大変結構です。やっぱり本格的の修業をなすった方はちがいますね、線が大へん綺麗《きれい》で……」

「はあ、帰りましたらよく申しておきますから、何かまた仕事がございましたら……」

「ええ、むろん引き続いてお願いするつもりでおります。そうそう、娯楽倶楽部《くらぶ》の高橋《たかはし》君が、あなたがお見えになったら、是非知らしてくれといってましたっけ。おい、君、君」

吉澤はまた給仕を呼ぶと、

「娯楽の高橋君がいたら、一寸来て貰ってくれたまえ」

やがて、同じようにワイシャツ一枚の青年が這入《はい》って来ると、

「高橋君、こちらがこの間、君のいってた賀川さんの奥さん。こちら娯楽の高橋君です。何かお願いがあるそうですから……じゃ、僕は失礼します。稿料は受付の方でお受け取り下さい」

吉澤が忙しそうに出て行ったあと、有爲子は高橋という別の編集者と向いあっていた。

「現代青年にお描《か》きになった挿絵拝見いたしました。それで、僕の方へもひとつお願いしたいのですが、明後日ごろまでにお願い出来ますか」

（二）

結局、十円なにがしの画料と、娯楽倶楽部から挿絵を頼まれた原稿を受け取って、有爲子が同文館の編集部を出たのは、それから半時間ほど後のことだった。

あたたかいスチームの通っている編集室から出て来ると、外は身が縮むほど寒かった。アスファルトの舗装道路の上には、細かい塵《ちり》がきりきりと北風に舞って、道行く人を見ても、外套《がいとう》かコートを着ていない者はなかった。もうすぐ新しい年が来ようとしている。

それだのに、有爲子はショールもなく、洗いざらしの袷《あわせ》を着たきり。信州の寒さに慣れた有爲子にも、さすがに、この初めての東京の冬の空《から》っ風には、骨を刺されるように身がすくんだ。

併《しか》し、それでも有爲子はなんとなく心の温まるのを感じている。いま受け取った金も金だが、また新しい仕事を貰えたということが、いまの彼女には大きな喜びだった。たとえどんな仕事にしろ、それが認められるということは嬉《うれ》しいものだ。

同文館というのは大きな雑誌社で、五つの雑誌のほかに、いろいろな出版もやっている。五つの雑誌から一つずつ仕事を貰っても、どうにか当座のしのぎはつくだろう。たった一回、現代青年に挿絵を描いたきりで、すぐそれがほかの雑誌の編集者に認められたことを考えても、そういう日は遠くあるまい。

ちかごろの暗澹《あんたん》たる生活の前途に、ほんのかすかではあるけれど曙光《しょこう》が見えて来たようで有爲子には嬉しかった。

「なに君、挿絵画家だって立派な職業だよ。画商の鼻息をうかがったり、パトロンのお太鼓を叩《たた》いたりしなくてもすむだけ、この方がどれほど立派だか判りゃしない。雑誌記者って奴は、概《おおむ》ね苦労人が多くて、思いやりが深いものだからね、頼めば何んとかしてくれる。その代り仕事については実に冷酷だよ。仕事が拙《まず》ければ、どんな御機嫌取りも通用しないのだからその点はっきりしていて愉快じゃないか」

落選後、半分自暴自棄になっている仁吾に、そういって現代青年の仕事を紹介してくれたのは、楓香塾から出て、最近では挿絵画家として相当売れっ児になっている内村辰《うちむらたつ》猪《お》という男だった。

「僕なんか挿絵画家としてもまだ駈け出しだが一流の連中となると、どうしてどうして、ちょっとした画家など及びもつかぬほどの収入があるんだぜ。それでいて彼奴《きゃっ》らの絵の拙いことと来たら！　君ならやれるさ。やれるとも、もっともはじめは実に安いのだがね。まあ、数でこなす料簡《りょうけん》でやっていくんだね」

その内村がいった通り、現代青年の吉澤は思いやりのある苦労人で、内村の紹介状と挿絵の見本を持っていくと、すぐに仕事をくれた。そして出来あがった絵を有爲子が持っていくと、大変満足して力づけたり勇気づけたりしてくれたりした。

「はじめのうちは凸版《とっぱん》物をお願いしますが、追々は写真版ものも勉強して下さい。近ごろは現代物の挿絵も、髷物《まげもの》の挿絵も、写真版ばやりですからね。ここに××××君の絵がありますがね、これを持って帰って賀川さんに見せて下さい。この人は絵もうまいが、それと同時に、版の出来上りということについて、実によく研究していますからね。この原画など、きっといい参考になるでしょう」

と、有名な挿絵画家の画稿を貸してくれたりした。

どんな仕事にもそれぞれのこつがあるものだ。そして一流というほどの人は、みなそれだけの苦労をしているのだと、有爲子はその時はじめて知ったがそれだけにまた、良人《おっと》としても張りあいがあるだろうと思った。

（三）

実際、落選以来の仁吾と有爲子の生活は惨憺《さんたん》たるものであった。まるで生活を支えている木が、ぽっきりと折れてしまったように、仁吾は何をするにも気力を失っていた。そして、神経ばかりがとげとげしく光っていて、どうかすると有爲子に当り散らすようなことが多かった。もっとも、その後ではすぐに、涙ぐみながら謝るのだったが……。

良人のそういう煩悶《はんもん》がわかっているだけに、有爲子はどんなことにも耐えていくつもりだった。仁吾の我儘《わがまま》や焦燥は、みんなあの落選から来た、一時的な熱病だと思いたかった。時の流れが、自然にその傷手を縫い合わしてくれるだろう――有爲子はなるべくそう考えていたかった。

しかし、二月三月と経ってゆくうちに、彼女もしだいに、そう落ち着きはらっていられないことに気がついてあわて出していた。

生活の窮乏がしだいに深刻になって来るのに、一方、彼女の胎内では、いま新しい生命《いのち》がすくすくと伸びている――。

この頃ではどうかすると有爲子は、自分の胎内で、かすかに動く生命の息使いを聴くことがあった。母体がひどい困窮に苦しんでいるのに、その胎内では新しい生命がぐんぐんと成長しているということは、有爲子にとっては、嬉しいというより恐ろしいことだった。

やがて、その子の産まれる日のことを考えると、有爲子はぞっとするような不安を覚え、そしていまさらのように、無名画家の生活というものの不安定にあわてだした。

仁吾にはむろん、貯蓄とて一文もあろう道理がなかった。仁吾の父の賀川俊六というのは、無慾恬淡《むよくてんたん》な巷《ちまた》の老画家だったから、息子に何の遺産ものこさなかった。仁吾がいままで暮して来たのはみんな楓香先生からの仕送りのお蔭《かげ》だった。その仕送りは、仁吾と有爲子が家を持った日から断たれてしまっている。

それでも二月や三月は、父の遺《のこ》した家財道具を売り払ったり、有爲子が内職にする針仕事で喰《く》いつないでいくことが出来た。しかし、質草にも限度があり、有爲子はしだいに内職に耐えられぬ体になりつつある。

　間もなく、新しい年を迎えようというのにこれから先、どうなることだろう――有爲子がひとり胸を痛めているところへ、仁吾の友人が持って来てくれたのが、この挿絵の仕事だったのだ。

（まあ、これでどうにか息がつけるかも知れないわ。まだまだ当分は苦しいけれど、だんだん良人も仕事に慣れて来るだろうし、いままでのようなことはないに違いないわ）

　吹き抜ける北風のなかを、有爲子はうつ向きがちに足を急がせていく。鼻緒のゆるんだ足駄《せった》が歩きにくくて、どうかするとアスファルトの上でのめりそうになった。

　同文館の編集部は日本橋《にほんばし》の裏通りにある。薬種問屋や製版所のならんでいる横町をくぐって、有爲子はやっと室町《むろまち》の市電の停留所まで来た。吹きさらしの安全地帯に立っていると、頬がもげそうなほど風が冷かった。ショールを持たない有爲子は、しかたなしに原稿を包んだ風呂敷《ふろしき》で、鼻の先を押えながら、見るともなしに向いを見ると、大勢の人が三越から出たり入ったりしている。

　有爲子はふと、その中にあるだろう子供用品部のことを頭にえがいた。もうそろそろ、自分も赤ちゃんのために用意をしなければ……ぼんやりとそんなことを考えていると、ふいに背後《うしろ》から、

「あら」

　と、いう華やかな声がして、

「緒方さんじゃない？」

(四)

有爲子は真赧《まつか》になった。まるで逃げ場を探すようにそわそわとあたりを見廻《みまわ》した。穴があったら入りたいような気持ちだった。

「まあ、やっぱり有爲子さんだったわね。あたし、どうもよく似ていると思ったのだけれど……」

安全地帯の向うのはしから、こつこつと靴の音をさせながら近づいて来たのは、銀座の婦人洋服店ミネルバの女主人葛野京子だった。

有爲子はなんといっていいか判らなくて、ただどぎまぎしながら、

「先生、しばらく」

と、真赧になった顔を伏せた。

「ほんとにしばらくね。どう、お変りはなくって？」

「ええ、お蔭様で……一度御挨拶《ごあいさつ》にあがらなければいけないのですけれど、つい、何やかやと急がしくて……」

そういう有爲子の見すぼらしい服装を、京子は失礼でない範囲の視線で素早く目測しながら、

「そんなこと、どうでもいいんですけれど、あなた、どう？　お急ぎになるの」

急ぐといえば急ぐのだったが、一時の恥かしさが過ぎてしまうと、有爲子も何んだかこのまま京子と別れたくない心持ちだった。

「ええ、あの……」

「よかったら、その辺でお茶でも飲みません？　あたしあなたのことも訊《たず》ねたいし、あたしの方でもいろいろお話ししたいこともあるの」

「ええ、でも……」

「お暇はとらせませんわ、折角ここで可愛い人を見つけながら、このまま取り逃がせると思って？　いらっしゃいよ」

京子は笑いながらそういうと、早、自分から安全地帯をおりて、電車通りを横切っていった。たった一度会ったきりだのに、京子と有爲子の間には、十年の知己のような感情が流れているらしい。相手の物にこだわらぬ、闊達《かったつ》な態度が嬉しくて、有爲子はそのまま京子のあとについていった。

やがて有名な薬局の経営している、広い喫茶店の一隅に、向い合って席をしめると、京子は紅茶を二つ註文《ちゅうもん》してから、有爲子のほうへ向き直った。

「あなた、結婚なすったのね」

と、じっと有爲子の帯のあたりを見詰めている。有爲子は見る見る火のように赧《あか》くなった。彼女のお腹《なか》はまだ目立つというほどではなかったが、その気で見る目には誤魔化すことが出来ないほど大きくなっていた。

「ええ……」

「いま、どこにいらっしゃるの」

「市ケ谷の薬王寺ですの」

「旦那《だんな》様は何をなさる方？」

「画家なんですの、まだほんの無名なんですけれど」

「なんていう方？」

「賀川仁吾というんですの、とても御存じのような人じゃありませんわ」

有爲子はこの時、良人がもし期待されたように特選にでもなっていたら、どんなに嬉しかったろうと思った。

「まあ、賀川さん？　賀川さんならあたし知ってるわ、たしか楓香先生のお弟子さんじゃなかったかしら」

「ええ、そうですけれど、あなたがどうして……」

「あら、なんでもないのよ。楓香先生に綺麗なお嬢さまがいらっしゃるわね。ほら、美奈子さんとか仰有《おっしゃ》る……あの方が店のお顧客《とくい》なの、一、二度その美奈子さんのお供でお店へいらしたことがあるわ……でもあたし、あの人はたしか美奈子さんと……」

と、いいかけて京子はあわてて茶を口へ持っていった。

(五)

「あたし、ほんとうはあなたを怨《うら》んでたのよ」

京子はいまの失言を取りかえそうとするかのように、あわてて言葉をつぐと、

「だって、あなたには一度ならず二度までもすっぽかされているでしょう。二度目の時なんか、よっぽど楓香先生のお宅へ、あなたを訪ねていこうかと思ったわ。でも、それもなんだか、あんまり押しつけがましいようで控えていたけれど、それからまた音沙汰《おとさた》なしでしょう。あたしちょいと憤《おこ》ってたのよ」

京子は微笑《わら》いながら音を立てて紅茶をすすっていたが、そういわれると有爲子は一言もなかった。どういう運命の悪戯《いたずら》か、有爲子が京子の許《もと》へ走ろうとする度に、きっと何か故障が起って、心ならずも御無沙汰《ごぶさた》してしまうのだった。

京子はいまでも有爲子の助力を必要としている。有爲子もこの人といっしょに働いてみたかった。しかし、現在の体を考えると、それもまた控えなければならないのである。

「済みません」

有爲子はただ、窶《やつ》れた面《おもて》を伏せるよりほかにしようがなかった。

「あら、何も謝まって戴くことはないのよ。あなたの方さえ、幸福にいってるのなら、何もあたしなんか出る幕じゃないんだけど」

　京子は相変らず拘《こだわ》りのない微笑をうかべながら、さりげなく有爲子の様子を見守っている。いつか見た時と較べると、ずっと痩《や》せて顔色の悪いのも、妊娠のせいばかりとは思えなかった。洗いざらしの銘仙の肩が、世帯苦労に細ってしょんぼりとしているのも哀れだった。京子はすぐ相手の目下の境遇が判ってしまったような暗然たる気持ちだった。

「あたしも一度、先生のところへお伺いしようと思っていたのですけれど、何や彼《か》やと取りまぎれて……」

「ええ、そりゃもうそうでしょうとも。女と云《い》うものは結婚すると、却々《なかなか》家をあけるわけにはいかないもんですけれど。それにお勤めの方とちがって、画家さんといえばいろいろ難かしいこともあるでしょうからねえ」

　京子はいたわるように、

「あたし、あなたが御結婚なすったとは知らないから、そのうち楓香先生のお嬢さんでもお見えになったら、一度あなたのことをお訊ねしてみようと思ったの。実はね、あたしの店でもあれからいろいろ変動があって、こんな時、あなたでもいて下すったら、どんなに気強いかと、何度思ったか知れなくってよ」

「済みません。そんなに思って戴くと、あたしいよいよ合わせる顔がございませんわ。あたしなんかどうせ何んの役にも立たないんですけれど……」

「あら、そんな事ないわ。あたしちかごろつくづくと、誰か誠実な相談相手が欲しいと思っているのよ。ほら、あなたも御存じでしょう、七・七禁令という——あれ」

「ええ」

「もともと、あたしのお店には同じ婦人服でも、そう贅沢《ぜいたく》なものは扱っていないから、いまのところ何の影響もないようなものだけれど、でも、あたし、この程度ならいいだろうというような態度はやっぱりいけないと思い出したのよ。こういう際だから、いちいち政府の鼻息を窺《うかが》うような消極的な態度は捨てて、商売のうえでも、何かしら積極的に国策に協力したくなったの。それでいま、お店の大改造を考えているんだけど、何んといっても女一人ではね、とかく考えが引っ込み思案になって、……あたし、計画があることはあるんだけれど、それにつけても、一人二人、信頼出来る相談相手が欲しいと思うのよ」

そういう話をする時、京子の瞳《ひとみ》はいきいきと輝いて、人を魅する美しさがあるのだった。

（六）

京子と別れて電車に乗ると、有爲子は久しぶりに胸の中にすがすがしいものを感じた。京子が何かしら、この時代に処していく道を考えているらしいのも力強かったし、そのプランの中に自分というものを加えていてくれるのも嬉しかった。

「そのうちにあたしの方から、きっと一度お伺いしますわ。いろいろ御相談したい事もありますの」

京子はそういって小さな手帳に有爲子の所書を書きとめていた。

「賀川さんによろしくね。いずれお眼にかかって、御挨拶しますけれど」

京子はそういって、電車の乗場まで有爲子を送ってくれた。

電車に乗っているあいだ、有爲子は楽しい予想で胸が躍るような気持ちだった。何か仕事がある。自分のようなものでも、何かすることがある、という考えは嬉しいものだった。

彼女はその楽しさを、家へ帰るまで持ちつづけていたが、薬王寺の横町の、薄暗い格子をひらいたとたん、何故かしら、その楽しさは、ふっと、冷たいものに包まれてしまったような気持ちだった。

途中で京子と会ったりしたので帰りが意外に遅くなって、もうかれこれ五時近くになっていたのに、家の中にはまだ電気がついていなかった。

「只今《ただいま》」

玄関の障子をひらくと、そうでなくても日蔭《ひかげ》の、この薄暗い家の中は、暗い闇が滓《おり》のように淀《よど》んでいた。

「遅くなりまして」

手探りに六畳へはいっていくと北側の窓の下にすえた机のそばで仁吾が頭をかかえこんだまま、振りかえりもしなかった。

「まあ、どうなすったの？　電気もつけないで、御気分でも悪いんですの」

仁吾のこういう態度は、ちかごろ珍しいことでもなかったので、有爲子は別に気にも

とめず、カチッと電気のスイッチをひねったが、

「あら、どなたかお客様がおありになったの？」

と、あたりを見廻《みまわ》した。

客座蒲団《ざぶとん》が一枚それに湯呑茶碗《ゆのみぢゃわん》やなんかが出たままになっている。

仁吾はむっつりと、振りかえると、それでも有爲子の寒そうな顔を見ると、いくらかいたわりをこめた声で、

「お帰り、寒かったろう？」

と、惨めな顔附きで立っている有爲子をまじまじと眺めている。

「ええ、でも、そんなでもなかったわ。途中で知っている方にお眼にかかって、それで遅くなりましたの、御免なさいね」

「知ってる人？」

「ええ、いつかお話したミネルバのマダムよ。室町の停留所のところで、偶然お目にかかったのよ。あら、まあ、火鉢の火が消えてしまって……」

机のそばにある炭籠《すみかご》をとりあげたが、そのとたん、有爲子は、

「あら」

と、眼をみはって、

「あなたそれ、どうなすったの？」

「どれ？」

「そのお金よ。どなたが持って来て下すったの」

机のうえには十円紙幣が十枚あまり、束にしておいてあった。

「ああ、これか。これはさっき観月堂の奴が持って来てくれたんだよ。俺に色紙を十枚ばかり描かせてやろうというのさ。はははは」

乾いたような笑い声の中に、ある名状することの出来ない絶望的な感じが、思わず有爲子をゾッとさせた。

（七）

「まあ、観月堂さんが……」

有爲子は思わず疑惑に満ちた眼で、仁吾の顔を見直さずにはいられなかった。

「そうさ、どうして、そんな表情《かお》をして見るんだい？」

「だって……」

「だっても糞《くそ》もあるもんか」

仁吾は妻の視線を弾《はじ》きかえすようにしながら、わざと無造作に紙幣をつかむと、ピシャピシャと机の端を叩きながら、

「年末で困っているだろうからって、御親切にも前金で渡してくれたんだよ。はははは、思いやりのいいことじゃないか。俺の色紙でも、田舎のほうへ持っていきゃ売れな

いことはないんだってさ。何しろ近頃は、景気のいいところは馬鹿に景気がいいって話だからな」

表面元気らしいその言葉の裏にある、刺すような自嘲《じちょう》と絶望感が毒々しい棘《とげ》のように彼自身を傷つけているのだった。

有爲子は良人のそういう表情《かお》を探るように瞶《みつ》めながら、

「それならいいんですけれど……」

と、思わず言葉を濁してしまう。

「ふん、それならいいというのかい。俺が安物の色紙や短冊さえ描いていればいいというのかい」

「あなた」

有爲子はきっと良人の顔を瞶めながら、

「あたし、そんな意味でいったんじゃありませんわ。でも……でも……働くということは大事なことですわ。それに……それに、産まれて来る赤ちゃんのことも考えなければなりませんから……」

「だから、いいじゃないか。観月堂の奴がこうして前金までくれて仕事をさせて下さろうというのだ。そんな表情《かお》をせずに、少しはあの男に感謝するんだね」

「あなた」

「なんだ」

「ほんとうに、そのお金はそういう意味で持って来て下すったんですの」

瞬間、仁吾はさっと狼狽《ろうばい》の表情をうかべたが、すぐさりげなく、

「そうさ、それにきまっているさ。それより外に、あの男が金を貸してくれようがないじゃないか」

有爲子はまだ疑わしそうに、

「こんなことをいうと、気を悪くなさるかも知れませんけれど、あたし、ほんとうはあの人にお金なんか借りたくはないんですの」

「なに」

「あの人、そんな親切な方だとは思えませんわ。あの人のいうことを真《ま》にうけていたら、やがてとんでもないことになりそうな気がして、あたし、それが心配でなりませんの」

有爲子は初めから観月堂が嫌いだった。あの男のにやにやした、人を喰った笑い顔《かお》の中には、どこやら、上諏訪の担ぎ呉服のうた屋さんに似たところがあった。こういう表情を持った男には、警戒しなければならない。――有爲子は、そんな風に考えているのだ。

仁吾は何かいおうとして、じっと有爲子の顔を瞶めていたが、やがて痛いところに触られたような表情をして横を向いてしまった。

「ほほほほほ、御免なさい。あたし、こんなことをいうつもりじゃなかったんですけれど……それはそうとして、現代青年からはすぐお金を下すったわ。それから、先の絵がよかったというので、娯楽倶楽部のほうからもお仕事を下さいましたわ、これからどし

どし描《か》いて戴きたいって、そういう話でした。これ原稿よ」

有爲子が嬉しそうに取り出した原稿を見ると、仁吾はピクピクと頰を顫《ふる》わせていたが、やがて、その原稿を鷲摑《わしづか》みにするともいわずに畳のうえに叩きつけた。

（八）

「有爲子」

しばらくして机のうえから頭をあげた仁吾は、隣の部屋へむかって声をかけたが返事がなかった。

南と東を遮られたこの家は、とうにもう日が暮れてしまって、ケバ立った畳のうえに暗い電灯がさむざむとともっていた。

「有爲子」

仁吾はもう一度呼んで見たがやっぱり返事はなくて怺《こら》えかねたような歔欷《すすりなき》が隣室から洩《も》れて来る。

仁吾はつと立上ると、襖《ふすま》をひらいて、暗い部屋の隅に泣き伏している有爲子の体を抱きしめた。何かしら、熱いものがぐっと胸もとへこみあげて来る気持ちだった。

「有爲子、御免よ。俺が悪かったのだ」

有爲子はそれをきくと、いよいよ激しく歔欷く。

「俺が馬鹿なんだ。このケチな自尊心を捨て切れないなんて、俺はよっぽど馬鹿な男なんだ。挿絵を描《か》くということが、決して軽蔑《けいべつ》すべき仕事でないことはよく判っている。判っていながら、どうにもならない感じで……なんだか惨めな感じがして……有爲子、御免よ、堪忍《かんにん》しておくれ」

「いいえ、いいえ、あたしが悪かったのですわ。観月堂さんが、折角親切にお金を持って来て下すったのを疑ったりして……」

「ううん、そのことはもう云わないことにしよう」

仁吾はまた、怯《おび》えたような表情《かお》で、何か苦いものでも吐き出すような口吻《くちぶり》だった。

「それに……それに、あなたのお気持ちが判らないなんて、あたしが悪かったのですわ」

「なに、お前に判らないのも無理はないよ。俺自身、ちかごろの自分の気持ちが判らないくらいなんだから。本当の絵でしくじって挿絵を描いていく。……そういう感じがとても惨めな気持ちがして……なに、つまらないことなんだ。ケチな自尊心なんだ」

「それだのに……それだのに。あたしがあまり喜び過ぎたりして……そのお気持ちだけは判っているつもりだったんですけれど……」

「なに、いいんだ、喜ぶのがほんとうなんだ。人間は誰でも生きていかなきゃならないんだからね。挿絵を描きながらだって、勉強しようと思えば出来るんだ」

「それじゃあなた、描《か》いて下すって？」

「ああ、描《か》くよ。描《か》くとも。いくらでも註文をとって来ておくれ、かたっぽしから描《か》いていくから」

「あなた」

「なに」

「あたし、あなたの御勉強のさまたげをしようとは思わないんですけれど、女というものはいろいろ取り越し苦労があって……それに赤ちゃんのことも考えなければいけませんし……今日も同文館でいろいろ親切にいわれて、とても嬉しかったんです。あそこでは、今度子供の絵本が出るんですって、それで歴史物を一冊お願いしたいというお話もありましたの。それだと色附きだし、一冊まとめて描くと、お礼もまとまるだろうというようなお話があったもんですから、あたし、つい有頂天になってしまって……」

「いいんだよ、いいんだよ。どの方面ででも、自分の仕事が認められるというのは嬉しいことなんだから」

だが、そういいながら仁吾の頭脳《あたま》のなかをさっき観月堂から受け取った金がさっとかすめ通った。すると仁吾はだしぬけに、有爲子の息がつまりそうなほど強く抱きしめて、

「有爲子、おまえ俺をよく見ていておくれ。おまえがいないと……おまえが外見《よそみ》をしていると、俺はどんなことをするか知れないような気がするんだ。有爲子、お願いだ。しっかり俺をつかまえていておくれ！」

ゴーッと寒そうな風が電線をゆすぶって通っていった。

生活の罠

（一）

苦しい年の瀬だったが、どうにかそれを越すと、有爲子と仁吾にとっては、全く新しい年だった。

一月も半《なかば》を過ぎると、有爲子の腹はしだいに目立つようになって来て、立居にも不自由をかんじ、外出も近廻《ちかまわ》りならともかく、遠出はなるべく控えなければならなくなっていた。

しかし、ちかごろは仁吾がすっかり優しくなって、何やかやと気を配ってくれる上に、挿絵のほうの仕事もきちんきちんとやり、出来上ると自分で雑誌社へとどけにいったりした。

「おまえ、あまり無理をしちゃいけないよ。いまが一番大事なときだからね。ここでしくじると取り返しがつかなくなる」

仁吾はそういって真剣に妻の体を案じていた。それがあまり度々なので、有爲子は却《かえ》って笑い出しながら、

「大丈夫ですわ。お医者様の仰有《おっしゃ》るのに、少し動いた方が運動になっていいんですって。それにいままでのところ、とても順調で、発育なんかもよさそうなんですわ」

「うん、それはいいが……時に産まれるのはいつ頃の予定なんだね」

「三月の終りか、四月のはじめごろの予定です」

「じゃ、もうすぐだね」

仁吾は何かしら追い立てられるような眼の色をして、

「なるべく今のうちにうまい物を食って滋養をとるんだな。といって、俺の稼ぎじゃ充分なことも出来ないが……」

「あら、そんなこと結構ですわ。あたし信州で育ったせいか、粗末なものを食べ慣れていますし、それに近頃は、何んでもそれは美味《おい》しく喰《た》べられるんですよ、自分でもおかしいくらい」

有爲子の言葉に嘘はなかった。良人《おっと》が不平をいわずに、きちんきちんと仕事をしてくれるし、雑誌のほうの仕事も、少しずつ殖《ふ》えてゆくので、安心したせいか、食慾《しょくよく》も驚くほど進むのだった。

「しかし、お産をするとなると、どうしてもまとまった金がいるなあ」

「ええ、そりゃやり方にもよりますわ。贅沢《ぜいたく》をいえば際限《きり》がありませんもの。でもお医者様の仰有るのに、あたしの体質はとても丈夫に出来ているから、決して心配することはないというの。それに赤ちゃんだって、そんな贅沢なこと、いやあしませんわ」

そうして、有爲子の安心しきった様子を見ると、仁吾は何かしらじっとしていられないような焦燥に胸を掻《か》き立てられるのだった。

稼がなければならない。稼がなければならない。少しまとまった金を作っておかなければならない……しかし仁吾が現在やっている仕事では、いくら働いたところで、たかが知れていた。画料は安かったし、それにそういう仕事をはじめてから日の浅い彼は、雑誌社へ無理をいうすべも知らなかった。いくら働いたところで、一つの仕事で二十円とまとまらない挿絵のことを考えると、仁吾は絶望的な感じにうたれるのだった。

「有爲子……おまえは厭《いや》かも知れまいが、観月堂の親爺《おやじ》に相談してみたらどうだろう。何か仕事があるかも知れないと思うんだが……」

「そうね」

有爲子は何となく不安だったが、

「暮れにああしてお世話になってるんだから一度いらっしゃった方がいいかも知れませんわね」

と、いやいやながら賛成したが、その晩おそく、観月堂を訪ねていった仁吾が、いつになく酒気をおびて帰って来たのを見ると、有爲子は早やもう、胸底が固くなるような不安さだった。

（二）

「まあ、あなた、どこでそんなにお酒をおあがりになっていらしたの？」

こういう時代に、飲むほうも飲むほうだけれど、飲ませる人も飲ませる人だと、有爲子はそれだけでもう観月堂に対して腹が立った。

「そんなに飲んだように見えるかい？　なあに、飲むというほど飲んじゃいないのさ。第一、今時そんなに酒が飲めるものか」

仁吾は何故かしら、有爲子の顔がまともに見られなかった。

「だって、とてもお苦しそうに見えますわ」

「うん、酒に弱いものだから……ちょっと舐《な》めただけでこうなんだ、意気地《いくじ》のない話さ」

仁吾は袴《はかま》もとらずにごろりと横になる。

「あら、そんなこと意気地のないほうが結構ですわ」

話をして見ると、思ったほど飲んでいるわけでもなさそうなので、有爲子はいくらか安心して、

「あなた、お水でも持って参りましょうか」

「水？　なあに、いらない」

素っ気なくいって、仁吾はそのまま黙りこんでしまう。ごろりと寝返りを打って、向

うを向いてしまう。有爲子はまた、何かしらと胸をつかれる思いだった。

「あなた」

脱ぎ捨てた仁吾の羽織を畳みながら、声をかけてみたが返事もしない。

「あなた、そんなところにお寝《やす》みになると、お風邪を召しますわ」

「有爲子」

ふいに仁吾がくるりとこちらを向くと、

「おまえ、何故もっと素直になれないんだ。観月堂と会って、どんな話があったか、何故それを聞こうとしないんだ」

「あら！」

有爲子はどきりとしたように、仁吾の血走った眼を見ると、

「御免なさい、つい、うっかりして……あの、観月堂さんが、何かいやなことでも仰有いましたの」

仁吾は激しい眼附きをして、じっと有爲子の顔を瞶《みつ》めていたが、そのまままた、ごろりと向う向きに寝転ぶと、

「なあに、観月堂は親切な男よ。俺に立派な仕事をくれたよ。立派な仕事をな……は、は、は、は、は、ほら、これが前金だ」

後向きにばさりと投げた紙入のふくらみを見ると、有爲子は思わずぎょっとした。十円紙幣が数にして、廿《にじゅう》枚はたっぷりと這入《はい》っていたろう。いつも痩《や》せているその紙入

が、あんぐりとふくらんでいるのが、有爲子にはいっそ恐ろしかった。

「まあ、こんなお金を……。あなた」

「なんだ」

「お仕事ってどんな仕事ですの」

「おまえの、知ったことじゃない！」

「だって……」

「おまえは黙っていりゃいいんだ、有爲子」

「はい」

「明日から俺は、その仕事をやらなけりゃならんからな。おまえ、絶対に邪魔をしちゃいけないぞ。そうだ。そこの襖《ふすま》をしめておくから一足もこの部屋へ這入って来ちゃいかんぞ」

「はい」

日《ひ》蔭《かげ》の家にせっかくほのかな光が射して来たと思ったのに、その次の日から、有爲子はまた、なんともいえぬ暗い不安に胸をおののかせていなければならなかった。

観月堂にどういう仕事を頼まれたのか、半月あまり仁吾は、全く有爲子を遠ざけて……。

有爲子は良人の表情《かお》が、日に日に険悪になるのに気がついていたが、どうすることも出来ないで、唯《ただ》、もう胸を痛めるばかり……。

（三）

「有爲子」

二月に這入ったある日のことだった。

長い間六畳に閉じこもっていた仁吾が、久しぶりに茶の間へ顔を出した。

二週間あまりの苦行で、げっそりと肉が落ちて、頬骨がとげとげしく光り、そうでなくても大きな眼が、一種異様な光をおびているのが気味悪いくらいだった。

「俺はちょっと出かけて来る」

「あら、どちらへですの」

だんだん間近かに迫って来たお産の用意にと、せっせと赤ちゃんの着物を縫っていた有爲子は、良人のただならぬ顔色に、反射的にそう訊《き》きかえした。

「どちらでもいい。おまえの知ったことじゃないんだ」

「はい」

「出かけるんだから袴を出してくれ」

「はい」

素直に簞笥《たんす》の抽斗《ひきだし》をひらいたものの、有爲子の眼からは、いまにも涙が溢《あふ》れそうだった。

　今度の仕事をはじめてからというもの、仁吾の不気嫌はどうにも手のつけようのない感じだった。はたから心配すると、不気嫌はいよいよ大きくなって、癇癪《かんしゃく》を起したり、溜息《ためいき》をついたり、独言をいったり、そうかと思うと、怯《おび》えるような眼附きで、そわそわと身の周りを眺めていたりすることがあった。

　有爲子はいまも、袴をはいている良人の表情《かお》に、そういう怯えを見てとって、どうにもこのまま出したくなかった。

「あなた、御用事があるなら、あたしが代りに行って参りましょうか」

　というと、仁吾は憤《おこ》ったように、

「馬鹿！　おまえのその体で外へ出られるか」

　事実、有爲子の体は、エプロンでどんなに包んでも、もう隠しきれぬ体になっていた。

「だって、そんなに遠方でなければ参れますわ」

「いいんだ。おまえじゃ用が足りない。俺が行って来る」

　袴の紐《ひも》を結んでしまうと、仁吾は隣の部屋から細長い風呂敷包《ふろしきづつみ》を持って来た。

「あら、あなた、それ観月堂さんの方のお仕事ですの」

　有爲子が何気なく訊《たず》ねると、仁吾はぎくりとしたように眉《まゆ》を動かしながら、

「馬鹿！　いちいちそんなことを訊ねる奴があるもんか」

　と、袖《そで》で隠すようにしながら、

「じゃ、ちょっと行って来るからね、帰りが少し遅くなるかも知れない、あまり遅くな

るようだったら起きていなくてもいいよ。先に寝ていなさい」

流石《さすが》に終のほうは優しくいって、そそくさと逃げるように出ていく良人の後姿を見送って、有爲子はふいにエプロンの端で眼頭をおさえた。

挿絵のほうの仕事を真面目にやってくれるので、ほっと安心したのも、ほんの束の間だった。観月堂から頼まれた仕事というのがどんな種類のものか、有爲子には見当もつかなかったが、とても尋常《ただ》の仕事とは思えなかった。

何かしら隠しているような良人の素振りや始終物に怯えたようにそわそわと落ち着きのない良人の態度を考えると、有爲子はいまに大きな不幸が襲いかかって来るような気がして、不安でたまらなかった。

良人の出ていったあとでぼんやりと火鉢に寄りかかっていると、涙があとからあとから、火鉢の中に落ちて灰が固まっていく。その灰を突き崩していると、戸外ではゴーッと寒そうな北風の唸《うな》りが聞えていた。

その晩、仁吾はとうとう帰って来ずに、有爲子は夜通し、北風の音をさむざむと聞いていた。

(四)

去年の七月に世帯を持って、今日まで半年あまり、その間、新婚の夫婦らしい楽しみを味わったのは、ほんの数えるほどの日数しかなかった。

九月の落選以来の、絶え間のない良人の焦燥と生活苦——有為子はもうたいていのことには慣れていたが、それでもまだ、良人に一晩ほっておかれたというのはこれが初めてだった。

(何か間違いがあったのではなかろうか)

と、不幸に慣らされた女の頭にうかぶのは、いつも不幸な想像だった。

行先をしかとはいっておかなかったけれど、仁吾が訪ねていったのは観月堂にきまっている。ひょっとしたら、いつかのように酒を飲まされて、帰りに事故でも起したのではなかろうか——そう考えると、立ってもいてもいられぬ心地だった。

昨夜ろくに寝なかったので、ずきずき痛む頭を揉《も》みながら、雨戸をひらくと、まだ融《と》けきらぬ霜柱の上に、昨夜の風で細かい木の枝がいっぱい吹き散らされていた。

そのうちに——そのうちにと待っていたがその甲斐《かい》もなく十時になっても、十一時になっても仁吾からは何の消息《たより》もない。

いっそ観月堂へ様子を聞きにいってみようかと思ったが、いつも無遠慮な眼で恥かしげもなく自分の体を撫《な》で廻す、観月堂のことを考えると、すぐ勇気が挫《くじ》けて来る。それに、普通の男によくあるような種類の外泊だとしたらあまり騒ぐのはみっともないような気もされて……良人に限ってよもやそんなことはあるまいと思うものの、ちかごろのあの捨鉢な態度といい、それに相手が観月堂だとすれば、もしや……という疑いも湧いて来る。

「坊や、坊や、あなたのお父さまはいったいどこへいらしたのでしょうね」

有爲子は泣くにも泣けなかった。

こういう時、彼女が話しかけるのはお腹の中にいる赤ん坊より外にはない。之《これ》が、ちかごろ有爲子の覚えた悲しい慰さめだった。

食べたくもない昼御飯を食べてしまうと、有爲子はもう後片附けをする気力もなかった。火の気もない茶の間で、ぐったりと壁によりかかって坐《すわ》っていると、

「郵便」

という声が聞こえて、

「賀川さん、書留ですよ」

「は、はい」

この家に書留が来るなどということは滅多になかったので、有爲子があわてて、認印を探し出すと、

「賀川有爲子さんというのはあなたですね」

泣きはらした有爲子の眼許《めもと》を見て、配達夫はいくらか怪訝《けげん》そうな顔色だった。

「は、はい、あたくしでございます」

「書留速達です」

「御苦労さまでした」

配達夫から受け取るまえに、有爲子は既に宛名の文字が誰の筆跡であるか気がついて

いた。

良人からなのだ！

有爲子はとたんに、さあっと、身体中が冷えていくのを感じた。息がつまりそうだった。配達夫が出ていくのを待ちかねて、有爲子が慄《ふる》える指で封を切って読み下すと、ただ簡単に、暫《しば》らく旅行に出るから、留守中体を大事にするように——と、それだけだった。

そして、手紙の中に三百円の為替がはさんであった。

「まあ、あなた、あなた、あなた——」

有爲子はふいに、躍るような眼附きであたりを見廻したが、やがて、手紙を握りしめたまま、崩れるようにその場に泣き伏していた……。

(五)

仁吾は次ぎの日も、またその次ぎの日も帰らなかった。

動顛《どうてん》してはならぬ。取乱してはならぬ。母親の度を越えた心痛が胎児にどんな悪弊を及ぼすか、有爲子は幾多の例をきいていた。どんなことが起っても、気をしっかりと持っていなければならぬと、自分自身にいい聞かせていた。

だが、ああ！

これがどうして動顛せずにいられよう？

「何故なの？　ねえ何故なのよう？」

有爲子はひねもす夜もすがら、うつろな眼をみはって、そう繰り返しつづけていた。

「何故なの？　何故なのよう？」

良人は長い間、あくせくと働きつづけていた。だから、急に何もかもほっとらかしておいて、休養を取りたくなったのかも知れない。そのために、旅に出たのかも知れない——有爲子はそういうふうに考えたかった。しかし——有爲子はふいにいつかの夜の、良人の気違いじみた言葉を思い出していた。

「有爲子、おまえ俺をよく見ていておくれ。おまえがいないと……おまえが外見をしていると、俺はどんなことをするか判らないような気がするんだ。有爲子、お願いだ。しっかり、俺をつかまえていておくれ！」

いったい、あれはどういう意味だったろう。あたしがいないと、良人は何をするというのだろう。

「何故なの？　ねえ、何故なのよう？」

二日二晩、有爲子は良人のいない家の中を、まるで幽霊のような顔をして歩き廻っていた。

「何故なの？　ねえ、何故なのよう？」

と、繰りかえしながら……。

三日目になって有爲子はやっと決心して観月堂へ行ってみた。

観月堂の親爺も、仁吾が帰らないときいて、さすがにぎょっとした面持ちだったが、

「なに、心配なさることはありませんよ。いまに帰って来ますよ。旅に出るという手紙が来たのなら、それに違いありませんよ。賀川さん、少し働きすぎたので、きっと気晴らしがしたくなったのでしょうよ」

木で鼻をくくったような挨拶《あいさつ》だった。

「こちらへ参りました時、何か申してはおりませんでしたでしょうか」

「こちらへ？　いいえ、こちらへは永いことお見えになりませんよ」

有爲子は思わずはっとした。

そんな筈《はず》はないのだった。こちらへ来ずに仁吾がどこへ行こう。また、どこであのような大金を手に入れることが出来よう。

「あの、こちら様へは参りませんでしたのでございましょうか」

「ええ、賀川さんにはもう長いことお眼にかかりませんねえ」

判りきったことを、みすみす嘘をつく観月堂の態度がいぶかしく、有爲子はいよいよ唯事《ただごと》でないような気がして胸騒ぎがするのだった。

帰りに有爲子は決心して、自動電話から楓香先生のところへ電話をかけてみた。美奈子にでも聞いてみようと思ったのだが、その美奈子も生憎《あいにく》留守で取り次ぎに出た女中のお時に、こちらの名を秘してそれとなく聞いてみたが仁吾は去年以来一度も顔を見せぬという。

有爲子はもう取りつく島もないのだった。

こんな時相談相手を一人も持たぬ心細さが身にしみて、有爲子は気が狂いそうだった。

こうして、一週間とすぎ二週間とすぎたが、仁吾からは依然として何の消息《たより》もない。そして、有爲子の出産予定日は、しだいに間近に迫って来たが、そういうある夜のこと……。

「御免下さい。仁吾さんはお宅か知ら」

妙に含みをもった女の声をきいて、有爲子ははっと胸をとどろかせていた。

（六）

「御免下さい。仁吾さんはお留守？」

玄関に立った女の声は、特に甲高く、いらいらとする感情をおさえかねているような調子だった。

「は、はい、どなた様でしょうか」

膝《ひざ》の上から遅々として針の運ばぬ赤ちゃんの初衣《うぶぎ》をすべらせた有爲子は、あわてて立って玄関へ行ったが、訪問客の顔をひと目見ると、

「あら！」

思わず真蒼《まっさお》になってしまった。訪ねて来たのは楓香先生の夫人梨江だった。

「まあ、奥様！」

思わずぺたんとその場へ膝をつく有爲子の体を梨江夫人は眼鏡越しに、意地悪い眼附きで眺めていたが、すると瓜実顔《うりざねがお》の上品な面《おもて》には見る見るはげしい嫌悪の色がうかんで来るのだった。

有爲子はあわててエプロンで胸をかくすようにした。梨江夫人はフンというように、鼻のうえに小皺《こじわ》を寄せながら、

「有爲子さん、仁吾さんは家にいるでしょうね」

「は、はい、あの……いま、生憎《あいにく》留守なんですけれど」

「留守？　いないのですか」

夫人は疑い深そうな眼附きで有爲子の顔を見つめながら、

「そしていつ頃帰るの？」

「さあ——よく、判らないのでございますけれど」

さすがに二週間あまりも、出たきり帰って来ないといいかねた。

夫人はいっそう疑い深そうな眼で、じろじろとその辺を見ながら、

「そう、じゃ、とにかく待たせて貰《もら》います。今日はどうしても、仁吾さんに会って話をしなければならないことがあるのだから」

仁吾の不可解な失踪《しっそう》に何かあったのだと思った。

仁吾の不可解な失踪といい、思いがけない梨江夫人の来訪といい、何かしら容易ならぬことがあったような気がして、腹の底が固くなるほど心配だった。

「あの……折角ですけれど、お待ちして戴いても、無駄だと思うんですけれど……今夜はとても帰って来ないと思われますの」

「嘘おっしゃい」

梨江夫人の舌は鞭《むち》のように鋭かった。有爲子はその激しい言葉遣いに、ピシリと頰を打たれたようにひるみながら、

「いいえ、あの、ほんとうなのでございます。いくらお待ち下すっても仁吾はとても帰って参りませんわ」

「まあ、あんなことを云《い》って、雑司ヶ谷から誰か来たら留守だといえと仁吾さんが云ったんでしょう。それともあなた自身の才覚なの」

「あら決してそんなことはございませんわ。仁吾は実は……」

うつ向いた有爲子の眼からは、思わず口惜《くや》し涙が溢れた。

梨江夫人もそれに気がつくと、

「まあ！　それじゃ今夜、ほんとうに仁吾さんは帰って来ないの。いったい、どこへ行ったの？」

「判りませんの。もう二週間あまりも帰って参りません。手紙も来ないんですの」

「まあ、それじゃあの人姿を隠してしまったの。さすがに良心だけはいくらか残っていたものと見えるのね」

「え？」

「あの人がいなければ仕方がない。有爲子さん、代りにあなたに話をしておきましょう。でもこんなところじゃ……有爲子さん、あがらして貰いますよ」

梨江夫人は勝手に上へあがって来る。

（七）

人間にはどうかすると、どうしても頭のあがらぬ相手がある。

どんな理不尽なことをされても一言も抗議のいえない苦手というものがある。

有爲子にとっては、梨江夫人がそれだった。有爲子自身、自分をそれほど弱い性格だとは思っていなかったが、梨江夫人の前へ出ると、どういうものか体がすくんで口もろくろく利けなくなる。

梨江夫人はそれをよいことにして、勝手にうえへあがりこむと、ちゃんと正座に坐りこんでしまった。端然と膝のうえに手をおいて、冷たく眼鏡を光らせているところがまるで裁判官のようにも見え、有爲子はもう訳もなくおろおろしてしまうのだった。

「ほんとにもう、穢《きたな》いところで……何のお構いも出来ませんで……」

「いいえ、何も構って戴かなくても結構ですよ。有爲子さん、それよりあなたに話があるんだから、まあそこへお坐りなさい」

「はい」

と、それでも有爲子は途方に暮れたように弱腰になっている。

梨江夫人はちらりとまた、冷い一瞥《いちべつ》を有爲子の体つきにくれながら、

「仁吾さんがもう二週間あまりも帰らないというのは、ほんとうのことなの」

「はい、ほんとうでございます」

「どこへ行ったか、あなた少しも御存じないの？」

「ええ、一向……」

「有爲子さん」

梨江夫人は火鉢のうえに手をかざしながら、急に体を乗り出して来て、

「それでもあなた、仁吾さんがどうして急に、姿をかくすようになったか、その理由ぐらいは知っているでしょうねえ」

「理由ですって？」

有爲子は怯えたような眼つきで夫人の白い顔を見上げると、ごくりと生唾《なまつば》を呑《の》んでいる。何かしら冷いものを心臓にあてられたような、どきりとする気持ちだった。

「ええ、理由ですよ。見ればあなたは普通の体ではないようですわね。そういうあなたを放っておいて、姿を隠すというのにはよくよく深い事情があるはずですわね。あなたそれを知っていて？」

「まあ」

有爲子はふいに大きく眼を瞠《みは》ると、思わず呼吸《いき》を弾ませた。

「それじゃ……それじゃ仁吾が何かしたと仰有るのでございますか。何か身を隠さなければならぬようなことをしでかしたとでも仰有るのでございますか」

「ええ、そうですよ。あなたそれを知らなかったの？」

夫人の疑い深い眼が、混乱した有爲子の表情《かお》をじっと凝視《みつ》めている。その眼の中には、ちょうど鼠を弄《もてあそ》ぶ猫のような、意地悪い喜びが燃えているのだった。

「いいえ、あたし何も存じません。良人はただ骨休めに旅行しているのだと許《ばか》り思って居りました。あの人が……あの人がいったい何をしたと仰有るのでございますか」

「仁吾さんはね」

夫人はいかにも楽しそうに、一句々々、言葉を切りながらいうのだった。

「偽画《にせが》を描《か》いたのですよ」

「偽画ですって？」

「お判りにならないの？　仁吾さんはね、うちの先生の名前を騙《かた》って絵を描《か》いて、それを法外もない値でひとに売りつけたんですよ。これがどういう罪になるか、あなただってよく判るでしょう？」

（八）

がんと一つ、重い鉄槌《てっつい》で脳天をやられたような気持ちだった。

いまにも背後《うしろ》に倒れそうになるのを、やっと襖につかまって身を支えた有爲子は、眼の前が急に真っ暗になったような気持ちだった。

「偽画ですって？　あの人が……まあ、あの人が偽画を描いたのですって！」

「そうですよ、しかも大恩のある先生の偽画をしたのですよ。あなた、ほんとうに何も知らなかったの？」

知らなかった！　有爲子はまったく知らなかったのである。だが、そういえば思いあたることはいくらでもある。

この間からの妙な素振り、何か隠し立てをしているようなあの仕事のしぶりといい、送って来たあの大金といい……そしてまた、観月堂の奥歯に物のはさまったような態度――計られたのだ。あんなに……あんなに気をつけていたのに、良人はとうとう、観月堂にあやまらされてしまったのだ。

(ああ、あなた！　あなた！)

混乱と恐怖と絶望に、気の狂いそうな有爲子の様子を、梨江は冷い眼でじっとみつめながら、

「今度という今度は、さすがの先生もそれはそれはひどい御立腹ですよ。誰が何んといっても訴えずにはおかないと、たいへんなお腹立ちなんです。有爲子さん。もし訴えられたらどうなるかお判りでしょうね。文書偽造罪――たしかそういうんでしたわね。お気の毒でも懲役は免れないと思いますよ」

文書偽造罪――懲役――おお、何んということだ。あなた、あなたは何んだってまあ……。

有爲子が混乱し、動顚すればするほど、反対に梨江夫人は落ち着いて来て、

「画家として、これは一番致命的なことなんですよ。一度こういうことがあった人は、生涯画壇では浮かばれないのですよ。仁吾さんだって、それくらいのことはよく知ってる筈よ。それだのにこんな馬鹿なことをして……あたし呆《あき》れるというより腹が立ちます。恩師にそむいて、恩師に弓を引いて、そして落選したからといって、それがまるで先生やあたしのせいであるかのように世間にいい触らし、その挙句の果てが、まるで面当てみたいな今度の仕方でしょう。その心根があたしには憎いのよ。先生がお怒《いか》りになるのも無理はない。あたしだって腹の中が煮えくり返るようですよ」

梨江夫人が仁吾に対する憎しみは、仁吾の父、俊六に対する深いわだかまりから来ている。良人と村瀬さきの間を取り持って、自分をあんなに苦しめたのは、みんな俊六だと曲解していた梨江夫人は、終生仁吾の父に対して敵意を解くことが出来なかった。そして俊六の死後はその憎しみを息子の仁吾に移して、普段はあんなに上品で物静かな人だのに、仁吾のことになると、人が違ったように兇暴《きょうぼう》になるのだった。そして今、打ちひしがれたように、無抵抗な、惨めな有爲子の様子を見ると、彼女は一種快楽に近いような兇暴な血が体内に躍り狂うのを感じている。

「先生は泣いてらっしゃいますよ。腹を立てながら、男泣きに泣いていらっしゃるので

すよ。先生はあんなに仁吾さんを愛していたのですからね。あたしだって、仁吾さんの天分はよく知っている。いくいくは先生の後をつぐ大家になるだろうと信じていた。でも、もうこれで、何もかも滅茶苦茶《めちゃくちゃ》だわ。仁吾さんは生涯うかばれない。そして、これというのも有爲子さん、みんな連れ添うあなたの罪なんですよ」

　俄然《がぜん》、荒鷲《あらわし》のように鋭い夫人の鉾《ほこ》さきは、無防御な有爲子の上に襲いかかって来るのだった。

（九）

「仁吾さんが間違ってそういうことをするというのも、つまりはあなたに自覚が足りないからですよ。あなたに自覚がないから、折角の仁吾さんの素晴らしい天分を、滅茶々々にしてしまうようなことになるんです。いったいあなたは、仁吾さんと一緒になる時、しっかりとした覚悟が出来ていたの？」

　夫人の声はわれにもなく甲高くなって来る。

　彼女は自分でもわからぬ不思議な陶酔を感じているのだった。梨江夫人が仁吾を褒める等ということはこれまでに一度もないことだった。いや、褒めるどころか、仁吾の天分を考えることすら、彼女にとってはむしゃくしゃするのだった。

　それが今日ばかりは、仁吾を褒めても少しも不自然を感じない。いや、仁吾を褒めることによって、いっそう強く有爲子を責めようという、一種狡猾《こうかつ》な彼女の算段だった。

「画家の妻というものは、それは難しいものよ。あたしなど、画家の家にうまれ、画家を良人として今日まで暮して来たが、そのためどんなに苦労をしたか知れやしません。画家というものを、ほかの職業の方と一緒にしちゃ困りますよ。画家というのはたいてい我儘《わがまま》なものです。また、はじめは至って貧乏なものです。それに耐えていく覚悟がなければ、良人をえらい画家に仕立てることは出来ないものですよ。それをどうでしょう、あなたと来たら仁吾さんにつまらない挿絵稼ぎをさせていたというじゃありませんか」

　有爲子はぎょっとしたように夫人の顔を盗み視る。血の気のうせた頬は白蠟《はくろう》のようにほおけて、唇がわなわなと顫《ふる》えている。何か云おうとしたが、言葉は唇より外には出なかった。

「良人がそんなことしようといったら、止めるのがあなたの役目ですよ。それをどうでしょう、自分から得意になって、挿絵の注文をとって歩いていたというじゃありませんか。そんなことにあくせくしているから仁吾さんも堕落するんです。今度のようなことになったのも、つまりはあなたが貧乏に耐えられなかったせいですよ。あなたが仁吾さんを罪に追いやったのも同じことですよ」

　夫人の鋭い舌は、鞭のように有爲子を打擲《ちょうちゃく》する。その鞭の下で、喘《あえ》ぎ、悶《もだ》え、血みどろになってのたうつ有爲子の姿が、夫人には、一種の残虐な快感をそそるのだった。

「あなたはどう思っているか知らないけれど、これだけでも、あなたが仁吾さんの妻になる資格のない人だということが分ります。仁吾さんはうちの先生の、それはそれは可愛いお弟子だったのよ。さあ、これをどうしてくれるの。仁吾さんを、もとの白地にして返して頂戴」

「だって、だって……」

「だっても何もあるものですか。みんなあんたが悪いのです。そうとも、みんなあなたの罪なんですよ」

　そうなのだ！

　みんな自分が悪いのだ。挿絵を描《か》くことをあんなに良人がいやがったのは、こういう事があるからだった。それをあたしは知らなかった。挿絵だって立派な仕事だと思っていた。仁吾の妻になる資格のない女！　おお、自分はほんとうにそうかも知れぬ。

有爲子はふいにすらりと立上った。よろめく足で玄関へ出た。

「あれ、あなた、どこへ行くの」

だがその言葉も有爲子の耳には入らなかった。格子をひらくと外には霙《みぞれ》が霏々《ひひ》として降っている。

「あれ、ちょっとお待ち！」

呆気《あっけ》にとられた梨江夫人が慌てて後から追いかけるのを振り返りもしないで有爲子は霙の中へ出ていった。何かしら胸にたまっている想いを、かあーっと吐き出したい気持ちだった……。

霙《みぞれ》

（一）

「美奈子、お母さんはまだかえって来ないかね」

「はい」

「困ったものだ。つまらぬことをしなければよいがな」

「お父さま、あたし、ちょっと行って参りましょうか」

「ふむ」

と楓香先生は溜息《ためいき》を洩《も》らして、

「まあ、いい、いまにかえって来るだろう」

腕組みをして、がっくりと首を落した父の横顔に、俄《にわか》に老いの眼立つのを、美奈子はいたいたしくて見ていられなかった。

「馬鹿な奴だ」

と楓香先生はまた溜息だった。

「だが、それほど困っていたのかなあ」

そういう楓香は不都合を働いた弟子を憎む感情より、弟子をそこまで追いやった、自分の過失を責める悔恨のほうがより多く滲《にじ》み出ているのだった。

「お父さま、観月堂の奴が悪いのよ。あいつが仁吾さんをそそのかして、そんな大それたことをやらせたのよ。仁吾さんこそ可哀そうだわ」

白い電灯の下には、一幅の軸がひろげられて、その軸を中にむかいあった父と娘の顔色には救いのない絶望感が現れている。

「ふむそれにしてもだ。こんな馬鹿なことをするまでには、よくよく苦しんだに違いない。あいつのことだから、まさか、のめのめとこんなことが出来る筈《はず》がない」

さっきから、何度そのことを云《い》いあったか知れない。父と娘と、驚き、歎《なげ》くだけ歎くと、あとはもう口を利けないほど不安と危惧《きぐ》とに包まれて、ともすれば、同じことばかり繰り返している。

楓香先生が、描いたおぼえのない軸を持ちこまれて、箱書を依頼されたのは昨日のことだった。

それは先生が好んで描く双龍図《そうりゅうず》で、いかさま、先生の筆致に極似しているのだったが、明かに偽物だった。

楓香先生が自分の偽物に出会うのは珍しいことではなかったが、こんなによく出来たのを見るのは初めてだった。

驚いて出所を質《ただ》すと、観月堂の手から出たものらしいということが判ったが、その観月堂は数日前から姿をくらましている。しかし、そこまで判ると、この偽物の筆者については すぐ当りがついた。

ちかごろ仁吾が、しげしげ観月堂へ出入りをしているということはほかの画商の口からも聞いていたし、第一、これだけの偽物を作る画家は、仁吾より外《ほか》に心当りがなかった。

そう判ると梨江は鬼の首でも取ったように歓《よろこ》びながらすぐ訴えて出るといきまくのだったが、楓香先生と美奈子の二人でやっとそれだけはなだめた。

梨江もそこで、それだけは断念したが、一言仁吾にあって、何か手ひどいことをいってやらなければ腹の虫がおさまらないという。楓香先生と美奈子には、それまで制《おさ》える力はなかった。

「放っといて下さいよ。こんなことをされてまで黙っているという法があるもんですか。あたし、いうだけのことはいってやらなきゃ……」

梨江夫人はそういって出ていったが、夜になってもかえって来ず、そのうちに、外は冷い霙《みぞれ》になった。

父と娘の不安は、ふりしきる霙とともに、しだいに昂《こう》じて来たのだが、その時だった。しめきった硝子《がらす》戸の外で、誰かが、がさりと氷を踏み砕く音。

「誰だ？」

と叫んで、楓香先生と美奈子は思わず顔を見合せていた。

（二）

「誰だ？　そこにいるのは誰だ？」

腰を浮かせて座敷のなかから、楓香先生はもう一度呼んでみたが、応《こた》えはなくて——硝子戸を洩れるひとはばの光の中に、雪をまじえた冷い雨が、さらさらと音を立てて降っている。

美奈子はつと立って、硝子戸のそばによると、

「誰かそこにいて？」

と、降りしきる霙のなかを透かしていたが、何を見つけたのか、ふいにぎくりとしたように、父のほうを振り返る。

「どうしたんだ。誰かそこにいるのか」

「ええ、あの……」

と、言葉を濁す美奈子の様子を怪しんで、

「誰だ？」

と、楓香先生も立って、硝子戸のそばまで来て外を覗《のぞ》いてみる。暗い庭には、葉の落ちた、楓《かえで》のはだか樹が霙にぬれて、その蔭《かげ》に、誰やら黒い影がしょんぼりと佇《たたず》んでいる。帽子もかぶらぬ頭は、しとどに濡《ぬ》れて、悄然《しょうぜん》とつぼめた吊鐘《つりがね》マントの肩のあたり、凍え

るかと思えるばかり。

　楓香先生はいきなりがらりと硝子戸をひらくと、

「おお、おまえは仁吾ではないか」

「先生！」

　仁吾の声は熱い塊でも呑《の》むように、咽喉《のど》にからんで、

「済みません！」

　と、腸《はらわた》も千切れるかと思えるばかりの息使いだった。

「おまえ、ここへ何しに来た」

「先生！」

「ここはおまえの来るところじゃない。どの顔さげてやって来たのだ、帰れ、帰れ、とっとと帰れ！」

「先生！」

「いいや、何も聴きたくはない。仁吾、おまえのやったことがどういうことだか、よく判っているだろうな、弁解無用だ。美奈子、そこにいる男を追いかえしてしまえ」

「あら。お父さま、いけませんわ」

　美奈子には父の心がよく判っている。口では強く云っているものの腹の中では、どれほどに仁吾をいとおしく思っていることか、霙に濡れて、まるで宿なし犬のように、悄然と会いに来た仁吾を、父がどれほど哀れに思っているか、美奈子にはわかりすぎるほ

どよく判っていた。

「そんなこと仰有《おっしゃ》らないで、せっかくああしていらしたのだから、どうぞ会ってあげて頂戴。仁吾さん、父はどれほど、あなたのことを心配していたか判らなくってよ」

「済みません」

歔欷《すすりな》くように言葉を切って、仁吾が一歩まえによろめく拍子に、マントの裾《すそ》が触れたのか、灯籠につもり初めた雪がはらりとこぼれる。

「先生、お詫《わ》びにあがりました。いいえ、どんなにお詫びしたところで、許して戴けようとは思っておりません。でも、先生にお眼にかかって、一言お詫びを申上げなければ気がすまなかったのです」

「いいや、詫びなど聴きたくないぞ。自分で悪いと気がついたら、とっととここを帰っていけ。そして……そして、おまえの力でこの償いをしてみろ！」

「あら、お父さま、そんなこと仰有らないで……仁吾さん、仁吾さんこちらへお入りになって頂戴。そんなところに立っていらしたらお風邪を召しますわ」

霙はいよいよ激しくなって、仁吾の肩にはちらほらと白いものがつもりはじめている。

それでも仁吾は動かなかった。

（三）

「美奈子さん、いいのです。僕はここの方がいいのです。とてもお屋敷へ這入《はい》れるような人間じゃありません」

「だって、そんなことを仰有ったって……こんなに雪が降って来たのに……」

「いいえ、構いません。先生にお眼にかかればそれで気がすみます。お詫び申し上げればすぐお暇《いとま》をするのです」

「だって、だって……」

と、美奈子は身を揉《も》むように、

「そんな強情なこと仰有らないで……ああ、判ったわ。きっと、母がまた、何かひどいことを云ったのね」

「お母さま？」

仁吾が怪訝《けげん》そうな表情《かお》をするのも気がつかずに、

「ええ、さっき母が参ったでしょう。母はかっとする性で、何をいうか判りゃしませんわ、どんなことを云ったか知れませんけれど、どうぞ、気になさらないでね」

「いや、奥さんには会いませんでした」

「あら、それじゃ行き違いになったのかしら」

「いいえ、僕はもう二週間あまりも家へかえらないのです。そうです。僕は有爲子の顔を見るのが怖かったのです。彼女《あれ》は僕のやったことを知ってはおりません。しかし、彼《あ》女《れ》の物問いたげな眼を見ると、僕はまるで、胸に針をさされるように痛かったのです。

僕は、――僕はあの絵を観月堂に渡したきり、そのまま家へもかえらないで……」

「まあ！」

「家へも帰らないで、野良犬みたいに方々をうろつき廻《まわ》っておりました。まるで地獄です。僕はいまさら自分の馬鹿さかげんに愛想がつきました。もうこれ以上、世間から逃げ隠れをしているのがいやになりました。それで……それで……先生にお眼にかかってたった一言お詫びをしたら潔く、潔く……」

さすがにその後は口に出しかねて、吃《ども》りがちに涙を呑むのを楓香先生は凝然として聞いていたが、

「仁吾！」

だしぬけに呼びかけた声はさきほどの調子からみると、よほど穏かになっていた。

「はい」

「おまえが観月堂に渡した絵は俺のあれ一枚だけか」

「はい」

「ほかにはないか」

「ありません」

「俺のほかに迷惑をかけた人はないのだな、絶対にないのだな」

「絶対にありません」

楓香先生の面《おもて》にはふいにほっと救われたような色がうかんだ。

有難い！　偽作の犠牲になったのが、自分一人だとすればまだ何んとか救われる途《みち》がある。

「仁吾」

「はい」

「まあこちらへおいで、そしてこれを御覧、おまえが偽作をしたのはたしかにこの一幅だろうね」

「先生、面目次第もございません」

「この落款を入れたのもおまえか」

「いいえ、それは私ではありません。僕は唯《ただ》絵を描《か》いて渡しただけなのです。しかしその事は何んの弁解にもなりません。僕は最初から事情をよく知っていて、それを描いたのですから」

「仁吾！」

　ふいに楓香先生の声が烈しくなった。

「貴様は馬鹿だな。何故この絵に堂々と自分の名を入れぬ。これだけの絵を、この素晴らしい絵を描《か》く腕を持っていながら、何故他人の落款など使うのだ」

（四）

「仁吾！　おまえだってこの道で、永年苦労して来た人間だ。絵の出来ぐあいぐらいはわかる筈、これだけの絵を描《か》きながら何故堂々と自分の署名をしなかったのだ！」

　楓香先生の声は、いつか涙にくもっている。

「この軸をはじめて見せられた時、俺はどんなに驚いたろう。この気魄《きはく》、この雄渾《ゆうこん》さ、奔放自在なこの筆致、俺はおのずから頭のさがる思いがしたぞ。画壇人多しと雖《いえど》も、これだけの絵を描《か》ける人間はそうざらにあるものではないのだ。それを何ぞや、――それを何んぞや、観月堂如き人間にそそのかされて、こんな馬鹿なことをするとは、仁吾、俺はそれが残念だった。口惜《くや》しかった。腸《はらわた》が千切れるような思いだったぞ」

　縁側にうつぶした仁吾の胸に、楓香先生の血をはくような言葉の一句々々が、切々として浸《し》みとおる。

　ああ、この慈愛、この温情――仁吾は大声をあげて泣きたかった。いっそ口を極めて罵《ののし》られたら、いや、殴られたら、蹴《け》られたら、どんなに心易かろう。まるで熱風が吹きすさむような仁吾の脳裡《のうり》に、その時、忽然《こつぜん》としてうかんで来たのは、幼年時代からの先生の温情の数々だった。

　自分にはじめて絵の手ほどきをしてくれたのもこの先生だった。そして見どころあるとて、亡父《ちち》に将来を保証して、陰に陽に自分をはげまし、自分を指導して下すったのもこの先生なのだ。

それだのに、ああ、それだのに自分は、僅《わず》かの蹉跌《さてつ》に気を腐らし、この恩師に弓をひいてしまった。恩師の顔に泥を投げつけてしまったのだ。

「先生！」

仁吾はふり落ちる涙を拭《ぬぐ》おうともせず、

「このお詫びはきっと致します。この償いはきっと致します」

「なに？　償いをする、おお、それもよかろう、しかし償いをするとていったいどうしてするのだ」

「自首して出ます。そして綺麗《きれい》な体になるまでは二度と御目にかかりません」

「馬鹿！」

楓香先生の声が余り大きかったので、仁吾よりも却《かえっ》て側にいた美奈子のほうが驚いたくらいだった。

「仁吾！　俺はな貴様を罪人にするくらいならこんなに胸を痛めやせん、貴様の将来を思えばこそ身も心も細る思いをしているのだぞ、ここで貴様が躓《つまず》いたらこれから先どうなると思うのだ。いや折角いままで俺の丹精して来たことがどうなると思うのだ」

楓香先生の心持ちはよく判っていた。

幸いに仁吾のあやまちは、ここにある一幅だけにとどまっている。楓香先生が黙って箱に、筆をとりさえすれば仁吾の過失は不問に付することが出来るだろう。

仁吾には先生の有難さが身にしみた。それだけにこれ以上甘えるわけにはいかなかった。いや、それより彼は、ここで綺麗さっぱりと身についた垢《あか》を落してしまいたかった。

「いいえ、先生、僕は——僕は、もうこれ以上、先生に御迷惑をかけることは出来ません」

「仁吾さん！」

美奈子も唇をふるわせながら、

「だって……だって、あなたがそんなことをなすったら、後に残った有爲子さんはどうなるとお思いですの」

「そうです。唯それだけが気がかりなんです」

仁吾はさむざむとした溜息を吐きながら、

「彼女《あれ》も可哀そうな女です。真実《ほんとう》の父も知らず、僕のような男を亭主に持つなんて、彼女もよっぽど不仕合せな生れつきなんです」

(五)

「真実の父を知らない？」

楓香先生がふと訊《き》きとがめた。

「そうなんです。彼女はその父を探すために、わざわざ東京まで出て来たんです。しかし、僕のようなものにひっかかったばかりに、彼女も生涯苦労することでしょう」

なんだか気がかりな一言だった。楓香先生は思わず膝《ひざ》を進めていた。

「しかし、彼女の話では、父はたしか緒方順造といって、去年の春に亡くなったという事だが……」

「はい、しかし、その緒方順造というのは、彼女のほんとうの親ではなかったのです。有爲子はその人が死ぬまで、ついぞそのことを知らなかったという話ですが……」

「そ、それじゃ何か、彼女の真実の父というのはほかにあるというのか。そして、それを彼女は探しているのか」

仁吾は気がつかなかったけれど、美奈子には父の言葉がいちじるしく顫《ふる》えているのが気になった。枯木のように痩《や》せおとろえた楓香先生のからだを、その時、さっと燃えるような焔《ほのお》がつつんだ。

「はい、そうなんです。その父を探すために彼女は上諏訪から東京へ出て来たんです」

「そして……」

と、楓香先生は何かしら、怖いものでも覗くような眼附きをしながら、

「その父の名というのは？」

「それが分らないのです」

「なに、分らない？」

「はい」

仁吾もようやく、何故、先生がこんなにしつこく、有爲子のことを訊《たず》ねるのだろうと怪しみながら、

「彼女の母が緒方順造という人物と結婚した時には、すでに彼女を腹にもっていたということです。順造という人はむろんそれを知っていた。しかし、強いてその子の父の名を訊こうとはしなかったのです。彼女の母も、絶対にそれを語ろうとはしなかったが、唯一言その子の父のことは、僕の親爺《おやじ》、賀川俊六がよく知っているといったそうです」

楓香先生のからだを包む焔は、ふいにさっと灰色に冷えきった。もし、人の心の動揺が音を発するものだったら、仁吾や美奈子は、その時、物凄《ものすご》い爆発を聞いたにちがいない。

楓香先生はふいに泳ぐような手附きをした。

（わが子だ！）

まるで脳天を貫く稲妻のようにかつての愛人と有爲子の顔が、楓香先生の眼底でダブってひらめいた。

（おお　わが子だ！）

起き上ろうとして、そのままぺたんと腰を落した楓香先生は、矢庭に両手でひしとばかりに頭をかかえた。

この先生の異常な動作に仁吾と美奈子はぎょっとしたように眼を見交したが、つぎの

瞬間二人もはっきり諒解《りょうかい》した、有爲子の父が誰あろう現在ここにいる楓香先生であることを……。

「先生！」

「お父様！」

二人が同時に左右から取り縋《すが》ろうとした時だった。

「おやまあ、とんだ愁歎場《しゅうたんば》ですこと。それじゃ有爲子さんは美奈子の腹違いのお姉さんという訳なのね」

ぎょっとして振りかえった仁吾と美奈子の眼にうつったのは梨江夫人の物凄い形相だった。

そのとたん仁吾はひらりと縁側から離れると、

「美奈子さん、有爲子を頼みますよ！」

「あれ仁吾さん！」

美奈子が縁側から身体を乗り出した時仁吾のからだは、くるめくような霙のなかに包まれていた……。

（六）

美奈子ははっきりとその理由を知っていたわけではなかったが、父と母との間に永劫《えいごう》解けることなき、葛藤《かっとう》の存在していることはうすうす感づいていた。

そしてそれが父母の結婚以前のある婦人問題に関連しているらしいことを、いつ誰から教えられたともなく気がついていた。そういう意味から彼女はいつも父を気の毒に思うと同時に、母もまた可哀そうな人だと考えていた。

しかし、若い娘の単純な考えかたから、そういう旧《ふる》い問題にいつまでも拘《こだ》わっている母を執念ぶかい人だ、打ちとけ難い母だと憎らしくなることも度々あった。これは母の性格の欠点だろうと彼女は単純に考えていた。何故ならば、それはもうずいぶん昔に過ぎ去った事であり、二度と彼女を悩ませる心配のない問題なのだから。——

だが、美奈子のそういう考え方は間違っていたのだ。

西洋の詩人もいった通り、始めがあればかならず終りがなければならない。人生における一つの事件は、必ずいつかまた蒸しかえされて来るものだ。ちょうど地下茎がときどき思いがけないところへ芽を出すように。母は当事者だけが持ちうる微妙な本能から、いつもそのことを気に病んで来たにちがいない。しかもその本能はやっぱり彼女を欺かなかったのだ。

美奈子はいまはじめて、母の焦燥を理解することが出来たように思った。しかし、理解するということと、同情するということは、自《おのずか》ら別問題だった。

有爲子が自分の異母姉《あね》であることが判っても、彼女に少しも不愉快な気持ちがしなかった。いや、その反対に彼女は湧きあがるような歓喜をさえ感じたのだ。

　彼女がいつも自分の心を苦しめていたのは、自分が非常にむだな犠牲を払っているのではなかろうかという念《おも》いだった。仁吾を強いて有爲子の方へ押しやった自分の行為に対して、美奈子はいままで割り切れぬ後味に悩まされていた。

　しかし、今こそ彼女ははっきりと知る。自分の行為は決して間違いではなかったのだ。無意味な自己犠牲ではなかったのだ。

　それは彼女にとっては何んともいえない涼々《すがすが》しい念《おも》いだった。久しぶりに溜飲《りゅういん》の下がったような晴やかさだった。彼女は何ヶ月ぶりかで自分を取り戻したような朗かさになることが出来るのだった。

「お父様、あたしちょっと行って来ますわ」

美奈子がゴム鞠《まり》のように弾む心を抱いて立ち上るのを、しかし梨江夫人は鋭い声で呼びとめるのだった。

「美奈子さん、あんた行くっていったいどこへ行くの？」

「お母さま御免なさい、あたし有爲子さんのところへ行って見ます」

「まあ」

　梨江夫人の顔が急に紫色になった。

「お止《よ》しなさい、そんな馬鹿なこと——あんたもずいぶんおセンチね、お母さまがいま行って来たばかりだから、あんたなんか行くのお止しなさい」

「いいえ、お母さまがいらした後だからこそ、あたし行かなきゃならないのだわ。議論は止しましょう。あたしどうしても行かなきゃならないのだわ」

「美奈子さんあなたまでがそんなこと……」

「御免なさい、話はいつでも出来るわ」

　これ以上母の心を傷つけたくはなかった。けれど美奈子は何故か愚図々々していられない気持ちだった。さっき仁吾がさまよい出た霙のなかへ、彼女もいっさんに走り出していた。

（七）

　霙はしだいに雪になりかけていた。

　市ヶ谷で電車を下りた頃には、大きな牡丹雪《ぼたんゆき》がしとどに頰を濡らした。

　美奈子はそのなかを半分駈《か》け出すように急いでいた。

　仁吾の家へは引越しの時、手伝いにいったことがあるのでよく知っていた。あれ以来母の気持ちをかねて、一度も訪れたことのないのが、いまさらのように悔まれる。自分があの二人から遠ざかっていたのは、果して母に対する気兼ねばかりだったろうか、――そう考えると、彼女は今更のように責められるような気持ちだった。

　だが、そんなことはもうどうでもいいことだった。これからさきは、何んの拘泥《こだわり》もなく、あの人と一緒に泣いたり笑ったりすることが出来る。有爲子さんだって、あたし達が姉妹《きょうだい》だと判ったら、どんなに驚くだろう。だが、その驚きは決して不愉快な驚きではない筈だ。

　美奈子はそう考えると、ゾクゾクするほど嬉《うれ》しかった。

　仁吾さんのことだって決して心配はいらないのだ。お父さまがきっとうまくやって下さるにちがいないわ。そしてこれからみんな仲よくやっていくことが出来るのだ。

　美奈子はふと、北支《ほくし》にいる邦彦の顔を思いうかべたが、すると、いつになくその顔が身近なものに思われるのも嬉しかった。

　だが、そういう美奈子の甘い幻想が、ふいにはたから破られた。

「あら」

　という声が、いま行きすぎた人の唇から洩れて、

「そこへいらっしゃるの、五味さんのお嬢さんじゃありません？」

　美奈子は立ち止まって、洋傘をかしげながら、雪の中に立っている綺麗な人を見た。最初、彼女はなかなか思い出せなかったが、やっと相手が、銀座の婦人洋服店の女主人、葛野京子であることに気がついた。

「あら、マダム」

　応えたものの、美奈子はここで長話するのは迷惑だった。

「御免なさい。マダム、あたしちょっと急いでいますの」

「あら、一寸《ちょっと》待って。あなた有爲子さんのところへいらっしゃるのじゃありません？」

この人がどうして有爲子を知っているのか不思議だったが、美奈子はいまそれを詮索《せんさく》している気はなかった。

「ええ、そうですの。でも一寸急ぎますから……」

「じゃ、あたしももう一度引き返しますわ。何んだかお留守らしいんですのよ。いま、お伺いしてみたんですけど……」

「お留守？」

「ええ、いくら呼んでも御返事がありませんの」

美奈子はふいに烈しい胸騒ぎを感じた。不吉な予感がさあーと彼女の頭をかすめた。

美奈子はだしぬけに駈け出していた。

有爲子の家まで来ると、果してなかは真っ暗だった。

「有爲子さん、有爲子さん」

ほんの形式的に声をかけて、格子に手をかけるとなんとなく開いた。美奈子は構わず上へあがると電気をつけて、台所の隅まで覗いてみたが、有爲子の姿はどこにも見えなかった。それのみならず、押入の取り乱してあるのが、日頃の有爲子らしくなく、あわただしい外出の様《さま》が思われて、美奈子はふいに、膝頭ががくがくと顫えて来る。

「まあ、何かあったんですの？」

あとからついて来た京子は不思議そうな顔であたりを見廻している。

牡丹雪がさらさらと窓をうって家の中には火の気もなかった。

湖凍る

（一）

「ああ、君！　君！　おい、君！　ちょっと待ちたまえ」

うしろからだしぬけに、こう呼びとめられて、有為子は夢からさめたようにはっと足をとめた。

降りしきる雪の街路を、交番の灯《あかり》がひとはばの光を落して、その光の中に、外套《がいとう》にくるまったお巡りさんの姿が、くろぐろと立っているのが見える。

お巡りさんは怪しむように、つかつかとこちらへ近づいて来た。

「どこへ行くんだね、この雪の中を――」

「は、はい、あの――」

有為子は思わず膝頭《ひざがしら》がすくんで舌が強張《こわば》った。

お巡りさんが怪しむのも無理はない。夢中で家をとび出して来た彼女は、傘もささずに、濡《ぬ》れそぼれた顔色も尋常ではなかった。

気がつくとそこは淋《さび》しい屋敷町の角で、雪にぬりつぶされた道のあとさきには、人影とてはなく、大きな銀杏《いちょう》の裸樹《はだかぎ》が一本、交番のそばにふるえながら立っている。

「はい、あの、ちょっとこの先まで……」

「この先ってどこだね。おかしいじゃないか。この雪の中を傘もささずに、何かあったのかね」

意外に美しい有爲子の顔を見ると、お巡りさんは思わず声を和らげた。

「ええ――実はあの、斎藤《さいとう》さんのところまで――」

交番のすぐそばに、医者の広告が雪にぬれて立っている。折よくそれが眼についた有爲子は、咄嗟《とっさ》にそう嘘をついて、思わず顔を赧《あか》くした。

お巡りさんはそれに気がつかず、

「ああ、急病人かね」

「はい」

「君の家はどちらだね」

「市ヶ谷の薬王寺でございます」

有爲子の返事がしだいに落ち着いて来たので、お巡りさんはそれ以上怪しみはしなかった。

「よろしい、それじゃ行きたまえ。私はまた君の顔色があまり妙なので、短気でも起したのじゃないかと思ってな、はははは！」

かなり年配の、深切《しんせつ》なお巡りさんだった。

「済みません、あまりあわてたものでございますから」

「病人は旦那《だんな》さまかね、まあ、よろしい、気をつけていきたまえ、あんたも普通の体じゃなさそうだから」

「では、失礼いたします」

有爲子は交番のそばを離れると、急いで暗い横町へ曲った。途中で振りかえってみるとお巡りさんはまだ立っていて、有爲子の振り返るのを見ると、優しく手を振ってみせた。有爲子はそれにお辞儀をすると、降りしきる雪の中を小走りに走り出した。

「私はまた、君の顔色があまり妙なので、短気でも起したのじゃないかと思ってな」

いまお巡りさんにいわれた言葉が、矢のように胸をつらぬいて、雪にぬれそぼれた頬に、また熱い泪《なみだ》があふれて来る。お巡りさんが怪しむのも無理ではないのだ。まったくその通りの自分にちがいないのだから……。

有爲子はいま自分がどこを歩いているのか、どこへ行こうとするのかも知らなかった。彼女はただ歩いていたかったのだ。どこでもいい、足にまかせて歩き廻《まわ》っていたかったのだ。歩いてさえいれば、この悲しみ、この苦しみが軽くなるような気持ちがして……。

だが、いまのようなことがあればそれも出来ない。

ああ、また向うから人が来る！

有爲子はあわてて横町へ曲ったが、するとふいに賑《にぎ》やかな通りへ出て、彼女のまえに一台のバスがとまった。有爲子はそれを見ると、行先も見定めずに乗りこんでしまった。

（二）

有爲子はいま、新宿駅の待合室にいる。

バスは新宿どまりだった。彼女はそのバスに乗って、どこまでも走りつづけていたかったのだけれど、それもならずに、いまこうして、待合室の一隅に、何んのあても、何んの目的もない体をよせている。

寒いまでに明るい待合室を、雪に濡れた人々が出たり入ったりした。誰も彼も鼻の頭をあかくして慌ただしい足どりだった。有爲子はそういう光景を、まるで遠い国のまぼろしのように、ぼんやりと眺めている。

泪はもう乾いてしまったが、身にしむような寂しさが、ひしひしと胸のなかに喰《く》いいった。何を考える力もなく、何をする気力もなかった。唯《ただ》、ときどき彼女のあたまをかすめるのは笞《むち》のように鋭い梨江夫人の毒舌だった。

——あなたは画家の妻になる資格はない……

——あなたが貧乏に耐えられなかったから仁吾さんがあんなことをしでかしたのだ！

——仁吾さんを堕落させたのは取りも直さずあなたですよ！

「ああ！」

有爲子は両手でこめかみを押えると、思わず唇をかみしめる。夫人の言葉の一句々々が恐ろしい毒を含んで、ぎりぎりと彼女の心を剔《えぐ》るのだ。

（自分は仁吾の妻になる資格のない女なのだ。仁吾に罪をおかさせたのは自分なのだ！）

何もかもが絶望だった。自分はもう帰るところもなければ、行くところもない。このまま暗い雪の夜のはてに、さまよいあぐんだ挙句に、死んでしまいたかった。それが出来ないのなら、せめてこの待合室の一隅で、人知れず消えてしまいたかった。

だが。――

その時、一人の男がなれなれしく側へすり寄って来た。

「姐《ねえ》さん、姐さん、お前さんどこへ行くんだね」

鳥打帽子を目深《まぶか》にかぶって、二重廻しを着た中年の男だった。なめるような眼附きで有爲子の様子を見廻しながら、

「お前さんどこか悪いんじゃないかね。ひどく顔色が悪いようだが……それとも何か心配事があるのかね」

「……」

有爲子はただ煩わしそうに首を振った。

「お前さん、心配事があるんなら一つ私に打ち明けないかね。袖《そで》すり合うも他生の縁だ、私が相談に乗ろうじゃないか」

「いいえ、何んでもないんです」

「何んでもないことがあるもんか。傘もささずに血相かえてさ。誰が見たって変だと思

うぜ。お前さん、行くところがないのだろう？」

「……」

「ねえ、どうだ、私といっしょに行かないか、私は別に怪しいものじゃないぜ、思いあまることがあるなら、私が相談相手になって、とっくりと身の振りかたを考えてあげよう。いつまでもこんな所にいると、お巡りさんに連れていかれるぜ」

「いいえ、あの……あたし……待っている人がありますの」

「待っている人？」

男はそっと待合室の中を見廻して、

「冗談いっちゃいけねえ、待ってる人なんかあるもんか、まあいいから私と一緒に来なさいよ」

二重廻しの下から腕をのばした男が、矢庭に有爲子の手を握ろうとした時だった。

「やあ、失敬、失敬、待たせたね。さあ、行こう」

にこにこ笑いながら有爲子のまえに立ったのは、全く見知らぬ青年だった。

（三）

「失礼いたしました。少しよけいなおせっかいと思ったのですが、あなたがあまりお困りの様子でしたから」

待合室を出ると、見知らぬ青年がにこにこ笑いながら、有爲子の耳に囁《ささや》いた。

有爲子は半分夢を見ているような心持ちで、

「いえ、あの……あたし、ほんとうに困ってしまって……」

「そうでしょうとも、ときどきああいう奴が現れますから、気をつけなくちゃいけませんよ、ほら、まだこっちを見ていますよ、執念ぶかい奴だ」

有爲子にはとても振りかえる勇気はなかったけれど、待合室の入口に立って、じっとこちらを睨《にら》んでいる、鳥打帽子の男の気味悪い眼つきが、あとから追いかけて来るようで思わず体がすくむのだった。

「有難うございました……おかげさまで助かりまして……」

有爲子はまだ膝頭ががくがく顫《ふる》えるような気持ちだった。

人が逆境におちると、それをよいことにして、恐ろしい罠《わな》が待ちうけているのだ。そう考えると有爲子は、泣くにも泣けないほど情ない、腹立たしい気持ちだった。

「時に、どちらまでおでかけですか」

「はあ、あの、上諏訪まで……」

有爲子はいってしまってから思わずはっとした。ほんとうをいえばその時まで、彼女は上諏訪へ行こうなどとは夢にも思っていなかったのだ。しかし、そういいきってしまうと、彼女ははじめからそれが自分の決心であったかのように、不思議に心が落ち着いてくるのをおぼえる。

青年は別に怪しみもせず、

「上諏訪ですか。長野行ですね。それならもう十五分もすると汽車が出ます。切符は買いましたか」

「いいえ、あのまだですの」

「切符売場は向うです。買って来てあげましょうか」

「あら、いいのです。あたしが買って参りますわ」

切符を買って来ると、青年は改札口で待っていた。

「買えましたか」

「ええ」

「じゃ、さようなら。もう大丈夫ですから安心していらっしゃい」

青年は人懐っこい笑顔をうかべながら、

「さっきの奴、諦《あきら》めたのかすごすご帰っていきましたよ。行きがけに物凄《ものすご》い眼で睨んでいきましたが、なあに平気ですよ、はははは、じゃ気をつけていらっしゃい」

「はあ、では、御免下さいまし」

「さようなら！」

有爲子が改札口のなかへ這入《はい》ってしまうと、青年は安心したように帽子のところへ軽く手をあてて、そのままくるりと向うを向いていってしまった。

有爲子はあとから来る人に押されるように、中央線のプラットフォームまで来ると、長野行きの列車が、いままさに発車の姿勢で待っている。

有爲子はそれに乗り込んでから、はじめて見知らぬ青年の親切がわかって来て、ちょっと心をあたためられたが、すぐ次の瞬間、またも深い絶望のなかに沈んでしまった。上諏訪へいったとて誰が彼女を待っていよう。彼女には家もなければ両親もない。山崎先生や木實たちがいることはいるけれど、あの人たちだっていまの自分の苦しみをどうすることも出来ないのだ。

冷い窓ガラスに額をあてていると人知れぬ泪があとからあとから溢《あふ》れて来て、彼女はいつかこみあげて来る嗚咽《おえつ》を嚙み殺しているのだった。

（四）

汽車が富士見高原を越えるころから、外は猛烈な吹雪になっていた。

ガラス戸に額をつけて外を眺めると、明方の闇のなかに、真ッ白な雪の塊が、くるめくように舞っているのが見える。

富士見、青柳《あおやぎ》、茅野《ちの》と、汽車が上諏訪にちかづいて来るにしたがって、有爲子はなんともいえぬ不安と悲しみに、胸をとざされるのだった。

今日、こうしてうまれ故郷へかえって来ようとは、誰が、どうして考えたろう。思えば同じ線路をとおって、有爲子が東京へ出たのは去年の春のことだった。

あの頃も、有爲子はふかい悲愁にとざされていたが、いまのこの歎《なげ》き、絶望的な哀愁にくらべると、あの頃の有爲子は、まだまだ何んの苦労も知らなかったということが出来るだろう。

満身にいたでをうけて、息もたえだえに塒《ねぐら》へ辿《たど》りつこうとする、哀れな小鳥にも似た、いまの自分の身の上をかんがえると、有爲子はわれながら、あまりのいたいたしさに胸がつぶれるような気がするのだった。

この汽車は、朝の一番と見えて着く駅ごとに新聞がおろされる。新聞をとりに来ているのは、たいてい、まだ十三、四のいたいけな少年たちで、吹雪のなかに真っ白な息を吹きながら、甲斐々々《かいがい》しく立ち働いているのを見ると、有爲子はいまさらのように、生活の苦しさというものを感じて、胸のなかが熱く溢《ふく》れあがって来るのだった。

有爲子はふと、去年この線路を逆に走っている汽車のなかで、ゆくりなくも会った仁吾や美奈子のことを思いうかべる。もし、あのまま、あの人たちに会いさえしなかったら、いまのこの切実な歎きはしなかったであろうに、と思うと、運命というものの冷酷さが、ひしひしと胸に迫って来る。だが、それと同時に、もしあの人たちに会わなかったら、尠《すくな》くとも仁吾を知らずにすませたら、人生というものは何んと淋しい、味気ないものであろうかとも思え、これでいいのだ、これで何も悔まれるところはないのだという気もする。

有爲子はもう泣いていなかった。泣くだけは泣いてしまった感じで、妙にしらじらとした気持ちになっていた。

やがて汽車は上諏訪へ着いた。

がらんとしたプラットフォームにおり立ってみると、駅の周囲はくるめくような吹雪に包まれて、気がついてみると自分の乗って来た汽車も白い雪をかぶっていた。

こんな時間でも、やっぱり旅をする人はあると見えて、有爲子と一緒におりた人が五、六人あった。みんな寝不足の、味もそっけもない顔をして、すたすたとブリッジを渡って改札口へ急いでゆく。有爲子はその人たちの眼を避けるように、一番あとから改札口を出たが、さて、それからどうしようと途方にくれてしまう。

駅の時計を見ると、まだ五時を少し廻ったばかりだった。駅まえの広場には、雪がつむじのように舞って、一刻もじっと立っていられない。事変以来少くなった自動車は、どこにも姿を見せなかった。

有爲子は仕方なしに、その吹雪の中へまっしぐらに出ていった。

山崎先生——有爲子が取りあえず、訪ねてみようとするのはその人よりほかにはない。

時刻が少し変だったけれど、そんなことには構っていられなかった。吹雪をついて、有爲子はやっと山沿いの町にある山崎先生の下宿へ辿りついたが、しかし、その山崎先生は——？

（五）

山崎先生の下宿は、山沿いの裏町にあった。

主人は鉄道員で、そこのお主婦《かみ》さんを、有爲子もよく知っていた。

四十恰好《かっこう》の、人のいいお主婦《かみ》さんで、有爲子が山崎先生のところへ遊びにいくと、お嬢さん、お嬢さんと大事にしてくれた記憶がまだ新しかった。

こんなに朝早く、迷惑ではなかろうかとも思ったが、そんなことで躊躇《ちゅうちょ》しているわけにはいかなかった。雪の冷たさが足さきから這《は》いあがって、有爲子はいまにも凍えそうだった。

「小母《おば》さん。小母さん」

有爲子は格子に口をよせて、あたりを憚《はばか》るような声で呼んだ。

「御免下さい、小母さん」

そういう声も、暗い露地に凍りついて、立っていると、全身がみるみる雪達磨《ゆきだるま》のように真っ白になる。

家の中ではまだよく眠っていると見えて、有爲子の訪《おとの》う声に対して返事もなかった。

「小母さん、すみませんけれど、ちょっとここを開けて……」

かじかんだ手で格子を叩《たた》きながら、有爲子の声はいまにも泣き出しそうだった。それ

でも、ひょっとしたら二階にいる山崎先生が自分の声を聞きつけてくれるかも知れないと思いながら、

「小母さん、もし、小母さん、起きて頂戴」

がたがたと格子を叩いていると、やっと奥の方で人の起きる気配がして、

「どなた？」

と、聞きおぼえのあるお主婦さんの声だった。有爲子はそれを聞くと、飛び立つほど嬉《うれ》しくて、

「あたしですの。緒方の有爲子ですの」

「まあ！」

と、びっくりしたような声が奥のほうで、

「緒方のお嬢さんが、いまごろどうして……」

と、それでもごそごそ起きて来る気配だった。

「すみません。こんなに早く起して」

「いいえ、そんなことはどうでもいいんですけれど」

と、かけがねを外す音がして、お主婦さんが眠そうな眼で、がらりと格子をひらいたが、有爲子の様子をひとめ見ると、

「まあ、お嬢さん」

と、いっぺんに眼がさめたような顔つきだった。

「すみません。さぞ、御迷惑でしょう。でもあたし、急に山崎先生にお目にかからねばならぬことが出来て……あの、先生はまだお寝《やす》みでしょうね」

「まあ」

と、お主婦さんは怪しむように有爲子の顔色を見ながら、

「それじゃ、お嬢さんはまだ御存じじゃなかったんですの？」

「なんですの？」

何かしら意味ありげなお主婦さんの言葉に、有爲子は思わず胸をどきどきとさせた。

「山崎先生なら、もうここにはいらっしゃいませんよ」

「まあ！」

と、有爲子は呼吸《いき》をのんで、

「じゃ……どこかほかの家へお移りになりましたの？」

「ほかもほかも、あなた、先生はもう日本にはいらっしゃいませんよ。去年の暮に、満州のほうへおいでになって……どうしたんでしょう、お嬢さんのほうへはそのことをいってやらなかったんでしょうかねえ」

有爲子はそのとたん吹雪のなかで全身が凍りつくかと思われた。

（六）

山崎先生は日本にいない。

山崎先生は満州へいってしまった。

あまりのことに、有爲子はしばらく言葉も出なかった。失望と落胆にならされた有爲子だったけれども、こればかりはあまり大きな驚きで、全身の感覚が麻痺《まひ》してしまうかと疑われるばかりだった。

「ほんとにねえ、せっかく訪ねていらしたのに、お生憎《あいにく》でしたわねえ。あたし、お嬢さんもそのことを御存じだとばかり思っておりましたのに、たしか先生は、一度東京へあなたをたずねていらしたようでしたがねえ」

お主婦さんが気の毒そうに、何かくどくどといっていたけれど、その言葉も一言も有爲子の耳にははいらなかった。

彼女はふいに、何か大声で叫び出したいような衝動にかられて、フラフラとお主婦さんのまえから離れると、そのまますたすたと走りはじめた。

「あれ、お嬢さん、どちらへいらっしゃるのです」

お主婦さんがあわててうしろから呼びかけたけれど、有爲子はふり返りもしなかった。まるで酒にでも酔ったような歩調《あしどり》で、いっさんに彼女は吹雪のなかを走りつづけていた。

「まあ、お嬢さん、お嬢さん、ちょっとお待ちなすって！」

うしろから呼びつづけていたお主婦さんの声がしだいに遠くなると、いまはもう有爲子ひとりきりだった。

どこへ行くのか、彼女自身にもわかっていなかった。どこへでもいい、いつまでも明けぬこの雪の夜を、彼女は永遠に走りつづけていたかったのだ。

ただ一つ、彼女の希望の綱であった山崎先生も、もうこの内地にいないという。打ちひしがれた有爲子の魂にとって、それはあまりにも残酷な巡りあわせであった。

もう何も彼《か》も失ってしまったのだ。有爲子は胸の中にあいた大きな穴を、風が音を立て、吹きすぎていくのを聞くような気持ちだった。

（おお、お母さま！　お母さま！）

悲しみに乱れた彼女のあたまは混乱し、惑乱し、いつか母の名を呼びつづけている。

雪は容赦もなく、眼といわず口といわず飛びこんで来て、泪も頰に凍りついてしまった。髪にも肩にも、真白になるほど雪がつもっている。それでも彼女は、母の名を呼びながら、夢中になって走りつづけていた。

雪の夜はいつまでも明けやらず、凍りついた湖水を渡って来る風は、肌をつきさすように冷かった。

しかし、有爲子の体は半ばもう感覚をうしなってしまって、寒さも冷たさもかんじない。幾度か彼女は雪のうえにまろび、躓《つまず》き、いつか下半身泥だらけになっていた。有爲子はしかしそれにも気がつかない。彼女の足はいつか町を出外れて、荒涼たる山際へさしかかっていた。

その道をまっすぐ行けば母の墓がある。そこには自分をあんなに可愛がって下すった義父《ちち》も眠っている。

そうだ、あそこへ行こう。自分のいまの悲しみをうったえるのは、地下にいます父と母をおいてほかにはない。

吹雪をついて、息もたえだえに有爲子が辿りついたその墓地には唯一基、小さな墓が雪に覆われて……。

「お父さま、お母さま、有爲子が帰って参りました。こんな体になって帰って参りました」

有爲子ははじめて声を立てて泣いた。張りさけるような声をあげてひた泣きに泣いた。

（七）

思えば母もその昔、自分をお腹にもっている時、同じように傷ついた魂を抱いて、この湖畔へさまよいかえって来たという。

その日もきょうと同じように、湖にはいちめんに氷が張りつめていたことだろう。吹雪が母のからだを埋めたろう。——

有爲子はそれを考えると胸が張りさけるほど悲しくなる。母子《おやこ》二代、同じ悲哀を味わねばならぬとは、何んという運命の皮肉だろう。

しかし、母はまだよかった、義父《ちち》という人がいたではないか。しかし、自分には——？　自分には誰ひとりこの悲しみを愬《うった》える人もない。

「お母さま、お母さま、あたしはこれから先どうしたらいいの？」

絶望だった。どちらを向いても真暗な壁があるばかりだった。自分にはもう行くところもかえるところもないのだ——。

墓地にうずくまった有爲子の意識はしだいにぼやけて来る。腰の下から痺《しび》れるような感覚が這いあがって来て、有爲子は不思議な恍惚《こうこつ》感のなかへ墜《お》ちこんでいった。

（ああ、これが死ということなのかしら。もしそうだとすると、死ぬということは何という気持ちのいいことだろう……）

有爲子はふいに、体をずるずると引きずりこまれるような、快い墜落感のなかへ落ちこんだかと思うとやがて、ずしんと音を立ててものの砕けるような気持ちがした。そして、そのまま気を失ってしまった……。

風はおさまったが、雪はまだひっきりなしに舞いおちて、みるみる有爲子の体を白く覆うていく。どうやら東の空が白みかかって来たらしい。ほのかな——ほんのほのかな光だったけれど、有爲子の周囲にしだいにひろがっていった……。

×　×

それから、どのくらい経ったか——。

新聞配達がひとり、墓地の下の道を大急ぎで通りすぎていったあとへ、俄《にわか》にあわただしい足音がちかづいて来た。

「あたしきっとこちらだと思うんですけれど……」

「ほんに、ここにいてくれればいいんですけれどね。湖水のほうは大丈夫かしら」

「だいたい、お前がぼんやりとしているからだよ。山崎先生がいないからって、何も追いかえすことはないじゃないか」

「あら、何も追いかえしたわけじゃないんですよ。山崎先生が満州へおいでになったという話をすると、あの人だしぬけに雪のなかへ走り出して……ほんとにどうしましょう。もしものことがあると、わたし生涯、あの人の悲しそうな顔が忘れられませんわ」

　そういっているのは、どうやら下宿のお主婦さんらしい。泣き出しそうな声だった。

「大丈夫よ、小母《おば》さん、有爲子さんはあれでなかなかしっかりしたところがあるんだから、無分別なことなんかしないわ」

「そうかしら、木實さんがそういってくれると、いくらか安心するけど……ちょっと、お前さん、墓地のほうに人影が見えて？」

「誰もいないようだがな。……やっぱり湖水のほうじゃないかな」

　そのとたん、

「あら！」

　と、叫んでまっしぐらに墓地へのだらだら坂を登っていったのは木實だった。

「まあ、有爲子さん、有爲子さん」

雪をはねのけて、有爲子の体を抱き起した木實の顔は真蒼《まっさお》になってふるえていた。

（八）

吹雪は歇《や》んだ。

そしてこの地方特有の、濃藍色《こいあいいろ》の空があらいあげたようにからりと晴れわたり、村じゅうが雪の反射でぎらぎら輝いていた。

「ずいぶんひどい雪でしたな」

「霧ケ峰もだいぶ積ったことでしょう」

「おかげさまで……これでまた、いくらか町中がうるおいます」

雪掻《ゆきか》きをしながら、町のあちこちでそんな会話が交されている。

雪があって、はじめて賑わうこの町の冬なのだ。昨日の天気予報で大雪を見越したスキー部隊が、はや続々とつめかけて来ていた。さすがにそういうスキーヤーにも二、三年まえのようないやにケバケバしいのは見当らなかったが、どちらにしても、これで活気を呈することは間違いがなかった。

町の劇場に芝居でもかかっていると見えて、ぬかるんだ路《みち》を、威勢のいい触太鼓が流して歩いている。

その太鼓の音が、遠いところからだんだんこちらへ近附いて来て、あたりが何やらもの騒がしくなったと思うと、有爲子はふと意識を取り戻した。けだるいような快さが、脚のほうからじわじわと這いあがって来て、有爲子はそのまま半醒半睡《はんせいはんすい》の境を彷徨《ほうこう》していたが、そのうちにはっと気がついて眼をひらくと枕もとの障子が、かあーっと眩《まぶ》しいほど陽に輝いている。

有爲子は驚いて半身を起してあたりを見廻した。四畳半ほどの狭い部屋だったが、貧しいながらもきちんと片附いていて、有爲子はそういう部屋のなかにある、炬燵《こたつ》のなかにぬくぬくと寝かされているのだった。

「まあ！」

叫ぼうとしたが、咽喉《のど》がつぶれて声が出なかった。

有爲子はふと、昨夜からの出来事をまざまざと思い出した。すると、いまこうして暖い部屋で寝ているのが嘘のような気がして、あわててあたりを見廻した。

枕もとの火鉢のうえに、ちんちんと湯が沸《たぎ》っている。炬燵の掛蒲団《かけぶとん》はごつごつとした木綿もので、ところどころ継ぎがあたっていたが、小ざっぱりとして、垢《あか》もついていなかった。障子も襖《ふすま》も赤茶けて、天井にはいちめんに雨漏りのあとがあったが、それでも有爲子は、まるで宮殿にでもいるような気がして、あわててはね起きようとした。

その拍子に、

「あら！」

と、いう声が、下のほうで聞えて、

「ちょっと、ちょっと、木實さん、お嬢さんがお目覚めになったんじゃないかね」

と、いう声がつつ抜けにここまで聞えて来た。

木實さん……？　ああ、それじゃここは……？

有爲子がぴくりと肩をふるわせると、

「あら、そう、すみません」

どこかでジャーッと水を流している音がとまったかと思うと、ぎちぎちと階段を踏む音がして、去年、別れたときから見ると、また老けて、いっそう年寄りじみてみえる木實が、手に湯気のいっぱい立っている土《ど》鍋《なべ》を持って襖をひらいた。

「お目覚めで、御気分はいかが？」

「まあ木實さん！」

木實の強いてつくろっている笑顔を見ると、有爲子はいきなり炬燵のうえに顔を伏せた。

「駄目！　泣いちゃいやよ。さあ、温かいお粥《かゆ》が出来ているから、これでも召し上れ」

有爲子はそれを聞くと、声をのんでいよいよ激しく泣き出した。

(九)

「もういいの？　だってまだ二口しか食べないじゃないの。駄目よ、そんなことじゃ…

…元気をだして、もう一口おあがりなさいよ。沢山たべて、気持ちを取り直さなきゃいけないわ」

この辺は言葉の悪いところで、若い娘たちは敬語というものを知らない。

しかし、そういうずけずけとしたものの云《い》いかたにも、木實の真情が溢れていて、有爲子は拭《ぬぐ》っても拭っても、涙があとからあとから頬をつたって来た。

「有難う、もうほんとにいいの、またあとで頂くから」

と咽喉をつまらせて箸《はし》をおくと、

「そう、それじゃ無理にすすめはしないけれど……ふつうの身体《からだ》じゃないのだから、出来るだけ元気をつけてね」

木實にそういわれると、有爲子は恥かしさでまた肩がすぼむ思いだった。

「木實ちゃん、あの……ここのお家《うち》はどういう家なの？」

「ああ、ここ？　何も心配することはないのよ。あなたが東京へおいでになってから、あたしが移って来た家なの。この二階を一間借りているのよ。ほら、有爲子さんも知ってるでしょう。ここ、都座《みやこざ》の横の古着屋さんの二階よ。とても穢《きたな》いうちだけど、みんな親切な人だから心配はいらないのよ」

隘《せま》い町だから、そういわれるとたいていの人には心当りがあったし、向うでも自分を知っているだろうと思うと、有爲子はいっそう恥かしくて穴へでもはいりたくなるのだった。

木實にも、そういう懸念はよく理解されたが、わざとさりげなく、

「大丈夫よ。ここの人、あなたのことを誰にも喋《しゃべ》りゃしないわ。伊藤《いとう》さんにも黙っていて戴くように頼んでおいたの」

伊藤さんというのは山崎先生の下宿していた家だった。

有爲子はそれをきくと、またしても昨夜のあの絶望的な暗さを思い出し、それにしても、木實はいまの自分のこの体について、どう思っているのだろうかと気になって来る。

しかし、木實はわざとそのことには触れずに、強いて元気らしく、

「伊藤さんのお主婦さんたら、すっかりびっくりしてしまって、血相かえてここへ駈《か》けつけて来ると、あなたが大変だ、きっと湖水へ……あの、なんだっていうのよ。あたし、はじめのうちはわけが分らなかったけれど、でも、あなたに限ってそんな馬鹿なことがと思って、とにかくお墓のほうへ探しにいったの。でも、ほんとうによかったわ」

「すみません、みなさんにいろいろ御心配をおかけして……」

有爲子は泪をおさえながら悄然《しょうぜん》と顔を伏せている。

「あら、そんなつもりでいったんじゃないのよ。おや、すっかり長話をしてしまって……疲れたでしょう。もう一度、横になってお寝みなさいよ」

木實が立ちあがりそうにするのを、有爲子はあわてて引きとめて、

「あら、向うへ行かないで……もう少しここにいて頂戴よ」

「だって体に触るといけないわ」

「大丈夫よ、もう……あたし聞きたいことがあるのよ」

「聞きたいって？」

「山崎先生のことよ」

山崎先生ときくと、木實の瞳《め》がさっと悲しみにふるえた。

「山崎先生のこと？……」

「ええ、山崎先生が満州へいらしたというのはほんとのことなの？」

(十)

「山崎先生が満州へいっておしまいになるなんて……あんまり急なことで……あたしはなんだか信じられない」

木實の顔が急に悲しげにくもったのが、有爲子にはなんだか気がかりだった。

「いえ、話はそんなに急に起ったわけではないんです。先生はだいぶまえから、その事をかんがえつづけていらっしゃったのですけれど……」

木實はこのことになると、急に口が重くなったように、

「でも、ここをお立ちになる前後は、先生はまったくお気の毒でしたわ」

「まあ、何かあったんですの。ねえ、木實さん、隠さずに云って頂戴、ほんとに先生どうかなすったの」

「いいえ、先生がどうなすったというわけじゃないんです。ただあの鶴屋さんが……」

「鶴屋さん？」

有爲子ははっとしたように、炬燵から胸をそらすと、

「鶴屋さんが……鶴屋さんがどうかしたの？」

鶴屋というのは雄司の父が経営している宿屋だった。自分にああいう秘密がなかったら、いまごろはそこの帳場に坐《すわ》っていたかも知れないあの鶴屋――自分に煮え湯をのませるようにしてこの上諏訪から追い出したのもその鶴屋だったし、東京でうた屋さんや勝五郎夫婦と共謀《ぐる》になって、危く自分をはずかしめようとしたのも、その鶴屋の息子だった。

「ああ、分ったわ。その鶴屋さんがあたしのことを根に持って、先生を苛《いじ》めたのね、いいえ、分ってるわ、そして、先生をこの土地にいられなくしたのね」

有爲子の頬にさっと紅《あかみ》がのぼって来る。自分のことであるあいだは我慢が出来た。しかし、自分のために先生にまでそんな迷惑を及ぼしたかと思うと、有爲子は胸の中が煮えかえるようだった。

思いがけなく強い有爲子の語気に、木實は狼狽《ろうばい》したように、

「あら。そんなわけではありませんわ。先生が満州へいらしたのは、決してあの人たちに追い出されたためではありませんわ。先生はそれが自分の進むべき途《みち》だとお信じになったからいらしたのです。先生は自分のいく途をよく御存じですもの」

木實はまた声をしめらせて、

「ただ、それならそれで、もっと気持ちよく先生をお立たせしたかった。町の人も町の人だけど、有爲子さん、あなただって……あなただって……」

「え？　あたしが？　あたしがどうしたというの？」

「先生は満州へお立ちになるまえ、東京のなんとかいう画家の先生のところに、あなたを訪ねていったんですよ。そしたら、あなたは男を……ええ、はっきりいうわ。あなたは男を拵《こしら》えて逃げたとかで……」

「まあ！」

有爲子はふいに頭から冷水を浴びせられたような気持ちだった。

「誰が……誰がそんなことをいったの？」

「奥さんが云ったんだそうだわ。とてもひどい権幕で……先生は満州へお立ちになる時も、ただそれだけが気がかりだと仰有《おっしゃ》って……それだのに、それだのに、あなたはそんな体になって……あたし、先生にとってもこの事はいえないわ」

　わっと泣き出した木實の声を聞きながら、有爲子はふいに、梨江夫人に対してはげしい反発をかんじた。うまれていままで感じたことのないほど、それは激しい、燃えるような憤りだった。

一粒の麦

（一）

狭い四畳半の二階住いだったけれど、日を経るにつれて、有爲子にはこの部屋が、なにかしら神聖な場所のように思えて来るのだった。

有爲子の母の丹精で、お針を持たせれば木實の腕は、神技に達していた。彼女はその腕で、町の芸者たちの着物を縫って暮しているのであった。

この町の花柳界では、少数の例外を除くほか、芸者たちの衣裳《いしょう》は全部検番をとおして、ある一定の請負業者のところへ出すことになっている。だからお針子はみんなその師匠のところへ出勤して仕事をすることになっていた。急がしい季節になると、そこで二晩も三晩も徹夜がつづくことがある。しかし、どんな場合でも、木實は不平一つこぼしたことがないので、師匠からも特別に可愛がられていた。

「木實ちゃん、あんたくらいの腕があれば、何もあんなお師匠さんのところで追い使われないでも、いくらでも仕事がありそうなものだのに。あんた知ってて、あのお師匠さんと来たら、それゃひどいのよ、物凄《ものすご》くみんなの頭をはねてるんだから」

時々識合《しりあ》いの芸者からそんなことをいわれることがあっても木實はいつも笑って受けつけなかった。

「だってあたし、あのお師匠さんにはじめてお針を持つすべを教えていただいたんですもの」

そして彼女は、その割のあわない仕事に、せっせと骨身を惜しまず働いていた。しかもそういう貧しい収入の中でも、彼女の生活はいつもきちんと小綺麗《こぎれい》にまとまっていた。すすけた、狭い四畳半ながら、彼女の器用な指先で出来た可愛い細工物で、上手に飾りつけがしてあった。

なおそのうえに彼女は、暇があると近くのわかい娘たちや、心がけのいい芸者たちに、ほとんど無報酬で、針を持つすべを教えているのだと聞いては、有爲子もほとほと感嘆せずにいられなかった。

「だってそんなことあたりまえよ、あたしだってはじめは皆さんのお情で教えて戴いたんですもの。それに、なんといったって、日本じゃ、女は針を持つすべが第一ですものね」

幸い、ちかごろではあまり仕事が急がしくないのだといって、彼女は師匠のところへ通うかわりに、そこから仕事を貰《もら》って来て、寝ている有爲子の枕許《まくらもと》で、せっせと針を運んでいた。

そういう木實の一挙一動、一言一句に有爲子はいちいち打たれるような気持ちだった。見たところ三十か四十の婆さんのように、いじけて貧相で、皺《しわ》ばんでいながら、木實のからだの中には、殆《ほとん》ど神にちかい優しさと強さが宿っているのだった。

「木實ちゃん、あたしやっと決心したわ」

ある日、思い切ったように有爲子がいった。

「あたし、あんたの言葉に甘えて、ここでお産をさせていただこうと思うの。ね、いいわね」

「まあ、そのことならあたしの方から何度も奨《すす》めているじゃありませんか。いいも悪いもないわ。それにあなたはいま動いちゃいけないんですもの」

「いいえ、そんなことより、あたしとてもここにいるのが幸福だと思えて来たのよ。たとえ僅《わず》かな間でも、あんたと一緒に暮せるのは、あたしにとっては大事なことよ、あんたに較べると、あたしなんかまだまだ思慮の足りない、意気地《いくじ》なしだったわ。あたしあんたと一緒にいるあいだに、あんたのその強さを見習いたいと思うのよ、自分のためばかりじゃない。産れて来る子供のために……」

（二）

「あらあら、たいへんね、有爲子さんひとが悪いわ。そんなにおだてられると、あたしどうしていいか判らないわ」

木實が真実、どうしていいか判らないというふうに身を揉《も》むのを、有爲子は真剣な眼つきで制しながら、

「いいえ、これ、ほんとうのことよ、決してお世辞じゃないのよ」

と、言葉に力をこめて、

「人間というものは弱いものよ、ことに女というものは弱いものだわ。踏みにじられれば誰だっていじけてしまう。いじけない人は反抗する。自棄《やけ》になる。その挙句……あたし、いまだから本当のことをいうけれど、このあいだの雪の晩、お母さんのお墓の前で、ほんとうに死んでしまおうと思っていたのよ。死にたいという気持ちはあの時だって今だって少しも変っていないの。だからあの時、もしほかの人に助けられたのなら、きっといまごろ、どんなに生きていることを悔んでいるでしょう。それだのに……それだのに……」

有爲子は泪《なみだ》ぐんだ眼をきらきら輝やかしながら木實の横顔を見て、

「あたしちかごろ、生きていくということが、どんな尊いことだか、やっと判って来たような気がするの、どんなことがあっても生き抜いていかなければならない……そんな気が強く強くするのよ。そしてそれもこれもみんなあなたのお蔭《かげ》なのよ。あなたの優しさと強さとが、だんだんあたしに乗りうつって来るんだわ」

木實はまぶしそうに有爲子の視線をうけとめながら、しばらく無言のまま針を運ばせていたが、やがていくらか上気した顔をあげると、

「有爲子さん、あなたにそんなふうにいわれると、あたしどうしていいか判らないけれど、いまあなたの言ったような性質が、ほんとうにあたしにあるとすれば、それは誰の

せいでもないのよ。みんなあなたのお母さまと山崎先生のおかげなのよ」

木實はちょっと声をふるわせて、

「有爲子さんに、あたしの小さい時分のお話をしましょうか」

「ええ、して頂戴、あたしあなたの身のうえなら、どんなことでも聞きたいわ」

「でも、これ、決して面白い話でも自慢の種になるような話でもないのよ」

「いいわ。さあして頂戴」

有爲子にうながされて、木實はいくらか心が騒ぐ風情で、しばらく眼をつむっていたがやがてまた静かに針を運びながら、

「あたしがこの町の芸者屋に売られて来たのは、小学校の五年生のときだったの」

ぽつぽつと彼女は話し始めた。

「あたし、それまで松本《まつもと》の芸者屋にいたんだけれど、とても物にならないことがわかって来たのでこちらへ売られて来たの。こちらであたしを引きとった姐《ねえ》さんは、これでも女のはしくれだから、大きくなれば少しはなんとかなるだろうぐらいに思っていたのね。何しろ捨児同様だったから引き受けたんだけれど、半年もたたないうちに、大変な見立てちがいだったことに気がついたのよ」

木實は悲しそうな眼をしながら、

「何しろ、あたしと来たらいつまで経っても体が大きくならないのよ、いえ、まだそれだけならいいんだけど、体のほうは大きくならない癖に、顔のほうばかりは人並以上に

も老けていって、六年生のときにはもう、まるでお婆さんみたいだったから、姐さんが落胆して癇癪《かんしゃく》を起しては当り散らすのよ。でも、いまから考えるとそれも無理じゃなかったのね。姐さんのほうにも、いろいろ気の毒な事情が重なっていたんだから」

（三）

「姐さんはその時分、頼りにしていた旦那《だんな》に死に別れて、内証はそりゃ苦しかったのよ。そこへ持って来て、姐さんのお父さんという人が、中風で長いこと患っていたし、いまから考えると、姐さんもずいぶんよくやってたと思うけれど、その時分、あたしまだ小さかったものだから、少しもそんなことは知らなくて……」

　木實はその頃のことを考えると、いまでも胸がいたくなるのだった。ちょうど糸の値が下落して、信州いったいどこへ行っても苦しい時代だったが、わけても花柳界の不景気と来たら、まるで火の消えたような有様だった。

　木實の養われていたやかたの姐さんは、中風で寝ている父の面倒は見なければならず、二人いる抱妓《かかえ》のお稽古《けいこ》から移りかえにいたるまで、いちいち気を配らなければならず、不景気な時代のそういう世界の苦しさは、ちょっとはたからは判らないほどの深刻さがあるものだが、そこへ持って来て木實が結局ものにならなそうなことがわかってくると、姐さんがいよいよ神経をいらだてるのも無理ではなかった。

「まあ、それじゃあんたもずいぶん苛《いじ》められたわけね」

「苛められたってわけじゃないけど、苦しいことは苦しかったわ。そういう世界のことだから、朝はみんな遅いでしょう。学校へ行くのに、あたしひとりだけ起きて、御飯を食べようとすると、お櫃《ひつ》にちっとも御飯のないことがたびたびなの。炊いて食べるのはなんでもないけれど、そんなことをすると、温かい御飯を一番に食べるって叱られるの。だから、あたし朝御飯も食べず、むろん、お弁当なんかなしだったわ。それで、学校で気が遠くなるようなことがしょっちゅう……」

「まあ……」

「はじめのうちは誰も気がつかなかったけれど、そのうちに山崎先生がやっとお気附きになって、それからはいつも、お弁当を二人ぶんずつ持って来て下さるのよ」

「山崎先生がね」

有爲子はなぜか眼を伏せる。

「あの先生なら、それくらいのこと、して下さるわね」

「ええ、そうよ。あの時分あたしが生きていけたのは、山崎先生がおられたからなのよ」

木實は思わず呼吸《いき》を弾ませたが、すぐ気がついたように、ぽっと頬を染めると、いくらか早口になり、

「いいえ、あたしがこういうのは、何もお弁当がいただけたからじゃないのよ、むろんそれも嬉《うれ》しかったにちがいないけれど、それよりあの先生のお言葉のはしばしが身にし

みて……木實よ、敗《ま》けちゃいけない、強くなれ、いじけちゃいけない、真っ直ぐに頭をあげて歩けと仰有《おっしゃ》って……」

木實の声が感激にふるえているのに気がつくと、有爲子はなぜかしら、ふっとゆえしらぬ淋《さび》しさをかんじて、思わず軽い溜息《ためいき》が出た。

何故か、有爲子自身にもわからない。しかし、木實の語調のなかにある、秘められた憧《あこが》れ、抑圧された感激をさとると、有爲子は理由のない寂しさ、一種の妬《ねた》ましさのようなものを感じ、そして、そういう自分の感情に気がつくと、彼女ははっとばかりに自分を見直すような驚きにうたれた。

木實はそんなことには気がつかず、

「だから、あたし、たといお弁当はなくとも学校へさえやって貰えれば、それは嬉しかったのよ、そこには山崎先生がいらっしゃる。だけど、そのうち、学校へもやって貰えなくなって、そして……」

（四）

「姐さんも決して悪い人じゃなかったんだけれど、あたしにすっかり失望して、そうでなくてもいらいらしているところへ、皆さんがあたしに同情したりすると、いっそういらいらして来るのね。だんだんに気持ちがこじれて来て、とうとうあたし学校へもいけなくなってしまったの」

木實はうつむき加減に針をはこばせながら、ぽつりぽつりと語りつづける。

「それを山崎先生がなかへはいったりなんかして、ともかく、休みがちだったけれど、学校をつづけることになったの、すると今度は……」

と息をのんで、

「あたしどうかすると、一晩中表で寝なければならないようなことになって……何しろ狭い家なもんだから、お客様があったりすると、たちまち寝るとこに困るでしょう、すると姐さんが、木實、今夜は表で寝ておくれって一晩中締め出しなの」

「まあ」

「仕方がないから、あたし犬みたいに軒に寝るのよ。でも夏はまだよかったわ。蚊に責められる事はあっても、疲れているから直《すぐ》に眠っちまうの。でも、それが寒くなると……一分だってじっとしていられないのよ。それで仕方なしにあたしバタバタと家のまわりを駈《か》け廻《まわ》っていたわ。すると姐さんが家の中からやかましいって怒鳴るのよ」

「まあ！」

「近所の人も可哀そうに思ってくれたらしいんですけれど、何しろ姐さんが口やかましい人だもんだから、誰も口を利いてくれる人はないのよ。一度、冬のさなかのことだったわ。あたしまた締め出されてしまって、その時の寒かったことといったら……どんなに体をゆすぶっても、走り廻っても、少しも体が暖かくならないの。手も足も千切れるように痛くって、しまいには、脚などどこへ行ってしまったのか、自分でも判らなくなってしまって……その次ぎの日のことよ、あたし姐さんにも無断で学校へ行ったの。そして何喰《く》わぬ顔で一時間だけ授業をうけると、すぐ抜け出して裏山の日当りのいい枯草の中へもぐり込んで、晩まで眠ってしまった。そして、日が暮れてから、湖水の桟橋をうろついているところを、山崎先生に助けられて……」

「まあ」

　さすがに有爲子もいたいたしそうに、

「その時あんたは六年生だったのね。六年生といえば十四ね」

「いいえ、あたし早うまれだったから十三だったわ、山崎先生もその時まで、あたしが夜締め出しを食うことまでは御存じなかったのでしょう。その話をお聞きになると、あたしを抱きしめてお泣きになるの、それからこう仰有ったのよ」

　木實は鼻をつまらせながら、

「麦というものは、踏まれるほど根や茎が強くなるんですって、芽の生えどきに踏んでおけばおくほど、よい収穫があるんですって。木實、おまえは麦になれ麦に……決していじけちゃいけない、敗けちゃいけないって、そう仰有ったことが、いまでもあたし耳の底にのこっている様な気がして……」

「麦になれ、麦に……って、山崎先生は仰有ったのね」

「ええ、それから、あなたのお母さまにあたしのことをお話しになって、あたしを姐さんのところから出して下さることになったんです。あたしの苦労はそれまででしたわ。あなたのお母さまはとてもいい方だったし……」

「麦になれ、麦に……」

有爲子はその言葉を力強く心の中で繰返している。

(五)

出産予定日がちかづくに従って、有爲子はしだいに不安を覚えて来た。先だっての雪の夜の、自分の無手法《むてっぽう》な行動が、生れて来る子供に何かしら悪い影響をもたらしていはしないかと思うと、いよいよという日が、何か知ら怖いものに思えるのであった。

それに東京の方を、そのまま放ってあることも気になった。良人《おっと》はどうしたろう。良人がいちばん自分を必要としている時に、自分がこうして逃避しているということは、決していいことだとは思われなかった。それがともすれば彼女の想いを乱し、こういう不安定な心持ちが、胎児の性質に暗いかげを投げるのではないかと思うと、有爲子は二重に心を苦しめられるのだった。

そういう気持を知っているのかいないのか、予定日がちかづくにつれて、木實はほとんど有爲子につききりだった。そして何やかやと昔話を持ち出しては、有爲子の心をまぎらそうと努力する。

話題の少い娘のことだから、勢い同じことがいくども二人のあいだに繰り返された。

そしてその話題のもっとも大きな部分をしめるのは、いつも山崎先生のことだった。

山崎先生のことを話す時、木實の瞳《ひとみ》がいつも輝いているのを見ても、有爲子はちかごろではもうあまり心を乱されるようなことはなかった。いや、却《かえ》って一種のいじらしい愛情で、木實を抱きしめてやりたいようにさえ思えて来るのだった。

ある日、有爲子は思いきって、笑いながらこんなことをいった。

「木實ちゃん、あんた山崎先生から、満州へ来いといって来たら行く？」

「え？」

木實は虚をつかれたようにぽかんとして有爲子の顔をふりかえったが、相手の顔にうかんでいる、意味深い微笑に気がつくと、はっと顔を赤らめて、

「あらそんなことないわ。山崎先生があたしに来いなんて、そんなこと……ひどいわ。有爲子さんたら」

「だって、あんた山崎先生が好きなんでしょう？」

有爲子がわざと意地悪く切りこむと、木實はみるみる泪ぐんで、

「まあ、ひどい！　そんなことといって苛めちゃいや！　先生のお好きなのは……先生のお好きなのは、有爲子さん、あなたよ！　あたしなんか……あたしなんか……」

有爲子はその最後の一言に、はっと心のひるむものをかんじたが、すぐ、乱れ騒ぐ心

をおさえつけると、

「御免なさい。木實さん、あたしあなたを苛めるわけじゃないのよ、でも判ってるわ。いまにきっと、山崎先生から、是非、満州へ来て欲しいって手紙が来るにきまってるわ」

「よして、もうそんな話よして！」

「山崎先生にだって、あなたの値打ちがわからないはずはありませんもの。あたしそうなったらどんなにいいかと思うわ」

木實はもう口を利かなかった。黙ってうつむいたまま針を運んでいる肩がぶるぶるふるえていたが、しばらくして、

「有爲子さん」

何かいおうとして顔をあげたが、そのとたん、有爲子の蒼褪《あおざ》めた、苦しげな顔つきに気がつくと、はっとしたように、

「あら、どうかしたの？」

「木實ちゃん、あたしなんだかきりきりしてきて……今夜じゃないかしら」

「まあ、そんなに痛む」

「ええ、何だかこう……」

有爲子が眉《まゆ》をひそめて下腹をおさえた時、

「木實ちゃん、木實ちゃん、ちょっと」

階下《した》からお主婦《かみ》さんのただならぬ声が聞えて来た。

（六）

「木實ちゃん、木實ちゃん、ちょっと来て下さいよ」

あわただしく、階下《した》から呼ぶお主婦さんの声に、

「は、はい、ちょっと待って下さいな、いますぐ行きます」

木實は戸まどいしたような返事をしながら、

「有爲子さん、どう？　やっぱりほんとうらしい？」

「ええ……何んだか少し早すぎるような気がするんだけれど……急にこうさしこんで来て……」

透きとおるほど白く澄んだ有爲子の額が、じっとりと汗ばんでいるのを見ると、木實は俄《にわか》に狼狽《ろうばい》しながら、

「まあ、そう……じゃさっそく産婆さんを呼んで来なくちゃ……何も心配することはないのよ。そう急にどうってことはない筈《はず》なんですもの。横になっていらっしゃいよ。大丈夫よ」

そういいながらも、木實自身だいぶ取り乱していた。階下《した》からお主婦さんがしつこく呼んでいる。木實はいちいちそれに返事をしながら、枕をそえてやり、夜着をかけてやると、

「じゃ、ちょっとの間辛抱していらっしゃいね。すぐ産婆さんを呼んで来るから」

と、あわただしく階段をおりていくと、薄暗い上り口のところにお主婦さんが呼吸《いき》を弾ませながら立っている。

「木實ちゃん、どうしたの、何か二階に変ったことでもあったの？」

「小母《おば》さん、あの……」

と、木實は口籠《くちごも》りながら、

「なんだかあれらしいんですよ」

「あれって、お目出度《めでた》？」

さすがにお主婦さんも狼狽の面持ちだった。

「ええ、そうらしいんです。すみませんけれど、誰か産婆さんのところへ走らせて頂けませんか」

「まあ、それはいいけれど、困ったわね。実はいま、お嬢さんを訪ねて来てる人があるんだけれど」

「お嬢さんを？」

木實は何故かぎょっとして、ごたごたと古着類などつんである店先を覗《のぞ》いてみると、若い洋装の令嬢が落ち着きのない、不安そうな面持ちで立っている。

「あの人なの？　小母さん、お客さまというのは？」

「そうよ、こちらに緒方有爲子さんがいらっしゃるそうですねって、いきなりそう問われたものだから、あたしついうっかりして、ええといってしまったんだけれど、いけなかったかしら」

「さあ」

木實にも悪かったかどうか判らなかったがお主婦さんがいるといってしまった以上、もうどうにもしようがなかった。

「いいえ、いいんですよ。それじゃともかくあたしが会ってみますから、小母さんはあの、お産婆さんのほうをどうぞ……」

場合が場合だけに、木實は胸をどきどきさせながら店先へ出ると、

「あの、どなた様でしょうか、有爲子さん、いまちょっと、御目にかかれないのですけれど……」

令嬢はさっきから、家の中が取り乱しているのに気がついていたらしかった。不安そうに眉をひそめながら、

「あの、どこかお悪いんでしょうか。あたし是非御目にかかりたいんですけれど……すみませんが、東京から美奈子が来たと仰有って戴けませんか？」

有爲子を訪ねて来たのは美奈子だった。

（七）

美奈子がこの隠れ家を探しだすまでには非常な苦心がはらわれたのだった。

薬王寺のそばのあの家で二、三日ようすを見ていたが、けっきょく有爲子の帰って来ないことがわかると、美奈子も美奈子の父もにわかに狼狽しはじめた。

（もしや……）

と、最初からあった懸念が、いよいよ事実となって現れたのではなかったかと、二人とも気が気でなかった。

梨江が有爲子の頭にどんなことを吹きこんだのか知る由もなかったが、彼女の性質からして、有爲子に絶望的な打撃をあたえたであろうことは想像するに難くなかった。その当座父も娘も新聞を見るのが恐ろしいくらいだった。もしやそこに有爲子の変死記事でも出ていはしないかと。――むろん、人を頼んで東京中に捜索の手をのばして見た。そして結局それが徒労に帰したころ美奈子がふと上諏訪のことを思い出した。

もし有爲子が上諏訪へいったとしたらその消息をつかまえるのはそう困難でないように思われる。東京とちがって狭い町だし有爲子の知人もたくさんいることだろうから、……ところが実際にあたってみるとそれがなかなか容易なことでないのがわかった。

何しろこの町には有爲子の親戚《しんせき》とてひとりもないのだし亡くなった有爲子の父を知っている人たちも最近、有爲子の消息をきいた者は一人もいなかった。こうして荏苒《じんぜん》として日がたっていった。そしていまは人頼みでは辛抱がしきれなくなった美奈子が、とうとう父を説き伏せていっしょに上諏訪まで出向いて来たのだった。

宿へ着くとさっそく彼女は有爲子の父のことから調べ始めた。幸い順造のことなら、たいていの人が知っていた。鶴屋との関係も二人は其時《その》はじめて知った。そういうことがあったとしたら有爲子はいよいよ生きていないかも知れないと、美奈子と父の楓香は思わず暗澹《あんたん》たる気持ちにとらわれたが、その時ふと木實のことを宿の女中から聞いたのだった。

「緒方さんのお嬢さんがこの町に帰っていらっしゃるとしたらそれは木實ちゃんのところよりほかにありませんわ」

　といってから女中は急に思い出したように、

「そうそう、そういえばこの間ここへ来る芸者衆の話では木實ちゃんのところにはひと月ほどまえからどなたか逗留《とうりゅう》している人があるという話でした」

　とつけ加えた。

　そこまで聞けば充分だった。

　とにかくそれでは、訪ねてみようと、やっといまこうして、有爲子の隠れ家へ辿《たど》りついた美奈子だった。

「いえ、あの御病気ではありませんけれど……」

　木實はすっかり狼狽している。東京における有爲子の生活を知らない木實には、果してこの人が取り次いでよい人か悪い人か見当もつかなかった。

「御病気でないって。じゃ、何かほかのお取り込みでも……」

「ええ、あの、それが……」

木實がいいしぶっている時、二人のそばを通りぬけて、あたふたと外へ出ていったお主婦さんが、

「それじゃね、お産婆さんをすぐ呼んで来るから、あとのことは頼みましたよ」

「お産婆さん？　ああ、それじゃ有爲子さんが……」

美奈子は、はっとした顔色だったが、何を思ったのか、つぎの瞬間、さっと表へ駈け出していた。

（八）

どこへ行ったのかと、木實があっけにとられているところへ、美奈子は慌ただしく引返して来た。

おおかたその近所に待たせておいたのだろう、楓香先生もいっしょで、二人ともひどく緊張した面持ちだった。

「あの……すみませんけれど、あたしたちどこでもよろしゅうございますから、暫《しばら》くここにおいて下さいませんか？」

「はあ……あの……」

あまり突飛な申し出なので木實は驚いてすぐには返事が出来ない。びっくりしたように眼を瞠《みは》っている。

美奈子は緊張のうちにも、楽しげに微笑《ほほえ》んで、

「決して御迷惑をおかけするようなことはございませんわ。どこでもいいんですの。ただここにおいてさえ下されば……こちら、あたしの父なんですけれど、実はあの……有爲子さんのからだのことをとても心配しているものですから」

事情はよく呑み込めなかったが、美奈子の面《おもて》には誠実があらわれていた。それに父だという人の、人品のよさといい、また、心痛のためかおどおどした態度といい強く木實の同情をひくものがあった。

「はあ、あの……あたしは構いませんけれど、お主婦さんが何んと申しますやら」

「ねえ、あなたから小母さまにお願いして下さいません？　こんなことをいうと、変にお思いでしょうけれど、あたし達、有爲子さんとはとてもあの、深い縁が有る者なんですの」

ちょうどそこへ、お主婦さんが産婆をつれてかえって来た。

木實はすぐにお主婦さんを物かげに呼んで、しばらくひそひそと話をしていたが、

「あのこんな穢《きたな》いところでもお構いでなかったら、どうぞとお主婦さんがいっていらっしゃいますけれど……」

「ああ、そう、どうも有難うございます。それじゃあお父さま」

美奈子に手をひかれて、おどおどと店先へあがった楓香先生は半ば放心したような面持ちだった。僅かのあいだに、また衰えがめっきりと目立って、枯瘦《こそう》した面《おもて》には何かを念ずるような色が激しく動いている。それは見る者に、敬虔《けいけん》な感じさえ抱かせる強い愛

情で、木實ははっと胸をうたれるような気持ちだった。

「あの、それじゃどうぞ」

店の奥にある狭い四畳半、そこに薄穢い掛蒲団で覆うた炬燵《こたつ》がこしらえてある。お主婦さんがそこへ席をつくってくれるのを、

「いや、お世話になります。どうぞお構いなく」

軽く一礼したきりで、楓香先生はその炬燵にはいろうともせず、端然と坐《すわ》ると眼を閉じている。美奈子もその父をいたわるように、側へ来て坐った。

「それじゃあたし、ちょっと失礼いたします、二階のほうが気になるものですから」

木實が側へ来て挨拶《あいさつ》すると、

「ええ、どうぞ、どうぞ、何かあたしに出来ることがございましたら、御遠慮なくおっしゃって下さいまし」

「はあ、でも、多分大丈夫だろうと思いますが、日頃からいたってお丈夫なほうですから」

いったい、有爲子さんとどういう関係の人なのだろうと二人に心を残しながら、木實が二階へ上っていったあとには、楓香先生と美奈子とがまるで人形のようにひっそり坐っていた。

と、その時突如、二階から有爲子の噛《か》み殺したような呻《うめ》き声が……それを聞くと眼を閉じた楓香先生の眉がピクリと強く痙攣《けいれん》するのだった。

（九）

美奈子は気の毒で父の顔が見ていられなかった。

いま二階で、陣痛の苦しみをなめているのは、げんに父の娘なのである。しかもその娘を、いままで父がどのように扱って来たか……むろん知らなかったにはちがいない。しかし、知らなかったということは、父にとって、何んの慰めにもならないのだ。廿《にじゅう》年という長いあいだ、ほととぎすのように、他人の手にまかせきりで、そしてたまたま運命が、その娘を自分の手もとへ寄越した時でも、父は何んの援助もその娘にあたえるどころか、一時はその娘を憎みさえした……。

もしあの時、楓香が有爲子を庇護《ひご》しようと思えば、いくらでも方法はあったのである。いかに梨江が口やかましくとも、それくらいのことは出来ない筈はなかった。それだのに結果は、どうだろう。楓香は手をつかねて、有爲子の苦悩を傍観していた。いや、傍観よりももっと悪いことをやった。知らず識らずのうちに仁吾にあやまちを犯させ、有爲子を絶望のどん底へ叩《たた》きこんだのである。

もし、あの雪の夜、有爲子があのまま凍死していたとしたら、それは取りも直さず、父の手によって殺したも同然なのである。

二階から聞えて来る、有爲子の呻き声を聞くたびに、楓香は自責の念に胸をえぐられる。

こんなところで、頼りにする者もなく、ひとり淋しく、いま陣痛の苦悩を味わっている娘……それを思うと、楓香の閉じた両眼からは、いつか熱い泪が溢《あふ》れ出していた。

有爲子の呻き声はしだいに高く頻繁になって来る。その声はあたかも鋭い錐《きり》のように、階下にいる父と娘の胸をえぐるのだった。

「お父様、あたしちょっと様子を見て参りましょうか」

美奈子はもうこの緊張に耐えられなかった。有爲子のことも心配だったがそれよりも父の体のほうがもっと不安だった。張りつめた弓の弦が、ぷっつりと断ちきれるようにいつか父は、この緊張に負けてしまうのではあるまいか……。

「いや」

楓香はしかし、相変らず眼を閉じたまま、ただちょっと首をふっただけだった。

「いま、お前が顔を出して驚かせるのはよくない、もう少し待っておいで」

そういわれればその通りだった。

美奈子は浮かした腰をおろすと、

「お父さま炬燵へお入りになったら？」

と、きいてみたが楓香はやっぱりかすかに頭《かぶり》をふっただけで、依然として炬燵のそばに坐りっきりである。

春とはいえ信州の夜は寒かった。そうして坐っていると膝頭《ひざがしら》から冷気が這《は》いのぼって来て全身が凍るような寒さだった。それにも拘《かかわ》らず楓香先生はじっとりと汗ばんでいる。

膝頭においた手が微《かす》かに顫《ふる》えて、枯木のように痩《や》せおとろえた体がいまにもポッキリ音を立てて折れそうだった。

　こうして不動の姿勢のまま、いったい何時間坐っていただろうか。表の戸はとっくに閉ざされてお主婦さんもさっきから二階へあがったきりだった。

　……と、ふいに、楓香先生の身体がかすかにゆらいだ。美奈子もはっと呼吸《いき》をつめた。二階が俄に騒がしくなったかと思うと、突如爽《さわや》かな声が……世にもすがすがしい声が深夜の静けさをやぶって、たからかに響きわたったのである。

「お父様！」

　そのとたん、がっくりと前へのめりそうになった父に取り縋《すが》って、美奈子も思わず声をのんで泣いていた。

（十）

　美奈子が訪ねて来たということを聞いた有爲子が、

「まあ！」

と呼吸《いき》のつまるほど驚いたのは、すっかり、お産の後片付けがすんでからだった。

「その方のお父様だと仰有る品のよい御老人といっしょでした。お二人ともお炬燵《こた》にもおはいりにならないでお産のすむまで階下《した》に待っていらっしゃったのです」

　そして無事に男の子がうまれたと聞くと老人は怺《こら》え性もなく溢れる泪を拭《ぬぐ》いながら、落ち着いた時分にまた来るといっていったんここを引きあげていったということを聞くと有爲子はわれにもなくはっと胸騒ぎをおぼえるのだった。

　美奈子が自分を探しあて、訪ねて来るということはそう大して不思議なことだとは思えないが、楓香先生がどうして御一緒だったのだろう。……ちかごろ不幸に慣れきった有爲子は何かかかわったことがあるとすぐ悪いほうへ想像がかたむくのだがこんどばかりはそうとのみ思えないのが何かしら却って気がかりの種だった。

「どういうんでしょうね。お嬢さまもお嬢さまでしたけれど、御老人の気の揉みようといったら、はたで見ていても気の毒なくらいでした。何かこうお祈りでもなさるような眼附きをなすって……」

「そうね。そしてあたしが男のお子さまですと申し上げたときには、ふいにがっくりとあたしのまえに両手をお突きになりまして、唯《ただ》ひと言有難うございますと仰有って……」

　木實もお主婦さんもよほど感動しているらしく、交々《かわるがわる》そんな話をするとき眼に露を保っているのが、有爲子にはいっそう驚愕《きょうがく》の種だった。

人しれずこのいぶせき隠れ家で古い友人のお情けで子供を産み落そうとする自分のいじらしさに、有爲子は幾夜、夜着の襟をぬらしたかわからない。それなのに、いま聞けば自分のお産をそれほどまでに気遣っていてくれた人があるという。

　わからない。——有爲子にははっきりとその理由がのみこめなかった。しかし、わからないなりにほのぼのとした温かさが胸のうちにこみあげて来て、彼女はそっと側に寝ている赤ん坊に眼を落す。

赤ちゃけた眼も鼻もくちゃくちゃに皺ばんだ赤ん坊——まだ、名前も何も——ない赤ちゃんだったけれど、有爲子はそのかすかな呼吸をかんじると、何んともいえない幸福と誇らしさをかんずるのだった。

「そして……その方また来ると仰有ったのね」

「ええ、落ち着いたころを見計らってまた出直して来ると仰有いましたけれど、今日あたりお見えになるんじゃないでしょうか。とても赤ちゃんが見たかったような御様子でしたもの」

来たらどうしよう？　会わなければならないのだろうか。むろん会った方がよいにちがいない……しかし、有爲子にはまだかすかに気懸りがのこっていて、会いたいと思う心の底に会うのが恐ろしいような気持ちもある。何故あの人たちが、自分のことをそんなに気にしてくれるのか、釈然としきらないところもあった。

ぱッと明るんだ障子の外で、賑《にぎ》やかな雀の声がする。おりおり鳥影が障子のうえをかすめたりした。

有爲子は少し疲れた瞳《め》でうっとりとそれを見ていたが、その時泥濘《ぬかるみ》のみちを軋《きし》らせて、表にゴム輪の車のとまる音がした。

「あら、いらしたのじゃないかしら」

いそいそと立ち上った木實は、有爲子が呼びとめようとするのも気がつかず、はや階段をおりていた。

（十一）

美奈子にも楓香先生にも別にわるい感じは持っていなかった。しかし女らしい自尊心から、あまり惨めなところは見せたくはなかったし、それに梨江夫人に対するわだかまりから、有爲子は素直にこの二人を迎える気持ちにはなかなかなれそうはなかった。

だが——。

木實にはそういう複雑な気持ちはわからない。いそいそと降りていくと、階下《した》の方で聞きおぼえのある美奈子の声がする。

そして、

「こちらね？」

と、階段のあがり口で訊《たず》ねているのが聞える。つづいてとんとんと軽い足音——。

有爲子は思わず、まるで雛鳥《ひなどり》をかばう親鳥のように赤ちゃんを自分のほうに抱きよせた。呼吸《いき》がいくらか弾んで、瞳が不安にふるえている。その瞳が、階段をあがって来た美奈子の眼とはっしとからみあった。

しばらく二人ともそうして凝《じ》っと相手の顔を眺めていたが、やがて双方の頬から緊張のいろがほぐれていくと、四つの瞳がうなずくようにふっと微笑した。

どんな複雑な言葉も、この微笑にかなうものはなかったであろう。何かしら楽しいものが電気のように二人のあいだに交流したのである。

「お目出度う」

「ええ、有難うございます、いろいろ御心配をおかけして……」

「ほんとうに心配したわよ。でもよかったわ。赤ちゃん見せてね」

「ええ、見て頂戴」

美奈子はまだいくらか固くなっていたけれど、それでも赤ちゃんの側ににじりよると、

「まあ、可愛い！　いったいどちらに似てるのかしら」

そしてじっと赤ん坊の顔を見ているうちに、ふとお産の夜の父のことが思い出されて、思わず眼頭に雲のような泪が湧いて来るのだった。美奈子はあわててその泪をおさえながら、

「あら、御免なさい。父が……」

と、咽喉《のど》をつまらせるのを、有爲子は不思議そうに見やりながら、

「そうそう、先生にもいろいろと御心配をおかけして……」

「父はいま階下《した》へ参っておりますの、でも、あまり一時にあなたを驚かせちゃいけないというので、あたしの話のすむのを待っておりますの。有爲子さん」

「はあ」

美奈子はさすがに口籠りながら、

「あなたはあたしのお姉さまなのよ」

「え？」

有爲子は思わず首をかしげた。美奈子は矢継早に、

「あなたの捜してらしたお父さまというのは、あたしの父——あら、どうなすったの、有爲子さん、有爲子さん」

有爲子はその瞬間、気が遠くなりそうだった。悲しみか嬉しさか歎《なげ》きか欣《よろこ》びか、はたまた怨《うら》みか、一時に殺到する複雑な心の激動に耳の底ががーんと鳴って、眼のまえに火花が散ったような気持ちだった。

美奈子の声に階下から楓香先生と木實が、血相かえて駈けのぼって来る。

有爲子はやっと眼を開いた。そして僅かのあいだにすっかりやつれた楓香先生の顔をそこに見た。しばらく——実に長いあいだ二人は上と下からお互の顔を見あっていた。やがて有爲子の眼に粟《あわ》つぶのような涙がうかんで来た。

楓香先生は崩れるようにその枕元に膝をつくと、

「ああ、これがわしの孫なのだね」

その声が有爲子の胸に温かい水のようにしみとおって、ふいに彼女は声を立てて泣き出した。

再　生

（一）

山にかこまれたこの信州の町では、春の来るのが晩《おそ》かったかわりに、来るとその歩調《あしどり》はあわただしかった。

柳の芽がふくらみかけたかと思うと、梅、桜——なにもかも一緒だった。そして桜も散って、しとしとと、五月雨の降るころになっても、夜など、どうかすると炬燵《こたつ》なしには過せない。

去年の春もあわただしかったけれど、今年の春はそれにも増して有爲子にとっては非情だった。駈け足ですぎていったようなその三ヶ月、振りかえって見ると、有爲子は月並な言いかたのようだけれど感慨無量だった。

一口に三ヶ月といっても、有爲子にとってはなんという大きな経験だったろう。先《ま》ず第一に彼女もいまは人の母となっている。

征一《せいいち》。——獄舎にいる仁吾にかわって、楓香先生のつけてくれた名前だった。勢いよく乳房を吸うその征一が、彼女に生の根強さを教えてくれる。今までのようなお嬢さんでない、母としての勁《つよ》さを彼女に強要する。

だが、有爲子もおそらくいまは愛児のその要求にこたえることが出来るだろう。いやこたえなければならぬ。それだけの覚悟は出来ているつもりだった。

「それでは有爲子さん、お荷物はこれだけね」

「ええ、有難う。何から何までお世話になって――」

「あら、またそんなこと言って、――その事ならもう云《い》わない約束じゃありませんか」

「ほんとうね。あなたから受けた御恩は、いくら口でいっても尽せないわね」

「いやよ、もうそんな事いっちゃ。あなたのお母さまからして戴いたことを思えば、こんなことは何んでもないじゃありませんか」

「でも……」

この四畳半ともうおわかれかと思うと、やっぱり先だつものは涙だった。

雄々しくも有爲子はまた東京へ旅立とうとしている。それは楓香先生や美奈子のすすめもあったけれどもそれがなくとも、東京へひかれる絆《きずな》につながれた有爲子だった。思えばこの三ヶ月は、自分の弱さから来た人生の道草だったのだ。自分はどんなことがあってもあの薬王寺の家で、良人《おっと》の留守を守っているべきだった。それを思えば良人にすまない。

美奈子の話してくれたところによると、その良人はあれからすぐに自首して出て、いまだに未決にいるとやら。

「でも大丈夫よ、検事局でも好感をもっていて下さるので、きっと執行猶予になるわ」

慰めるようにいってくれる美奈子の言葉が、有爲子にとってはいまは何よりの力草。

「いやね、お別れというといつでも悲しいものね」

木實もしんみりといったが、すぐわざとはしゃいで、

「でも今度はいいわね。東京にああして立派なお父様や妹さんが出来たんですもの。征一さん、あなたも心丈夫だわね」

「そうね、このまえのような事はないわね」

「ほんとうに願ってもないことだわ、歿《な》くなられた緒方の旦那《だんな》様や奥様もどんなに喜んでいられるか知れやしないわ」

その父母のお墓参りも今朝はやくすませて来た。有爲子はきっと強く生きていきますと固く心に誓って、

「さあ、もうそろそろ出かけましょうよ。少し早目にいったほうがいいから」

「ええ」

世話になった階下《した》のお主婦《かみ》さんにも、あつくお礼をのべて、木實に送られ、有爲子は征一を抱いていそいそ駅へ急いだが、そこで彼女ははっとするようなものを見たのである。

（二）

駅前には応召兵があると見えて、かなりの人出がごった返しているのだった。拡声機をとおして、賑《にぎ》やかな歓送曲があたりの空気を弾ませ、祝応召○○○○君と書いた幟《のぼり》が二、三本、勇ましく風にはためいている。

「どなたか出征なさるのね」

この土地でうまれ、この土地の小学校を出た有爲子は、町の青年にも識合《しりあ》いが多かった。

もしいま出征するのが、そういう青年のひとりなら、たとい言葉をかけずとも見送ってあげたい——そういう心持ちだった、なるべく人眼を避けながら、群衆の背後《うしろ》からちかよっていったが、とつぜん、全身がしびれたように、有爲子はその場に立ちすくんでしまったのである。

人垣にとりかこまれ一段高いところに立って、群衆に挨拶《あいさつ》しているのはまぎれもなく雄司だった。

「まあ、雄司さん！」

木實もおどろいたように叫んだ。有爲子は膝頭《ひざがしら》ががくがくするのを覚えた。征一を抱いたまま、一刻も早く逃げ出したかった。

だが、何故か彼女はそれが出来なかった。

雄司の挨拶はすぐ終った。

群衆の拍手を浴びながら、心持ち上気した面持ちで、雄司は台の上からおりようとしたが、その時ふと、眼《ま》じろぎもしないでこちらを凝視《みつ》めている有爲子の視線とばったり会った。

「……………」

一瞬、雄司の面《おもて》からはさっと血の気がひいたが、すぐ台から飛び降りると、両手で人波を掻《か》きわけながら有爲子の方へ近づいて来た。

「有爲子さん！」

有爲子はだまって頭を下げた。

「僕を——僕を送りに来てくれたのですか」

いえ、そうではないと云いかねた。

「雄司さん、お目出度《めでと》うございます」

有爲子の声は咽喉《のど》に絡まった。

「有難う、有難う——僕はどんなに君にあいたかったか——君に逢《あ》ってひとことお詫《わ》びをしておかなければ、死んでも死にきれぬ心持ちだった」

ふいに熱いものが有爲子の胸元にこみあげて来る。

「たいそうお立派になって……」

お世辞ではなかった。凜々《りり》しい国防服に身をかためた雄司は、見違えるばかり頼もしげだった。

いつの間にか群衆がこの二人を取りまいている。その中には鶴屋夫婦もうた屋さんもいたし、また一年まえのあのいきさつを、いまここにいる人たちはたいてい知っていたが、誰もそれをいう者はなかった。何かしらその瞬間、一種名状することの出来ない荘厳な感情が、人々の胸を締めつけているのだった。

雄司はふと有爲子の抱いている赤ん坊に眼をとめると、

「この坊や、有爲子さんの……？」

「ええ」

「じゃ、結婚したんだね」

「はい」

「そうそれはよかった、よかった、これで僕も何も思い残すことはない。有爲子さん、僕のことは許して下さい」

「あら、そんなこと……あなたこそお元気で」

「有難う、有難う、僕はうまれかわります。今日が僕の再生の首途《かどで》なんです。その首途にあなたに会うことが出来てこんな嬉《うれ》しいことはない」

そのとたん、誰の発声か、ふいに万歳の声が爆発して、はためく旗、はずむ歓送曲――有爲子も征一の手をとって夢中で雄司にむかって振っていた……。

(三)

「これが僕の再生の首途です」

　そういった雄司の言葉がこころよく耳にのこっている。有爲子はなにかしら、大きく胸を張って息をすいたいような気持ちだった。

　あの人もこれで男子になられた。どうぞ立派な働きをして下さいますように——雄司を見送ったあと、上り列車に乗りこむと、このごろの癖としてかなり混んではいたが、子持ちというので気をくばってくれる人々の親切もうれしく、新宿へ着くと美奈子が迎えに来てくれていた。

「まあ、征一さん、しばらく見ぬ間に大きくなったわね。それにくりくりと肥えて丈夫そうなこと」

「ええ、お蔭様《かげさま》でとても丈夫なのよ。それに近ごろときどきにっこり笑うことがあるの。そりゃ可愛いのよ」

　愛児のことと云えば眼のない有爲子だった。そしてこの愛児があるゆえに、美奈子ともわりに自然に話が出来るのが、この際有爲子には何より嬉しいのだった。

「仁吾さんが御覧になったら、どんなにお喜びでしょうね」

　美奈子はそう云いたかった。しかしそれをいって、せっかく弾んでいる有爲子の心を

暗くするにも及ぶまいと、すぐ話をほかへ外《そ》らすと、

「とにかくお家《うち》へかえりましょうよ。電報をいただいたので、今日ちゃんとお掃除をしといたわ」

「まあ、何から何までお世話になって——ほんとに申し訳なく思っていますわ」

「あら、そんなこといいのよ、あなたはあたしのお姉さまじゃありませんか、何んでも用事があったらいいつけて戴きたいわ」

「でも……」

「いやよ、そんな他人行儀なことというとあたし憤《おこ》ってよ、ねえ、坊や」

こんな時、有爲子はつくづく思うのである。木實といい美奈子といい、世の中にはなんといういい人ばかりなのだろう。こういう人の親切に対しても、うかうかしてはいられない。しっかり心を定めていなければならないと。

新宿から電車に乗りかえて市ケ谷へかえると、薬王寺のそばのあの家は、美奈子の好意でもとのままにしてあったばかりか、きちんと片附いているのも勿体《もったい》なくて、

「美奈子さん、また叱られるかも知れないけれど、あたしもう有難くて涙がこぼれそうだわ」

「いやいや。そんなことというの、可哀そうに、まだ旅は無理なのでしょう」

「ええ、でも皆様が御親切にして下すったのでわりに元気でしたわ」

「さあ、坊や、こちらへいらっしゃい。ここがあなたのお家《うち》なのよ。まあ、お寝《やす》みなの

ね。あんな顔をして……」

狭くてもわが家だった。征一を寝かしつけてしまうと、急にのんびりとして、何か忘れものをしたような気持ちで、有爲子はしみじみと家の中を見廻《みまわ》すのである。

「あら、忘れてた。あなたお腹がすいてるんでしょう。あたし御飯もこしらえといたのよ」

「あらまあ」

「あなたはそうしてらっしゃいよ、あたしが支度をしてあげるから。一緒に食べましょうよ。ほほほほ、どっちが主人かわからないわね」

甲斐々々《かいがい》しく、美奈子の支度してくれたお膳《ぜん》に向うと、有爲子はふいに身内がじいんと緊《ひ》きしまって、思わずほろりと涙が出る。美奈子はわざと陽気に、

「さあさあ、あんまり上手には出来なかったけれど、沢山召し上れ。子持ちは遠慮しちゃ駄目よ。御飯がすんだらちょっと話があるの」

（四）

ささやかな晩餐《ばんさん》だったけれど、これが姉と妹として、はじめて向いあってしたためる食事だった。言葉少なのうちにも、二人とも心から心に通うものをかんじ、なんとはなしにほろりとする気持ち。

やがて食事がすむと、美奈子は膳をかたわきに押しやって、

「これはいずれあたしが片附けてあげるから、そのまえに話をしましょうよ」

美奈子は洋装の足を横坐《よこずわ》りに組みなおしながら、

「ねえ、お姉さま」

と、まだ口慣れぬその呼びかたを、しかしごく自然に切り出しながら、

「話ってわかってるでしょう、お姉さまの生活のことなんだけれど、あなたどうしてもお父様の世話になるのいや？」

「ああ、そのことなら、どうぞあたしの我儘《わがまま》を許して頂戴な、強情のようだけれど、あたしどうしても気がすすみませんから」

「だって、それじゃお父様が可哀そうよ、あなたをいままで放っといたということだけでもお父様はとても苦しんでらっしゃるのよ。その埋合せに、せめてこれから先は、あなたの力になりたい――そういう老人の志を少しはあなたも汲《く》んでやるものよ」

「ええ、それは先生のお志はよくわかっているんですけれど」

父とはまだ呼び慣れないで、いまだに先生という有爲子に、美奈子は少からず不満だった。

「お姉さまもずいぶん強情なのね。わかったわ、きっと母のことを気にしてらっしゃるんでしょう、でもそれだったら、心配しなくてもいいのよ、きっとあたしが仲に立ってうまくやるわ」

そのこともあった。梨江夫人という人がいる以上、いくら楓香先生や美奈子が心配してくれても、潔く補助をうけられないのはわかっている、しかし、有爲子の決心には、それとちがった根拠もあるのだった。

「いいえ、あの、そのことなら、あたし別にこだわっているわけじゃありませんの、でも、良人に相談もしないで、そんなことをして頂いていいかどうかわかりませんし、それにあたし、心に誓ったこともありますので」

「ええ、そりゃお姉さまの決心のほどはよくわかっているけれど」

そういいながらも美奈子はやっぱり淋《さび》しげだった。

有爲子の心はよくわかっている。誰の力も借りないで、仁吾をもう一度立派な画家に仕立てた後、それから改めて親娘《おやこ》師弟の名乗りをあげるものならあげたい——それが有爲子の願いだった。

「あたし折角、うまれかわったつもりで覚悟をきめているのを、ここで御好意に甘えていたら、またもとのうやむやに返りはしないかと、それが恐ろしいのですわ。先生やあなたがついていて下さる、それだけでもう、あたし充分心丈夫なんですから、それ以上はどうぞね、あたしの我儘を許して頂戴ね」

そういわれると、取りつく島がなかった、美奈子は諦《あきら》めたように溜息《ためいき》をつきながら、

「するとお姉さまはやっぱり、京子さんのところで働くつもり？　坊やを抱えて少し無理じゃないかと思うんだけれど……」

「ええ、でも、京子さんのほうでもそれは承知のうえで、あたしに働き口を世話して下さろうと仰有《おつしや》るのですから。それより美奈子さん、あたし、あなたに訊《たず》ねたいことがあるんですけれど……」

「なあに？」

「仁吾のことなんだけれど――どうしてあたしが会いに行っちゃいけないと、あの人はいうんでしょうね？」

(五)

仁吾のことになると、楓香先生も美奈子も妙に言葉をにごらしてしまう。

「大丈夫なのよ。いまに出て来られるわ、観月堂に欺《だま》されてやったことはわかっているんだし、それに当局の印象も悪くないという話だから」

その程度までは話してくれる。事実また楓香先生も心配して、いろいろ手を廻して運動していてくれることは想像出来た。

それでいながら、有爲子はなにかしら、二人が自分に隠しているものがあるのを感ぜずにはいられなかった。第一、自分に会いに来てはいけないという仁吾のことづけからして、有爲子には腑《ふ》に落ちなかった。

何故だろう？　何故自分が会いにいってはいけないのだろう？

上諏訪ではじめて仁吾の消息をきいた当時から、それが有爲子の唯《ただ》一つの気がかりだった。

いまもこの問題にふれると美奈子は困ったように、

「さあ」

と、言葉を濁しながら、

「多分、ああいうところへお姉さまがいくのを、仁吾さんは——何んというか、気の毒なような気がするんじゃないでしょうか」

そういう説明だけでは有爲子は納得がいきかねた。

「どうしてでしょう、良人のところへ会いにいくのが何故いけないのでしょう。ひょっとしたらあの人、あたしが上諏訪へいったことを怒っているんじゃないかしら」

「あら、そんなことはないわ」

「いいえ、そうよ、そうにちがいないわ。あたしそれだったら、いっそう会ってよく謝まらなきゃいけないわ。あたしほんとうに浅墓だったんですもの、あの人が一番あたしを必要としているときに逃げ出すなんて、あたし何んといって謝まったらいいか……」

有爲子の感情がしだいに昂《たか》ぶって来るのを、美奈子は持てあましたように、

「そうじゃないのよ。そうじゃないったら」

「いいえ、そうだわ。それよりほかにあたしを避ける理由はないんですもの」

「そうじゃないの、お姉さま、気を落ち着けて頂戴、そうじゃないわけがあるのよ、そ

れをいいましょうか」

「わけ？　ええ、いって頂戴」

美奈子はゆっくり言葉を択《えら》ぶように、

「実はね、仁吾さんはあなたが上諏訪へいらしたことは知らないのよ」

「え？」

「あなたはずっとこの家にいらっしゃるとばかり信じていらっしゃるの」

「まあ！」

「そういうふうに思いこませるためには、お父さまもあたしもかなり苦心したのよ。あなたは身重だったでしょう。その後がお産でしょう。で、当分動けないけれどって……差し入れやなんか、みんなあなたの名前でしてあるし、たまにあなたからのことづけだって、嘘もついてあるの。御免なさいね」

「まあ！」

がっくりとそこへ手をついた有爲子の眼からは、ふいに涙が溢《あふ》れるように溢《こぼ》れて来る。

「そ、そうでしたの、有難うございます。何んといってお礼を申上げてよいやら……でも、それだったらあたしいっそう会いに行って……」

「いえ、それはいけないわ。あなたが来ちゃいけないというのは、仁吾さんのいたわりの気持ちなのよ。それに坊やにそういうところの空気を吸わせたくないという気持ちもあるのだと思うわ。だから、そのほうは心配しないで、それよりお姉さまのこれから先の生活……その方のことをもっとよく相談しておきましょうよ」

（六）

良人が出所するまでは、どんなことがあっても、有爲子は自分の腕一つで、生活を支えていかなければならなかったし、征一の養育も人手を借りずにやっていきたかった。むろん、それは困難なことに違いない。しかし、一度死んだつもりでいる有爲子は、どんなことだって出来ないことはないと考えている。

木實の生き方を見よ。

山崎先生の生き方を見よ。

更に現在の困難な世相のなかに雄々しく生きていく遺族たちのことを考えれば、どんなことでもやっていかねばならぬ。闘い抜いて生き抜いていかねばならぬ。

これが上諏訪からかえって来る時の有爲子の決心だった。

それには幸い、葛野京子という人がある。どういう因縁からか京子がいつも自分のことを、心にかけていてくれるというのが、有爲子にとっては何よりの頼みの綱だった。

自分が家出をしたあと、京子がこの家へ訪ねて来てくれたということは、美奈子の口から聞いていた。有爲子はそれを聞くと、いつも変らぬこのひとの厚い友情に泣けて来て、上諏訪から手紙を出したことがあった。京子からすぐ返事があったが、それは例によって真情のこもったもので、いまでも京子が自分を待っていることがわかると、有爲子は人の情の温かさに、何んといっていいかわからないくらいだった。

京子に縋《すが》れば、何んとか自分に生きていく途《みち》を発見してくれるだろう——それを唯一つの頼みの綱に、東京へ舞い戻って来た有爲子だった。

「あたし、明日になったら、さっそく京子さんのところへいって、相談したいと思っています」

そういう有爲子の決心のもはや動かしがたいのを知ると、美奈子はもうそれ以上なんともいわなかった。

「そうねえ、お姉さまがそれほど深い決心をしていらっしゃるのなら、そのほうが却《かえ》っていいかも知れないわ」

美奈子は激励するように、

「だけど、あなた、京子さんがその後、銀座の店も人に譲ってしまったことは御存じ？」

「ええ、なんだかそんなこともお手紙に書いてありましたわ」

「なんだか、今度の仕事は以前《まえ》のように綺麗事《きれいごと》にはいかないけれどって、いつか会ったときわらってらしたけれど……でも、あの方も偉いわね。あんなに流行《はや》っていた店をすっぱりと売りはらってしまうなんて、男でもちょっと出来そうにない芸当ね」

「そうね、で、こんどやってらっしゃるのはどういうお仕事なのかしら」

「さあ、あたしにもよくわからないけれど、いいわ、あたしも明日ついていってあげるわ。ねえ、今夜ここへ泊ってもいいでしょう?」

「あら、そんなこと構いませんけれど、お宅の方で何んとか……」

「いいのよ、あとで父に電話をかけておくわ」

「でも、お母さまが……」

「大丈夫、お母さんたら近頃ではあたしのことはすっかり諦めてしまって、全く放任主義よ。何もいやあしないわ」

母の胸中を思えば美奈子もさすがに淋しそうだったが、でも、その晩はとうとう有爲子のところへ泊ってしまって、翌日二人で、渋谷の裏通にある葛野京子の家というのを、たずねて二人がいくと、三間ぶっ通した座敷の中に十数台というミシンがまるで戦争のようにがらがら鳴っているその中を見違えるほどじみな服装をした京子が、それこそ駒鼠のように走り廻っているのだった。

(七)

もとは未亡人の住むにふさわしい、静かな住宅だったのだろうと思われる。

門には蔓薔薇《つるばら》がまきついて、ももいろの可憐《かれん》な花をつけている。門から玄関まで十歩あまり、飛石の両側にはフランス菊がこぼれるように咲きみだれていたが、なんとなくそれも踏みあらされて、目の細い玄関の格子をひらくと、二人はまず、脱ぎ捨てられた下駄《げた》の数に驚かされた。

「おや」

玄関からまっすぐに奥へとおっている廊下の障子もすべて取りはらわれているので京子はすぐに二人の姿を見つけた。はちきれるような笑顔で玄関へとび出して来ると、

「お揃いで、よくまあいらしたわね。さあさあ、お上りなさいよ。とても大変なところだけれど」

と、二人の姿を等分に見ながらいつに変らぬ快活さが、まず有爲子には嬉しかった。

「たいへん、御無沙汰《ごぶさた》をして」

と、有爲子が挨拶をしようとするのを、

「まあ、挨拶はあとでいいから、とにかくお上りなさいよ。ほんとうによく来て下すったわ」

と、はや自分から先に立って、ずんずん奥へはいっていく。

「では、御免蒙《こうむ》ってあがりましょうか」

「ええ」

二人が上へあがると、ミシンを踏んでいた十数人の婦人たちがすぐまた熱心にがらがらとミシンを廻しはじめた。

二人が小腰をかがめながら、そのまえを通りすぎると、

「こっちよ。ここならいくらか静かだから」

京子が向うの方から招いている。

そこは廊下から鍵《かぎ》の手になった二間つづきの座敷だったが、その一間には二つ三つの子供が二、三人おもちゃを、いっぱい引っくり返して遊んでいる。

その奥のほうの京風の八畳座敷――家のなかで片附いているのはこの座敷ばかりで、床の間にかざってあるのは京子の亡くなった主人なのだろう。額にはまった写真の前に一輪ざしが無造作ながら趣味よく活《い》けてあった。

二人がやっとそこに落ち着くと、

「ほんとうによくいらしたわ。やっぱり虫が知らせたのね。今日あたりお見えになるような気がして、朝からなんだか楽しかったのよ。いつ向うからかえっていらして？」

「昨夜かえって参りましたの。色々と心配をおかけして……」

「ええ、行方がはっきり判るまでは心配したわ。でも、こちらが……」

と美奈子をさしながら、

「すぐ知らせて下すったので、やっと安心したの。あたしもよっぽど上諏訪まで出かけようかと思ったんだけど、こちら、何かこみ入ったお話があるようで、わざとひかえておりましたのよ」

「ええ、美奈子さんにもいろいろお世話になって……」

「でも、よかったわ。あたしあなたがお父さまを捜していらっしゃるなんてことは、ちっとも知らなかったけれど、何かしらわけがあるように思えて、それで気になってたのね。それが、こちらのお手紙で、あなたとこちらと御姉妹《ごきょうだい》だったなんて……あたしすっかり嬉しくなっちまったのよ」

京子はもう、美奈子から何もかも聞いているらしく自分のことのように喜びながら、

「あらあら、失礼、これが坊やなのね。まあ可愛い。よく肥えているじゃないの。どれどれ、ちょっとあたしに抱かせてよ」

（八）

「で……？」

ひととおり挨拶がすむと、京子はうながすような微笑を有爲子のほうへ向けながら、

「これからどうなさるおつもり？　お手紙ではなんだか働きたいように仰有ったけど、あれ、ほんとうなの？」

「ええ」

有爲子はさすがにためらうのだった。こんな赤ん坊をかかえて、働くなどということは結局、京子に迷惑をかけることだと思うと、さすがにはかばかしく自分の考えも述べかねるのを、横から美奈子が引きとって、

「お姉さまったらとても強情なんですよ。どうしても人の厄介になるのはいやだっていうんです。自分で働いて生きていきたいって肯《き》かないんですわ」

「そうね」

京子が考えるように小首をかしげるのを見ると、有爲子はおずおずとして、

「こういう赤ん坊をかかえて、無理だということはわかってるんです。結局先生に御迷惑をかけるばかりだとは思うんですけれど、やっぱり何かしていた方がいいように思って……」

「そうね。そりゃ少し無理かも知れないけれど、あたしが迷惑ってことはないわ。あなたが手伝って下されば、あたしだってどんなに助かるかわからないんですよ」

「でも、赤ちゃんのことは……」

美奈子が心配そうに口を出すのを、京子は穏かに微笑で制しながら、

「いいえ、その方のことも大して気遣いはないと思うの。ほら隣のお座敷にも二、三人赤ちゃんがいるでしょう。あれは、みなここで働いてる人達の赤ちゃんなのよ。ここはまるで母子寮みたいなものよ。だから有爲子さんのお父さまの方を一つ諒解《りょうかい》がつけば、あたしあなたに来て戴きたくてたまらないくらいなのよ」

「あの人たち、いったいどういう人ですの？」

美奈子が思い出したように、廊下の向うの座敷をふりかえる。それは有爲子としても訊《き》きたいところで、あの銀座の店を売りはらってから、京子がどういう仕事をしているのか彼女にはまだよくわかっていないのである。

「あの人たち？　ええ、みんな出征軍人の家族の方なのよ。なかには旦那様が名誉の戦

死を遂げた方もあるわ」

「まあ！」

「あたしね、自分が早く主人に死なれているでしょう。そしてその後女の腕で細々ながら、ああいう店をやっていたでしょう。だから、事変でご主人をうしなった奥様方に、ついいろいろ相談をうけるような立場になってしまったの。そういうことからだんだん考えちまって……つまりね、ああいう贅沢《ぜいたく》な店なんかやっているべき時期じゃないと思い出したの。自分のようなものでも、及ばずながら、そういう気の毒な人たちの力になってあげたい、そう考え出すと、もう矢も楯《たて》もたまらなくなって、銀座の店を人手に譲ると、さっそくこの仕事にとりにかかったのよ」

有爲子にも美奈子にも、はじめて京子のいまやっている仕事の性質というものがわかって来た。

二人とも銀座の店がどんなに流行っていたかということを知っているだけに、それを惜し気もなく売りはらってしまった京子の、そういう固い決心をいまさらのように感心しないではいられなかった。

美奈子がそれをいうと、

「あら、そんなことなんでもないわよ。いまは自分ひとりのことを考えていたらいいという時代じゃないのですものね」

と、微笑みながら、こともなげにいうのであった。

（九）

京子の話しぶりは少しも気取っていないだけに、それだけひとを搏《う》つ力を持っていた。何んでも自分がよしと思うところへ真正面からぶつかっていく。そこには女には見られない強さと決断がある。狐疑《こぎ》や躊躇《ちゅうちょ》やよけいな思案のかげのない朗かさ、それが彼女の大きな魅力なのである。

「場所なんかもね、もっと適当なところをと思って探したんだけれど、こういう時節でしょう、そんな贅沢なことをいってちゃ、いつまで経っても埒《らち》があかないと思ったから、思いきってこの家を開放することにしたの、おかげで近頃じゃ、あたしのくつろげる部屋といったら、ここだけなのよ」

京子はそういって八畳の座敷を見廻して笑っている。襖《ふすま》一重のその隣座敷では腹を空かせたのか俄《にわか》に赤ん坊がはげしく泣き出した。

「あら、おッぱいの時間なのだわ。ちょっと待ってね、そういって来るから」

京子が立って出て行くと、間もなく仕事場の方から、赤ちゃんの母親らしい女がいそいそとやって来た。質素な服装だが、血色もよく、元気で、少しも生活に疲れているようなところの見えないのが、有爲子にも美奈子にも好ましい印象をあたえた。母親の乳房をふくんだせいだろう、隣の部屋はやっと静かになった。

「まあ、大変ですわね、赤ちゃんの世話までいちいち焼かなければならないなんて……」京子がかえって来ると、美奈子は思わずそう呟《つぶや》く。でもその声音には何んとやら楽しい想いを秘めているような響きがあった。

「ええ、でも皆さんがとても喜んで働いて下さるので……それに仕事の方はうんとあるのよ。被服廠《ひふくしょう》のほうに識合《しりあ》いの方があって、その方がとても同情して下すってね、仕事はいくらでもあるの。それにね、ここにいる皆さんだって、必ずしも働かなければ食べていけないという人たちばかりじゃないのよ。それでも良人が戦地で働いているのに、漫然と遊んでいるのは心苦しいからって、ああして通って来て下さる方も沢山あるの。だからやっていても、とても張り合いがあるんだけど、ただ困るのは……」

と有爲子のほうを見ながら、

「なかにはミシンの扱い方も御存じのない方があるのよ。そういう方はお断りすればいいのかも知れないけれど、でも、それじゃあたしの気がすまないのよ。そういう方はどこへいってもこういう仕事にありつけないでしょう。そういう人こそお助けするのがあたしの義務だと思って、及ばずながら、いちいち指導しているんだけど、それにはあたし一人じゃ手が足りなくて……それで有爲子さんにでも助けて貰《もら》ったら、あたしもどんなに心丈夫かと思うのだけど……」

　美奈子の心を測りかねて遠慮がちに切り出した京子の態度に、美奈子もすっかり搏たれてしまった。

「お姉さま」

「なあに」

「あたし、もう留めやしないわ、いいえ、あたしから奨《すす》めてでも、ここで働いて戴きたいわ、お父さまだって、こういう仕事ならきっと喜んで下さるわ。先生」

「はあ？」

「お姉さまもお姉さまだけど、あたしもここで働かせて下さいません？　あたしだって少しはお役に立つことがあるかも知れませんわ、いいえ、何もすることがなかったら、皆さんの赤ちゃんのお守りでも致しますわ。ねえ、あたしもここで使って頂戴な」

　そういいながら美奈子は、何かしら熱いものがこみあげて来るのを、胸の中で嬉しくおさえているのだった。

風樹

(一)

有爲子はちかごろ、やっと生甲斐《いきがい》を取り戻したような心持ちだった。

征一は順調にすくすくと育ってゆくし、仕事のほうも張り合いがあって毎日が愉快だった。毎月一回征一を病院へつれていって、体重をはかる時の嬉《うれ》しさ、いつも標準体重よりも重くて医者に褒められる時には、ただこの一事のみで憂いも辛《つら》さも忘れる心持ちだった。

ただこの上は一日も早く良人《おっと》の身が自由になって、親子三人いっしょに暮せたら、それにまさる望みはもうこの世にないような、つつましやかな気持ちにさえなるのだった。

仕事場では誰も彼も元気で親切だった。

赤ん坊を抱えた女の一人暮し、ただそれだけで心と心が通《かよ》って、おむつをかえる場合でも、自分の子供ばかりかえはしなかった。

「おや、征一さんもおしっこで濡《ぬ》れているのね。どれどれ、お母さんはお忙がしいから、小母《おば》さんがかえてあげましょうね」

そういう風景を見ると有爲子はつい胸が熱くなる。

全く有爲子は忙しかった。彼女がここへ来るようになってから、通いの人もめっきり増え、また余儀ない事情で通えないところから自宅へ仕事を持ってかえる人もかなり多かった。有爲子の役はそういう人たちを遊ばさないように、つぎつぎと仕事の順序を整えることだった。その上にまだ馴《な》れない人たちには、いちいち手を取って指導しなければならないし、古参の人たちでもどうかすると、

「あの、ちょっと有爲子さん、ここやり損ったんですけれど、どうしたらいいでしょうね」

というような相談に乗らなければならなかった。ちかごろでは、主人の京子より気易さに、大抵の人が有爲子の指導をうけたがる。

「あなたがいらしてからは、あたしもうまるで極楽だわ。ちょっと左団扇《うちわ》というところね」

そういう京子とて決して忙しくないわけではなかったが、その忙しさの中に、いかにも楽しげな色の見えるのが有爲子には嬉しかった。

「あら、あたしなんか何んの役にも立ちませんわ。征一に手をとられるばかりで」

「そんなことはありませんよ。あなたと美奈子さんが来て下さるようになってから、とても仕事が捗々《はかばか》しくいくのであたしどんなにいい気持ちだか判りゃしない。あたしはね、物事が渋滞しているというのが大嫌いな性分なの。だから、ちかごろみたいに仕事がず

んずん片附いていくと、とてもいい気持ちよ。あら、進行係が帰って来たわ。お喋舌《しゃべり》していているとまたお目玉よ」

その進行係というのは美奈子のことで、

「只今《ただいま》あ。M屋へとどける子供洋服は揃っていて？　今日の三時迄《まで》という約束よ。あたし一分一秒も間違いはないし、一針の縫い落しもございませんと、大威張りに威張っておいたのよ。出来てないってことないでしょうね。どうしたのよ、みんな何故黙ってるのよ。いやだわ。あたしが一寸《ちょっと》眼をはなすとこれだもの」

「美奈子さん、あなたの眼の前を御覧なさいよ」

有爲子の言葉に、

「眼の前って何よ。何もありゃ……ああらまあ、もうちゃんと荷造りまで出来てるのね」

どっとあがる朗笑に、美奈子はわれながらおかしくなったのか、これまたお腹をよじって笑っている。

すべてが朗かな女同士の楽しい職場だった。だが、この楽しい雰囲気にありながら、有爲子がいつも一抹の不安を感じるのは何故だろう。

(二)

夏の終りごろのことだった。

仕事場で美奈子とあうと、

「お姉さま」

美奈子があたりを憚《はばか》るような声で呼びかけるのだった。

「なあに、美奈子さん」

有爲子はなにげなくそう聞きかえしたが、美奈子のおもてに、一種異様な緊張のあらわれているのをみると、思わずはっと胸をとどろかせた。

「実はね」

美奈子は出来るだけ有爲子の顔を見ないように、ほかに視線をやりながら、

「仁吾さんの事だけど」

そのとたん何かしら暗い予感がさあっと有爲子の胸を貫いた。

「仁吾が……仁吾がどうかしたの？」

「あらどうもしないのよ。悪いことじゃないの。実はお父さまが昨日きいて来たんだけど仁吾さんちかいうちに出られるらしいって話なのよ」

「出られるって？　じゃ、ほんとに執行猶予になったの？」

「ええ」

「で、いつ頃出られる見当なの？」

「明日か、明後日ごろ……」

美奈子は強いて明るい微笑をうかべようとするのだったが、ともすればその微笑がこ

わばりがちなのが、有爲子には合点《がてん》がいかないのだった。

良人の希望によって、仁吾のことは一切楓香先生にまかせたきりで、美奈子をとおしておりおりその消息をきくほか、有爲子は現状がどんなふうになっているのか少しも知らなかった。こちらから良人にたよりがあるときでも、美奈子がなかへはいって楓香先生から仁吾へとりついでくれる。何故そんなよけいな手数をかけるのか、有爲子にはそれが疑問でもあり苦痛の種でもあった。

そこへもって来て、美奈子のいまの態度だ。仁吾が出て来る。仁吾が執行猶予になった——。自分にとって、これほど嬉しいたよりはない筈《はず》だのに、美奈子はなんだってこんなに暗い表情《かお》をしているのだろう。

「明日か明後日じゃ困るわ。あたし支度をして迎えにいかなければならないのだもの……」

有爲子が呼吸《いき》をはずませていうのを、

「いえ、あの、それも来ちゃいけないと仁吾さんが仰有《おっしゃ》るのよ、誰も迎えに来ちゃいけないって仁吾さんは仰有っているんですって」

「だって、だってそんなこと……」

乳房を吸っている征一の顔を見ると、有爲子は思わず涙があふれそうになった。

「あたし、いままで一度も会いにいってないのだし、せめて出るときくらい迎えにいかなければ……美奈子さん、仰有って頂戴。仁吾になにかあるんですの、何故そんなに頑《かたくな》なことばかりいうんでしょうね」

「お姉さま！」

美奈子はふいに思い迫ったような声で、

「お迎えのことは、お父さまがいらっしゃるといってるから大丈夫なのよ。だから心配なさらなくてもいいの、ただね……ただね……」

「ただ……どうしたの、ねえどうしたのよ。はっきりいって頂戴よ」

「仁吾さんはね、お体が悪いのよ、健康を害していらっしゃるのよ」

「体が悪いって？」

「ええ、そのことをあなたに知らせて、赤ちゃんのあるのに、余計な心配をさせたくないと仁吾さんはいままで隠していらっしゃったのだけど、だいぶまえに向うで喀血《かっけつ》されたのよ」

「喀血を……」

征一を抱きしめたまま、有爲子はふいに自分の顔からさっと血の気のひいてくるのを意識した。

（二）

風の騒がしさが、颱風《たいふう》のちかさを思わせるような晩だった。

良人がかえって来るというので、仕事場を早仕舞にしてもらってかえって来た有爲子は、ともかく家のなかを片付け、良人がかえって来たらすぐ横になれるように床《とこ》を延べ、神棚にも久しぶりでお燈明《とうみょう》をあげて、良人の病気の軽からんことを祈るのだった。

美奈子からきいただけでは、病勢がどの程度なのかわからないのが、却《かえ》って不安の種だった。

「決して失望することはないのよ、結核という病気は、いちばん治りやすい病気なんだから」

と、美奈子も慰めてくれ、

「そうよ、あたしの知ってる人に片肺すっかりいけなくなって何度も喀血し乍《なが》ら治った人があるわ。ともかくあの病気は看護人の根気が第一なんだから決して心配することはないと思うわ」

と、事情をきいて、側から京子も励ましてくれたりした。

むろん、有爲子もこのまま治らないなどとは考えなかった。根が丈夫な人なのだ。きっと恢復《かいふく》するにちがいないと信じながら、それでも、この病気の療養期間の長さを思うと、有爲子は暗澹《あんたん》たる気持ちにならずにはいられない。

時計を見るともう八時をすぎている。風の音がしだいに高くなった。思いなしか電気の光もいつになく暗いように思われて、有爲子はさっきから何度も立ったり坐《すわ》ったりしていた。

「どうしてこんなにおそいのだろう。何か間違いがあったのじゃないかしら？」

楓香先生が迎えにいってくれた筈だから、間違いがあろうとは思えなかったが、不幸に慣れた有爲子の想像は、ともすれば悪いほうに向いがちだった。

夢でも見たのか、ふいに征一が激しく泣き出した。

「あら、どうしたの。お母さまはここにいてよ。ほらほら、泣いちゃ駄目よ。お父さまがお帰りになるんだからお利巧にしてなきゃ駄目よ」

なだめてもすかしても征一は泣きやまない。いつもだと、乳房をふくませると、すぐ泣きやむ子だのに、今日に限ってどうしてこうなのだろう——子供がむずかるにつけても、有爲子の心は暗いほうへ向いていく。

「どうしたの。どうしたのよ。征一さんはお利巧ちゃんでしょう。そんなにむずかるとお父さまが嫌いだと仰有ってよ。ほらほら、もうじき帰っていらっしゃるから、泣くんじゃありませんよ。あら！」

征一を抱いたままふいに有爲子は立ちあがった。

ゴム輪の音が表にとまって、やがてがらりと格子のひらく音、有爲子は征一を抱いたまま玄関へとび出していった。

「お帰りなさい」

出来るだけ何気なくいおうとしたが、その言葉は有爲子の唇の中で凍りついてしまった。

この人が良人だろうか——おお、何というひどい変りようだろう。こそぎ落したように肉が落ちてしまって、落窪《おちくぼ》んだ眼は黒い隈《くま》にふちどられて、まるで盲《めし》いているようにくらい翳《かげ》をつくっている。有爲子は思わずベソを掻《か》くような表情《かお》になった。

「おかえりなさいまし」

「ふむ——」

熱があるのか格子につかまったまま仁吾も悲痛な瞬《まばた》きをすると、

「おお、それが征一かい？」

顔を覗《のぞ》きこもうとしたがそのとたん、激しい咳《せき》の発作が起った。何かしら胸の中をかきむしるような咳の音だった。

(四)

仁吾の容体は有爲子が予想していたよりはるかに悪かった。

殊に久しぶりに我が家にかえって来てはじめて我が児を見た興奮が心身の安静を絶対に必要とする体にさわったらしくその夜半また少し喀血して医者からも絶対安静を命じられるような状態だった。

良人の口から、かっと紅《あか》いものが出るのを見た時の有爲子の驚き——それは経験のないものにはわからない骨を削られるような寒い感じだった。

「まあ初期喀血ですから心配なことはないと思いますが、しばらくは絶対に動いちゃいけませんよ、喀血がとまるまでは、口を利かないように、用事があったら筆談でやるんですね」

駈《か》けつけてくれた医者は、取り敢《あえ》ず止血剤とモヒの注射をすると、有爲子を慰めるようにそういってかえったが、そのあとの有爲子の心細さ。

モヒが利いて来たのか、仁吾は間もなくうとうとと眠りかけたが、ふと見ると、その眼《め》尻《じり》にうっすらと泪《なみだ》がたまっている。有爲子はそれを見ると、思わずこみあげて来る嗚《お》咽《えつ》を必死となって嚙《か》み殺すのだった。

泣いてはいけない。自分が泣いてしまったら、自分が負けてしまったら、誰が良人を治すことが出来るだろう。

医者もいったではないか、結核という病気は非常に治り易い病気なのだが、それがともすると不治の病いとあやまられがちなのは、療養期間が長いので、患者が精神的に参るせいなのだ、病気に敗《ま》けてはならない、病気と闘ってそれに打ち克《か》たなければならない、それには患者もそうだが、ことに看護人の根気を必要とすると——。

そうだわ、ここであたしが参ってしまってはならないのだわ、どんなことがあっても、きっと治してみせるという覚悟で、出来るだけ良人に心配させないようにしなければならないのだわ。

だが、そうは決心したものの女心の弱さから、ともすると、想いは暗いほうへ走っていく、さしあたり彼女は生活のほうのことを考えなければならなかった。仁吾が動けない以上、いままでのように京子の仕事場へ通うことは不可能である。

働かなければ一文の収入もない一家だ、明日からの糧をいったいどうして稼いだらいいのだろう。

その時、眠っていた征一がまた眼をさましてむずかりはじめた。

「あら、どうしたの、泣くんじゃありませんよ。お父さまがお寝《やす》みになっているんだからね、泣いちゃ駄目よ。ほらほら、お母さまはここにいるんですからね」

なだめてもすかしても、今夜に限って泣きやまぬ征一を、背におんぶして、氷嚢《ひょうのう》の氷を砕いていると、風はいよいよ吹きつのって来たらしく、ゴーッと棟をゆすぶって過ぎていくその音が、いっそう不吉に身にしむのだった。

その風の音にまじって、誰かが表を歩いている足音が、ふと有爲子の胸をうった。その足音は何度も家の外を行ったり来たりしている。時計を見るともう十二時ちかかった。

今頃、誰だろう？

有爲子はなんとなく胸騒ぎをおぼえて、氷嚢を取りかえると、玄関の戸締りを見にいったが、そのとたん、格子の外に立っている黒い影が、ふと有爲子の視線をとらえた。

「どなたでいらっしゃいますか」

とがめるように声をかけると、

「有爲子かい」

低声《こごえ》で呼びながら近づいて来たのはまぎれもない楓香先生だった。吹きあれる風にもまれて、楓香先生の体は枯木のように悄然《しょうぜん》たる影を引いていた。

（五）

「まあ、先生でしたの？」

有爲子はさすがに驚愕《きょうがく》をかくすことが出来なかった。心痛のために悲しく歪《ゆが》んだ楓香先生の顔を見ると、さすがにはっと胸をつかれるような想いだった。

その有爲子の、父と呼ぶことを遠慮して、いまだに先生と呼ぶいじらしさを楓香先生は悲しげな眼で見やりながら、

「仁吾はもう寝たかい？」

「ええ、どうやら薬が利いて来たらしく、つい今しがた眠りました。あの、先生、そこではなんですから、どうぞお入りになってください」

「うん、それじゃちょっとだけお邪魔しようか」

出来るだけ音を立てないように仁吾の寝ている六畳の次ぎの間にとおると、そこにはまだ征一の寝床が敷きっぱなしだった。

「ああ、そのままでいいよ。あまり音を立てて、仁吾の眼をさまさせるといけないからね。ああ、坊やもよく寝ているな。そこへ寝かせてやったらいいだろう」

有爲子の背にくくりつけられたまま、ぐったりと眠っている征一の顔を見ると、楓香

先生は老人の怺《こら》え性もなく、はや泪だった。

「何んですか、今晩はとてもむずかって……おろすとまた泣き出すかも知れませんから、このままおんぶしていますわ」

「しばらく見ぬ間に、ずいぶん大きくなったな」

「ええ、おかげ様で風邪ひとつ引かないで、とても丈夫な子なんですけれど、これからだんだん手がはなせなくなりますわ」

「うん、おまえも大変だね」

　楓香先生は長大息して、

「仁吾がまたいけなかったのだね」

「ええ、なんですか少しまたあかいものを出して……お医者様はそう心配したことはない、安静にしていたら喀血のほうはすぐとまるからと仰有るんですけれど……」

　有爲子はもう意地も張りもなくなった気持ちだった。誰にでもいい現在《いま》のこの不安をうったえたい気持ちでいっぱいだった。

「やっぱり昂奮《こうふん》したのがいけなかったんだね。こういうこともあろうかと俺《わし》が送って来ようというのを仁吾の奴が無茶苦茶に遠慮するものだから」

　仁吾をひとりかえしたものの、やっぱり気になって楓香先生はこの強風のなかを二、三時間も家の周りをうろついていたのだった。有爲子はそれと察しると熱いものが喉《のど》もとにこみ上げて来て思わず泪が頬を流れる。

「いろいろと御心配ばかりおかけして……」

「いやそんなことは何んでもないがそれについてちょっと話があるんだ有爲子」

「はい」

「おまえもいい加減に剛情はよしたらどうだ。そんな乳《ち》呑子《のみご》をかかえて、病人の看護をするなど、並や大ていのことではない。といって、お前がそれをやらなければ、誰も仁吾の面倒を見てやるものはないのだ。そこでだ」

楓香先生は膝《ひざ》をすすめると、

「せめて、生活の方の苦労だけでもなくしてやりたいと思う。この病人が精神的にいちばん参るのは、何んといっても生活の苦労だからな。そりゃ一月や二月はおまえが働いて何んとか出来るだろう。しかし、この病気は一年かかるか二年かかるか判るものじゃない。無理をしておまえが参ってしまったら、それこそ仁吾は台なしになってしまう。なあ、義理だの、何んだのといってる場合じゃない。俺はおまえも可愛いが、仁吾も可愛いのだ。あいつを治してやらなければあれの親父にも済まない。仁吾のためだと思って、お前もいい加減に剛情を張るのをやめておくれ」

（六）

二週間ほどの絶対安静で、仁吾の喀血は一応とまることはとまった。

熱の方も七度二、三分辺りを上下していて、とにかく気永に養生していたら、大丈夫恢復するから心配することはないという医者の断言だった。

「とにかく、休養と栄養とこの二つですな。短気を起さずに、気永にこの二つを守っていたら、なあに、心配することはありません」

そういって帰ったあと、仁吾は苦っぽろい微笑をうかべながら、

「休養と栄養だって？　はッはッは、どこへいったらそんなものが見つかるのか、お伺いしたいものだな」

自嘲《じちよう》するようなそういういいかたが、有爲子には悲しかった。

「あなた、そんなことを仰有るものではありませんわ。どんなことがあっても、きっと治って下さらなきゃ、あたしはともかく坊やが可哀そうですもの。あたし、どんなことでも辛抱しますわ。だからあなたも自棄《やけ》を起さないでね、ね、お願いしますわ」

そんな時、仁吾の眼のなかには、わざと意地の悪い光がうかぶのだった。

「はははは、落選して、先生の偽画をやって、牢《ろう》へ入って、肺病になって、その挙句に女房を働かせて生きていくか。よく出来ていやがらあ」

吐き出すようにいい捨てる、そういう言葉も、病気がいわせるのだと思うと、有爲子はじっと歯をくいしばっていなければならなかった。

良人はいま精神の平衡をうしなっているのだ。人一倍自尊心の強い人だもの、こうして周囲のお情で、辛うじて生きていくということはどんなに切ないことだろう。ひとに

聞くと、この病気の患者は誰でも一応はこの苦しみを嘗《な》めなければならないということである。だが、その境地を越すと越さないとが治療の分れみちになると思えば、有爲子は一日も早く良人の精神状態を健康なものに取り戻したかった。

　だが、それこそ、難しい問題なのだ。有爲子があまり強く意見がましいことを述べると、仁吾はかさにかかってますます反抗する。そうかと思うと挙句の果てにはポロポロ泪を流して、

「有爲子、すまない。俺はなんというわが儘《まま》な男なのだろう。おまえと一緒になってから一日としてお前に楽な思いをさせたことはなかったなあ。俺みたいな奴は結局死んでしまったほうが一番いいのだ」

　そして、そういう晩にはきまって熱が上昇するのだった。まるで一本々々の毛にビリビリと電流のつたわっている針鼠のようなものだった。触ると、神経の針をピンと逆立てて他人を傷つけるばかりか、自分をも刺すのだった。

　そういうある日、久しぶりに京子が見舞いに来てくれた。

「有爲子さん。きょうは実はちょっとあなたに話したいことがあるんだけど」

　京子はいつになく開きなおって、

「実はね、昨日楓香先生がお見えになって、是非あたしからあなたを説き伏せて欲しいと仰有るのよ。有爲子さん、あなた、いつまでも剛情を張らないで、先生のお情を快くうけたらどう？」

　有爲子は良人の心を図りかねて、その問題をいまだに決しかねているのだった。

「あたし先生のお話を伺うと涙が出たわ。そんなことでいつまでもこだわっているあなたが、憎らしくなって来た位よ。それに美奈子さんだって……そうそう、あなたあの方がちかく支那へいくことを御存知？」

　有爲子にはそれは初耳だったので思わず、

「まあ！」

と眼を瞠《みは》るのだった。

（七）

「美奈子さんが支那へいらっしゃるんですって？」

　有爲子はそう訊《き》きかえさずにはいられなかった。あまり唐突な話に、彼女は自分の耳を信じかねるくらいだった。

「ええ、そうよ。あなた蓮見さんて方、御存じ？」

　邦彦なら有爲子はよく知っていた。かつて、その人の自動車にはねられて、それが仁吾との邂逅《かいこう》の動機になったことを思えば、いまもその人の男らしい、親切がしみじみと思い出される。

「ええ、知ってますわ、仁吾の話では、美奈子さんの旦那《だんな》様に擬せられてる方だということでしたけど」

「そうなの。その方が去年から北支へいってらしたのだけれど、今度ちょっと内地へかえっていらしたのを機会に、急に話が運んで、いよいよ結婚ということになったらしいのよ。そして、結婚式がすむと、すぐ二人で向うへいらっしゃるんですって」

　それをきくと、有爲子はほっと肩の重荷がおりたような感だった。美奈子が一人でいるあいだは、なんといっても彼女は胸のわだかまりをもみ消すわけにはいかなかったのだ。

　邦彦なら立派な青年であることを、有爲子もよく識《し》っている。その人の妻となる美奈子は、きっと幸福な生涯に入ることが出来るだろう。――うちつづく不幸な、陰惨な生活の重圧のうちにも、有爲子はほっと、明るい希望の光をのぞんだように、その幸福がひとごととは思えないほど嬉しかった。

「まあ、そんなお目出度《めでた》い話が進んでいるとはちっとも知らなかったわ。でも、これで先生も御安心ね」

「ええ、そりゃ先生もお欣《よろこ》びだけれど、それより奥さんのお欣びはたいへんだという訳よ。もともとこの縁談は奥さんの発案によるんだというじゃありませんか。それがいろんな曲折を経たのち、結局奥さんの思うとおりまとまったものだから、それこそ大得意、大満足だという話」

「そうでしょうね」

そんなこともあろうかと、有爲子もいくらか心のなごむのを感じるのだ。考えてみれば、梨江夫人も気の毒な人だった。良人にうとまれ娘からは反抗され、どんなに淋《さび》しい日を送っていたことだろう。気丈な婦人だけにその焦立《いらだ》たしさは格別だったに違いない。自分たち夫婦に対する辛い仕打ちも、そういう不幸な焦燥《いらだち》から来ていたのだと思えば、有爲子もなんとなく憐《あわ》れにさえ思えて来るのだった。

「美奈子さんもね、こんなに母が欣んでくれるなら、もっと早くこの結婚をきめてしまえばよかったと後悔しているくらいなのよ。とにかく近頃やっと、お母さまとの仲もうまくもとへ戻って、その点支那へいっても何も思い残すことはないんだけど、ただ、あなたのことが気懸りでならないと、そう仰有ってるのよ」

京子はしんみりとした調子になって、

「いずれ向うへいくまえには、一度お見舞いにあがって、あなたとも仁吾さんともよく相談するつもりだけれど、あたしから一度瀬踏みをして頂戴って、そう頼まれたからやって来たわけなの。ねえ、いまは旦那さまを治すことが第一の問題でしょう。つまらない意地なんか張っている場合じゃないわ。思いきって、あの人たちの親切をおうけになったらどう？」

京子から懇々とさとされると、有爲子ももうこれ以上、意地を張りとおす勇気もなくなるような気になるのだった。

「いろいろと、皆さまに御心配をおかけして……」

ただそういって、うなだれるばかり……。

（八）

美奈子の結婚式は十月の下旬にあった。

式がすむと、二、三日の後に、夫婦相携《あいたずさ》えて支那へ渡ることになっていた。

有爲子は結婚式に招待されていたが、わざと遠慮してつらならなかった。それだけに見送りだけは是非果したいと思って、

「あなた、行って来てもいいでしょうか」

と、仁吾に訊《たず》ねると、案外仁吾も機嫌よく、

「ああ、行って来い。僕のぶんまでよろしくいっておいてくれよ」

この二、三日、わりに機嫌のいいのが嬉しくて、

「じゃ、行って参りますわ。すぐ帰って来ますから、寝てて下さいね」

征一をおんぶして東京駅へ駈けつけると、美奈子たちはすでに、プラットフォームに出ていて、蓮見、五味両家の見送りの人たちに取りまかれていたが、有爲子の姿を見ると、すぐその人たちの群《むれ》から抜け出して、

「まあ、征一ちゃん、わざわざお見送りに来て下すったの？」

と、いかにも嬉しそうにそばへ駈けよって来る。

「お目出度うございます。ほら、征一さんもお目出度うっていうのよ」

有爲子が征一を背からおろすと、美奈子はその指を握って、

「ええ、有難う、お姉さまもお元気でね。征一さん、こんどおばさんが帰ってくるまでには、うんと大きくなっているわね」

と、元気よく手を握りながら、

「仁吾さんの加減はどう？」

「ええ、おかげさまでその後落着いているようですの、よろしくっていってました」

「そう、それはよかったわね」

美奈子はもっと何かいいたかったらしかったが、ちょうどそこへ国民服に凜々《りり》しく身を固めた邦彦が、元気よくつかつかとそばへよって来た。大陸やけとでもいうのか、見違えるほど黒くなって以前よりずっと立派になっていた。

「やあ、有難うございます。御病人がおありだというのにわざわざお見送り下すって恐れ入ります」

「いえ、あの——どうぞね、お元気でいってらっしゃいまし、美奈子さんもね」

「ははは、とうとう美奈子を奪い去っていくことになりましたよ」

邦彦は皓《しろ》い歯を出して、笑いながら、

「時に、有爲子さん、あなたに折り入ってお願いがあるんですがね」

「はあ」

「こうして僕が美奈子を連れてってしまうと、雑司ヶ谷の家がたいへん淋しくなります。何しろ先生もお年ですからね、で何分あなたによろしくお願いしたいので」

「はあ」

「お母さん、お母さん、いや、雑司ヶ谷のお母さんです、ちょっとこっちへ来て下さい」

「おやおや、あたしに何か御用ですか」

梨江はにこにこしながらやって来た。彼女が予期していたよりもはるかに立派な邦彦の婿殿ぶりに大満悦の梨江は、このところ幸福の絶頂にあった。それだけに、有爲子を見てもいつかのような険しい表情もなく、にこにこと機嫌のよい微笑が溢《あふ》れていた。

「お母さん、ちょっと手をかして下さい」

「何んですね。あたしの手をどうしようというの」

「何んでもいいです。有爲子さん、あなたも手を」

「はい」

さし出した二人の手を、邦彦はしっかり握らせながら、

「お母さん、有爲子さん、あとをよろしくお願いいたしましたよ」

邦彦が力をこめてそういうのだった。

（九）

訣別《けつべつ》ともなればなんとやらもの悲しさに、ましてや支那へ旅立つ人、たがいに胸がせまって、

「それじゃお元気でね」

「お姉さまもね、征一ちゃん、さようなら、お父さまによろしくね」

と、窓の内外でかわす言葉もあわただしく、

「皆さん、どうも有難うございました。それじゃいって参ります」

と、邦彦の最後の挨拶《あいさつ》をのせて汽車がゆっくり動き出したころには、さすが女心の、有爲子も美奈子も泪で相手の姿も見分けかねるくらいだった。

神戸《こうべ》まで送っていこうという人もあったのを、しいて断って、東京駅のプラットフォームを出ると、やっと邦彦と美奈子の二人きり。新橋《しんばし》、品川とすぎるころには、邦彦もようやく座席に落ち着いたが、気がついてみると、美奈子は窓ガラスに顔をあてて、ぼんやりと涙ぐんでいる。

「どうしたの？　泣いてるのかい？」

邦彦が低声《こごえ》で話しかけると、美奈子は泪ぐんだままの眼でにっこりと微笑みながら、

「あなた」

「なに？」

「有難うございました」

と、かすかに邦彦にむかって頭をさげるのだった。

唯一の気がかりだった母と義姉《あね》との仲をあんなにあっさりと解決をつけてくれた、良人のあの気の利いた取りなしを思うと、美奈子は涙がこぼれるほど嬉しくて。——

「お母さんもあれでいくらか、気が折れて下さると思うんですけれど……」

「そうだね、お母さんも君がいなくなれば、だんだん淋しくなるんだから、そういつまでも昔のことにこだわってはおれまいと思うね」

「ほんとうに、有難うございました」

「なあに」

それきり二人とも黙りこんでしまったが何んとやら心と心に通うものがあるのが嬉しく、味の濃い沈黙だった。

ちょうどその頃、東京駅から吐き出された見送り人のなかから、有爲子はいつか離れて、楓香先生や梨江夫人といっしょに歩いていた。

楓香先生はふと立ちどまると、有爲子と梨江夫人の顔を見くらべながら、

「どこかで、お茶でも飲んでいかないかね」

「そうですね、有爲子さんはどう？」

梨江夫人にやさしく言葉をかけられると、有爲子は思わずどぎまぎしながら、

「はあ、あの、有難うございます。けれど、良人のことが気になるものですから……」

「そうねえ、仁吾さんはその後どういう様子なの？」

「はあ、あの、だいぶ落ち着いているようですけれど、やっぱりときどき熱が出るもんですから」

「いけないわね、それじゃ早くかえってあげた方がいいかも知れないわね」

　梨江夫人は首をかしげて、

「有爲子さん」

「はい」

「二、三日うちに主人といっしょにお見舞いにあがりますけれどね、仁吾さんにそういっといて頂戴、いままでのことは水に流して、これからはみんな仲よく暮していきましょうとね」

「は、はい」

　有爲子は思わずはっと首をうなだれた。

　人生の行路には暗礁もあれば急流もある。カリブジスの大渦のうしろにはシラの黒暗礁がひかえている。だが、それを切り抜けてこそユリシスは故国へ辿《たど》りつくことが出来たのだ。

　有爲子はなんとなく心楽しく、いそいそと薬王寺のわが家へかえって来たが、

「只今」

と、格子をひらいたとたん、一種異様な静けさを家の中にかんじて、彼女は思わずはっと立ちすくむのだった。

（十）

娘を嫁がせた後の両親が、すべてそうであるように、楓香先生と梨江夫人のふたりも何かしら忘れものをしたように、がっかりとした気持ちだった。

どの部屋へいってみても、妙にがらんとして、いまさらのように淋しさがひしひしと身内へ喰《く》いいってくる。その淋しさが不幸から来る感じでないだけに、淋しさの中にも何とはなしにほのぼのとした暖かいものがあって、こういう時、人はうまれながらの善良さに立ちかえることが出来る。そして誰にでも親切にしてやりたくなるものだ。

「あなた、お召更《めしか》えをなすっては？」

外からかえって来た楓香先生が、がっかりとしたように机のまえに坐るのを見ると、梨江夫人は、ふとそういった。

「うん」

そういいながら、先生は立ち上ろうともしない。いかにも大儀そうなその様子を見ると、夫人も強ては奨《すす》めずに、自分もそこへ寄りそうようにぺったりと坐った。

「あなた、お疲れになりましたでしょう」

そういいながら、良人を見る夫人の眼は、ちかごろ珍しくなごんで、しかも優しい光が溢《あふ》れて居る。

「いや、おまえこそ疲れたろう」

「ええ、何しろ話があまり急なものだから……ほんとに若い者ったら気が知れませんわ。こちらがやいやいいってる時には、素知らぬ顔をしてさんざん気を揉《も》ませながらこっちが諦《あきら》めた時分になって急にやいやいいい出すんですもの」

そういいながら夫人はいかにも満足そうな表情《かお》だった。

まったく急がしい結婚式で、北支から突然かえって来た邦彦がある日訪れて来ると、

「小母さん、美奈子さんをお嫁に下さい。いいでしょう」

と、いきなり軍隊口調で切り出したのだった。

「あらあら、まあどうしたのよ」

夫人はすっかり狼狽《ろうばい》しながら、

「ええ、そりゃあたしはいいけれど、先生や美奈子がどういうか訊ねてみなきゃ……」

「いや美奈子さんとは手紙で諒解《りょうかい》がついているんです、先生も多分いいと仰有るだろうと美奈子さんはいっています。だから、小母さんさえいいって仰有って下されば、僕はすぐ美奈子さんと結婚して、一緒に向うへ行くつもりです」

邦彦の話を聞いて、夫人はすっかり出し抜かれたと感じた。だが、その感じは夫人にとってもとても嬉しいものだった。

「まあまあ、そんな話になっていたの、美奈子ったら、あたしに少しも話をしないで……そして、いつ向うへいらっしゃるの？」

「二週間の予定でかえって来たんですから、十日の後には出発しなければなりません。有難うございました。それじゃ承諾して下さるんですね」

「おやおや、急がしいのね。若い人にはかなわないわ」

　その二週間の目の廻《まわ》るような急がしさを思い出すと、夫人はいまでもおかしくなるくらいだった。そして、何もかもとどこおりなく済んで、満ち足りた淋しさの中に良人とこうして向いあって坐っていると、いまさらのように良人の老《おい》が眼について、

「あなた」

「うん？」

「人間なんて現金なものね。美奈子の方が万事目出度くいったせいか、あたし急に仁吾さんのことが気になって来ました。あなた、明日でもいっしょに見舞いにいきましょうか」

「お前——いってくれるかい？」

「ええ。つまらないことから仁吾さんともいろいろ角《つの》つき合って……」

　夫人がしんみりと言葉をしめらせた時だった。俄《にわか》に電話の鈴《ベル》がはげしく鳴り出した。

（十一）

「お前、それでどうだというんだ、仁吾はもうとても助からないというのかい？」

「いえ、そこがよくは判らないんですけれど……でも病院へ担ぎこんだところを見ると、まだ見込みはあるんじゃないでしょうか」

「なんとかいったな。服《の》んだものは……？」

「さあ、やっぱり睡眠剤じゃないんでしょうか。有爲子さんも、とてもおろおろして、よくは判らなかったんですけれど」

「どこでまた、そんなものを手に入れたろう」

「……」

楓香先生も梨江夫人もまださっきの見送りの衣裳《いしょう》のままだった。

雑司ヶ谷から市ヶ谷へむかって疾走する自動車の中で、二人とも真蒼《まっさお》になっていた。

さっき別れたばかりの有爲子から電話がかかって来て、仁吾が何かを服んだといって報《し》らせて来たのだった。

「可哀そうな奴だ、あいつも……」

楓香先生が歎息《たんそく》するのをきくと、梨江夫人も身を切られるように切なかった。

長いあいだの仁吾との葛藤《かっとう》……夫人はいまやその葛藤に、完全に打ち克ったのだ。その勝利があまり完璧《かんぺき》であればあるだけに、いまでは却って悔恨の種となる。……しかも、さっき邦彦から、あんなにくれぐれも頼まれた言葉もある。

彼女は一時に意地も張りも崩れていく気持ちで、何んだっていままであんなに角突きあって来たのだろうと、われながら訝《いぶか》しくなるくらいだった。想えば仁吾は自分の手塩にかけて、育てあげて来た子供も同様だった。その好《い》いところも知りすぎているほど知っている相手が旗をまいて降参して来さえすれば、いままでだって、夫人の性質として快く許したことだろう。

「あなた、すみません」

「今になってそんなことをいったって仕方がない。それより仁吾の奴をなんとかしてもう一度救いあげてやらなきゃ……」

「ほんとうに。仁吾さんも仁吾さんだけど、有爲子さんも可哀そうで……」

「うん、あれも不幸な娘だ。やっぱり苦労するようにうまれついているんだなあ」

そういわれると梨江夫人は、いよいよ身の置きどころのない感じだった。さっき駅で会った有爲子の、乳呑児を背負って、服装もつくろわず、どこか淋しい影をひいた姿を思うと、どうしてあんな娘を憎む気持ちになったのかと、夫人は一層情なくなるのだった。

仁吾の入院しているという市ケ谷の病院へつくと、幸い仁吾は生命《いのち》だけは取りとめるらしく、いま昏睡《こんすい》状態にあるという話。

楓香先生と梨江夫人はそれをきくと、思わず心の中で神を祈る気持ちだった。

「有爲子さん、あなたもずいぶん驚いたでしょうねえ」

「はい」

まだ征一を背負ったまま、眼をいたいたしく泣きはらした有爲子の姿は、誰の眼にも憐れを誘った。

「お騒がせして申訳がございません、何んですか、良人があまり囈語《うわごと》を申しますものですから、ついお報らせする気になって……」

「囈語を？」

「はい、先生や奥さまのことをいいつづけでございます」

「……」

「あたしは良人の心を知らなかったのです。良人は奥さまをお怨《うら》みしているとばかり思っていたのです。でも、でも、さっきの囈語をきくと、奥さまに対する昔の懐しさに溢れていて……心の底ではやっぱり奥さまをお慕いしていたのですわね」

それを聞くと、梨江夫人はふいに声を立てて泣き出していた。

征馬

（一）

八ヶ岳の峰々にはまだむら消えの雪が残っており、高原をわたる風は水晶を溶かしたような冷たさをふくんでいたけれど、直射する日光の強さは、いかにも紫外線の豊かさを物語るように瞳《ひとみ》にまぶしく、人の肌をじっとりと温めてくれる。

　日蔭にはまだ冬の厳しさがたゆとうていながら、一歩日だまりへ出ると、帽子なしには歩けないほど太陽の光の強い、そういう早春の気候が、この信州の高原では、いちばん人々にとっては嬉《うれ》しい季節だった。

　散歩の途次など、凍りついている大地をわって、青草の芽がそっと首をもたげているのを見つけると、しみじみと生命というものについて考えさせられる。冬が長ければ長いだけ、きびしければきびしいだけ、春のいぶきは生命の根にしっかりと喰《く》いいる強い力を持っているのだった。

「あなた、おつかれじゃありません？」

「うん、少し疲れたね」

「ちょっと休んでいきましょうよ。いまそこへ毛布を敷きますから」

有爲子が持って来た毛布を敷くと、仁吾はいかにも疲れたらしくごろりと横になると、

「ああ、咽喉《のど》が乾いた」

眼にいたいほど碧《あお》く澄みわたっている空を仰ぎながら、乾いた唇をなめている。

「はい、お水」

「うん」

水筒からうつしてくれた水は、山霊の気をとかしたように冷たくて日だまりを歩いて来た仁吾には、五体にしみるほどうまかった。

「やっぱり、何んだね。日向《ひなた》を歩くと疲れるんだね。何んだかこう手脚の骨々がくだけるようにだるい」

「慣れないからですわ。いまから少しずつ慣らしていくと、暖かくなるまでには随分歩けるようにおなりですわ」

「うん」

仁吾はいかにもだるそうに、草のうえに敷いた毛布のうえに横になったまま、手枕をしながら、釜無川《かまなしがわ》の向うに見える峨々《がが》たる山に眼をやっている。

「あなた、お風邪をひくといけませんから、これを――」

「うん」

有爲子のかけてやった二重廻《にじゅうまわ》しに体をくるみながら、仁吾は眩《まぶ》しそうに眼を閉じる。

長い間の闘病生活に、肉は落ちて、とげとげしいほど痩《や》せていたが、枯瘦《こそう》したその骨格のうちにもちかごろ少しずつ生命の根が張って来て、日に焦げた皮膚がいかにも健康そうに見えるのが、有爲子には有難くも嬉しくて、そうして仁吾のそばに坐《すわ》っていると、思わず瞼《まぶた》のうちが熱くなって来る。

有爲子と仁吾が征一をつれて、信州のこの高原へ引きこもってから、もう一年あまりになる。それは有爲子にとっては、血みどろの苦闘の一年間だった。

仁吾はあの軽卒な自殺騒ぎから幸いにして生命《いのち》をとりとめたものの、その日からは彼は、まるで生ける屍《しかばね》も同様だった。あらゆる生命の泉に絶望しきった彼は、生きていくということに、何んの感興も、何んの反応も示さなかった。

以前のように激して有爲子を悩ませることはなくなった代りに、人里離れたこの山里の一軒家で、幾日も幾日も、口も利かず過ごす日が多かった。そういう日の有爲子の淋《さび》しさ、遣瀬《やるせ》なさ。――

「あなた、あまり長くなるとまた疲れますから、もうそろそろ帰りません？」

「うん」

仁吾は大儀そうに立ちあがったが、

「おや、あそこへ馬に乗って来るのはうちの坊主じゃないか」

（二）

早春の陽《ひ》を吸ってくろぐろと光っている坂道を、銜《くわ》え煙草の老爺《ろうや》がひとり、のどかに煙を吐きながら、ぽかぽかと裸馬を牽《ひ》いて来る。その裸馬の背にまたがって、意気揚々とあたりを見廻しているのはまぎれもなく征一だった。

征一ももう三歳になっている。

田舎そだちの、服装も口の利きようも、すっかり鄙《ひな》びていたけれど、その代り、脛《すね》も脚もすくすくと丈夫にのびて、他人が見ると四歳より下には見えない。顔色などこの地方特有の、肌の下からしぶ紙色にやけているのが、有爲子にはたまらないほど頼もしく、嬉しいのだった。

征一も馬の背から両親の姿を見つけると、

「父ちゃん、母ちゃん、ばんざあい！」

両手をあげ、素足をばたばたさせながら喜んでいる。

紺がすりの着物を裾短《すそみじ》かに着たのが、なんともいえず愛らしく、父に似て、眼のくるくると大きい元気な子供だった。

「おやまあ、征一さん――」

有爲子はさすがに危《あやぶ》んでかけよりながら、

「大丈夫？　怖くはないの？」

「怖いことなんかねえや、大丈夫だい。ねえ、おじいさん」

　馬の鬣《たてがみ》を撫《な》でながら、征一はからだ中で笑っている。はじめて馬に乗ったすがたを、どういうふうに両親に見せようかと、身をもんで考えているのだった。

「奥さま、大丈夫でごぜえますだよ。心配なさらねえで。どうしても馬に乗せろ、乗せろといって聞かねえだよ。元気な坊ちゃまだ」

「ほんとに、いつもお世話になって済みません」

「なに、そんなことはねえだ。坊ちゃまが遊びに来てくれると、淋しくねえだで、こっちも有難えくらいだ」

　老爺は儀作《ぎさく》といって、夏中は田畑をつくっているが、冬になると八ヶ岳の麓《ふもと》へはいって炭を焼いている。

　夫婦のあいだに息子が三人あったが、三人とも出征して、うえの二人はともに北支で戦死したが、下の一人はまだ元気で、満蒙《まんもう》の国境に駐屯しているとやら、そういう淋しさからであろう。仁吾の一家がそのすぐ近所へ越して来て以来、何かと親切に面倒を見てくれるばかりでなく、征一をまるで真実《ほんとう》の孫のように可愛がってくれるのだった。

　征一もよくこの老夫婦になじんで、よちよち歩き出来るようになってからというもの、自分の家で暮すより、老夫婦のそばで遊んでいる時の方が多いくらいだった。

「おじいさん、息子さんの処からなにかたよりがありまして？」

「へえ、この間手紙が来ただが、相変らず元気でやっとるようでごぜえますだ、この頃は本部づきとやらになって、旦那《だんな》がたのお髭《ひげ》を剃《そ》らせて貰《もら》ってるてえ話で」

儀作じいさんの末の息子は、応召以前、散髪屋の職人をしていたのだった。

「結構ですわ。また何かこしらえてお送りしましょうねえ」

「有難うごぜえます。ちかごろは奥さまが娘たちの面倒を見て下さるで、みんな大助かりだと申しておりますだ。それじゃ、坊ちゃまはあとでお送り致しますだで」

「すみませんわねえ。征一さん、おじいさんのお邪魔をするんじゃありませんよ」

「大丈夫だい。あばよ」

馬に乗ってゆくわが子を見送りながら、

「あなた、それじゃかえりましょうか、少し寒くなった様ですから」

「うん」

仁吾は、何故か元気がなかった。

(三)

「少し仕事をさせるようにしたらどうです。何もしないで考えこんでばかりいるから、神経がうちへうちへこもってしまって、それが恢復《かいふく》をおくらせているんですよ。病巣部はもう殆《ほとん》どかたまっているんだが……からっとした、おおらかな気持ちになって、希望をもって仕事をやる。そうなるとぐんぐんよくなっていくんだがなあ」

この高原には有名な呼吸器病の療養所がある。その療養所の所長M博士は、呼吸器病にかけても一方のオーソリチーだったが、余技にたしなむ文筆の方でも高名だった。

その為M博士が楓香先生の委嘱をうけて、時々仁吾を見舞ってくれるのだったが、有爲子に注意する言葉はいつもそれにきまっていた。

有爲子もそうしたいと思う。

生活の方はさしあたり、楓香先生の情で困らないのだったが、せめて絵に対する興味を、もう一度良人《おっと》の心の中にかき立てたいと思う。そのために、仁吾がその気になれば、いつでも絵筆がとれるように用意してあるのだったが、彼はそれに見向きもしなかった。

「なにしろ賀川君の病気は、もう肉体そのものにあるんじゃなくて、精神にあるんだからなあ」

M博士はそういって慨嘆したが、まったくそのとおりだった。

このままでは、たとい身体《からだ》は恢復しても、これから先の長い生涯をどうして暮していこうかと有爲子はそれを考えると、心が思わず暗くなる。

仁吾は極度の被害妄想病におちいっているのだった。それは過去の悲惨な出来事のせいもあったが、もう一つは時代のせいもあった。

潑剌《はつらつ》として、眼まぐるしく動いていく時代の激流を凝視して、彼は茫乎《ぼうこ》として立ちすくんでいるのであった。その時代とともに動いていくには、彼の肉体の健康が許されなかった。

それに彼は、いつか有爲子にいったように、一管の絵筆をもって自分の全生命だと思いこんでいるのである。だが、この激しい、争闘的な時代に、片々たる絵筆が何んの御奉公になろうか――仁吾はそこで、あらゆる希望をうしなってしまった。激しい自己嫌悪におちいり、悶々《もんもん》の遣瀬《やるせ》なさがしだいに彼の神経と肉体をむしばんでいくのだった。

あらゆる人々が、この時代のために、大なり小なり奉公のまことを尽している。儀作じいさんは三人の息子を国家に捧《ささ》げながら、なお昂然《こうぜん》として老婆と二人、田を耕し、畑土を打ち炭を焼いているではないか。儀作じいさん一人ではなかった。この地方の健康な青年たちは国家の源泉だった。どのうちでも、良人が、父が、兄が、弟が、出征していないものはなかった。そして残っているのは年寄りか女子供ばかりだったが、それでも彼等は孜々《しし》として銃後のつとめを果している。

それだのに自分はどうだろう。

不徳を働いた挙句、病気になって、恩師や妻の情で、あるにかいなき余命をつないでいる。その妻さえも、わがままな自分をかかえながらも、一方では村のために働いているではないか。――

仁吾の憂鬱《ゆううつ》感はこうして救いがたいものになっていた。かつては自分のいのちとまで思った絵筆を、この頃では見ることさえ憎んだ。

こういう良人を、どうしたら救えるだろう。どうしたら、もう一度、絵に対する感興を呼びさまされるだろう。

有爲子がいまも小さい胸をいためながら、村の娘たちに、慰問袋に入れる細工物などを教えているところへ、

「御免下さい」

と、久しぶりに木實が上諏訪から訪ねて来たのである。

（四）

木實は珍しく小さっぱりとしたふうをしていた。縮れっ毛ながら綺麗《きれい》になでつけて、きちんと銘仙の外出着をきているのが、いつももんぺ姿の木實ばかり見ている有爲子には、ちょっとおかしいくらい珍しく、

「あら、いらっしゃい。どうしたのよ、木實さん。きょうはまたいやにおめかしじゃありません？」

からかうようにいうと、木實はうすく頬を染めながら、

「いやよ、からかっちゃ。有爲子さんはひとが悪いのね」

と、白眼《にら》む真似をしながら、

「しばらく、たいへん御無沙汰《ごぶさた》いたしました。みなさまお変わりはございませんか」

と、改まって、わざと真面目くさっていうのである。

「ええ、有難う。お陰様で……さあ、おあがりなさいよ」

「旦那様、いかがですか」

「ええ、まあ、いいほうなのよ」

有爲子が暗い顔をするのを、木實はわざと気づかないふりをしながら、

「おや、ちょっと失礼しますわ」

と、うえへあがってあたりを見廻すと、

「おや、まあ、皆さん、たいそう御精が出ますのね」

「慰問袋よ。木實ちゃんもお手伝いしない？　さっそく使い立てるようだけど」

「えええ、お手伝いしますわ。どうせ今日はゆっくりしていくつもりですから」

木實はそういいながら四、五人の娘たちのあいだに割り込んだ。

有爲子はちかごろ、村の女子青年団の人たちを集めて、お針を教えたり、細工物の手ほどきをしたりしている。

信州は女工さんの本場だった。村の娘たちはたいてい、小学校を出るとすぐ糸取女工として製糸会社へ通いはじめる。

ことに事変以来は人手が足りないので、方々の都会から女工を募集にやってくる。たまに女工にならないような娘でも、男手がないので、それに代わって畑打ちもし、養蚕もやりなおそのうえに、どの家でも兎を飼っているのでその面倒まで見なければならなかった。

だから、娘としての教養をつける暇などあろう道理がなく、年頃になっても、綻《ほころ》びひとつ縫えないような娘が珍しくなかった。

仁吾がおいおい恢復してくるにつれて、以前ほど手がかからなくなった有爲子は、ふと慰み半分に近所の娘にお針を持つすべを教えはじめたのだが、それがいまでは本式になって、村の女子青年団の若い娘たちは、みんな挙《こぞ》って有爲子の弟子になっている。

そのうちに有爲子の思いつきで月一回、戦地へ慰問袋を送ったらどうだろうということになった。都会のようにデパートで安直に間に合わせることの出来ないこの田舎では、有爲子のこの試みは非常に感謝をもって迎えられている。拙《つたな》いわざだったけれど、娘たちがまごころこめた細工物は、戦地でどんなに喜ばれたことだろう。

木實は手際よく慰問袋をまとめながら、

「そうそうさっきそこで征一さんに会ったわ。お馬のうえから小母《おば》ちゃま、小母ちゃまって児《こ》があるでしょう？　誰かと思ったら征一さんじゃないの。あたしの顔を見てとても得意そうだったわ。しばらく見ないうちにとても大きくなって……」

「ええ、だんだん手にあわなくなって困るのよ」

征一のことを考えるときだけが、せめてこの若い母にとって慰めの種だった。

（五）

「さあ、きょうはこれくらいにしておきましょうねえ。あとはまた明日」

「有難うございました」

「有難うございました」

木實のお手伝いのせいか、仕事は意外に早く片附いた。若い娘たちがてんでに挨拶《あいさつ》をしてかえっていくと、あとはやっと有爲子と木實のふたりきりになった。

「御免なさいね。お茶もあげないでお使い立てしたりして……いま淹《い》れますから、ちょっと待っててね」

「あら、いいんですのよ。そんなことより旦那様を見てあげなきゃいけないんじゃありませんの？」

「ええ、じゃ、ちょっと覗《のぞ》いて参りますから待っててね」

久しぶりに散歩をしたせいか、仁吾は疲れてよく眠っている。

有爲子はそれを起さないように足音をしのばせてそっとかえって来ると、

「いい具合によく寝ているの。さあ、くつろいで頂戴よ。きょうはゆっくりしていってもいいといってたわね」

ときどき訪ねてくれるこの木實が、有爲子にとっては何よりもよい話相手だった。木實が相手なら、憂いごとも辛《つら》いこともありのままに打ちあけて話すことが出来る。いや、口に出して話をしないでも、心と心が微妙に交流して、ただ向いあっているだけでもどんなに力になるかわからないのだった。

　木實のほうでも、有爲子のその気持ちがよくわかっていて、暇を見ては出来るだけ度々訪ねて来るようにしている。

　最初、有爲子の頼みによって、この家を探し出したのも木實だった、そういうひっかかりもあるから、仁吾がしだいに快《よ》くなっていくのを見ると、木實はわがことのように嬉しかったが、それでいながら、彼女は仁吾に会うのが、いつでも怖いような気詰まりなような気がするのだった。

　いまも、仁吾が眠っていると聞いて、ほっとしたような気になりながら、

「旦那様、その後やっぱり……？」

「ええ、体のほうはもう殆どいいんですけれど、始終ふさぎこんでばかりいて……少し、仕事でもする気になってくれるといいんですけれどね」

「困るわね」

　木實は眉《まゆ》をひそめながら、しかし自分のようなものには、仁吾さんなどの気持ちなんかわからないのだと、なるべくその問題には深入りしないことにしている。

「でもこれからだんだん暖かくなるんですから、そうなったら、旦那様もお元気が出て、また、お仕事をなさる気にもおなりだと思いますわ」

「そうだといいんですけれど……」

たとい暖かくなろうとも、仁吾の心の病は何かの大転機でもない限りはなおりそうにないと、有爲子は半ば諦《あきら》めたように、淋しい溜息《ためいき》をつきながら、

「あたしも出来るだけ気を引立てるようにしているんだけれど、この頃ではどうしていいか判らなくなって……」

「まあ、あまり心配なさらないがいいわ。ああして征一さんという可愛い坊やがあるんですもの。いまにきっと元気の出る時もあるに違いないわ。それはそうと……」

と、木實はほのかに頬を染めながら、

「実はきょう、あなたに御相談したいことがあって参りましたの」

「あたしに相談って、なんのこと？」

「山崎先生のことなのよ」

木實はそういうと、いじらしいほど真赧《まっか》になってうつむくのだった。

（六）

「あら、山崎先生がどうかなすったの？」

木實の顔をあからめた理由が、有爲子にはすぐわかったけれど、わざと笑いをふくみながら、さりげなくそう訊《たず》ねて見る。

木實は切ないまでに顔を赧《あか》くして、

「実は昨日、先生からお手紙をいただいたのだけど、あたし、どうしたらいいかわからなくって……」

「どうしたらいいかって、山崎先生がいったいどんなことをいっておいでになったの？」

「あたしに満州へ来てくれないかって……」

俯《うつむ》いた木實の顔は火が出るほど赧くなっている。

有爲子にはそれがいっそういじらしくて、抱きしめてやりたいほど木實が可愛く思われるのだった。

「お目出度《めでと》う。やっぱりあたしがいったとおりでしょう。そんなこと何も考えることないじゃありませんか」

「あら、だって……まだ、そんなことはっきり極《き》まってるわけじゃありませんわ。先生はただ、あたしに来て欲しいと仰有《おっしゃ》るだけなのよ」

山崎先生はいま北満の信濃分村で教師をしている。二、三ケ月ほどまえに体を悪くしたことがあって、急に木實のことを思い出したのだった。そこでは先生の面倒ばかりではなく、木實のような女性を必要とする仕事が沢山あった。かたがた、木實に思い切って満州へ来てくれないかといって来たのだった。

「そりゃ、先生のことだから、そんな甘ったるいこと手紙にお書きになりやしないわ。でも、そうしてあなたに来て欲しいといって来られたからには、よくよくお考えになってからのことに違いないわ。行っておあげなさいよ。あなたよりほかに先生の奥さんになれる女性はありやしないわ」

「あら、奥さんだなんて、そんな……あたし困るわ。そんなこと困るわ」

木實の瞳《め》にうかんだ真剣な歓喜と、その歓喜にともなう不安のいろを見ると、有爲子はあまりのいじらしさに、つい泣けそうなほど心のそこが温かくなって来る。

「馬鹿ねえ、何も困ることはありやしないじゃないの。だって、あなたの方でも先生をお慕いしてるんじゃないの」

「だって、だって、そんなこと……いくらあたしの方で想ってたって、あたしなんかが先生の奥さんに……そんなこと、出来やしないわ」

「木實ちゃん」

有爲子はふいに威儀をただすような云《い》い方で、まともに木實の顔を覗きこんだ。

「あたし、あなたが好きよ。いいえ、好きというより、とてもあなたを尊敬してるのよ。だけど、そういう云い方は嫌いだわ。あなたはいつも自分を卑下していらっしゃるわね。それはまあ、あなたのいいところだけれど、あたしなんかの眼から見ると、あなたみたいな立派な女は、そうざらにあるもんじゃないわ、山崎先生にはそれがちゃんとわかってらっしゃるのよ。だからこそ、あなたをおいてほかに妻とすべき女性はないとお考えになったのだわ、木實ちゃん」

「はい」

「あたしからもお願いするわ。行ってあげてね、先生のお側《そば》へいって、力になってあげて頂戴ね。あなたがそうして下さると、あたしだって、どんなに嬉しいか……」

自分でも理由はわからなかったけれど、話しているうちに、有爲子はふと、北満の曠《こう》野《や》に雄々しく闘っている山崎先生のことが想われて、いつの間にかさめざめと泣き出しているのだった。

いつの間にか陽がかげって、軒端《のきば》からさむざむとした色が這《は》いこんで来ている。

（七）

「有爲子さんがそう云って下さるのなら、あたしもう一度よく考えてみますわ」

そう云って木實が嬉しそうにかえっていったあと、有爲子はしばらく門口に立って、蒼茫《そうぼう》と暮れていく山の端《は》を眺めていた。

日のあるあいだは暖かだったが、かげって来ると肌にしむような寒さが裾からはいあがってくる。むら消えの雪に隈《くま》どられた八ヶ岳の峰々が、妙にとげとげしく黝《あおぐろ》んでみえるのだった。

（木實さんが満州へいってしまったら、ここはいよいよ淋しいものになる）

有爲子はほっと溜息をつきながら征一の姿は見えないかと、しばらくそこに立っていたが、どこで遊びほうけているのか、子供はまだかえって来ない。

家の中へはいると、仁吾の咳払《せきばら》いの音が聞こえた。

「あら、お眼覚めでしたの？」

奥の座敷を覗いてみると、仁吾が大きな眼をひらいて天井をまじまじと眺めている。まだ電灯の来ない夕闇の中で、その顔が妙に蒼褪《あおざ》めてみえるのだった。

「どうかなさいまして？　御気分でもお悪いんですの？」

枕もとへ来て覗き込む有爲子には見向きもしないで、

「木實さんはかえったかい」

なにかしら、魂に喰いいるような侘《わ》びしい声だった。

「ええ。あなたによろしくとのことでしたわ。お寝《や》すみだと思ったから、挨拶もせずにかえりましたけれど……」

「あの人も満州へいくってほんとうかい？」

仁吾はさっきからの話を聞いていたらしい。

「ええ、多分そういうことになるだろうと思いますわ。木實さんのとてもお世話になった先生が、向うにいらして、是非来てくれと仰有るんですって」

「お嫁にいくんだね」

仁吾は遣瀬なげに、

「みんないくんだなあ。満州へいく人、支那へいく人……みんな勇敢に出かけていくんだなあ」

それだのに、自分はこうしてなすこともなく病みつかれている。美奈子や木實のようなかよわい女性でさえも、それが国策とあれば雄々しくも異郷へ飛び出していく。そういう時代に、朽木《くちき》が腐っていくように、寝床のなかでおとろえていく自分が仁吾は悲しかった。

有爲子はまた、良人の物思いがはじまったかと、早や、胸をおさえつけられるような気持ちで、

「そりゃ、人にはそれぞれ定《き》まった運命というか、仕事というか、そんなものがあるんですわ。満州や支那へいってお役に立つ人もあれば、故国に残っていなければならない人だってありますわ。みんながみんな、飛び出していきさえすればいいというわけのものじゃないと思いますわ」

「そうかねえ」

仁吾は気がなさそうに、

「すると、俺なんかどっちだね。こうして病床におとろえていくのが、運命なのかねえ」

「あなた、後生ですから、もうそんなことは考えないで……快くなりさえすれば、いくらでもお役に立つ時があるんですもの」

「快くなる時か……そんな時があると、お前は本気で考えているのかねえ」

そんな晩にはきまって熱が上昇して、咳の発作が起るのだった。

有爲子はいつになく征一のかえりのおそいのを気にしながら、はらはらとして良人の

側につき添っている。そういう晩には白樺《しらかば》の林を渡る風の音が、ひとしお身にしむ思いだった。

（八）

「坊や、坊やは昨夜《ゆうべ》お母さんに叱られたずら」

「ううん、どうしてさ？」

「どうしてって、あんまり帰りがおそかったからさ。お母さん、とても心配そうな顔をしてたじゃないか」

「ふうん」

「きょうはあまりおそくならねえうちに帰りな、いつもあんまり遅くまで引きとめると、この爺《じい》さんが叱られるからな」

「爺さんは誰に叱られる？」

「誰にって、坊やのお母さんによ」

「ううん、うちのお母ちゃん叱りゃしないよ。とても優しいお母ちゃんだよ」

「そうだなあ。ほんとうにいいお母さんだなあ。時に、お父さんはどうだい？」

「父ちゃん、寝てるよ、昨夜《ゆうべ》とても咳をしたよ。お母ちゃん、だから、昨夜は寝なかったんだって」

「ふうん、そいじゃまた悪くなったのかな。お気の毒にな」

馬小屋のそばの日向《ひなた》に蓆《むしろ》をしいて、儀作爺さんはせっせと草鞋《わらじ》をつくっている。征一はふところ手をしたまま、爺さんの節くれ立った指が、器用に草鞋を編みあげていくのを余念なく眺めていた。

馬小屋の中ではあをがしきりに床を蹴《け》りながら、飼葉《かいば》桶《おけ》のなかをあさっている。

「お爺さん、今日は町へ行かないの？」

「町へ？　ううん、どうしてさ」

「坊や、お馬に乗りたいんだもの」

「なんだ、お馬の催促か？　坊やはそんなにお馬が好きかえ」

「うん、とても好きだよ、坊や、お馬に乗って戦争にいくんだ」

征一は赭《あか》い頬っぺたをふくらして、眼をくるくるさせながら、

「お爺さんとこの人、戦争にいってるって本当？」

「ほんとうだとも。坊やも知ってら？　ほら奥の床の間に、三枚写真がかざってあるだろう。あれがみんな戦争にいってるお爺さんの子供だ。どうだ、偉《い》らいだろ」

その三枚の写真のうち、二枚までは黒枠の中に飾られているのである。

「ふうん」

征一は感心したように小鼻をふくらましながら、

「だけど、お爺さんは戦争にいったことはないだろ？」

「あるとも、お爺さんだって昔は立派な兵隊さんさ。戦争にいってえらい手柄を立てたものだぜ」

「ほんと？」

　征一は眼を丸くして、

「嘘だい、そんなこと嘘だって母ちゃんがいってたもの」

「母ちゃんが？　何んといっていたね？」

「お爺さんのような年寄りや、うちの父ちゃんみたいな病人は、戦争にいきたくてもいけないんだって」

「はははは、そりゃまあそうにちがいないが、お爺さんだって、昔からこんな年寄りじゃねえさ、お爺さんがまだ若かった時分に日露《にちろ》戦争というでかい戦争があってな、あの時、お爺さんも召されていったのさ、嘘だと思うなら、証拠を見せてやろうか」

「証拠って何を？」

「その戦争で、お爺さんが敵にやられた弾丸《たま》のあとがいまでも残ってるよ。ほらこれを見ねえ」

　儀作爺さんが調子に乗って片肌ぬぎかけた時だった。二人のまえの日向を遮って、

「爺さん、ちょっと訊ねるが、この辺に賀川という画家が、病気で養生に来ている筈《はず》だが、どこか知らないかね」

　横柄にいって立った影があった。

（九）

「賀川さんかね」

儀作爺さんは草鞋を編む手をやすめたまま、まともに相手の顔をながめている。この辺で見たことのない男だったし、何んとなくうさん臭い風体だった。どことなく尾羽打ち枯らしたという風情で、眼附きにも、妙にからみつくようなねばっこさがあるのが儀作爺さんの気に喰わなかった。

「賀川さんといやあ、坊やの家《うち》だが……」

儀作爺さんが征一の方を振りかえるのを見ると、うさん臭い男もふとその方に眼をやって、

「おお、それじゃこれが賀川君の坊やか。坊や、坊やのお家はどちらだい？」

「うう」

生返事をしたまま、征一もその男の顔をまじまじと眺めている。子供心にも、その男の顔色には、何か警戒させるものがあるのだった。

「坊やのお家はどちらだと聞いているんだよ。ええ、いい児だね。お父ちゃんいま家に居るかい？」

「うう」

「何をしているの、絵をかいているかね？」

「いんにゃ。父ちゃん寝てるよ」

「寝てる？」

男の顔色がちょっと嶮《けわ》しくなったので、征一はいつの間にか儀作爺さんのうしろにかくれていた。

「どういう御用か知らないが、この児の父だったら、もう長いこと病気で寝たっきりだよ。行ったって、とても会えやしますまいよ」

「ふうん」

男は鼻を鳴らすように、

「それでもちかごろ、大分快くなったと聞いていたが……」

「そりゃ、一時から見ると、ずいぶん快くなったことは快くなったが、まだまだ一進一退というところだね。あんまり邪魔しない方がいい」

儀作爺さんはもう相手になりたくないという気持ちを露骨に見せながらせっせと草鞋を作り始める。

それを見ると、男はちょっと噛《か》みつきそうな表情を見せたが、その時だった。

儀作爺さんの背後《うしろ》にかくれていた征一が、

「ああ、母ちゃんが来たよ。母ちゃん！」

それを聞くと、男はぎょっとしたように振りかえると、何思ったのか、帽子の縁をぐいと下ろして、そのまま馬小屋のまえを離れると、向うの森蔭《もりかげ》へすたすたと立ちさってしまった。

「妙な野郎だ。いったいどういう男じゃ」

儀作爺さんが、草鞋を編む手をやすめて、その後姿を見送っているところへ、有爲子が急ぎ歩調《あし》に近附いて来た。

「あら、坊やはまたここにいるのね。いつもお邪魔ばかり致しまして」

有爲子が挨拶するのを遮って、

「母ちゃん、いま変な小父《おじ》さんが来たよ」

「変な小父さん？」

「まったく変な野郎だ。お宅のところを聞いてましたが、奥さんの姿を見ると、急に逃げ出してしまいやがった」

「まあ！」

有爲子は小首をかしげながら、

「そして、どういう人でしたかしら」

「どうって、そうさね、変な野郎としか申されねえな。東京から来たんじゃねえかな」

「東京から……」

儀作爺さんや征一の口から聞いただけでは、一体誰とも判断の下しようがなかったが、それでも何んとなく様子ありげな男の素振りに、有爲子は急に不安が昂《こう》じて来るのだった。

（十）

年頃、風采《ふうさい》をきいてみても、何しろ年寄りのことだし、取りとめがないのである。

唯《ただ》、うさん臭い男……そういう印象だけが残っているらしい。

「とにかく、気をおつけになったがよろしいでしょう。なに、そう心配したことはありませんや。悪い奴が出て来たら、すぐここへ走っておいでなさい。私が引き受けましたから」

「有難うございます。何分よろしくお願いしますわ。良人があああして寝ているものですから、まったく不用心で……」

「御尤《ごもっと》もで」

「あの、あたしちょっとこれから駅の近所までいって来たいと思いますの、済みませんけれど、坊やを、もう少しお預かり下さいましね」

「ええええ、ようがすとも、いってらっしゃい」

「坊や、あまりおじいさまのお邪魔をするんじゃありませんよ」

「うん、いってらっしゃい」

二人を残して、有爲子はだらだら坂を下ってゆく。此《この》頃の癖として、日中はじいんと汗ばみそうな陽気だ。その温かさに凍った大地が融《と》けそめて路《みち》は足駄《あしだ》が吸い取られそうな泥濘《ぬかるみ》である。

（それにしても……）

と、有爲子はみちみち考えるのだった。

（自分の家を訪ねて来たというその男はいったいどういう人なのだろう、儀作爺さんの言葉によると、ひどく人相の悪い男らしいが、自分にはそういう心当りがない。自分たちがいっしょになるまえに仁吾が知っていた男であろうか……）

何んとなく後味の悪い心持ちなのである。

松並木の向うに、療養所の白い建物が見える。そうだ。帰途にいちど、あの療養所へよって院長先生に挨拶をして来よう……そんなことを考えながら松並木の角を曲ると向うの道傍《みちばた》に二重廻しを着た男が、人待ち顔に立っているのが見えた。

それを見ると、有爲子は思わずどきりとした。

さっき儀作爺さんのところへ来た男というのは、あの人ではあるまいか……。

何かしら足のすくむ思いだった。

ちょうどそこは丘のかげになっていて、どこからも人に見えない窪《くぼ》みになっている。あとさきを見廻しても、人影は一人も見えなかった。

有爲子はいっそ、このまま引返そうかと思ったが、それもあまり子供らしく思われて、勇気をふるってその方へ近づいてゆく。

　男は眉深《まぶ》かにかぶった鳥打帽子の下から、偸《ぬす》み視るようにこちらを眺めている。其《その》視線の、蛇のようなしつこさを横顔に感じながら、うつむき勝ちに有爲子は、その側《かたわら》を通りすぎようとしたが、その時だった。男がふいに路傍からとび出して来ると、

「ちょっとお待ち下さい」

　割合に叮嚀《ていねい》な口の利き方なのである。

「は、はい……」

　立ちどまった有爲子の声は、思わずかすかに顫《ふる》える。

　やっぱりこの男だったのだ。それにしてもこんなところで待ち伏せているなんて、なんという気味悪い男だろう。

「奥さん、賀川さんの奥さんでしたな」

「はい……あなた様はどなた様で……?」

「おわかりになりませんか」

　男は帽子をとって、

「おわかりにならないのも無理はない。わしも変りましたからな。観月堂ですよ、賀川さんとはだいぶ御昵懇《ごじっこん》に願った、書画屋の観月堂の成れの果てですよ」

　自ら嘲《あざけ》るような声を聞いて、有爲子は思わずまあと眼を瞠《みは》るのだった。

（十一）

観月堂――ああ、この男の口車に乗せられたがために、良人は取り返しのつかぬ過失《あやまち》を犯してしまったのだ。そしてその過失が尾をひいて、いまだに良人の心を苦しめている……。

有爲子は口惜《くや》しさに、何か強い言葉を投げてやりたかった。だが、いま眼のまえにいる観月堂の、尾羽打ち枯らした姿を見ると、そういう強い言葉も出なかった。

有爲子は以前からこの男が好きではなかったが、それでもその頃は、いかにも太っ腹な商人らしい福々しさがあった。だが、いまは……妙に色艶《いろつや》のないかさかさとした皮膚をして、随分頬などもとげとげしくなっている。喪家《そうか》の犬――そういう感じなのである。

「あの、何かあたしに御用なのでしょうか」

有爲子は半《なか》ば憐《あわ》れむような、半《なか》ば警戒するような眼差《まなざ》しで相手を見る。

「用――というほどのものじゃありませんがね、実は賀川さんにお眼にかかって、お願いしたいことがあるんです」

有爲子はどきりと呼吸《いき》を弾ませた。この男を良人に会わせる？　おお、どうしてそんなことが出来よう。そうでなくとも、過去の幻に悩まされがちな良人だのに、この男に会ったら、また心の平静を失ってしまうだろう。いけない！　どんなことがあってもこの男を、良人の眼のとどくところから遠ざけなければならないのである。

「どういう御用か存じませんけれど、良人はいま病気で寝ているものですから……」

「いや、それはよく知っています。私が顔を出したら賀川さんの身体によくないことも、憚《はばか》りながら知っているつもりなんです。しかし、そうばかりは云っていられない。こっちもまったくやり切れなくなっているんだから」

「一体、どういう御用なんでしょう？　あたしでわかることなら……」

「そうですね。賀川さんに話したところで、どうせ奥さんの力を借りなきゃならぬことかも知れない。実は……」

と、さすがにいい難《にく》そうに、

「お金のことなんですがね」

「お金？」

「そうなんですよ。あの時賀川さんにゃ、もう二、三枚描《か》いて頂くつもりで、前金を渡してあるんです。それがああいうことになって、そりゃアまあ時とはずみで仕方がないが、こっちも困っているもんですから、いくらか返してお貰いしたいんです」

偽作の前金を返せというのである。本来ならば、全く筋道の通らぬ催促であったし、受け附けるべき筋のものではなかった。そういう意味では敢《あえ》て驚くに足らぬ申し出かも知れなかったが、しかし、問題は良人の健康状態にあるのだ。もし、良人がこんなことを聞いたら、どんな衝動を感じるだろう。有爲子はそれを思うと身内が寒くなる思いだった。

「だって、だって、それは違いましょう。そのために良人はああいう破目になって……それだのにいまごろお金の催促なんて、それはひどい、あまり酷すぎますわ」

「わかっています。筋道の通らぬ催促だということは自分でもよく判っているんです。なに、以前の私なら口が縦に裂けてもこんなことをいう男じゃないが、何しろ二進《にっち》も三進《さっち》もいかなくなって……それに較べりゃ賀川さんなんか結構な身分でさ、同じ罪を犯していても楓香先生という後楯《うしろだて》があるから執行猶予だ。それにひきかえこの私は……」

「ええ？」

「ついこの間出て来たばかりですよ」

観月堂の喰《くら》いこんでいることを全然聞いていなかった有爲子には、この言葉が矢のように胸を貫くのだった。

（十二）

「世の中は不公平なものです。同じようなことをやっても、有力な後楯のある人は罪にもならずに赦《ゆる》される。私のように腕一本脛一本、孤立無援の人間は、罪になって監獄へぶちこまれる、いや、それは仕方がないとしても、さて出て来てみると世の中がすっかり変っていまさあ。刑余の人間なんて相手にしてくれる奴は一人だってありゃしません。新規蒔直《まきなお》しにやるにしても、信用というものが零《ゼロ》じゃ何ひとつやれやァしませんからねえ」

観月堂は自ら嘲るように寂しく苦笑して、

「なるほど、私ゃ悪いことをしたかも知れない。それについちゃ今更弁解がましいことをいいたくはありませんが、でも、これでもいままでかなり人の力にもなり、人の面倒を見て来たつもりです。現在一流の大家で候《そうろう》のと涼しい顔をしていらっしゃる画家さんの中にも、ずいぶん私が面倒を見て来たことがあるんです。だが……いや、こんなことをいうのも愚痴かな」

「観月堂という奴は、悪い奴だが、太っ肚《ばら》で侠気《おとこぎ》のある男だ……」

仁吾から聞いたことがあるが、その太っ肚で侠気のある男が、いまさらこんな愚痴をこぼすようになったのかと思うと、有爲子はそぞろに哀れを誘われたが、しかし、今は、他人のことを考えている場合ではなかった。

せっかくここまで持ち直して来た仁吾の気持ちを、またここでぐらつかせる……それは有爲子にとっては耐えがたいことなのだ。

「お話を伺って見ると、いかにもお気の毒に存じますわ。出来ることなら、それはいくらかでもお力になって差しあげたいと思いますけれど、何しろ良人《たく》があの通り病身で……」

「無理でしょうかねえ」

「無理だと思いますわ。それは話をすれば良人はああいう人ですから、何んとかお力になりたいというでしょうけれど、どうあせったところで、現在《いま》の体じゃお金なんか出来るあてはありませんし、結局心をいためてまた病気がぶりかえすぐらいが落ちだと思いますの」

観月堂はみていて気の毒なぐらいぐったりと肩を落した。しばらく茫然《ぼうぜん》とした眼で、雪をかぶった山脈のうえに眼をやっていたがやがて、

「は、は、は」

と咽喉《のど》の奥で笑うと、

「そうでしょうねえ。いや、よくわかりました。やっぱりここへ来るのは間違っていたんです。同じいたぶるなら、もっと外《ほか》に相手があったんです。しかし、そういう悪どい真似はしたくなかったし、賀川さんならきっとわかって下さると思って……それに嫁や餓鬼のことを思うとつい前後の分別もなくなって……」

「奥さんや子供さん？」

有爲子は思わず聞きなおした。

「可哀そうな奴らですよ。景気のいい時にゃ構いつけもしなかったんですが、それでも亭主だと思えばこそ、こうなっても私から離れようとはしない。自分が働いてでも私を食わしてくれるというんだが……は、は、は」

観月堂は寂しく笑って、

「私も女房や子供に喰わして貰うようになっちゃおしまいだ。いや、とんだ愚痴を申しました。それじゃ賀川さんによろしく……というわけにもいかぬが、じゃまあ、このことは黙っていて下さい」

嘗《かつ》て羽振りのよかった人の落魄《おちぶ》れた姿ほど哀れを誘うものはない。

殊に相手が思いがけなく、あっさりと諦めてくれたのを見ると、有爲子は思わず身につまされて、

「あの、ちょっと……」

思わずそう呼びかけていた。

（十三）

「それァね、困るといやア困るようなもんですがね。しかし、これもお国のためとあれば喜んで困りますだ」

儀作爺さんは熊のような大きな掌《て》に、ぽとりと煙草の吸殻をおとして、

「なにせ、こういう時勢だ。自分たちばかりの都合を考えているわけにゃアいかねえと、いまもいま媼《ばあ》さんに懇々といいきかせて来たところですて、いや、女という奴はとかく愚痴が多くて困りますんで」

南を向いた縁側に、ほどよく陽《ひ》があたって、よく気をつけてみると庭先の日溜《ひだま》りに、ちろちろとかすかに陽炎《かげろう》がゆれている。

その陽炎を散らすように、あをが頻《しき》りに湿った土を搔《か》いている。その無心のさまを仁吾は縁端から眺めている。膝《ひざ》をかかえて、その掌のうえに顎《あご》を落した仁吾の顔は、暖気

のせいかかすかに紅潮して、瞳《め》のいろにも動揺が現れていた。

　町へいった有爲子はまだ帰って来ない。

「こんなことはいま始まったことじゃない。私らの若い時分にも、やっぱりこういうことはありましたので」

　縁端に腰をおろした儀作爺さんは、吸殻を掌のうえで転がしながら上手に一服吸いつけて、

「日露戦争の時にゃ、私はちょうど北支で戦死した次男ぐらいの年頃でしたが、その時私ゃ乃木《のぎ》さんの下で旅順《りよじゅん》の戦争にいってたもんです。私の兄貴というのがやっぱりそこで戦死して……その時分、親爺《おやじ》やお袋はいい年でしたが、二人の子供を二人とも戦争にとられたからって、少しも歎《なげ》きゃアしなかった。私とちがって体はあまり丈夫なほうじゃなかったが、それでもお袋と二人で甲斐々々《かいがい》しく野良へ出て、決して人様の厄介にならなかった。幸い私ゃあの難戦にも無事に命をながらえて、目出度く凱旋《がいせん》することが出来たんですが、その時、親父の話を聞いて泣いたもんです。勿体《もつたい》ない話だが、明治天皇様がお心をお悩ましなさって、お歌をお下しなされたそうで……先生も御存じでございましょうが、

　子らはみないくさの庭にいではてておきなや一人山田守《も》るらん

このお歌を聞いたときにゃ、親爺は泣いて心に誓ったそうで。息子たちのあとを必ず立派にやり遂げてみせる……ねえ、先生、私らの親たちは、みんなこういう苦労をしているんだ。ここで私らが愚痴をこぼしちゃ、親たちにも申し訳ねえ話だ」

仁吾は粛然と聞いている。この朴訥《ぼくとつ》な親爺の口から洩《も》れる一言一句が、名僧智識の言葉のように、いちいち心にしみとおるのだ。

「それァね、いまあをの奴をとられちゃ、正直の話困ることは困りまさ。しかし、それだって心の持ちよう一つで、どうにでもなりまさ。自分たちの親たちのことを考えればなんでもねえ話で。あをがいってしまったら、炭俵も自分で運びましょう。媼《ばあ》さんと二人で鍬《くわ》をかついで、畑もたがやせば桑も背負いましょう。有難いことにゃア、体は丈夫だ。戦地で働いている若いもんに負けないようにやりまさ」

さっきから、大人の話にのけ者になって、一人詰まらなそうに遊んでいた征一が、その時、ふいに大きな声をあげた。

「ああ、母ちゃんがかえって来た」

有爲子は縁側で儀作爺さんと話している良人の姿を見ると、はっと胸が轟《とどろ》いた。その良人の瞳《め》にうかんでいる、何かしら強い感情を秘めた光を見ると、もしや観月堂のことを聞いたのではあるまいかと、不安が胸にこみ上げるのだったが、その時、彼女の側に走りよった征一が、昂奮《こうふん》に頬を染めながら、母の顔を見上げて昂然とこういうのである。

「母ちゃん、母ちゃん、あをが戦争にいくんだって、バンザアーイ!」

われ世と共に

(一)

　あをが出征するという日は、お誂《あつら》え向きの日本晴れとなって、この高原をおおう空には、毛筋ほどの雲もなかった。

　仰げば眼にいたいほど碧《あお》くすみわたった空のかなたに、南アルプスの連山が突兀《とっこつ》としてつらなり、その隙間から久しぶりに見える富士《ふじ》の霊峰が大和絵《やまとえ》のようにくっきりと浮きあがっている。

　八ケ岳を吹きおろして来る風はまだ凜烈《りんれつ》たる冬の寒気をはらんでいたが、高原に漲《みなぎ》りわたる陽の色は、もうすっかり春だ。

　だが、こういう春色も有爲子の心を温めない。かーっと南の陽のあたる縁側で、繕ろい物をしながら、ともすれば彼女の想いは荒涼たる冬のきびしさに惹《ひ》きいれられて行く。

　なにに昂奮《こうふん》したのか、仁吾は昨夜ひと晩、懊悩呻吟《おうのうしんぎん》して眠らなかった。彼の輾転反側《てんてんはんそく》する気配は、そのまま暴風雨の警報のように、有爲子を脅かすのである。果してそういう夜の次ぎの日の常として、今朝の仁吾は久しぶりに熱を出して、虚脱したように、口をきくのさえ大儀そうであった。

この高原の、雪と氷にとざされた厳しい冬籠《ふゆごも》りの切なさに耐えかねた人々は、誰でも指折りかぞえて春の訪れを待ちわびる。だが、その春が来た時——仁吾のような種類の病人は、しばしばかえって病勢が逆行することがあるものである。つい近くにある療養所で、そういう幾多の実例を見ているだけに、有爲子は良人《おっと》の熱の起伏の一分々々が気遣いの種となって……。

「有爲子」

障子のうちがわから、仁吾のかすれた声がそう呼びかける。

「はい……」

有爲子は良人の言葉を聞くたびに、今朝は何故かしら心が顫《ふる》えるのだった。

「征一はどこへ行った？」

「さあ……また儀作爺《じい》さんのところじゃありませんかしら」

と、いってから思い出して、

「そうそう、そうですわ。今日はたしか、あをが出征するという日だから、別れを惜しみにいったに違いありませんわ」

「ふうむ」

呻《うめ》くようにいって、それきりあとは言葉もない。その沈黙が有爲子にはかえって気味が悪いのだった。

隠しごと——というほどのことではない。しかし、昨日、観月堂に会ったという話を、そのまま自分ひとりの胸に秘めている有爲子は、何んとなく、鋭い病人の視線がまぶしいのだった。

良人はあのことを知らないのかしら。……儀作爺さんはあのうさん臭い訪問客のことを話さなかったのかしら。どうも話したらしい気配はなかった。

良人がそのことを知らないのは何よりだったが、だが、それだけに秘密の重荷は彼女ひとりの肩にかかって来る。

止《よ》せばよかったと思う。だが、あの時何故か彼女は、うらぶれた観月堂をそのままかえしたくはなかった。彼がいつ迄《まで》も零落《おちぶ》れて、妻子とともに飢えているという想いは、有爲子にとっては堪えがたかったのである。

「あの、……それでさしあたりどれくらいあれば、新しくやっていけるとお思いですの？」

呼びとめて、そう聞きかえした有爲子の眼を、観月堂は意外そうに見ながら、

「さあ、まず五百円もあればと思うんですが……なに、いいんですよ。奥さんに心配かけちゃ済まない、どこかほかで工面しますさあ」

そういわれると、いっそう哀れが身にしみて、

「五百円……いいわ。何んとか調達しますわ。でも、すぐにといっても駄目だから一週間ほど待って頂戴ね」

（二）

一週間待ってもらえば、五百円出来る自分であろうか。……有爲子はいまさら、苦々しく自分の物好きが反省されて来る。

観月堂はむしろ愕《おどろ》いたような表情《かお》をして、

「奥さん、それは本気でおっしゃるんですか」

「ええ、本気ですとも、あたしあなたが外《ほか》へいらして、強請《ゆすり》……御免なさいね……でも、そんな真似をなさりはしないかと思うと、とてもこのままおかえし出来やしませんわ。そんなことで、またずるずる深味へはまって、今度のようなことが二度とあったら、奥さんや子供さんの悲しみはどんなでしょう。良人《たく》だって、そんなことをきいたら、きっと落ち着いていられないにちがいないと思いますわ。五百円……それであなたが更生出来るなら、こんな安価《やす》いことはありませんわ。ねえ、どうぞ、どこへもいかないで、ともかくあたしに委《まか》せておいて頂戴」

有爲子の話のあいだ、観月堂の首はしだいに深く垂れている。その時、この剛腹の男が泣いていたのかどうか、有爲子にはよく判らなかったが、しかし、うつむいたまま云《い》った声が、妙に鼻につまっていたことだけは、少くともたしかだった。

「奥さん！」

あげかけた顔を、観月堂はまた伏せて、

「有難うございます。ほんとをいえばあなたには、どんなに怨《うら》まれても仕方のない観月堂なんだ。ようがす。いまのあんたの言葉をきけば、どんなに金に困ったところで、悪いことなんか出来ませんや。なあに、人間は心の持ちようひとつだ。素手だって何んとかやっていけますさあ。奥さん、ほんとにもう御心配下さらないで……今の話はなかったものと忘れて下さい」

「いいえ、それではやっぱりあたしの気がすみませんわ。ねえ、どうぞ後生だから、あたしに委せておいて頂戴。人というものはどんなにいい心懸けでいても、いつか又誘惑されるもんですから。不如意……ということは、ほんとに恐ろしいことですものね」

「ようがす。判りました。それじゃともかくお願いします。一週間たったらまたやって参りますが、しかし奥さん」

「はい」

「あんたの方でも工面がつかなかったからって、決して心配なさらないように」

「ええ、まあ、何んとかしますわ」

きっぱり引き受けたとき、有爲子の脳裡《あたま》にあったのは、楓香先生のことだった。父に頼めば、それくらいの金は融通して貰《もら》えるだろう……有爲子はつい気軽にそう考えていたのだが、さて、落ち着いていま考え直すと、しだいにそのことの困難さが思いわずらわれて来るのだった。

楓香先生からは毎月、かなりの仕送りを受けている現在だった。それは向うの発意からであるとはいえ、その上金の無心がいえるだろうか、無心をいうにはそれだけの理由を明かにしなければならない。だが、観月堂のためにも慎まなければならぬことなのだ。

いまさらのように有爲子は、金の無心ということの、難しさを思いながら、自分の詰まらない義俠心《ぎきようしん》をあざ笑いたくなる気持ちだったが。……

その時だった。

表のほうが俄《にわか》に騒々しくなったと思うと、

「母ちゃん、母ちゃん」

と、けたたましい征一の声で、

「あをだよ、あをがお別れに来たんだ。ちょっと出て見て御覧、ずいぶん立派になったこと！」

（三）

儀作爺さんに手綱《たづな》をとられたあをは、今日を晴れと盛装をこらして、見違えるほど立派になっていた。

昨夜、有爲子が女子青年の人たちを招《よ》び集めて、急遽《きゆうきよ》こしらえてやった紅白ない交ぜの手綱に、赤い馬簾《ばれん》を首にかけて、背には日の丸の旗を立てている。

「まあ、あを！　ずいぶん立派になったわねえ」

有爲子の顔を見ると、儀作爺さんも満面に笑みをうかべながら、

「みんな奥さまのお蔭《かげ》でございますだ。どうぞよく見てやっておくんなさいまし。これであをも思いのこすところなく、お役に立ちに参りますだ」

誇らしげな微笑のなかに、しかし一抹の寂しさをやどした儀作爺さんの表情《かお》を見ると、有爲子もついほろりとして、

「ほんとうにねえ、馬までお役に立つかと思えば、お爺さんも鼻が高いわねえ」

と、しみじみとした調子で、

「でも、あをがいってしまったら、お爺さんもいよいよ寂しくおなりですわねえ」

「それゃア、いままでいてくれたのがいなくなると思えば、人情としてもちったあ寂しいかも知れませんが、これもお国のためだ。辛抱するだよ。これ、あを、奥さまによくお礼を申し上げねえよ」

儀作爺さんが鼻をすすっているところへ、奥から仁吾も起き出して来た。

「あら、あなた、大丈夫ですの。そんなに御無理をなすっちゃ……」

有爲子が驚いたようにいうのを、仁吾は見向きもせずに、その眼はあをと儀作爺さんのうえに釘付《くぎづ》けになっている。

「あを、お前もいよいよいくか」

そういう時、仁吾の瞳《ひとみ》のなかには有爲子がいままでかつて見たことのない激しい身を

灼《や》きつくすような焔《ほのお》が燃えているのだった。

「これはこれは旦那《だんな》様、どうぞよく見ておいてやって下さいまし、奥さまの御丹精で、あをもこんなに立派になりました。この御恩返しにゃア戦地へ参れば、きっと立派な働きをして御覧に入れますだ」

「ふむ、せいぜい手柄をたてて来いよ」

「有難うございます。それじゃこれで御免蒙《こうむ》って、そろそろ参ります。旦那様、奥様、これがあをのお別れでございますだ」

儀作爺さんがあをの手綱を取り直したときだった。

いままで、誇らしげな顔をして盛装したあををと見こう見、しきりにそのまわりを走り廻《まわ》っていた征一が、突然、儀作爺さんの腰に武者振りついて、

「お爺さん、僕も行くゥ」

有為子は驚いてその手をとると、

「あら、駄目ですよ。あをは戦争にいくんですからね。きょうはそんな無理をいうもんじゃありませんよ」

「いやだい、いやだい、僕、あをを見送りにいくんだい、お爺さん、僕、あをに乗るゥ」

儀作爺さんはポンと手をうって、

「いや、坊ちゃん、これはよく仰有《おつしや》って下すった。あをが坊ちゃんを乗せて歩くのも今日限りだ。どうぞ乗ってやっておくんなさいまし。奥さま、それじゃ坊ちゃんを借りて

参りますだ」

征一を抱きあげてあをに乗せると、

「そら、あを、坊ちゃんとゆっくり別れを惜しみねえ。ははははは、それじゃ行って参ります」

手綱をとって、五、六歩いきすぎたあとから、ふいに仁吾が、

「あ、爺さん、ちょっと待って！」

全身をふるわせながら叫んだのである。

(四)

「はあ、何かまだ御用で？」

呼びとめられて、儀作爺さんはきょとんとして振りかえったが、仁吾はしばらく言葉もない。

燃ゆるように熱をおびた瞳は、らんらんと輝いて、盛装したあをを、あをにまたがった村童の征一を、そしてあをの轡《くつわ》をとった儀作爺さんの姿を、喰《く》いいるように眺めている。

彼等の背景には、屹然《きつぜん》とそびえた富士の秀峰だ。

仁吾の呼吸《いき》は、しばらくとまったかと思われるほど、石像の如く動かない。

やがてぽうっとその頬に紅潮を呈して来る。呼吸《いき》がしだいに乱れて来る。

「あなた、あなた、どうなすって？」

有爲子が危《あやぶ》んで声をかけた時だった。

仁吾ははっと夢からさめたように、よろよろと二、三歩よろめくと有爲子の手をひしと握りしめ、

「有爲子、有爲子！」

囈語《うわごと》のような声だった。

「は、はい何でございますの」

「あれを――あれを取って来い。スケッチブックを！」

有爲子はそれを聞くとあっと瞬間いきを詰め、しばらく良人の顔を眺めていたが、すぐひらりと身をひるがえすと、

「お爺さん、お願いです。ちょっとそこで待ってて頂戴ね」

叫ぶのももどかしかった。

彼女にはいまや良人のからだの中に、恐ろしい革命の起っていることが、はっきりとわかったのだ。

スケッチブック！――おお、良人がそれを顧みなくなってから幾年幾月だったろう。

そして有爲子は、医者の忠告によって、良人の興味をもう一度、そのほうへ引き戻そうとしてどれくらい苦労したことだろう。その苦労がいま報いられる。

お国のために召《め》されてゆく征馬の姿、それが忽然《こつぜん》として、冷えきっていた良人の画家魂を呼び起したのだ。いやいや、三人の愛児を皇国に捧《ささ》げ、いままた笑って愛馬をゆかせようとする、儀作爺さんの魂が、声あって良人を叱咤《しった》し、鞭撻《べんたつ》してくれたのかもしれない。

そればかりか埃《ほこり》にもよごさじと大事にしまってあったスケッチブックを、有爲子がかかえて走って来ると、仁吾はどっかとそこに腰をおろして、急がしくその頁《ページ》をひらく。

儀作爺さんにもはじめて仁吾の心持ちがわかった。

「おお、旦那様！」

声をかけたが、仁吾のおさえつけるような眼を見ると、そのままあをを振りかえって、

「あをよ喜べ、お前は果報者じゃ。旦那様がおまえのその姿を絵姿にしてのこして下さるとよう」

仁吾の耳にはもう何もはいらない。

天来の画境が魂の中に喰いいって、彼の眼にいまあるのは、征馬にまたがった愛児の姿と、粛然と手綱をとった老翁の姿ばかり。

空は美しく晴れ渡って、雪に覆われた富士の秀峰が崇厳《そうごん》とも、端麗《たんれい》ともいいようがないのである。

スケッチブックに向って、ひたぶるに鉛筆を走らせている良人の姿を見ているうちに、有爲子の眼は潰然《かいぜん》とわき出《い》ずる涙にぬれて来た。

やがて、良人の姿も、愛児の笑顔も、征馬も儀作爺さんも何もかも涙の靄《もや》に識別《みわけ》がつきかねるようになるまで……。

（五）

「あなた、お疲れじゃありません？」

「ふむ、少し疲れたかな」

「あまり御無理をなさらないで下さいね。何んといっても、体がまだお慣れになっていらっしゃらないのだから」

「ああ、もう止そう」

　仁吾は素直に筆をおくと、

「恐ろしいものだね。気持ちのほうは充分熟しているのだが、体のほうがついていけない。何をするにも、やっぱり体が第一だということをつくづく感じるなあ」

　仁吾は軽い微笑をうかべながら、きちんと揃えた膝《ひざ》を撫《な》でている。

　長いあいだ敷きっぱなしだった寝床も、座敷の隅へおしやられて、久しぶりにすがすがしく潔《きよ》められた部屋のなかに、温かい陽がいっぱい溢《あふ》れている。

　昨夜は思いがけない春の大雪だった。障子の外には、雪の弾《はじ》きかえす陽ざしがまぶしい程漂うて軒を伝う雪解けの音がしきりである。その点滴《しずく》の音が、部屋うちの空気をしっくりと落ち着かせてくれる。

雪は降る。でも、もう長くは積っていない。春なのだ。……

有爲子は炭火をいけながら、慰めるように、

「でも、いまからそうして少しずつ慣らしていらっしゃれば、じきもとどおりになれますわ。医者もおっしゃったけれど、規則正しくお仕事をしてゆくのが、何よりも一番の療養法ですって……」

「難しい注文だな、だがまあ、なるべく御忠告にしたがうことにしようなあ」

この二、三日、人がかわったように素直になった仁吾だった。いままでだと、どうかすると一日中、口も利かずに過すような日も多かったけれど、この頃ではときどき軽い冗談さえとび出すのである。

夜もよく眠るらしく、以前のようにとげとげしい表情がまるでなくなって、ゆったりとした安心のなかに、しっかりとした情熱が燃えている。それは苦難のなかをとおり越し、身をそぐような煩悶《はんもん》の篩《ふるい》にかけられて来ただけあって、どこか、神々《こうごう》しいほど人にせまる力があった。

有爲子にはわかっている。良人はとうとう闘病者のたどりつく、尊い安心の彼岸へたどりつくことが出来たのだ。自分の労苦は決して無駄ではなかったのだ！

有爲子は何ものにとも知れず手をあわせたいような嬉《うれ》しさだった。

「ほんとうに、お医者様のおっしゃることに間違いはありませんわ。この病気は自分で

自分をコントロールするのが第一ですって」

　いいかけてふと気がついたように、

「ほほほほ、あたしとしたことが。生意気なことをいって、御免なさい」

「いや、お前のいうとおりだよ」

「あら、からかっちゃいけませんわ。でも、秋の展覧会までには、まだ充分間があるんですもの。いまから、あわてなくてもいいと思うんですの」

「有爲子」

　仁吾は描きかけの下絵に眼をやりながら、

「この絵はね、何も展覧会のためにかいているんじゃないんだよ」

「あら、どうして？」

「私はね、描《か》かずにいられなくなったから画《えが》いているんだ。儀作爺さんが、あのあをを牽《ひ》いて立っているのを見た刹那《せつな》、私は何んとも云えない強い力に打たれた。そこに人間の大きな犠牲と忍苦の姿がある。笑って、甘んじて国家に奉仕しようとする強い魂がある。日本人なら誰でもあれを見て、振い立たずにいられないのだ。有爲子、お茶でも淹《い》れてくれ。今日は何んだか無暗《むやみ》に話したい。嬉しいんだ」

（六）

久しぶりに良人の元気な話を聞くことは、何んという嬉しさだろう。

「ええ、いますぐ淹れますわ」

有爲子がお茶を淹れると、仁吾はうまそうに咽喉《のど》をうるおしながら、

「有爲子、僕はなにかしら、長い長いあいだ真ッ暗な地底の迷路をさまよっていたような気がするよ。そこは八《や》幡《わた》の藪《やぶ》みたいに、どこへいっても袋小路《ふくろこうじ》ばかりなのだ。僕はその中を息もたえだえに彷徨《ほうこう》している。先へ進もうとすれば袋小路に突き当る。うしろへ引きかえそうとすれば道がわからない。しかもあたりは真ッ暗なのだ。僕はどんなにもがいたろう。どんなに怯《おび》えて走り廻ったろう。しかしあせればあせるほど、如法暗夜《にょほうあんや》の迷路はみちがわからなくなる。髪の毛の白くなるような不安と恐怖と絶望――僕は未決にいた時からこの跳ねのけがたい暗黒の中に坐《すわ》っていた。それこそ、十重《とえ》二十重《はたえ》と僕を包み、僕を覆い、そのまま僕のからだを地底の闇のなかに飲みこんでしまいそうな恐ろしい無限地獄だ。この苦しみにくらべれば、肉体の病気なんか何んでもなかった。もし、僕を包むこの十重二十重の闇の、どこか一角さえ洩《も》れて、ごくかすかな光でもいい、そこからさしこんでくれたなら、胸の病なんかたちどころに平癒《へいゆ》する。――僕はそれを知っていた。だからのたうち廻ってその光を求めていたのだ。光！　光！　そうだ、僕は陸《おか》にあがった魚が水を求めるように一縷《いちる》の光を求めていたのだ。しかも求めて得られぬ其《その》光に絶望してあわや、もうこれきりと思った時、突如として僕の眼の前には輝かしい光がさしわたって来た。しかも一縷の細々とした光じゃない。この世を、いや三千世界

を歓照する大光明だ。ああ、その時の歓喜！　雀躍《じゃくやく》！」

　仁吾は息をきらして茶碗《ちゃわん》に咽喉をうるおす。その瞳はいきいきと輝き、頬は再生のよろこびにふるえている。

　有爲子は蕭然《しょうぜん》として頭《こうべ》をうなだれている。外には点滴《しずく》の音しきりに、雀の囀《さえず》る声ものどかだった。

「ねえ、有爲子、芸術家として何がおそろしいといっても、自分の芸術に自信を失うことほど恐ろしいことはない。世相に阿《おもね》りたくはない。そしてその自信というものはいつも対世間とつながりを持っているのだ。しかし、現在の世界と全く遊離しているということはまた芸術家にとって堪えがたい苦痛なのだ。知己を千載の後に待つという言葉はあるが、これは一種の苦しい自慰にすぎない。自分の生きている世界と、まったくかけ離れていたとしたら、たとい千載の後に知己があるとしても、それは何という淋《さび》しいことだろう。有爲子、僕はこういう虚無の恐ろしさの中を彷徨していたのだよ」

「あたしにもそれはわかっていました。だから何んとかして、もう一度自信を取りかえして頂こうと、どんなに苦労したことでしょう」

「いや、おまえの苦労はわかっていた。しかしこればかりはどんな親切も役に立たないのだ。結局、自分の考え方の問題なのだからね。ところが、このあいだ儀作爺さんがあをを牽いていく姿を見たとき――ああ、あの時僕ははッと如法暗夜《にょほうあんや》の夢からさめたのだ。その時の気持ちを何といって表現したらいいのか僕にはわからない。しかしある雄々しいもの、崇高なものが稲妻のように僕をつらぬいたのだ。描《か》きたい！　この崇高な老爺《ろうや》の魂を、そのまま絵絹に表現したい——そう思った時こそ自分は描《か》けるという自信を取りかえした時なのだ。有爲子、僕はいま改めてお前に礼をいわねばならぬ。お前の親切は何んの役にも立たなかったといったが、その親切その辛抱さがあったからこそ、僕はこの再生の歓喜を味《あじわ》うことが出来たのだからね。おお、われ世と共に生きていこうという、強い信念が生まれたのだからね」

　有爲子はいつかうつむいたまま泣いている。——

花の宴

（一）

「賀川君の病気は肉体よりもむしろ神経のほうにあるんですからね、ひとつ奮起して仕事でもしようという気になってくれると、治るのも早いのだが……」

いつかM先生のいって下すった言葉はほんとうだった。

仕事にとりかかってから二、三日のうちこそ、熱の起伏がやや不安定だったけれど、おいおい慣れて来るにしたがって、ちかごろではすっかり赤線以下におちついて、気分もよいらしく、食慾《しょくよく》もすすむ一方だった。

自分でも仕事に対する体の調子がわかって来たらしく、少し疲れたなと思うと、すぐ筆をおいて横になるのだった。

「現金なものだね。人間というものは……こうなると急にいのちというものに執着が出て来たよ。以前はあんなにもてあましていたくせにね」

自分でもそういってわらっていた。

「それはそうなって頂かなくては困りますわ。そうそういのちのいらない人ばかりあっても世の中は立っていきませんものね」

有爲子もついそういう軽い冗談さえ出るちかごろだったが、しかし、良人《おっと》のそういう機嫌のよさを見るにつけ、彼女はまたしだいに胸の重くなる秘密をもっているのだった。

観月堂と約束した七日という期限は、ちょうど今日なのである。しかも有爲子はまだ五百円はおろか五十円の金をつくるあても出来ていなかった。

もともと、義理のある金ではなかったが、ああしてはっきりと約束した以上、それをふいにするのも心苦しく、そうかといって今更そんなことを良人にうちあけたくはなかった。いやいや、良人に打ちあけるどころか、こういううちにも観月堂がたずねて来たらどうしようと、彼女は表の足音にも、どきりと胸が騒ぐのだった。

せっかくこうして、再生の覚悟も雄々しく、おいおい機嫌のよい良人だのに、もし、こんなことで気をくさらされたら……そう思うと有爲子は気が気でなかった。

「あなた」

「なに？」

「あたしちょっと外へ出て来てもいいでしょうか」

「なにか用？」

「ええ、駅の前までちょっと買物にいって来たいんですけれど……それに征一がどこへ行ったのか気になりますし」

「うん、行っといで。しかし用がすんだらなるべく早くかえって来てくれよ」

以前は有爲子の方から話しかけても、滅多に口を利かない仁吾だったが、この頃ではちょっとの間も有爲子をそばから離したがらなかった。何の用がなくても有爲子が側にいてくれると、仁吾の気持ちは落ち着いているらしかった。

「ええ、すぐかえって来ますわ。御本でも読んでてね」

外へ出るときょうもよい天気だった。しだいに陽気が暖かくなって来るにつれて、桑畑やひえ田のあたりに姉《あね》さんかぶりをしたお主婦《かみ》さんや娘さんの姿がちらほらと見えそめる。みんな男手を戦争にとられた人々が、かいがいしく春の支度をしているのだった。儀作爺《じい》さんのうちを覗《のぞ》いてみると、爺さんもせっせと鍬《くわ》をみがいている。征一は爺さんの家でちかごろ飼い出した兎を珍しそうに見ていた。

「おや、奥さんですかい。坊っちゃんなら御心配はいりませんよ。ちかごろはあをの代りに兎といいお友達になりましてね」

「いいえ、あの、お爺さん、あたし、ちょっとお願いがあるんですけれど……」

（二）

「なんですね、改まって。……ちょっと待って下さいよ。こいつをこうして、しっかりみがいておかないと、なんしろこれから私たちゃ急がしくなりますんでね」

「ほんとに大変ですわね。あをがいないから何もかもお爺さんの手にかかって来るんですわね」

「なに、あをの一匹や二匹、立派に代りをつとめて見せまさあ。いよいよ手が足りなくなったら構うことはないだ。先生や奥さんを引ッ張り出すだから」

「ほほほほほ、いつでも……ほんとうに出来ることなら、いつでもお手伝いいたしますわ」

「はははは、それゃア冗談だが……」

と、爺さんは鍬を片附けると、腰から煙草入れを取り出して、

「時に、私に頼みというのはどういうことですね。奥さんのことだからどんなことでもいたしますがね」

「いえ、あの……」

と、有爲子は言い淀《よど》みながら、

「実は……ほら、お爺さんも御存じでしょう？　この間、良人を訪ねて来た人？」

爺さんはスポンと煙草の筒を抜きながら、

「ああ、あのどこか人相のよくねえ野郎ですかい」

「ええ、あの人がまたきょう来ることになっているんですけれど……」

有爲子が言い渋っているのを、爺さんは咥《くわ》え煙草のままじろりと横眼で眺めながら、

「はてな。あの野郎が何かまた不都合な言いがかりでもつけましたかね。なに、そういうことなら構うことはねえ。私にまかせておきなさいましだ。きっと追い払ってやりま

すだで」

「いえ、あの……」

　この爺さんなら、ほんとうに力づくでも観月堂を追っ払ってしまうかもしれないと、有爲子はあわてながら、

「あの人決して悪い人じゃないのですけれど……でも、いまあの人を良人に会わせたくはありませんの、お爺さんも御存じのように、良人はこのごろとても元気が出ているんですけれど、あの人にあって、またその元気が挫《くじ》けやしないかと、それがあたしには心配でなりませんの」

「ふふん」

　儀作爺さんは鼻を鳴らしながら、

「おおかた、そういうことだろうと思っていましただ。だから私らも、先生にはあの男のことはいってねえ。どうせ碌《ろく》でもねえ野郎だということは一瞥《ひとめ》見ればわかりますだ」

「いえ、それは悪いといえばこちらにも悪いことがあるんですけれど……それでお爺さんにお願いというのは、もしあの人がここを通りかかったら、ここへ止《とど》めておいて、あたしにそっと知らせていただきたいのですけれど」

「ああ、それくらいのことならわけはねえ」

「ほんとうにお急がしいところを手をとってすみませんけれど……」

「なあに、今日はどうで一日、ここで日向《ひなた》ぼっこをしながら兎の箱造りですだで。見張

りにゃもって来いだ」

「それじゃお願いします。征一さん、あなた、まだここで遊んでいるの？」

「うう」

兎に夢中になっている征一は、不承不承に振りかえったが、

「あ、母ちゃん、向うから誰か来たよ」

征一の声にふりかえると、だらだら坂を登って来た一台の人力車が儀作爺さんのまえを通りすぎようとして、

「あら」

幌《ほろ》の中から声がすると、

「ここでよござんす。ここでおろして頂戴な」

（三）

梶棒《かじぼう》がとんとおりると、みずから幌をひらいて、ひらりと降り立ったのは、思いがけなくも梨江夫人だった。

「あら、まあ、奥様」

場合が場合だけに、有爲子がぎょっとした気持ちで、思わず呼吸《いき》をのむのを、梨江夫人は笑いながら、

「驚いた？　ほほほほほ、唐突に訪ねていって、驚かせてあげようと思ってたのよ。まあ征一さん、大きくなったわね」

　敵とすると恐ろしい夫人だったが、いちど打ちとけてみると、こんなさばけた、気さくな人もないのだった。そういうところは、やっぱり美奈子に似ていると、ちかごろ気づいた有爲子は、どうしてこの人にあんなとげとげしい気持ちを抱いていたろうと、いまさらのように自分が羞《はず》かしくなるのだった。

「征一さん。おくさまにお辞儀をしなきゃ……いつも玩具《おもちゃ》なんか送って頂いているでしょう？　さあよくお礼をいうんですよ」

　有爲子にそういわれると征一は母のかげに隠れてはにかみながら、それでもペコリとお辞儀をする。

「まあ。お悧巧《りこう》ね。さあ、それじゃ御褒美にこれをあげましょうね」

　風呂敷《ふろしき》包みを俥《くるま》の中から取り出しながら、

「それじゃもうここで帰ってもいいわ、あとは歩いていくから。有爲子さん、あんたもお家《うち》へかえるんでしょう？」

「ええ、いま帰ろうと思ってたところなんですの」

「そう、それじゃちょうどよかった。さあ、征一さん、お祖母《ばあ》さんが手をひいてあげましょうねえ」

お祖母さん——梨江夫人にそういわれると、有爲子ははっと胸をつかれる気持ちだった。

　打ちとけたとはいうものの、有爲子はまだこの人を母とは呼び得ない。それだのに、相手の方では征一の祖母のつもりでいてくれる。有爲子は自分のこだわりの多い性質が反省されて、もっと無邪気になりたいと思うのである。

　やがて征一を中にはさんで、並んで歩きながら、

「ほんとうにさっきはびっくりしてしまいましたわ。いらっしゃるのなら、お手紙でも下さればよかったのに……」

　有爲子がいくらか怨《うら》みがおにいうのを梨江夫人は笑いながら、

「いえね、それが急に思い立ったものだからその暇がなかったのよ。何しろうちの先生と来たら、一度思いつくと待ちきれない人なのだから」

「あら、それじゃ先生も御一緒なんですの」

「ええ、上諏訪へ来てるのよ。有爲子さん」

「はい」

「あたし、あなたのお母さまのお墓詣《まい》りをさせて頂きましたよ」

「まあ！」

　有爲子は征一の手をとったまま、その場に立ちどまると、思わず夫人の顔を見直した。みるみる瞳《ひとみ》のうえに、泡のような涙が湧きあがって来るのだった。

「奥様、有難うございました」

「いいえ、お礼はこちらからいわせて貰《もら》いますよ。あたし何年間こんな気持ちのよかったことはありませんよ。いえね。こちらへ来たのは何もそのためじゃないのですけれどね……あたし近頃、あなたの健気《けなげ》さを見るにつけ、あなたのお母さまという人も、きっとえらい方だったに違いないと思ってね。それでついでといっちゃ何んだけれど、先生と一緒にお墓詣りをして来ましたの」

怨みも嫉妬《しっと》もとけてしまえば光風霽月《こうふうせいげつ》、夫人の胸にはいまや春風のような和《おだ》やかさが満ちわたっているのだった。

（四）

「それで、どうなの、仁吾さんのほうは……その後も仕事をつづけている？」

「ええ、おかげ様で……この頃はとても調子がよろしいんですの」

「そう、それはよかったわね、ほんとうによかったわ、この間あなたのお手紙を頂いた時にはね、先生のよろこびといったらなかったのよ、よかった、よかったといいつづけてね、それで急に会いたくなってこちらに来ることになったのよ、有爲子さん、これもみんなあなたの丹精のおかげよ、ほんとうによく辛抱して下すったと、あたしからもお礼を申しますわ」

「あら、そんなこと……みんな先生や奥さまのおかげなんですわ。あたしなんかどうせそれが務めですもの」

「その務めというのが、なかなか出来ないものでしてね」

仁吾も、この思いがけない夫人の来訪にはひどく驚かされて、起きあがろうとするのを夫人はあわてて止めながら、

「あら、いいのよ、寝ていらっしゃいよ。何も気兼ねするお客じゃないんだから。ほんとうにこのまえ見たときよりは、ずっと顔色がよくなったじゃないの。もうここまで来れば大丈夫ね。これからだんだん暖かくなるにつれて、ずんずん快《よ》くなっていくにちがいないわ」

「いろいろお世話にばかりなって……」

「あら、そんなことどうでもいいのよ。先生もね、あなたの快くなったということを聞いたものだから、とても喜んで……是非会いたいと仰有《おっしゃ》るんだけれど、いっときに二人も押しかけて来て、また心配されるといけないというので、あたしがちょっと下検分に来たわけなのよ。でも、この調子なら大丈夫ね、二、三日うちに先生にも来て頂くわ」

仁吾にとっても楓香先生は懐しい人だった、ことに、仕事に対する気力を取り戻したいま、誰よりも一番会いたい人は先生だった。

思ったよりも、はるかに元気になった仁吾の様子に、夫人は満悦の色を包みきれずに、

「これであたしもやっと安心しました。有爲子さん、この頃うちは嬉《うれ》しいことがつづきますよ」

「はあ?」

「実はね、美奈子がちかいうちに支那からかえって来ますよ」

「あら、美奈子さんが……? それじゃ向うを引きはらっていらっしゃいますの?」

「いえ、そういうわけでもないんですけれど」

と、夫人は包みきれぬ喜びに、面《おもて》を輝かせながら、

「実はあの娘《こ》もお目出度《めでた》らしいのよ。それで向うでは何かと都合の悪いこともあるので、身二つになるまでは横浜の蓮見のうちで静養することになったの」

「まあ、それは……お目出度うございます」

それは有爲子の心から迸《ほとばし》った言葉だった。

有爲子にとっては、この義理の妹の記憶ほど快いものはなく、その人の幸福なたよりほど嬉しいものはなかった。

「有難う。あたしもこれでやっと安心しましたよ。向うで飛び廻《まわ》っていて、うっかり子供でも出来ないような体になるのじゃないかと心配していたものですからね。こうして仁吾さんはよくなるし、美奈子はお目出度があるし、ほんとうにちかごろは嬉しいことづくめよ」

梨江夫人はいかにも幸福そうに面《おもて》を輝かせながら、

「そうそう美奈子のことで思い出したけれどこの間来たあの娘《こ》の手紙には面白いことが書いてあったわ。有爲子さん、あんた恩田勝五郎という男を御存知?」

(五)

恩田勝五郎――?

意外な名前をきくものだというふうに、有爲子は思わず梨江夫人の顔を見直した。

どうしてその男のことが忘れられよう。父を探《たず》ねて上京した時、自分に煮湯《にえゆ》をのませるような真似をした男、自分を着のみ着のままで、東京のまん中へおっぽり出して逃げていった男――有爲子はいまでもその男のことを思い出すと、胸がぎりぎりするほどの腹立たしさを感ずるのだった。

「はあ、あの、よく存じて居りますわ。でも、その男がどうかしたのでしょうか」

「いえね、ちかごろ北支のほうでね、不良日本人に退去命令を出したことがあるんですってさ、ところが、そういうよくない日本人のリストの中に、恩田勝五郎という名前があったので、邦彦がね、おやと思ったんだそうですよ」

「まあ!」

「何んでもね、邦彦はそういう係りをしているんだそうですけれど、その恩田勝五郎という名前には、有爲子さん、あんたのことに関連して記憶があったんだそうですよ。それでどういう男だろうと思って呼び出して会って見たんですって」

「邦彦さんが、まあ……でも、よく憶《おぼ》えていらしたわね」

「やっぱり悪いことは出来ないものね。あんたに対してとてもひどいことをした男だっていうじゃありませんか」

「ええ……それで、どうでしたの？　会ってみて？」

「それが面白いんですって。どうせね、この事変のどさくさにまぎれて、そういう悪いことでもしようという男ですもの、洒唖々《しゃあしゃあ》としてやって来たそうですよ。向うでは邦彦のことなんか少しも知らないんだから、いずれうまくいい抜けるつもりでやって来たんでしょう。邦彦のほうでも、そこは心得たもので、はじめのうちはそ知らぬ顔で、相手に勝手なことをいわせておいたんですが、さて——と開き直ってね、時に君は緒方有爲子という婦人を知らないかねと聞いてみたんですって」

「まあ、さぞ、驚いたでしょうね」

「ええ、それはもう、いっぺんに顔色が土色になったそうですよ。そこをすかさず、緒方有爲子という婦人は、僕の家内の姉になる人なんだがね、東京では君にいろいろお世話になったそうで……これにはさすがの悪党もぐうの音《ね》も出なかったそうですよ」

「ほんとうに、悪いことって出来ないものですわね」

　有爲子もいまさら感慨無量だった。

　あの男にすっかり裸にされた時の苦しみを思うと、どんなひどい天罰をうけたとて同情する気にはなれなかったが、それにしても世の中はひろいようで狭いものだと思う。東京の悪事を異国であばかれる——そこに何かしら、人間の智慧《ちえ》で計り知られぬ運命の規律が厳として存在しているように思われるのだった。

「何んでもね、その男の連れ合いというのが悪い女で、ずいぶんひどいことをしたらしいんですよ。そういう人たちですもの、向うを追い出されたからって、またどこかで悪いことをするにちがいないわね、日本人のなかにもそういう困った人たちがある――美奈子がそう云《い》って知らせて来たんだけど――」

夫人はそういいながら時計を見て、

「おや、すっかり話しこんでしまって、それじゃまた二、三日うちに、先生と一緒にお見舞いにあがりますけれどね。くれぐれも気をつけてね……有爲子さん、ちょっとそこまで顔をかしてくれないこと？」

(六)

夫人を送ってだらだら坂を下ってゆくと、高原はすでに暮れなずんで、八ヶ岳から吹きおろして来る風は肌寒かった。

しかし、季節の巡回はさすがに争われないものだ。山の端《は》にかかる靄《もや》にも、春の暖かさがあって、あちこちの藪蔭《やぶかげ》には、紅《あか》い椿の花がこぼれるように咲いている。

儀作爺さんの馬小屋のまえを通ると、軒場の梅が二、三輪開きかけているのに気がついた。

「あら、梅が咲いているわね」

「まあ、ほんとうに！」

　長いあいだの屈託にかまけて、自然の推移からも眼隠しをされていた有爲子は、思わずその可憐《かれん》な花に眼をやった。

「もうじき桜の花も咲くわね。この辺じゃ梅も桜もほとんど一緒なんでしょう」

「ええ……」

「長い辛抱だったわね。あんたも……そうそう、雪や氷のなかをわって、いつかそっと美しい花を開いている雪割草というのがあるわね。あんたはちょうどあの花だわ。はなばなしくはないけれど人の気を惹《ひ》かずにはいない尊い花だわ」

「あら、そんなこと……」

　有爲子は薄く頬を染めながら、うつむき勝ちに歩いてゆく。肩をならべた此《この》二人の女のあいだには、いまや直接《じか》に体温の通うような楽しい交流が感じられるのだった。

　やがてまた梨江夫人が顔をあげて、

「有爲子さん」

　と半ば微笑しながら話しかけた。

「はい」

「あんたは水臭いのね」

「あら、あたしがどうして……？　それ、なんのことですの」

有爲子が狼狽《ろうばい》したようにいうのを、夫人はからかい顔に、

「水臭いわよ。あんた何か心配事があるんでしょう？　何故それをあたしに打あけてくれないの。駄目々々、隠したってちゃんと顔に書いてあるわ」

有爲子は思わずはっとする。

有爲子はさっきから観月堂のことが気になって、どうかすると心がその方へとんでゆきがちだった。恩田勝五郎のみじめな末路を聞くにつけ、有爲子はいっそう観月堂が哀れになって、ここで誰かが力になってやらなければ、あの人もきっと恩田の二の舞だ――それが彼女の心を責めるのだった。

「すみません。あたし、打ち明けてお願いしようかと思ったのですけれど……実は……」

「あら、もういいのよ。聞かなくてもわかっているの。有爲子さん、あのことなら何ももう心配することはないのよ」

「え？」

「あたし、さっきここへ来るまえに、駅であの男に会ったのよ、観月堂に……」

「まあ！」

「話はつけて来たわ。あの男があんたに宜《よろ》しくっていってたわ」

「まあ！」

「あの男にも可哀そうなところはあるの。だからね、もう一度身の立つようにしてやりたいと思って……しかしね、有爲子さん。あんたはほんとうに偉いひとだけれど、そう

何もかも自分で片をつけようと思っても、そうはゆかないことがあるもんですわ。だからね、これからは、困ったことがあればなんでも一応は相談して下さらなきゃいやよ。あたし、あんたのお母さんのお墓にも、そうお約束をして来たんだから」

「お母さま！」

自分でもそれは気がついて出た言葉ではなかった。何故かしら、全身をあげてこの人の胸にすがっていたいような気持ちがして、思わずそう呼びかけて、せぐりあげる有爲子の手を握りながら夫人は世にも美しく微笑した。

「ああ、とうとうそう呼んでくれたのね！」

(七)

木實が満州の山崎先生のところへゆくという日は、この高原におそい桜が、やっとちらほら咲きはじめた頃だった。

有爲子の切なる奨《すす》めもあったほかに、町の人たちの説得もあって、さすがの謙遜家《けんそんか》の木實も、ようやく山崎先生のところへ嫁いでゆく決心がついたのだった。

幸い同じ町から満州へゆくという人があって、その人に新京《しんきょう》まで送っていって貰うことになっていた。それから先は、山崎先生のほうから迎えに来てくれるという打ち合せが出来ているのである。

いよいよ出発というまえの日に、木實は最後の挨拶《あいさつ》に、有爲子のところへ訪ねて来た。その日はあらかじめ打ち合せがしてあったので、有爲子はお赤飯を炊いて、何はなくとも心ばかりのお祝いのしるしに、尾頭《おかしら》つきの魚も用意してあった。

「あらあら、大変だわ、こんなことをしていただいちゃ……」

木實が窮屈がるのを強いて、お膳《ぜん》のまえに坐《すわ》らせると、

「大丈夫よ、そんなに遠慮していただくほど、御馳走《ごちそう》なんかありやしないのだから、さあさあ、そこへ坐って頂戴。今日はうちのもお相伴させて貰うといってますから」

「あら、困るわ、あたし……」

「いいのよ、何もはにかむことないじゃないの。さあ、征一さん、あなたも小母《おば》さんの側でいただくのよ」

やがてお膳のうえがととのうと、奥から仁吾も出て来て坐った。

「お目出度う。いよいよ出発ですか」

仁吾にきちんと挨拶されると、木實はどぎまぎとしながら、

「いいえ、あの、大へん御心配をおかけしてすみません。あなたもたいそう顔色がよくおなりになって、お目出度うございます」

「有難う、あなたにもいろいろお世話になりました」

「あら、そんなことありませんわ、あたしこそ有爲子さんにはいろいろ……」

「さあ、挨拶はもうそれくらいにしときなさいな。木實ちゃん」

「ええ」

「ほんとをいうと、今日はあなたのお祝いばかりじゃないのよ。こうしてうちのも元気になったでしょう。だから、あなたにもお祝いして戴きたいと思って……」

「ほんとうに結構でした、これであたしも安心して満州へゆけますわ」

木實はしみじみとして呟《つぶや》くのだった。

それは彼女のお世辞でもなければ、お愛想でもなかった。自分を犠牲にすることになれた木實は、仁吾がまえのような調子なら、どんなにはたから奨めても、有爲子をひとりこの高原において、遠いところへ嫁いでゆこうなどとは思わなかったろう。

木實の口に出していわないその誠実が、身にしみてわかっているだけに、有爲子も今度のこの旅立ちを、自分のことのように喜ばれるのだった。

「ほんとにあなたには、いろいろ御厄介になりどおしで、とうとう御恩返しも出来ずにゆかれると思うと、少し淋《さび》しい気もするんですけれど、でもほかのことと違ってお目出度いことなんだから、我慢しなければならないわね」

「あら、御恩返しだなんて、そんなこと、こちらからいう言葉じゃありませんか。ああ、そうそう、忘れていたわ。あたしあなたにお礼をいわなければならないのよ。昨日ね、楓香先生の奥さんがいらして……」

「まあ、母が……？」

有爲子は思わず仁吾と顔を見合せていた。

（八）

「ええ、楓香先生の奥さんがいらして下さいましてね。どこでお聞きになったのですか、餞別《せんべつ》だといって、ずいぶん沢山のものを頂戴したんですよ」

「まあ！」

有爲子も仁吾もしばらくは言葉もなかった。

やがて仁吾が感慨ふかく呟くのである。

「そういう人なんだよ、あの人は……恩讐ともに徹底しなければいられない性質なんだ。ああいう人に怨みを買ったとすれば、こちらが悪かったのだ。木實さん」

「はい」

「僕からもお願いします。その餞別は快くおさめておいて下さい」

「ええ」

木實も力をこめて、

「あたしも実は嬉しかったので。いいえ、戴きものが嬉しかったという意味ではなくて、あたしのような者にまで、気を配って下さる。というのも、つまりはそれだけ、奥さまに有爲子さんがお気に召しているのだと思って仇《あだ》やおろそかには思われませんでしたの」

やがて味の濃《ふ》かい沈黙が、三人のうえにおりて来る。誰も口に出してはいわなかったけれど、温いものが、愉《たの》しい感情が、しっとりと心をぬらして、何んとなく世の中が明るい感じなのである。

やがて木實の辞し去るべき時刻が来た。

「それじゃいよいよこれでお別れね」

「ええ」

「今度は会うたってなかなか会えないわね」

満州に骨を埋《うず》める決心をしている山崎先生のもとへ嫁いでいけば、二度と内地へかえって来ることはあるまい。自分たちの生涯のうちで、もっとも重大なときに、一番力になってくれた人——その人ともこれでお別れなのかと思うと、有爲子もつい涙ぐまれて、

「向うへいったら、先生によろしくね、くれぐれもお体に気をつけてね」

と、言葉もとかくしめりがちになるのを、仁吾は引き立てるようにわざと元気よく、

「それじゃ僕も、散歩かたがた駅まで見送っていこう」

と、われから席をたつのだった。

やがて有爲子が征一を背負っていけば、この高原にも遅い桜がいちめんに霞《かすみ》とたなびいて、とかく言葉もとだえがちな四人の上にしず心なくはらはらと散りかかる。

儀作爺さんの家のまえまで来たときだった。

坂の下から自転車をおしながら電報配達がやって来た。

「ああ、賀川さんですね」

「ええ」

四人が立ち止まると、

「電報です。ここでお渡ししましょう」

「まあ、どこからですの？」

有爲子は心配そうに眉《まゆ》をひそめたが、仁吾はすぐにそれを開いてみて、

「ああ、美奈子さんからだよ」

「あら、美奈子さん？　そして何といって来たんですの？」

「アス　チチハハ三ニンデ　イク――ああ、あした皆でここへ来るんだってさ」

「まあ！　それじゃもうこちらへ帰っていらっしゃったのね」

行く人もあれば帰る人もある。――これが人の世の相《すがた》なのであった。

「ああ、美奈子さんといえば、あの親切なお嬢さんですわね」

「ええ、そう、みんな、みんないい方……」

感慨をこめて有爲子が空を仰げば、富士山がきょうも紫色に淡くかすんで、立ちどまった四人のうえに、桜の花ばかりがしず心なく散りかかる……。

解説　銃後の芸術家小説

山《やま》口《ぐち》　直《ただ》孝《よし》

（五節以降は、『雪割草』の内容に触れています。未読の方は、ご注意ください）

一、幻の長編を求めて

横溝正史に埋もれた長編小説があることを、筆者が探偵小説研究家の浜田《はまだ》知明《ともあき》氏から聞いたのは、二松学舎大学所蔵の横溝正史旧蔵資料の整理を進めている過程においてであった。本資料の中核をなすものに、数千枚の草稿がある。これは、二〇〇六（平成十八）年六月に正史の長男横溝亮一《りょういち》氏が成城《せいじょう》の自宅物置の段ボール箱にしまわれているのを発見したものである。執筆の際に下書きを作り、複数回の改稿もいとわなかった正史は、多くの草稿を生み出す書き手であり、一部が何らかの理由で残されていたと考えられる。草稿は、『本陣殺人事件』や『獄門島』などの代表作、『神の矢』などの中絶作、『人形佐七捕物帳』や『菊水兵談』などの時代物ほか多種多様であり、作品の生成過程を知る上で貴重な資料であるが、未整理であったため、仕分けをし、作品を特定する作業をしなければならなかった。二〇一〇（平成二十二）年四月から本格的に調査を始め、その中で『雪割草』の存在を意識させられることとなった。

二松学舎大学所蔵の資料の中には、『雪割草』の草稿一一枚が含まれている。うち、五枚には冒頭に「雪割草」と題名が記されていた。「この『雪割草』は、まだ何に掲載されたのか、わかっていないんですよ」と浜田氏に教えられ、筆者の興味は募った。草稿には、「46」や「186」といった連載回数と思《おぼ》しき数字が付されている。新聞連載で一回の分量が一二〇〇字と仮定して、一八〇回以上となると、五〇〇枚を優に超える長編小説となる（実物はさらに長大であり、約八〇〇枚であった）。しかも「花につく虫」や「征馬」といった見出し、有爲子というヒロインらしき人物の名、断片的な記述から現代が舞台になっていることは明らかである。『雪割草』という題名は、探偵小説らしくなく、異色作である可能性が高い。草稿を判読しながら、関心はいよいよ強まった。

　その後、世田谷文学館所蔵の横溝正史資料にも『雪割草』草稿一五枚（「24」「25」）があるのを確認した。草稿から読み取ることのできた情報を整理し、研究誌『横溝正史研究　五』（戎光祥出版、二〇一三年三月二十九日）にコラム「幻の長編『雪割草』」を発表したが、残念ながら新たな情報が寄せられることはなかった。

　正史は本作について、一言も証言を残していない。手がかりはなきに等しいが、読みたいという気持ちは抑えがたく、調査を始める決心をした。まず手を着けたのは、『雪割草』という小説が出版されていないかどうかの調査。詩人で児童文学者の露木《つゆき》陽子《ようこ》に『雪割草』（淡海堂出版、一九四二年六月十五日初版（未見）、一九四二年九月十日第二版）という作品があることを知り、同時期であることから、もしや正史が変名で発表したのではと勘ぐったこともあった。むろん、そんなことはなく、古書店から届いたのは、戦争未亡人である担任教師をめぐって女学校四年生の主人公が級友と対立する少女小説であった。妄想は見事に外れたが、戦争期の女性の忍耐を象徴する記号として、雪割草のイメージが同時代的に共有されていたことがわかったのは収穫であった（敗戦後であるが、円地《えんち》文子《ふみこ》にも『雪割草』という少女小説がある（大泉書店、一九四九年十二月二十日））。単行本化された様子がない以上、後は初出の媒体に当たるしかない。掲載されたのはほぼ確実に新聞である。草稿の正史の字は、横に広がっており、敗戦前の時期のものである（アジア太平洋戦争末期、正史は独習でペン字を学び、結果縦長の書体へと変化する）。「征馬」の戦争に関わる記述は、戦時色を感じさせる。一九四〇（昭和十五）年前後の地方紙を順番に見ていけばいつか巡りあえるのではないか。そう考え、国立国会図書館の新聞資料室に通うことを決心した。

　全都道府県の新聞、さらには植民地支配期ゆえに台湾、朝鮮、満州の日本語新聞も調査の対象となりうる。どこから始めるべきか。『雪割草』と題されているからには雪割草が登場するにちがいない、だとすれば、雪国の新聞である可能性が高いのではないか。安直な推理に従い、最初に長野県の『信濃毎日新聞』を選んだ。周知のように、一九三三（昭和八）年五月に喀血《かっけつ》した正史は、七月から三か月、正木《まさき》不如丘《ふじょきゅう》が院長を務める富士見高原療養所で過ごし、さらに翌年七月には転地療養のため正木の本宅のある上諏訪に移住している。ゆかりの地である長野であるだけに期待したが、これは空振り。続いて山梨県を調べたが、成果は得られなかった。

次はどこにするか。少し迷ったが、雪国ということで正史との関わりはないが、新潟県に決め、『新潟日日新聞』をカウンターに請求した。手動の機械で一九四一（昭和十六）年八月分のマイクロリールを繰っていた時、眼に「雪割草　横溝正史　51」の文字が飛び込んできた。一瞬、マイクロリーダーのモニターに映し出された画像が受け止められなかった。探し求めていたにもかかわらず、予想外に早くに見つかったことが信じられなかったのである。一拍遅れて湧き上がってきたうれしさを噛《か》みしめながら、さっそく連載状況を調べ、かつ掲載面をコピーする作業を開始した。国会図書館に通い出して三回目のことであった。夜には浜田氏に一報を入れ、発見の喜びを分かち合った。

『新潟日日新聞』の連載は五一回目からになっている。これは、以下の事情による。『新潟日日新聞』は、『新潟新聞』と『新潟毎日新聞』とが合併してできた新聞である。『新潟毎日新聞』七月二十四日には、新潟日日新聞社名で「今回国策に順応し新潟毎日新聞、新潟新聞の二紙は七月三十一日限り廃刊し、新たに両社関係者によつて下記新聞社を創設、八月一日より「新潟日日新聞」を発刊いたすことゝなりました。」という社告が掲げられている。総力戦への協力の名目の下、地方紙の統合が奨励される中で、『新潟日日新聞』は生まれた。時勢に強いられ、慌ただしく一元化が進む中、連載小説は、前紙掲載のものが引き継がれたのであった。『雪割草』の連載が開始されたのは『新潟毎日新聞』であるが、当該紙は国立国会図書館には所蔵されていない。そこで新潟県立図書館に複写を依頼し、さらに連載状況ならびに連載予告の有無を確かめるため、新潟県立図書館に出向いて調査を行った。多少の時間を要したものの、すべての掲載回を揃えることができた。後に記すように、最終回に欠損部分があるのが残念であったが、『新潟毎日新聞』・『新潟日日新聞』の原紙の保存状況は必ずしもよいものではなく、経年劣化のほかに切り取り箇所や欠号もしばしば存在する。全掲載回を集められたことは恵まれていた、というのがマイクロフィルムを眺めた上での印象である。

二、『新潟毎日新聞』と横溝正史

改めて書誌的情報を確認しておくと、『雪割草』は、『新潟毎日新聞』・『新潟日日新聞』に一九四一（昭和十六）年六月十二日から十二月二十九日まで二〇〇回にわたって連載された長編小説である。挿絵は、時代小説や少年小説を多く手がけた矢島健三が担当した。『新潟毎日新聞』での前の連載小説は、下村《しもむら》悦夫《えつお》『深夜の大陸』（一九四〇年十月二十七日～一九四一年六月十一日、全二二六回。挿絵／鷹村聯三郎）、『新潟日日新聞』での後の連載小説は、鶴見《つるみ》祐輔《ゆうすけ》『七つの海』（一九四一年十二月三十日～一九四二年八月八日、全二二二回。挿絵／小林秀恒）である。当時地方紙の連載小説は、別の地方紙にも（別の時期に、場合によっては題名を変えて）転載されることがしばしばあった。『雪割草』にも転載の可能性があるが、現時点では確認作業を完了できておらず、今後の調査を俟《ま》ちたい。ただ、内容から言って一九四〇（昭和十五）年より前の連載は考えにくく、地域も限定されるであろう（追記参照）。

『新潟毎日新聞』は、新潟県立図書館、『新潟日日新聞』は、新潟県立図書館や国会図書館に所蔵されている。今回両館のマイクロフィルムを利用して、連載本文をほぼ集めることができたが、「177」（征馬　四）回の『新潟日日新聞』十二月六日の掲載面が欠けていた。新潟県立図書館に確認したところ、原紙は保管されており、マイクロ化の際に洩《も》らしてしまったようだ、とのことであった。原紙の発見は、戎光祥出版の編集者小関《こせき》秀彦《よしひこ》さんのお手柄である。

　原紙からのコピーによって「177」も埋まり、すべての回を揃えることができた。ただ、最終回は、隣接している記事が切り取られた影響で、冒頭から二十八行分の上部数文字分が欠落していた。残念なことであるが、今回の調査では公共図書館でほかに当該号を所蔵しているところを見つけることができなかったため、最終回については、文脈を考慮して文字数に合った言葉を推測して埋め合わせる処理を行った。本作業については、正史の用字・言いまわしに精通している浜田知明氏の手を煩わせた。正史の表現を忠実に再現できたかどうかは心もとないが、完全な最終回が発見されるまでの経過措置としてご海容をいただきたい（追記参照）。

　原文は旧字旧かなである、読みやすさを考え、原則として新字新かなに改めた。当時の新聞の活字組には、行末の句読点は省略する習慣があったため、必要に応じて句読点を補ってある。原文はパラルビであるが、「染直しの晴着を友達《だち》の木實《このみ》に手伝《つだ》ってもらひながら、有爲子《うゐこ》は半《なか》ば非難《ひなん》するやうに微笑《びせう》してゐる。」（嫁ぐ日近く　一）のように恣《し》意《い》的に施されているため、難訓のものや固有名詞を除いて省いた。明らかな誤植は正してある。

『新潟毎日新聞』に横溝正史の連載小説が掲載されるに至った経緯は明らかでない。『新潟毎日新聞』六月十一日に掲載された予告「次回長編小説」における「横溝氏は最近売出しの奇才、その描くところ人生の断面を抉つて切々と迫るものあり従つて興味と啓示に富む、この度本社は嘗て無き努力を払ひこの傑作を得た」という文言からすれば、本作で初めて関わりが生じたのであろう。『新潟毎日新聞』は、文芸関係に力を入れた紙面作りに特徴があり、地元の文化人を登用する以外に中央で活躍する作家にも寄稿させている。連載小説では探偵小説の掲載にも意欲的で、甲賀《こうが》三郎《さぶろう》『顔のない顔』（一九三八年六月二十六日～十二月二十五日、全一八〇回。挿絵／伊勢良夫。『蟇屋敷の殺人』の初出）や小《お》栗《ぐり》虫《むし》太《た》郎《ろう》『女人果《にょにんか》』（一九三九年一月一日～八月八日、全二一九回。挿絵／中島喜美）を提供している。また、それらに先立ち、一九三七（昭和十二）年五月八日からは、正木不如丘『処女地帯』が連載されていた。連載予告では「本社ではかねて新聞小説の向上に心掛け新機軸を開かうと種々考慮中でありましたが、今回正木不如丘博士をわづらはして八日付昼刊より〝処女地帯〟を連載することになりました。（略）／本社が今回、新聞小説の選定態度を急角度に変更し、特に正木博士の登場を煩はした理由は、旧来の囚はれた連載ものの型を破つて、新聞小説に一新生面を開拓しようとする野心の大胆な表現に外なりません。」（五月七日）と謳《うた》われている。正史に白羽の矢が立ったのは、あるいは探偵作家の人脈をたどってのものであったのかもしれない。

連載時に『雪割草』が読者にどのように受け止められていたかは、投稿欄がないため、具体的に知ることはできない。ただ、統合の際に連載が打ち切りにならなかったことから、それなりの反響はあったのではないかと思われる。『新潟毎日新聞』七月三十日には「読物に就て社告」があり（七月三十一日も）「従来両紙に連載中の読物に就て協議の結果新潟毎日新聞連載「磯畑伴蔵」は卅日限り、新潟新聞連載「開国髑髏船」は卅一日限り夫々大団円、新潟毎日新聞連載小説「雪割草」新潟新聞連載小説「生活の果実」は読者の要請により継続することに致しました。」と告げられていることは、一つの傍証となろう。掲載紙統合の余波で『雪割草』には打ち切りの危機もあったわけで、無事に連載が続けられたことは、今日の読者である私たちにとっても幸いであった。

三、戦時下に書かれた長編現代小説

『雪割草』は、横溝正史文芸において、複数の点で重要な意義を持っている。

まず、戦時期の創作活動の空白が埋まったことが挙げられる。従来の年譜では、一九四一（昭和十六）年は浪人菊水兵馬を主人公にした連作時代小説『菊水兵談』（『講談雑誌』一月〜十二月（未見））が主な仕事として知られていた。『菊水兵談』は、『人形佐七捕物帳』に代わって連載されたもので、『人形佐七捕物帳』終了の事情を正史は次のように記している。

昭和十四年の暮れ、私は東京へ引き揚げてきたものの、十五年ごろには探偵作家であるところの私にたいして、探偵小説の注文は皆無であった。私は辛うじて捕物帳で糊口をしのいでいたのだが、その捕物帳にも大きなショックが降ってきた。

私の「人形佐七捕物帳」も昭和十三年の新年からはじまり、十四年、十五年と書きすすんでいくにしたがい、どうやらコツらしきものも会得し、お条佐七のご両人、辰と豆六という愛嬌者にも、作者としての気脈がつうじてきたところへ、とつぜん執筆停止命令がきた。

これはほんとうに情報局からの通達だったのか、それとも当時の博文館の館主大橋進一さんというひとは、ひどく軍や情報局の思惑を気にするひとだったので、一種の予防措置ではなかったかとも思われるのだが、要するに捕物帳が悪いというのではないが、「人形佐七」の場合、時局柄不謹慎であり不健全である。だから同じ捕物帳でも主人公を、もっと健全な人物にかえてもらえないか。……

この話を持ってきたときの吉沢四郎君の、恐縮そうな態度や言葉を私はいまでもハッキリ憶えている。しかし、吉沢君がいかに恐縮してくれても、私の失望落胆はどうしようもなかった。それは収入を失うことに対する怖れではない。吉沢君はそれにかわる仕事をもってきてくれたのだから。おセンチな言葉を許してもらえるならば、佐七はそのころ私の骨肉となっており、その骨肉と訣別を強いられる悲哀と

　慟哭といったらひとは嗤うだろうか。こうしてとどろく足音は、何物をも踏みにじってやまなかった。（「続・途切れ途切れの記（七）」『定本人形佐七捕物帳全集　月報』第七号、一九七一年九月二十日）

　時局にそぐわないという理由で探偵小説が忌避され、依頼が途絶えたこと、書き続けることができていた捕物帳でも艶聞《えんぶん》の要素は警戒されていたことなどがわかる。アジア太平洋戦争の泥沼化は、正史の創作を制約し、不自由なものにしていった。大西赤人《おおにしあかひと》との対談「探偵小説の阿修羅として」（『横溝正史の世界』（徳間書店、一九七六年三月十日）所収。初出『週刊ポスト』第八巻第一号、一九七六年一月一日）では、左翼運動のシンパと誤解されて特高警察に戦時中につきまとわれていたこと、盧溝橋《ろこうきょう》事件や真珠湾《しんじゅわん》攻撃の報道に接した時に嘔吐《おうと》したことなどの挿話が回顧されている。探偵小説家としての自己を圧殺しようとする軍部や官権は、正史にとって嫌悪・反感の対象であった。しかし、生活のために筆を折ることはできず、正史は捕物帳、ユーモア小説、あるいは翻案小説など、さまざまな試みをしながら執筆を続けていく。『雪割草』は、当時の正史において、現代家族小説が選択肢の一つであったことを示すものである。窮境の中で、逆に正史は作品の幅を広げていたのであった。

　『雪割草』は、長さの上でも雄編である。一回約一四〇〇字、四百字詰め原稿用紙で約八〇〇枚の分量は、敗戦前の作品では、『覆面《ヴェール》の佳人』（『北海タイムス』夕刊一九二九年五月二十一日～十二月二十八日、全二七六回）や『呪いの塔』（新潮社、一九三二年八月二十七日）に匹敵、あるいはそれらを凌駕《りょうが》するもので、最長の部類に属する。江戸川乱歩《えどがわらんぽ》との連名で発表され、翻案の可能性もある『覆面《ヴェール》の佳人』のいささか生硬な展開に比べて、『雪割草』は結構が整い、筋の運びに無理がない。本作は、長編作家としての正史の成熟を表す一面を持っている。

四、名探偵金田一耕助の原型

『雪割草』の内容に関わって、読者に驚きをもたらすことに、準主人公と言うべき賀川仁吾の造型がある。青年画家の賀川仁吾が最初に登場するのは、上諏訪の駅である。スキー帰りの五味美奈子たち一行に加わっていた仁吾は、主人公緒方有爲子が上京のために利用した列車に偶然乗り合わせ、運命的な出会いを果たす。仁吾の印象的な外見は、有爲子の目を通して、次のように描写されている。

> たいへん背の高い青年で、逞しい、がっしりとした体付きと、よく光る大きな眼《まなこ》と、吃るような口の利きかたが、有爲子にはなんだか恐ろしいように思われる。
> くちゃくちゃになったお釜帽の下からはみ出している、長い、もじゃもじゃとした蓬髪、短い釣鐘マントの下から覗いているよれよれの袴――そういう服装《みなり》も、有爲子にはなんだか胡散くさく思われた。（茨の首途《かどで》　二）

くちゃくちゃのお釜帽《かまぼう》、もじゃもじゃの髪、よれよれの袴《はかま》——、仁吾の風貌《ふうぼう》は、正史の読者におなじみの名探偵金田《きんだ》一耕助《いちこうすけ》のそれにほかならない。「例によってよれよれの袴をはき、袷《あわせ》の襟足など、いかにも独身者《ひとりもの》の無精らしく垢じんでいる。」（師弟　一）とあるように、身なりを構わないのが常態であることも同じである。「ど、どうしたんです。」（茨の首途　二）、「な、なにか僕に用ですか」（師弟　一）のような「いくらか吃音《きつおん》のある」（茨の首途　二）仁吾の喋《しゃべ》り方も、金田一を髣髴《ほうふつ》とさせる。長身である点が、中肉中背よりも小柄な金田一と異なっているが、仁吾の姿は後の名探偵の姿と酷似する。初登場の仁吾の姿をとらえた矢島健三の挿絵も、金田一耕助らしい雰囲気を帯びている（もじゃもじゃの蓬髪《ほうはつ》がはっきり確認できないのが残念であるが）。

　金田一耕助は、敗戦後本格探偵小説一本で行こうと決意した正史が新たに創造したキャラクターである。戦前のシリーズ・キャラクターであった行動型の由利《ゆり》麟太郎《りんたろう》と対照的な人物像は、正史の作風の転換を鮮やかに告げるものであった。金田一耕助は、敗戦後を象徴する存在である。しかし、『雪割草』の仁吾は、金田一の原型が戦中にすでに生み出されていたことを物語る。金田一耕助の成り立ちについて、以前の創作との関連が明らかになったことは画期的と言えよう。

　正史は、エッセイ「金田一耕助誕生記」（『名探偵金田一耕助の事件簿　三』〔ベストブック社、一九七六年四月五日〕所収）において、金田一耕助を生み出すに当たって、ミルン『赤い家の殺人』の素人探偵アントニー・ギリンガムを念頭に置き、劇作家の菊田《きくた》一夫《かずお》の風貌や言語学者金田一京助《きょうすけ》の名前を参考にしたと証言している。正史はまた、小島《こじま》政二郎《まさじろう》『花咲く樹』の挿絵が金田一造型のヒントになったことを明かしている。『花咲く樹』は、『東京朝日新聞』・『大阪朝日新聞』に一九三四（昭和九）年三月二十三日から八月二十日まで一五〇回にわたって連載され、大きな反響を呼んだ長編小説である。本作の成功によって、小島は「地位も上がり、原稿料も上がり、「新進大家」と云ふ不思議な名称で呼ばれるやうになつた」と言う（小島政二郎「あとがき」『小島政二郎全集　芸術小説篇第七巻　花咲く樹』（地平社、一九四九年二月二十五日）所収）。『花咲く樹』は、滝田樗陰《たきたちょいん》を連想させる敏腕雑誌編集者柴篤三《しばとくぞう》を中心に、総合雑誌『インテリ』に関わる文学者や編集者の生態を、同時代の先端風俗を織り込みながら描いた作品である。正史は、同作を新聞連載で読み、岩田専太郎《いわたせんたろう》の挿絵と共に『花咲く樹』の物語を印象に留《とど》めたらしい。

「小島政二郎の「花咲く樹」が新聞に連載されたのは、昭和何年ごろのことであろうか。そのなかに新宿かどこかのレビュー劇場の座付き作者が出てくるのである。挿絵は岩田専太郎が描いていた。「花咲く樹」がどういう小説だったかすっかり忘れているにもかかわらず、岩田専太郎描くところのその座付き作者の姿だけは、いまでもハッキリ憶えている。その座付き作者が和服に袴といういでたちなのだが、そのイメージが菊田一夫にダブっていったのである。」と正史は記している。正史の指摘に該当する人物は、新進作家の牧山啓一《まきやまけいいち》であろう。牧山は、編集者の七條《しちじょう》なみ子に惹《ひ》かれながら、思いを伝える機会に恵まれず、自棄酒《やけざけ》でしたたかに酔いつぶれる（花敷かまし　七）。その場面で岩田専太郎の筆が描き出しているのは、まぎれもなく後の金田一耕助の風采《ふうさい》をした男の姿である（吃音の癖を持っていることも、金田一耕助との繋《つな》がりを感じさせる）。『花咲く樹』の連載は、正史が結核療養のために上諏訪に移住する時期と重なっている。順境でない状況での読書が、さえない牧山への共感を、あるいは強めたのかもしれない。正史の目に焼き付けられた牧山啓一の風采は、賀川仁吾に受け継がれ、そこからさらに金田一耕助へと伝えられていくことになる。二つの新聞小説が名探偵の成り立ちに関わっていることは、偶然とはいえ、面白い事実であろう。

　さまざまな人物を複合的に組み合わせて金田一耕助は作り上げられているが、作者自身が投影されている部分もあった。正史の長男横溝亮一氏は、「金田一のキャラクターは、ある程度、父が自分をモチーフにしたもののようです」、「「金田一」を読むと、父の散歩する姿が思い浮かびます」という感想を洩らしている（横溝亮一「〈巻末インタビュー〉父・横溝正史に金田一の影を見た」『別冊宝島　僕たちの好きな金田一耕助』宝島社、二〇〇七年一月五日）。亮一氏の見立ては、最も身近で正史と接してきた家族の証言であるだけに重みがある。金田一の物の見方やふるまいには、作者を想起させるものがあるのであろう。

『雪割草』の仁吾は、正史の似姿と言ってよい。後でも触れるが、戦時下に養わなければいけない家族を抱え、また、結核の療養で不如意な状態である中で、創作をどのように行えばよいのか思い迷う仁吾の苦悩は、正史自身のそれにほかならない。芸術家としての煩悶《はんもん》を作者と共有する仁吾が金田一耕助とも重なることは、正史と金田一との同質性を説明する上で有力な材料である。賀川仁吾という媒介項が見出《みいだ》されたことで名探偵の形象が作者その人に根ざしたことが確実になったと考えられる。

金田一耕助の意外な趣味として、絵画鑑賞がある。『仮面舞踏会』には、「金田一耕助はわりに絵を見るのが好きなようである。大きな展覧会はたいてい見のがさないし、またひまがあり、ついでがあると、よく銀座裏に散在する画廊などをのぞいて歩くことがある。」（第五章　マッチのパズル）と説明されている。横溝正史が美術愛好家であっただけに、分身たる金田一が同じ趣味を持っていても不思議ではない。金田一が画家賀川仁吾の後進であることからすれば、絵画に惹かれるのはむしろ当然であろう。

五、通俗小説としての面白さ

『雪割草』は、横溝正史が初めて挑んだ通俗小説である。戦局が悪化した後は、現代を舞台とした作品の発表が難しくなり、また敗戦後は正史が本格探偵小説に創作の方向を定めたため、同種の小説を正史が手がけることは二度となかった。『雪割草』は、正史における一回限りの、稀有《けう》な試みである。

近代の新しい出版メディアである新聞は、読者獲得の有力な手段として、小説に目を付ける。教育の義務化に伴って出現した大衆層を取り込むため、各社は魅力的な作品の掲載に努めた。当初、「家庭小説」という名称が与えられていたことからわかるように、新聞連載小説は、複数の家族間の葛藤《かっとう》を描き、物語の面白さで魅せると同時に家父長制の維持を訴えるところに特徴があった。時代が下ると、現代の都市風俗を紹介する要素も強まり、純文学畑からも書き手が加わることも相まって、通俗小説はさらに発展していくことになる。『雪割草』は、敗戦前、最終盤に出現した通俗小説と位置づけられる。

　通俗小説は、起伏に富んだストーリーが求められる。そのために多くの人物を登場させ、複数の対立軸を作るなどの工夫が必要である。また、劇的な場面や新たな展開を生み出すために偶然が多用される傾向にある。正史の場合、由利麟太郎を主人公とする波《は》瀾《らん》の連続である探偵小説を書き継いでおり、通俗小説に乗り出していく下地はあったと言える。それでも謎やサスペンスを興味の中心とするわけにはいかないゆえに、苦労はあったであろう。

　物語を作るに当たって、正史はまず、緒方有爲子という魅力的なヒロインを創造した。長編小説の主人公に女性を選んだことがすでに異例であり、新しい領域に挑む正史の意欲がうかがえる。「蔓草のように頼りなげな哀れさのなかに、どこか風雪にもめげぬ強さをもっている」（墓地にて　一）有爲子は、『獄門島』の鬼《き》頭《とう》早《さ》苗《なえ》や『八つ墓村』の里《さと》村典子《むらのりこ》に先立つ、理想的女性像として注目される。

　物語は、友人の木實の助けを借りながら、晴れ着の支度をしている有爲子の姿を描くところから始まる。舞台は、正史が転地療養で一九三四（昭和九）年から三九年まで過ごした上諏訪である。「信州の夜は、更けるに従ってしんしんと、肌を刺すような寒さである。どこかで、コツコツと氷を砕いている音も侘しい。」（嫁ぐ日近く　六）や「まだ冬の厳しさがたゆとうていながら、一歩日だまりへ出ると、帽子なしには歩けないほど太陽の光の強い、そういう早春の気候が、この信州の高原では、いちばん人々にとっては嬉しい季節だった。」（征馬　一）のように、実体験に基づいた信州のローカル・カラーが随所に織り込まれ、物語に興趣を添えている。

　諏訪の有力者緒方順造の一人娘である二十二歳の有爲子は、旅館鶴屋の一人息子雄司に見初められ、熱心な申し入れに嫁ぐことを決意する。しかし、式直前になって、婚約は鶴屋の使者によって一方的に破棄されてしまう。理由は、有爲子が順造の実の娘ではなく、亡き母お咲と別の男との間に生まれた子であるからであった。縁談取り消しの申し入れに憤激した順造は、興奮で倒れ人事不省になり、小学校教師山崎に後を託してこの世を去る。順造の葬儀が終わった後、山崎から本当の父親が別にいることを知らされた有爲子は、秘密の鍵《かぎ》を握る賀川俊六なる人物を訪ねるべく、上京を決意する。

　清純な娘が幸福の絶頂からいきなり奈落《ならく》の底へと突き落とされる。天涯孤独になっただけでなく、出自さえ不明となってしまう。ヒロインが突如窮境に陥ることは、通俗小説の開幕として申し分ない。読者は、冒頭からの急展開に惹き込まれ、無垢《むく》な主人公に感情移入をせずにはいられなくなる。本当の父親とは誰なのか、という魅力的な謎を提示しながら、舞台は東京へと移っていく。

諏訪から乗り込んだ汽車の中で有爲子が賀川仁吾や五味美奈子と遭遇する場面があることは、前節で既に触れた。金田一耕助の原型が登場することは別にして、物語の上でもこの場面が持つ意義は大きい。スキー旅行の帰りである一行の中には、美奈子の男友だちである蓮見邦彦も含まれており、恋愛感情をめぐって葛藤する六人の男女（有爲子・木實・山崎・仁吾・美奈子・邦彦）がここで出揃うことになる。主要登場人物がすべて序盤で配置されていることは、正史の非凡な構成力を表す一つの例であろう。主人公の身の上の変化に伴い、舞台や登場人物が新たに付け加えられていく進み方も通俗小説ではありえるが、『雪割草』は求心的な展開によって緊張感を持続させる手法が選択されている。

互いを知らないまま、有爲子と仁吾とは運命的な出会いを果たす。仁吾の口から洩れた「賀川俊六」の名前に有爲子は驚き、仁吾も彼女を印象に留める。けれども、慎み深い性格が災いして、有爲子は声を掛けそびれてしまう。以後繰り返されるすれ違いの発端として、汽車での出会いと別れとは印象的である。

上京して順造がかつて世話をした恩田勝五郎・お常夫婦の下に身を寄せた有爲子であるが、賀川俊六が既に亡くなっていることを知り、途方に暮れる。一方、恩田夫婦は、有爲子の財産を狙い、また彼女に未練を残す雄司の意向を受けて強引に引き合わせることを画策する。『雪割草』においては、善悪の構図が明快であり、恩田夫婦や鶴屋一家の卑劣さはあざといほどに強調されている。それだけにヒロインの貞操の危機への読者の関心は高まらざるをえず、仁吾とのすれ違いに焦燥感を募らせることになる。多元視点を用いて、同時並行の記述を随時織り込みながら伏線を張り、見せ場を矢継ぎ早に繰り出していく作者の手腕は見事である。

通俗小説の文法を熟知しているかのように、正史は自在に物語を進めている。しかし、主人公の純潔の行方や敵役のいやがらせの反復によって読み手の興味を引いていくメロドラマの常道を持続させることはできなかった。言うまでもなく、総力戦体制への移行によって、時局にそぐわない話柄の使用が憚《はばか》られたからである。スキー旅行に興じ、西洋風の自室でピアノを弾き、邦彦に自動車で送迎される美奈子の序盤の印象は、有爲子と好対照をなしており、本作が都市中上流層の生活を描く風俗小説の一面を持っていたことを示している。しかし、中盤からは様相が変わり、戦争遂行の大義の前に奢侈《しゃし》は慎まれ、個我の主張も抑えられるようになっていく。作品世界の転調を如実に告げているのは、婦人洋品店ミネルバである。上京した有爲子が就職の際に訪れた時には、趣味のよい服を作る店として繁盛している。経営者の葛野京子は、時局を意識し、婦人服を「趣味のよい健実なものにしたい」（花につく虫　六）という熱意で仕事に臨んでいる。しかし、やがて京子は、「いちいち政府の鼻息を窺うような消極的な態度は捨てて、商売のうえでも、何かしら積極的に国策に協力したくなったの。」（日蔭の家　五）と店の大改造を考えるようになり、最後は店を人手に渡して、出征軍人の家族を集めて被服廠《ひふくしょう》に納める衣類を縫製する事業を始めるに至るのである。

脱線になるが、「ほら、あなたも御存じでしょう、七・七禁令という——あれ」（日蔭の家　五）という京子の発言から作品内の時間を確認しておきたい。「七・七禁令」は、一九四〇（昭和十五）年七月七日に施行された「奢侈品等製造販売制限規則」の一般的呼称である。規則は、国家総動員法に基づき、贅沢品《ぜいたくひん》の製造販売を制限するもので、宝飾品は全面的に禁止、スーツ・ワイシャツ・時計などは定められた価格以上のものが許されなくなった。京子の言及は、有爲子と喫茶店で談話をしている年の瀬が一九四〇年であることを告げている。美奈子と邦彦が靖国神社を訪れ、「二千六百年の奉祝歌のメロディー」（秋の旋律　五）を聞く記述は、同じ年の秋である。冒頭では年次が明示されていないが、これらの情報を参考にすると、『雪割草』は、一九四〇年の三月後半から始まっていることがわかる。「生活の罠」の章から年が改まり、作品内現在は、連載時と同じ一九四一（昭和十六）年になる。結末ではさらに時が流れており、一九四三（昭和十八）年の春のことが描かれている。連載中に現実の時間を追い越した『雪割草』が、結果的に近未来小説になっていることは面白い。

　正史が時局を踏まえていたことは、連載第一回で「この間の岡村の婚礼なんか、お婿さんは国防服、お嫁さんはもんぺ姿で、それでいてとても立派だったって、あんなに感心していらしたくせに」（嫁ぐ日近く　一）という有爲子の発言からも明らかである。しかし、状勢の悪化の早さは作者の予想を超えていたようで、作品には戦争の影が色濃く現われていくようになる。当初の構想がまったく変わることはなかったにせよ、話の進め方で軌道修正を余儀なくされたことは想像に難くない。悪事はおろか、私情に拘《こだわ》ることさえ憚られる時勢が到来していた。憎しみや嫉妬《しっと》はもはや物語の動力たりえず、代わりに改心と和解とが展開の主軸となっていく。敵役として配置されていた登場人物たちが一様に善人になっていくなりゆきは、いささかご都合主義的でもあるが、伏線が張られているため唐突な印象を受けることはない。現実の浸蝕《しんしょく》を受けながら、結構を損なうことなく執筆を続け、決められた回数丁度で大団円を迎える正史の技量は、卓越したものと評価できるであろう。

六、芸術家の孤独と女性、家族への思い

『雪割草』が時局迎合的な作品であることは疑いえない。邦彦は、「僕はいま、何んだかじっとしていることの出来ないものを身内に感じます。」（秋の旋律　五）と言い放ち、美奈子への恋情を断ち切って中国で仕事をすることを決意する。有爲子の小学校時代の恩師である山崎もまた、「自分の進むべき途」（湖凍る　十）との信念から、北満の信濃分村で教育に携わることに踏み切るのである。兵役を免れている若者たちが挙《こぞ》って外地へと向かい、総力戦を支えようとする。日本に留まる者も、私情を殺して戦争の遂行に協力することを厭《いと》わない。終盤に登場する農夫儀作は、出征した三人の息子のうち二人を戦闘で喪《うしな》いながら、悲しみをこらえている。農作業用の馬すら供出を命ぜられて苦労

は増すばかりであるが、「これもお国のためとあれば喜んで困りますだ」（征馬　十三）と気丈にふるまう。国のために身を挺《てい》しようとする人々の決意が何度も語られることは、本作が大きな時流に呑《の》み込まれていることを端的に示している。

　とは言え、『雪割草』が戦争遂行を積極的に支持する作品であるという見方は間違いであろう。作中には、「八紘一宇《はっこういちう》」や「大東亜共栄圏」など、戦争を正当化するために用いられていた声高なスローガンの類《たぐい》は出てこない。登場人物の中に職業軍人は存在せず、兵士の姿が描かれることも稀《まれ》である。わずかな例外と言えるのは、美奈子と邦彦とが興亜祭の日に都心を歩いた際に目にした戦没者の遺影や白衣の傷病兵たちである。「勇士たちの中には、片眼に繃帯をあてたのもある。軽くびっこをひいているものもある。しかし、誰も彼も若々しく、元気で、子供のように嬉々として木の間を遊び戯れている。」（秋の旋律　五）のように美化された記述になっているにせよ、戦えない兵だけが取り上げられていることは注目に値する。傷つき、あるいは落命した者たちだけにまなざしを向ける『雪割草』から、好戦的な情調を読み取ることはできない。

　戦時下に発表された横溝正史の現代小説は、『沙漠の呼声』（『譚海』一九四二年三月（未見））や『焔の漂流船』（『譚海』一九四二年五月（未見））のように海外でのできごとを扱ったものと、『慰問文』（『新青年』第二三巻第六号、一九四二年六月一日）や『玄米食夫人』（『新青年』第二四巻第一号、一九四三年一月一日）のように日本を舞台としたものとに大別される。発表媒体を意識して、冒険譚《たん》と情話とを書き分けている節がうかがえるが、いずれも「プロパガンダではありながら、国家の〝大義〟ではなく、戦時下に生きる〝個人〟の心情をあくまでも基軸に据え」（浜田知明「解説」『横溝正史探偵小説コレクション② 深夜の魔術師』〈出版芸術社、二〇〇四年十月二十日〉所収）ているところは共通する。『雪割草』は、後者、総力戦体制下の日本を描いた作品の系譜に連なる。物語が展開するのは、戦争を遂行するために国民としての勤労奉仕が求められる銃後の空間である。そこでは、一見日常と変わらない生活が営まれているようで、しかし、大きなひずみが生じている。壮年の男性は召集されて不在であり、残された老人、女性、子ども、傷病者は労働力の不足を埋めることを強いられる。短編では点景であった時代の圧力が『雪割草』では顕在化し、作品のモチーフとも密接に関わっていることは見逃せない。

『雪割草』には、女性の属性やあるべき姿をめぐる発言が頻出する。「女って弱いものだから、こうしてみんなで扶《たす》けあって生きていくのね。」（花につく虫　七）は、面接に訪れた有爲子に対する京子の励ましである。同じ言葉が、有爲子が木實に山崎との結婚を促す際に「人間というものは弱いものよ、ことに女というものは弱いものだわ。」（一粒の麦　二）と反復される。女性は弱く、「いろいろ取越し苦労があ」（日蔭の家　八）り、「とかく愚痴が多くて困」（征馬　十三）る存在である。時代の制約があるとは言え、女性をめぐる言説が紋切型であることは否みがたい。しかし、状況は、女性が押しつけられてきた役割に甘んじることを許さない。

恩田夫婦とうた屋とに嵌《は》められ、雄司に無理やり引き合わされた有爲子は、「負けるもんか、こんな男に負けてたまるもんか」（交叉点　五）と思う。有爲子の反撥心《はんぱつしん》は、直接には出生の秘密に伴う運命に対してのものであるが、仁吾との結婚後も男勝りの心情を保持することが求められる。たとえ、「女と云うものは結婚すると、却々家をあけるわけにはいか」ず（日蔭の家　五）、「日本じゃ、女は針を持つすべが第一」（一粒の麦　二）であっても、仁吾の病身が、さらには国内の人手不足が、女性の変化を促していく。「男でもちょっと出来そうにない芸当」（再生　六）や「女には見られない強さと決断」（再生　九）と形容されるような行動に、彼女たちは踏み切っていくのである。『雪割草』の女性登場人物たちの形象における女性性の強調とそこからの逸脱とは、いずれも国家権力に回収されてしまう限界を持っている。けれども、先述したように、軍人不在で声高なスローガンも聞かれない作品世界にあって、女性たちのひたむきさは、男性たちの弱さをこそ浮かび上がらせる。『雪割草』は、時局に順応しようとする女性を描きつつ、兵力も物資も乏しい国内事情を明け透けに伝える一面をも備えている。

　賀川仁吾は、雄々しくない男性の最たる者である。日本画家の大家五味楓香の愛弟子《まなでし》で将来を嘱望されていた仁吾は、有爲子を生涯の伴侶《はんりょ》たる存在と信じて求婚する。しかし、所帯を構えてからの道行は苦難の連続であった。美奈子と娶《めあわ》せたいという楓香の期待に背いた仁吾は、楓香の妻梨江の不興も買っており、五味家に顔を出せなくなる。秋の展覧会で落選した仁吾は、失意の中で挿絵の仕事で家計を維持しようとするが収入は十分でなく、画商観月堂の誘いに乗って楓香の贋作《がんさく》を描いてしまう。悪事に手を染めたことを悔いた仁吾は、自首して罪を償うが、服役中に結核を患い、出獄後も長い療養生活を余儀なくされる。『雪割草』の後半は、仁吾との家庭を守ろうとする有爲子の苦労が話の中心であるが、仕事を全うできず、家族に負担をかけ続ける仁吾は、期待される男性像とは程遠い。当時の表現を用いるならば、「非国民」と謗《そし》られてもおかしくはない存在である。

　思うような仕事ができないでいる仁吾の失意は、執筆時における正史の心情そのものであったろう。風貌や病歴などの類似に止《とど》まらず、創造する者の苦悩を共有している本質において、仁吾は作者の分身にほかならない。表現の自由が狭められていく中でどのような活動がありうるのかが、本作では模索されている。正史において芸術家が小説で取り上げられる例は、以前からあったものの、彼らはおおむねモダニストとして、ユーモア小説や探偵小説における一つの駒以上の意味を与えられていなかった。それに対して、『雪割草』では、収入の確保と創作動機の維持との両立の難しさという、職業作家の抱える問題が真正面から取り上げられている。探偵小説の執筆を断念せざるをえなかった厳しい状況は、逆に正史に自らを問う機会を与えた。『雪割草』は、銃後を舞台に正史が自己のありようを凝視した芸術家小説なのである。

　自信を喪い、無気力であった仁吾は、征一を載せたあをが儀作に曳《ひ》かれていく情景に感動を覚え、絵筆を再び手に取る。創作意欲を取り戻した仁吾を描くことで、『雪割草』は大団円を迎えるのである。仁吾の回心は、儀作の無私の精神に触れたことによってもたらされたと言える。そのことは、「お国のために召《め》されてゆく征馬の姿、それが忽然として、冷えきっていた良人の画家魂を呼び起したのだ。いやいや、三人の愛児を皇国に捧げ、いままた笑って愛馬をゆかせようとする、儀作爺さんの魂が、声あって良人を叱咤し、鞭撻《べんたつ》してくれたのかもしれない。」（われ世と共に　四）という有爲子の受け止め、あるいは「儀作爺さんが、あのあをを牽《ひ》いて立っているのを見た刹那、私は何んとも云えない強い力に打たれた。そこに人間の大きな犠牲と忍苦の姿がある。笑って、甘んじて国家に奉仕しようとする強い魂がある。」（われ世と共に　五）という仁吾の吐露からしても間違いない。けれども、仁吾が描出しようとしたものは、二人の言葉によって尽くされているわけではない。一人息子の征一が写されている絵は、仁吾にとって何よりもまず家族の肖像を意味している。有爲子・仁吾の二人共がわが子のことを言い落としているのは、私的な思いを抑えたゆえと解することができる。

　市ケ谷薬王寺の小さな家で新婚生活を始める際に、仁吾は、有爲子に対して「僕は画業を終生の仕事ときめている男だ」（途《みち》ひと筋　五）と宣言し、「脇目もふらず、ほかのことは一切考えないで、こいつと取っ組んでいくつもりだ。だから勢い家のことはお留守になる。そのことは予めよく知っていてくれ給え」と心構えを説いている。仁吾の発言は、独創的なものを生み出すために全力を尽くさなければならない芸術家としての、衒《てら》いのない訴えであろう。仕事に精魂を傾けるがゆえに、生活が顧みられなくなる。仁吾が体現しているのは、日常の営みを家族に託し、制作に打ち込む芸術家の姿であり、それは、師である五味楓香の生き方を反復するものであった。

楓香は、「製作をはじめると、どんな話も耳に入ら」ず、「家庭のことに無関心」（赤い信号　四）である。そのような夫に付き添い、一家を切り盛りしていた夫人の梨江の労苦は相当なものであったろう。仁吾の贋絵《にせえ》作りが発覚した際、梨江は「画家の妻というものは、それは難しいものよ。あたしなど、画家の家にうまれ、画家を良人として今日まで暮して来たが、そのためどんなに苦労をしたか知れやしません。画家というものを、ほかの職業の方と一緒にしちゃ困りますよ。」（生活の罠　九）と畳みかけて有爲子を詰《なじ》るが、発言からは楓香を支えてきた自負も読み取れる。「仁吾さんは子供よ。大きな子供よ。駄々っ児よ。あの人には保護者がいるの。お母さまみたいなお姉さまみたいな人が必要なのよ。」（途ひと筋　四）と評される仁吾を伴侶に選んだ有爲子は、梨江と同様の、あるいはそれ以上の困難を経験していく。仁吾の立ち直りは、創作への専念を可能にする家族の協力が自覚されたこと、そして家族が創作の対象となりうることが発見されたことにも拠《よ》っていよう。「有爲子、僕はいま改めてお前に礼をいわねばならぬ。お前の親切は何んの役にも立たなかったといったが、その親切その辛抱さがあったからこそ、僕はこの再生の歓喜を味《あじわ》うことが出来たのだからね。」（われ世と共に　六）という仁吾の表白は、率直に回心の内実を伝えている。

有爲子に対する仁吾の感謝は、妻に対する作者の偽らざる心情であった。次女野《の》本瑠《もとる》美《み》氏は、父正史を「仕事以外のことにはまるで頓着しない人」であり、正史が小説家として活躍できたのは、母孝子《たかこ》の献身に拠るところが大きいと述懐している（野本瑠美「〈インタビュー〉横溝正史と横溝孝子——次女から見た父と母」『横溝正史研究6』（戎光祥出版、二〇一七年三月二十八日））。「健康状態に不安を抱え、そのためにわがままで、偏屈なところもあった父を、母はすべて受け容れ、耐え抜いてきた。だからこそ、父は執筆に専念できたのです。」、「母は、父にとって妻であり、母親でもあり、看護婦でもあり、医者でもあり、秘書でもあった。」と野本氏は言う。孝子がかけがえのない存在であることは、十分承知されていたであろうが、含羞《がんしゅう》の人であった正史は、感謝を直接伝えたり、書き記したりすることはあまりなかった。『雪割草』は、家族に対する作者の真情が小説に仮託して綴《つづ》られた作品であると見なすことができる。

　戦時下の特殊な状況は、横溝正史に通俗小説の筆を執らせた。それは、始発においては本意の仕事ではなかったかもしれない。しかし、与えられた条件の中で作者は最善を尽くし、読んで面白く、かつ、芸術家のありようを問う作品を完成させるに至った。『雪割草』は、例外的な環境が生んだ異色作であるが、創作家としての苦悩が主題に選ばれていることからすれば、横溝正史文芸の核心に関わる作品であるととらえることがふさわしい。正史らしからぬ、同時に正史ならではの佳編として、本作が多くの読者の目に触れれば、と思う。

（二〇一八年二月）

〔追記〕単行本『雪割草』の刊行後、探偵小説研究家の沢田《さわだ》安史《やすし》氏の調査で、本作が『新潟毎日新聞』・『新潟日日新聞』以前に『京都日日新聞』に連載されていたことが判明した（一九四〇年六月十一日〜十二月三十一日）。『京都日日新聞』の後継連載小説は、小栗虫太郎『美しき暁』（一九四一年一月一日〜六月三十日〔未完〕、別題『亜細亜の旗』）である。

先行紙の確認によって、『雪割草』が社会の動向と密接に関わる現代小説であることが、より鮮明となった。沢田氏はまた、『九州日日新聞』（一九四〇年十月七日〜一九四一年七月十五日）、『徳島毎日新聞』（一九四一年一月十一日？〔マイクロフィルム欠号による推定〕〜八月二日）にも掲載されていることを突き止められた。『九州日日新聞』での作品名は、『愛馬召さるゝ日』となっている。別題は、終盤を含む全体の構想が早くから作者にあったことを示すものであろう。

本文庫版は、『新潟日日新聞』最終回の欠落部分を『京都日日新聞』のそれで補っている。本文の空白を埋められたのは、喜ばしい。それ以外の箇所についても、浜田知明氏に校合をお願いし、適宜修正を行った。本文庫版『雪割草』の本文は、現在における決定版である。

（二〇二一年三月）

独り言の謎

野《の》本《もと》瑠《る》美《み》（横溝正史次女）

心に残って忘れられない父の独り言。

「カイコがすいたようにきれい……」

「ビアズリーの赤……」

「ゴーゴンの首……」


「ルミや、散歩にいこか……？」

わたしが学校から帰るのを待ちかねていて、声をかけてきた。

ランドセルをおろして父について行く。並んで歩く。黙って歩く。ひたひた歩く。

父の頭の中は、いつも考えごとでいっぱい。揺らめいたり、漂ったり、ときには突き刺さるように……そばを歩くわたしは、そんな父を感じながら、追い越しもせず、遅れもせず、黙ってついて歩いた。

当時の成城の道は、どこも砂利道で、下駄《げた》ばきの父がつまずきはしないかと、その足もとばかり見ていたように思う。それでも成城台地を下った先の青々とした麦畑や真っ赤なボケの花、多摩川《たまがわ》の流れとその土手のつくしんぼなどが、目に映っていた。そして耳にとまったのが父の独り言。

何のことかと問いかけることもなく、父の世界に入りこもうともしなかった。意味のわからないまま、心の底にたまった。

こんな日々が続いているうちに、出版界は子供の本に力を入れはじめた。次々父が取りよせてくれる本に夢中になった。何と楽しく面白い世界があるのだろうかと。

そんなある日、母が言った。

「パパが泣いてるの……ルミが散歩について行ってくれなくなったって……」

パパが泣いてる……それでも、物語の世界から抜け出すことができずに、父の誘いの声は耳に入らなかった。父とわたしの散歩はそれっきりに。

本にうずまって過ごすうちに出会ったのが、ギリシャ神話のゴーゴン姉妹。女神アテナに髪の美しさで挑戦する姉妹の一人メデューサ。これがアテナの怒りに触れて、黒髪は蛇に、美しい顔は鬼面に。この顔を見たものは恐ろしさで石となる。ペルセウスに打ちとられたメデューサの首……

「ゴーゴンの首」の謎がとけた。

さらに長じて出会ったのが、オスカー・ワイルドのサロメ。心をついたのは物語よりも挿絵だった。ビアズリーの白と黒。赤はなかった。

「なぜ?」

血のしたたるヨカナーンの首を見つめるサロメ。じっとこの絵を見ていると、見えてきたのはビアズリーの赤。

父が独り言をもらしたあのとき、わたしたちは、夏の太陽が西の空を真っ赤に染めて落ちていくのをみていたのだから。

探偵小説の鬼と化した父は、書いては喀血《かっけつ》、安静のくりかえし。病人特有の苛立《いらだ》ちと爆発の連続。そんな父を支え続ける母は寝る間もなく、痩《や》せ衰えていたが、どこまでも気丈だった。

このような状態でも、父は客人に言ったものだ。

「ボクは三十歳より年はとらないんだよ」と。

これに対して、「奥様はご不在で、ご母堂様《ぼどうさま》にお会いした……」という記事が地方紙に載った。

母は身を振るわせて嘆いた。

体調が良くなり、外を歩けないときには、父は家中の廊下をグルグル歩きまわった。そのときの独り言が、「カイコがすいたようにきれい……」だった。

母が毎日注射をした三百本ものストレプトマイシンが効いて、赤いものがでなくなった。痰《たん》に一筋の血が混じっても安静を怠らなかった父が、めきめきと元気になった。そこで発症したのが糖尿病。母の綿密な食事療法と、睡眠薬代わりの日本酒をウイスキーに変えて回復した。その頃主治医からの朗報。結核は完治したと宣言された。父七十三歳のこと。

やっとのどやかな夫婦での散歩が始まった。出会う人々に親しまれ、家々の庭や野の花を楽しみながら、成城の道を、軽井沢《かるいざわ》の小径《こみち》を歩く。決めたカフェに寄っての一杯のコーヒーを楽しみ、ときには子供、孫たちを呼びよせてうれしそうにしていた。

けれど、この幸せは長くなかった。

軽井沢で倒れた父を迎えに行ったわたしに、怒鳴りつけるように言った父。

「鬼が高下駄を履いて腹の中を暴れまわっている」

東京へ寝台車で移送するとき、鷹《たか》のような目を怒らせて、一度も横にならなかった。到着して車椅子に乗ると、スッと胸ポケットから櫛《くし》を取り出して乱れた髪をとかした。いつ用意したのか……？　首を上げ胸を張って病院の玄関を入っていった。

癌だった。母は初めて泣いた。

「わたしには、癌は治せない……」と。

その後手術、治療に耐えながらも、父は書き続け、母は父を支えた。

十二月仕事納めの早朝、父は逝った。二人の苦闘の終わりだった。

そして母一人生きる苦闘が始まる。父を救えなかった悔しさの嘆きは、後追いせんばかり。孫と一緒の旅を楽しみ、拾った子猫を可愛がり、兄との海外旅行をするまでに。次第に落ち着いてくると、少し若い仲間に支えられて、趣味の俳句もお習字も再開した。けれども激烈な苦労ばなしがほとばしり出ることも度々。ただただ受け止めている間に、話は生まれ故郷の思い出に移っていった。

「閑谷《しずたに》の山育ちがねえ……」と始まる。

池田《いけだ》藩の藩校である閑谷学校で、和歌を講じていた父に愛されたこと……琴上手の姉にはかなわないとヴァイオリンを習ったこと……家督を弟に譲って、赤ひげ先生のような隣町の医者になった長兄のもとで娘時代を過ごしたこと……そして、ある日こぼれ出たのが……

「閑谷の家のお客用玄関から白絣《しろがすり》を着た金火箸《かなひばし》のように痩せた人が入ってきてね……」

それが父だ！　母が父を心に刻んだのはそのときだったのだろう。

母最晩年のこと、

「あなたを生んでおいてよかった。あなたに面倒を見てもらえて。パパが、どうしても、もう一人欲しいといってきかなくてね。今のわたしをわかっていたのかしらねえ……」

母の目を見て、笑うことも泣くこともできなかった。

そんなある日母の口からもれたのが、

「あなたを生むとき、蚕が透いたようにきれいだねって……パパがいったのよ」

母はにっこり笑って、老いた顔が活《い》き活きとした。

カイコ……あれは蚕で、蚕は母のこと!

「蚕が透いたようにきれい……」

透蚕《すきこ》という季語がある。

蚕はうっすらと透けるようになると、美しい糸をはきはじめるという。

このときはじめて、父は、母の、女性の、真の美しさと強さを知ったのであろうか。

結婚して以来、肩の荷を全部母に押し付けて、編集に、翻訳に、創作にと、面白くてたまらない毎日。勢いに乗じて仲間を引き連れて銀座を飲み歩くモダンボーイ振り。楽しさいっぱいの挙句が大喀血。仲間からの無名の月々の仕送りに頼った一文無しの療養生活。この「新青年」時代に父の才能を認め人柄を愛してくださった方々との友情は生涯つづいたように思う。

そのような状況での父のさらなるわがままが、私の誕生。

父は、療養中に愛読したマルグリッド・オードの「ルミエール」からとって、ルミと名付けた。薄幸な主人公ルミエール。父にとってわたくしはほのかな光。父にとって、かすかな光であったのだろうか。

て、創作に励んだという。光が見えたのならうれしい。そして母への感謝の気持ちをこめたような「雪割草」の芽が、わたしの離乳食ならなおうれしい。

百歳を過ぎた十一月のこと、母はとろとろと眠っていた。

「夕食の支度はどう……？」

ふと目覚めてつぶやく母に、

「パパの好物を用意してあるの……」

母はかすかにうなずいて、また眠りについた。用意してあるとはいえ、献立はと、窓辺に寄ってあれこれと考えている間に、母は逝っていた。

どこまでも妻が夫を想う心ばえを言い残した、母らしい最期だった。

母が愛した冬桜が咲き始めていた。

晩年の父は、母を評してこんな風に客人に話していた。

「この人は物怖《ものお》じしない無邪気で驚くほどの忍耐力の持ち主でね」と。

最後に、心に残った独り言をもう一つ。

「へべれけじょんじょろまん」

この謎はとけないまま。

本書は、二〇一八年三月に戎光祥出版より刊行された単行本に、のちに発見された新聞連載原稿に基づく修正を加えて文庫化したものです。

本文中には、気が狂う、結婚には相手の血統が第一、支那、どうせ支那人の書いたものだから書いてあることは大したことはない、北支、びっこ、気違いといった、今日の人権擁護の見地に照らして、不適切と思われる表現がありますが、著者自身に差別的意図はなく、また、著者が故人であること、作品自体の文学性を考え合わせ、原文のままとしました。

（編集部）

雪《ゆき》割《わり》草《そう》

横《よこ》溝《みぞ》正《せい》史《し》

令和3年 4月25日 初版発行
令和6年 11月25日 4版発行

発行者●山下直久

発行●株式会社KADOKAWA
〒102-8177 東京都千代田区富士見2-13-3
電話 0570-002-301(ナビダイヤル)

角川文庫 22628

印刷所●株式会社KADOKAWA
製本所●株式会社KADOKAWA

表紙画●和田三造

●お問い合わせ
https://www.kadokawa.co.jp/ (「お問い合わせ」へお進みください)
※内容によっては、お答えできない場合があります。
※サポートは日本国内のみとさせていただきます。
※Japanese text only

ISBN 978-4-04-109300-9 C0193

角川文庫発刊に際して

角川源義

第二次世界大戦の敗北は、軍事力の敗北であった以上に、私たちの若い文化力の敗退であった。私たちの文化が戦争に対して如何に無力であり、単なるあだ花に過ぎなかったかを、私たちは身を以て体験し痛感した。西洋近代文化の摂取にとって、明治以後八十年の歳月は決して短かすぎたとは言えない。にもかかわらず、近代文化の伝統を確立し、自由な批判と柔軟な良識に富む文化層として自らを形成することに私たちは失敗して来た。そしてこれは、各層への文化の普及滲透を任務とする出版人の責任でもあった。

一九四五年以来、私たちは再び振出しに戻り、第一歩から踏み出すことを余儀なくされた。これは大きな不幸ではあるが、反面、これまでの混沌・未熟・歪曲の中にあった我が国の文化に秩序と確たる基礎を齎らすためには絶好の機会でもある。角川書店は、このような祖国の文化的危機にあたり、微力をも顧みず再建の礎石たるべき抱負と決意とをもって出発したが、ここに創立以来の念願を果すべく角川文庫を発刊する。これまで刊行されたあらゆる全集叢書文庫類の長所と短所とを検討し、古今東西の不朽の典籍を、良心的編集のもとに、廉価に、そして書架にふさわしい美本として、多くのひとびとに提供しようとする。しかし私たちは徒らに百科全書的な知識のジレッタントを作ることを目的とせず、あくまで祖国の文化に秩序と再建への道を示し、この文庫を角川書店の栄ある事業として、今後永久に継続発展せしめ、学芸と教養との殿堂として大成せんことを期したい。多くの読書子の愛情ある忠言と支持とによって、この希望と抱負とを完遂せしめられんことを願う。

一九四九年五月三日